启真馆 出品

应奇 著

# 读人话旧录

ZHEJIANG UNIVERSITY PRESS
浙江大学出版社
·杭州·

图书在版编目（CIP）数据

读人话旧录 / 应奇著. —杭州：浙江大学出版社，2023.11
（启真·文史丛刊）
ISBN 978-7-308-24062-8

Ⅰ.① 读… Ⅱ.① 应… Ⅲ.① 随笔－作品集－中国－
当代 Ⅳ.① I267.1

中国国家版本馆CIP数据核字（2023）第145939号

**读人话旧录**

应奇　著

| | |
|---|---|
| 责任编辑 | 凌金良 |
| 责任校对 | 杨利军 |
| 装帧设计 | 周伟伟 |
| 出版发行 | 浙江大学出版社 |
| | （杭州天目山路148号　邮政编码310007） |
| | （网址：http:// www.zjupress.com） |
| 排　　版 | 北京楠竹文化发展有限公司 |
| 印　　刷 | 北京中科印刷有限公司 |
| 开　　本 | 880mm×1230mm　1/32 |
| 印　　张 | 11.75 |
| 字　　数 | 270千 |
| 版 印 次 | 2023年11月第1版　2023年11月第1次印刷 |
| 书　　号 | ISBN 978-7-308-24062-8 |
| 定　　价 | 69.00元 |

当我走在街上的时候，喜欢看人们的脸，甚至有时候我会盯着别人的脸看，而他们并不喜欢这样。但是，我喜欢他们脑袋的形状，还有脸上的表情……在战时，曾有人问一位居住在新西兰的德国诗人："你最喜欢的风景是什么？"他答道："人类就是我的风景。"对我来说情况也完全如此。

——以赛亚·伯林

如同一部拙劣的百科全书，我总是试图像撒胡椒粉一般将一大堆琐碎凌乱、晦暗不明的微小事实撒给人们，而这些琐屑事实仅仅能够毫无意义地填满他们的记忆。

——以赛亚·伯林

# 序

应奇看我还在汲汲于八股讲章，干巴呆板，未免动了恻隐之心，给我个机会，命我为他的集子写个序，顺便也练练生花之笔。这事提了许久，一直没下笔，应奇自己倒又为集子添了不少文字，俨然一本大作。应奇看我磨叽不领情，又催了几回。本以为事情拖着不了了之，不期应奇甚是坚持，执意让我进步，一路追到了英国。四月的德文郡埃克塞特并不那么明媚，浓抹的阴郁正好借应奇的大作来解个闷，权作一些读后感想，以谢应奇的美意。

但凡读过应奇的文字便会生出许多感受，没有落笔，主要是因为每次起笔终不及给应奇论文集写评论时兴奋，彼时已抖了不少机灵，再写难免重复。可恰是那篇直言的小文，入了应奇法眼，算是通过了他的"笔试"。于是便有了一再相邀，这着实让人感动。应奇对文字，对自己都十分诚恳，这样的诚挚让人不能再推脱了。

事实上，于情于理也该来为应奇喝个彩。毕竟，在这文字中仅有的"父子兵"，便是"光明俊伟"的副导师以及"说到底不够进步"的我。尽管哲学界"父子党"不少，在应奇文字中能找到的也就这么一对。既然有这番渊源，故事还得从头讲起。知道应奇兄大名是很早的事了，我们应该都还在读硕士研究生。有天父亲跟我说：今天别出去，有位腼腆却很有才气的学生要来见我，你也一起见见吧。结果左等右等没见人来，父亲不免疑惑，我则暗骂如此爽约，好不懂事。后来才知道，应奇在我家周围兜兜转转，就是找不到小区大门，于是悻悻然折返。这便是我第一次知道这位了不起的世兄的情形。之后，关于应奇的传闻不断，非常有趣生动。从朋友们嘴中说来，比集子中的"段子"更丰富、更传神。应奇在"昂扬"起来之前，也曾是"质朴"的。只是忽一日，作为"段子"的应奇成功转型为"段子手"应奇了。

应奇兄的学问是极好的：读书多，视野开阔，有着学问上的种种敏感，在西方政治哲学研究的领域里，开疆拓土，做了许多积累与铺垫工作。父亲拿着他的著作，让我好好学习，应奇也很为此骄傲，在他的文字和言语中也常常提醒我别忘了。然而近些年，应奇在思考过"大问题"之后，更以"知人论世"而"昂立"于哲坛，这是在拜读应奇大作时不曾想到的。这不经意间的成就也给应奇自己出了难题，今后究竟是回归大文章，还是续写小文字？为此他也颇踌躇，关于这个话题我们"狠"聊过几回。最终，应奇兄决定：文无大小，以真为要，到底写啥，端看哪种写法更顺手而已。

"知人论世"绝非易事，看似幽默小文，品鉴人物实是大学问。聪明之所贵，莫贵乎知人，从刘邵的《人物志》到曾国藩的相人之术，中国的文化始终好这一口。人物大传《儒林外史》，无非人事褒贬，蔚然蔓延成传统中的一大特色。重提这个传统是有意义的，世人总以为只是琐事趣话，实际却可以成为对时下生活的反思与批判。作为王冕的同乡，应奇对此了然于胸，自有了秉笔直书的底气，腼腆的应奇不见了，而学界多少豪杰都在这一字之增减中。应奇总或明或暗地提醒我们："未来是会记住这些文字的。"这点倒不用提醒，不然为何总有人忌讳应奇的文字？应奇也知道自己有时招人嫌，这恰是会被记住的标识。

　　正如绘画中肖像画最难，韩非子也说，"画鬼容易画人难"。文字中也是写人最为不易，然应奇颇擅长此道。寥寥数笔，人像便生动起来。看应奇的文字，仿佛身边有一架诵读机，吐出的都是他独特的口音与腔调。常说文如其人，应奇则是文如有声。不过，应奇的得意处并不在如何"惟妙惟肖"，他更在乎自己的"拿捏"。应奇每每跟我讲起这些"拿捏"大法，必定会伴随其特有的肢体语言与朗朗笑声，不仅绘声绘色，且常有一种被"推搡"之感。

　　应奇写人总体而言相当忠厚，善于在微妙处体现他人的好，在人人不以为意的地方，看出他人的可取之处。对于前辈尊重有加，细节处多有敬意，分寸上自然得体。对于晚辈有着难得的温柔，态度和蔼，小朋友们的优点比比皆是。对于从未见过的名流，也总有办法拉近了写，不妄加揣测，客观公道。但应奇的精彩却在于对同侪的描画。一是精准，常可以掐算出对方只用了"魅力"的四分之三。二是委婉，在感喟大海之辽阔时，不忘提醒"毕竟看到只是杭州湾而已"。三是刻意，每在兴头处戛然而止，刹车之猛一定是"刻意"地让你知道他的"刻意"。种种精彩，不一而足。应奇深知上品之作都是不动声色的，但他忍不住要动点声色，但终还是要忍住。这一曲三折，便让应奇的"平铺直叙"更显意味深长。每到此处，文字里就会挤出应奇咯咯的笑声：知道自己的"妙"，自觉自己的"妙"，更得意于自己的"妙"。

　　应奇所议之人大都是自己熟识的，所论之事也都熟悉相关语境，这样的阅读体验便有从旁验证的好处。在应奇的"得意"处，也常能心契神会，大有不谋而暗合之感。赞叹之余，未免惭愧，自己遇到这样的人与事也不少，但如此的文笔终究是写不下来的。细细琢磨，不单是文字问题，更在于没有应奇神奇的"眼神"。文中应奇的身影是"热络"的，但总伴有一双"旁观"的眼，打量周遭，捕捉细节。生活不光是行动，更需从旁打量。哲学与理论本质上都是旁观性的，需要将事物对象化，方能有所结论。在中国文化传统中，这个从旁打量的不光是事，更关乎人。应奇总"在场"，眼神却是"旁观"的。"昂扬"的应奇正"冷眼"打量众人，随时准备出击，以抓取那生活中露出的破绽与不堪。当他瞄你一眼时，不知道他是想说"当心我把你写进去"，还是"我能把你写进去哦"。人们常被"昂扬"的姿态所欺骗，"冷眼"才是应奇的本质。应奇尽管有时入戏很深，却始终坚持"身是客"的姿态。没了这般的"眼神"，书中的文字是断断写不出来的。以这样的"阅人"历练，终没有落实在大文章上，世人看来难免可惜，唯应奇对于时代的崇论宏议是颇不屑的。

以应奇的"实诚"，生活中必有诸多看不惯；但应奇也绝不像看上去的那么清奇，若不是老于世故，生活中的种种是看不懂的。因此，应奇的"散淡"中透着股看懂后的"愤懑"，尤其是对学术生态的愤懑。做学问缺乏内在乐趣，就会变成一个糙活儿，更恶劣的是变成一个小买卖。当然先得有市场，然后才能买卖。当应奇被"时流"逼得东奔西突再次"创业"时，对此就更加耿耿于怀了。应奇一方面不屑于像买卖人那样到处游走，另一方面也感叹手中并无"专利"可卖，不得不每周在跨海大桥上奔波。应奇之"愤懑"正显示了他对这个时代的真诚。当然"愤懑"之余，应奇以灵巧的手笔保持住了自己的身段，"我们原来是可以不这么玩儿的"。

应奇的记忆力惊人，文中有无数"见证者"为之惊叹。惊奇之余，应奇也定会告诉大家，其人其事"记"得，但已"忘记准确时间"。就像《红楼梦》一起手，便是"上面什么事情都有，只是不知道发生在什么朝代年月"，事是要"记"得的，且"记"得十分清楚，甚至一句话都记得传神，至于"猴年马月"则有待后来人的考证。面对应奇笔下的士林人物，人们不免疑惑，滤去时间，只留人物事件，算是信史，还是故事？关键还得披沙拣金一番，才能透过"拿捏"大法领略其中一二。

应奇得意于自己捕捉他人的能耐，但最经意处却是"自己"。这部集子收录的是应奇的"读人"系列，谈的是"阅人"体验，可读着读着竟也读出一部"自传"的感觉。看似写人，意在自己，我读人变成了人读我。借助他人之口，烘托"主角"登场。寥寥数笔意在刻画他人，跃然纸上的却是丰腴的应奇。在种种"客观"陈述之后，最终完成的是一幅自画像。一切那么自然恰切，又处处惊艳。"读人"背后是从他者之中发现"真我"的兴致，应奇的自我描摹境界也非同一般啊。

今日之应奇已经闻不出昨日"大碴子"的味道，但今天的应奇也一定与其在东北的阅历有关。《中庸》里关于南北之强的区别，至今读来一针见血。南方人应该去北方，北方人也应该来南方，这才会发生神奇的化学反应。我常想应奇的大学若不是在吉林念的，那会是何等模样。应奇的笑声是不是就没有了如今的豪放；抑或应奇目前就在北京高就，此时的应奇会不会就有了"京中爷"的腔调，许多事也就不在话下了？种种可能令人遐想，然确知的是应奇现在的模样。

应奇的故事是"缤纷"的，从中我们认识很多人，见识很多事。事实上，最让人艳羡的还是应奇的五步岭水库。人文学者都应该有自己的五步岭，这才是文字沉静的秘密所在。世间有一种"忙"是写出来的，应奇终究还是能透出"静"的面相。但应奇的联想是激越的，瞻仰主席畅游长江时能想起五步岭的野泳，又把西湖当东湖。有文人的清静，也有大丈夫的期许，两相对照之间便生出几许惆怅，应奇式的寂寞便在这不经意处流露出来。

应奇写的是人，其实也继续在"访书"。应奇真正的忙总与书联系在一起。书呈现的是精神世界，爱书也算是喜好精神游历，这正是应奇寂寞中的丰富。应奇不仅自己寻书，更记他人觅书，文笔中流露的艳羡，是一种真情坦露，他对书的热爱深入骨髓。曾经在网上与应奇"飙书"，哪是对手。应奇于各类图书之提要，中外典籍之版本，市场价码之涨幅，心心念念，其熟悉程度令人咋舌。正如他自己所说，因了这份爱，大部分书都是超出"需要"的。从某种意义上讲，只有"无用"地看书，才算真正地读书，否则就只是在干活而已。这方面的"无用"，应奇最得心应手，因此文字的"涂抹"也随之绚丽起来。看似不专业，显示的却是一个读书人的真情怀。沉醉于书的世界，暗暗透出一种穿越文字的自我平复与疗愈，读书正是每个人的自我诊疗史。

"庄周有言：人情险于山川，以其动静可识，而沈阻难征。"（《后汉书》）应奇的"涂抹"于险中探奇，一而再，再而三，竟也成一道风景，十分难得。"文人"总忙于各种表演，应奇喜欢幕后探访，时间久了，忘了自己也是要去表演的，就在幕后盘桓下来。幕后工作不失为前台演绎的注释，在中国学术传统中，注释也算一种大学问。应奇的注释有了自己的风格，一如画风，是一眼看去熟悉的格调。孔子说："不得中行而与之，必也狂狷乎？狂者进取，狷者有所不为也。"应奇者，且狷且狂，浑然天成，亦有心琢磨。应奇知道自己的功夫在"绝"，在"妙"，不在"作"，故常引罗校长的话以自况：字里行间，玄机密布；仰观俯察，乾坤隐约。应奇的"涂抹"已然成就了学林的一种新画风，是后印象派的。

孙向晨

2023 年 5 月 10 日

于英国德文郡埃克塞特

# 前　记

从 2020 年 7 月初开始，我在"澎湃新闻"开设了一个名为《读人话旧》的小栏目。最初说好两周左右一篇，由于我供稿较"积极"，在该栏目存在的大部分时间里，其实是按照每周一篇的速度在更新，这无疑是一个有点儿惊人的节奏。好在在栏目存在的最后三分之一时段里，我的"阅人""存量"和"读人""兴致"似乎都在同步下降，这样一直到 2021 年 4 月 14 日最后一篇稿件上线，共得稿二十八篇。在这个专栏停下来后，还不时会有人问我好好的为什么就不写了，所以我要在这里如实声明：其中一个因素其实是我怕麻烦人和招人嫌，就好像从未写过专栏似的，一写上就再也不肯松手了。

但是，无论如何，我要特别感谢澎湃研究所的资深编辑单雪菱女史，最初是她通过我们共同的朋友刘擎向我约稿的，我怕自己不能胜任而推却了；在时隔很久后，她仍然接受了这个并非她初衷的题材，并容忍我较为"随性"的写作"风格"。虽然我相信自己这种本质上"温厚"的笔法并不会给她带来什么"麻烦"，但是我在写作过程中从她那里得到的鼓励和启发却是让人难以忘怀的。我当然不便在此吐露曾经从她那里得到的"表扬"和"夸奖"，而只想透露在专栏刚开始时她无意间说过的一句话：这得写到啥时候才能攒成一本书啊？

为了能够"攒成"一本书，我照例还是得感谢浙大社启真馆和王志毅先生的支持。始作终成于前，无任铭感在心；专栏可以不写，书则还是要出的。我只是想说，为了写好这个栏目和"攒成"这本小册子，我基本上已经尽了最大的努力。当然，我也要感谢五步岭，因为有好些栏目中的文字是我在那个已经成为我生活甚至生命中一部分的水库边酝酿，而在每周五傍晚在那里下水前从手机上发出的。

2021 年 8 月 31 日正午，于千岛新城求是苑寓所

在统览我的四卷段文集之后，有一位友人曾经用刘禹锡《乐天见示伤微之敦诗晦叔三君子皆有深分因成是诗以寄》中的颔联"世上空惊故人少，集中惟觉祭文多"来形容我近年闲散写作的某种成素甚至风格。但是回想起来，我也只是在编完《听歌放酒狂》之后才意识到自己提笔为文中的这个有点儿"路径依赖"的特征。虽然我所产出的这些祭文确实曾在包括余杭韩公水法教授在内的朋辈中间引起某种反响，但我自己却并不以擅祭文而"自傲"。不过，在我的读者中，却似乎已经形成了某种预期，那就是当某位文史哲或文化思想家的著名人物去世后，他们就会"期盼"我写的祭文，去年李泽厚先生在大洋彼岸的离世就是这样一个事件。更有"我的朋友"罗卫东教授在沈昌文先生离世后私信我："沈公往生仙逝，你不发一言？"

话虽如此，有些出乎我意料的是，最近检视自己的公众号，发现在《听歌放酒狂》之后，我又"攒"下来不少篇祭文，所谓"盖棺论定"，这些文字当然本来就是最合乎《读人话旧》之旨趣的。于是按照责任编辑凌金良先生的建议，我把它们规整起来放在这个集子的下编。我也同时把前述专栏之外的另一部分"活的写真"放置在这里，一以

见我此阶段继续不务正业《读人话旧》之全豹，亦以呼应梦得前诗中"芳林新叶催陈叶，流水前波让后波"之意云尔。

2022 年 10 月 30 日正午补记于闵大荒

# 《读人话旧》栏前语

数年前，我把一位当代法国哲学家为其著作的中译本所撰写的序言，还有我自己追忆在吉林大学哲学系求学经历的一篇文字，一起投寄给沪上的一家哲学杂志，刊物的主编给我回信说："其实我更喜欢你自己的那篇文字，虽然我们中国人一般不习惯于议论活人。"

于情于理，我们都不应该把这种"不议论活人"的传统归之于自由主义对公私领域的"僵硬"区分，因为很显然，所谓"各人自扫门前雪，莫管他人瓦上霜"的日常诲谕似乎更能解释上述这种现象。但是事实上，无论是浸润于广义自由主义精神和文化中的英法小品文传统，还是中国古代品藻人物的流风余韵，都提供了"不议论活人"之外的另类选项。就此而言，努力恢复和接续这种传统，就不但是在发思古之幽情，更是一种有当下指向的文本试验。至于这种实践本该具有的振拔提撕士林风气的作用，则实非区区所敢在此引颈而望者也。

因了个人交游和见识的拘囿，虽然"默默""经营"有年，我的此类试验肯定不无可议之处，甚或大有其改进空间，尽管如此，知我罪我，一任诸君——虽千万人，吾往矣！

# 目　录

## 上　编

# 下　编

# 上　编

# "我不喝茶就讲不好英文"

## ——印象中的吴以义先生 [*]

在 2007 年去普林斯顿大学访问之前，我并不知有吴以义先生其人，是一位亦师亦友的可敬的前辈把我介绍给他的。在认识吴以义先生之前，我并不知有《科学文化评论》这本杂志，是在一次聊天中，以义先生起身取出这份他定期收到的杂志，并送了几册给我翻阅，我才知晓。我现在找不出这些杂志了，虽然我当时未必能够甚至肯定不会把它们带回国，但人的记忆有时候很奇怪，我竟完全想不起它们遗落在哪里了，正如那时从普大学生活动中心淘到的赫希曼（Albert O. Hirschman）的小书《跨越边界》也神秘地不知所终。都已经是十多年前的事了，脑海中纽瓦克机场上空的夕阳也早已淡漠了，只依稀记得是以义先生把我从机场载到了普镇上事先联系好的房东家里。从那以后，我第一次真正意义上的异国他乡生活就开始了。

以义先生对我最大的指点是让我在纽约找到了 Strand，那可谓我那次访问的"主战场"；他还在普镇上请我共餐时告诉我在 Shopping Mall（购物中心）有一家我后来擅自命名的"半元书店"，那可谓我淘书经历中最神奇的一页——不过这些都已经约略记述在我的访书记中了。

---

[*] 本书上编文字基本发表于"澎湃新闻"（2020—2021 年）。

坐车从普镇到纽约很方便，当天逛书店走个来回也全无问题。但有一天，以义先生忽然邀我去他家，说是第二天我可以搭他的车进城，逛完书店再搭他的车回普镇。让我印象很深的是，那天晚上我睡在他的书房，书房里有些西方名著，记得他对我说，你要什么书就拿走好了，当然我并没有拿他的书。

第二天我们起得很早，吃完他做的早餐后，天还未亮我们就上车出发了。原来他和一位同事拼车，中间还要稍绕道去接他的同事一起走。不料半途下起雪来，而他的同事住在一个崎岖的山谷中。一路上，以义先生都很紧张，雪雾中他的神色，还有我们三个人在车内偶尔用沪语做交谈的场景，都让我至今难忘。后来以义先生告诉我，他的同事的先生手握好几项专利，可以靠专利生活，所以能遗世独立地过活。

以义先生是当代科学史大家，可惜我于此是外行，可谓当面错过。但他的智慧处处呈现，让我在闲聊中也很受益。

我私下以为，某种意义上，以义先生有点儿"怀才不遇"——这也有机运关系：他从普大博士毕业时，因社会巨变，回国的路断了；后来蹉跎到纽约华美协进社上班。用他自嘲的话来说，奔走衣食而已。他给我讲过一个职场"段子"：他的美国上司不喜欢他喝茶，说是茶水容易打湿文件。似乎是被逼急了，以义先生就说：我不喝茶就讲不好英文，你是希望我讲不好英文，还是希望我喝茶？他的上司大概是既震慑于中国智慧，又震慑于中国茶，只好回说，那你还是喝茶吧！听完这个"段子"，我当场就把口中的茶水给咽了下去。

严格来说，我当然够不上和以义先生谈论学问。不过有一次，因为 The Common Mind（《共同的心智》）翻译中的一个问题，我曾经请教过他，记得他给了一个极雅致的答案；又有一次，我把在普大期间"唯二"的"成果"之一，就是我为"公共哲学与政治思想系列"丛刊所撰写的序言《从"西化"到"化西"——写在"公共哲学与政治思想系列"丛刊之前》发给了他，他未置一词。后来在交谈中，我渐渐了解到他其实是一个亨廷顿意义上的文明冲突论者，至少对中西文明之所谓融通抱极大的怀疑和悲观态度。有一次，当他又开始阐发他的观点时，就先瞥了我一眼，说：应奇当然是不同意这种观点的！

以义先生后来曾在复旦大学短期任教，他写信给我说，从同事夏洞奇那里听到我的名字，但我那时忙乱，遗憾未能去沪上谒见他。是2018年吧，他又来复旦，当年把我介绍给他的那位前辈做东，也邀我为陪宾。记得那次我专程从诸暨赶到上海，见到以义先生和在普大时没少照顾我的他的夫人陈介芳女士，我的内心既温暖又感动。我没有什么像样的学术成果，更不好意思送给他我的访书记，就只好带了点儿诸暨土特产过去。他回到美国后还特别写信来表示感谢。

以义先生是一个老派的人物，精通古代典籍，义山诗烂熟于胸，尤精于中国科技史；以义先生又是一个现代的人，精研牛顿、哥白尼和库恩。但我从未见过一个像以义先生那样把传统与现代集于一身，既让我有亲近感又令我有敬畏感的人物。

# 那些缤纷的时光
——忆丁丁在"浙里"跨学科的日子

　　早起因为偶检布迪厄早年的一个访谈录，看到译者把挪威人埃尔斯特（Jon Elster）的《尤利西斯与塞壬》误作法国人萨特名下的作品，于是意识流向早年在浙江大学玉泉校区时讲过一个关于萨特之"段子"的冯钢同学（其实"段子"是关于冯同学上司的），又由此联想起了（汪）丁丁，也想起了丁丁在"浙里"（浙江大学）跨学科的日子——无论如何，在我的记忆中，那要算是一段有些小缤纷的日子。

　　忘记准确的时间了，如果我没有记错，第一次见到丁丁是在浙江大学西溪校区靠近东门的一家餐厅二楼。印象中那天同席的人应该不会太少，聊了些什么全不记得了。大概因为那时我刚读了丁丁在《读书》上发表的那篇《知识，为信仰留余地……》，就在散席出来时对他说：大作的思路很有启发，谈阿伦特也谈得很好，但您并没有展开啊！不料丁丁"心领神会"，且大大咧咧地对我说：那你来做啊！

　　说起来，后来和丁丁的交往，应该有不少情节都和这一问一答有关。有一次，我听说浙江大学玉泉校区经济学院资料室有一批丁丁代购的书，就匆匆赶去观摩，结果在那堆书中发现了阿伦特的《心智人生》（按丁丁译名），那是我第一次见到此书原版，虽然是一种廉价的平装版，也就是我后来在台北诚品书店买到的那一种。

在蹉跎了不少时日之后，我终于写成了《政治的审美化与自由的绝境：康德和阿伦特未成文的政治哲学》和《论第三种自由概念》两篇小文，后来又编了《第三种自由》这部译文集。当时为了给文集找出版社，我还曾请丁丁向上海世纪出版集团施宏俊先生做绍介，回复我时丁丁顺手把他给施总的信转了一份给我，依稀记得里面有一句：我很欣赏应奇的《论第三种自由概念》一文！——丁丁大概以为这个"背书"应该是一张"通行证"！

有一次我们议论到《心智人生》一书的翻译，在"吐槽"完译文后，丁丁说：此书应由应奇来译啊！丁丁当然是高估了我的西学功底——于西学，我从来都未敢正面攻城拔寨，而只能敲敲边鼓，下几点毛毛雨，用董桥先生的话来说，只能做点儿小小旁批而已。

无论如何，因了这些缘分，丁丁在"浙里"跨学科期间，我与他，还有"三剑客"中的另外两剑客罗卫东和叶航教授，以及本为同事的高力克和冯钢教授时有交往，其实也就是参加了一些跨学科社会科学研究中心的活动。卫东教授对此似也颇有印象，还在他给《理智并非干燥的光》撰写的序言中提了一小笔。

印象比较深的是，那时我为"当代实践哲学译丛"编了阿马蒂亚·森的文集《后果评价与实践理性》，不但邀约丁丁为文集作序——似乎他答应作序的信中有这么一句：我愿意作序，是因为森，更是因为你做事，还有做这套书的态度——而且请"三剑客"，还有高和冯参加了时在马塍路上的枫林晚书店举办的丛书首发活动。那天书店二楼热气腾腾的景象和朱升华同志忙里忙外的样子至今犹如在我眼前。

有趣的是，似乎那天也有个关于萨特的争论。说实在的，丁丁和冯钢，某种程度上有点儿像某位前辈形容的"双旦"某名教授：他们的立场相当程度上取决于其反方的立场！记得那天，他二位又是各执一端杠了起来，丁丁于是转过来问我的看法，我支持丁丁的观点（其实是支持他的某种印象），于是他很开心，而老冯同学，则似乎颇不高兴，口中还有些叽叽歪歪骂骂咧咧的，如此等等。

跨学科中心的活动，有印象的，除了丁丁自己邀请来的刘小枫教授，还有我代他邀请的余杭韩公水法教授和《遥远的目光》（其实主要是《一个绝望者的希望》）的作者杜小真教授。另有两次，一次是林毓生院士来讲伯林的两种自由论，丁丁邀我为评论嘉宾，事实上那天我并未作任何评论，而是凝听了林院士讲他在芝加哥大学听阿伦特讲课的情形。他还夸《第三种自由》这本书编得好，称道我：应先生做了极重要的工作！那天讲座后，丁丁，也可能是卫东教授，请林院士在龙井路7号花园餐厅吃饭，我也参加了，那要算是杭州的一家小高档餐厅，印象最深的不是吃了什么，而是卫东和他的朋友，不时起身为林院士拍照，最后还拿出自己收藏的林著请作者签名。大概是我年轻时还比较"昂扬"，还没有那种越老越浓厚的追星意识，竟完全没有想到这一茬。

一次，丁丁请曹卫东教授讲哈贝马斯的政治哲学，曹卫东"吐槽"哈贝马斯在他面前完全否认自己是一个马克思主义者。有这个梗在前面，我在讨论时就提出哈贝马斯曾在《包容他者》中自称"康德式的共和主义者"，不料书的译者却完全忘了这句话，完全否定我的指陈。两人相持不下时，丁丁一锤定音地说：有这话！——坊间传说的丁丁之博闻强记，由此可见一斑。

2007年五六月间，我刚从宜兰佛光大学回杭州，应浙大出版社某领导之约，其实应该是卫东教授之约，和丁丁等人在朝晖附近一家餐厅聚会。席间我可能是为了向浙大社推荐筹划中的"公共哲学与政治思想系列"丛刊，于是大谈对台湾的"美好印象"，不料丁丁听了"打断"我说：我对台湾从来评价不高！我听了这话倒也有些恼了，可能甚至提高了嗓门对丁丁正色道：那只能代表您的看法！丁丁大概没料到我会这样反应，当场脸红且怔住了。记得是卫东教授出来打了圆场，后来还私下对我解释了丁丁此种"前见"之"背景"。

不久以后，"在中文语境下如何做政治哲学"清谈会在百合花饭店召开，考虑到"浙里"与会的代表似乎"阵容"不够，我特请丁丁驰援，做主旨发言。丁丁回复我邀请的信有些一贯的"词不达意"：我愿意参加这个会，因为你选取的开会地点不错！接着，作为中外闻名的、名声仅次于蔡澜的美食家的丁丁又"傲娇"地说：不过百合花的团餐不行，我可不打算和大家一起团餐！果然，他所在的第一场发言的讨论结束后，丁丁就杳然而去，到别处寻美食去了。这就给了老包邀来的接下来发言的小枫大弟子程志敏教授以"可乘之机"，只听他操着四川普通话说了一句：刚才汪丁丁教授用二十分钟时间为我们解读了三十几部经典！

有一段时间，我很喜欢刷丁丁的博客，以至于有同事开玩笑说：你把汪丁丁装自己口袋里了。不过，天下没有不散的筵席，由于丁丁在"浙里"跨学科的步履逐渐稀疏下来，我和丁丁的见面也同样稀疏了下去。

印象中倒数的一次见面，是在枫林晚朱老总的一次店庆活动上。那一次，轮到我上台致辞时，我回顾了自己在杭大念博士期间，一次在半山街的一个地摊上从一堆"黄色读物"中发现了《永恒的徘徊》这个文集从而得识丁丁其文的，听了我的话，丁丁呵呵地笑了出来。

我还说：丁丁最好的文字，一是哈耶克"三论"，一是《棕榈树下的沉思》。最后我怀着感恩的心情说：丁丁对我最大的启示，就是我不可能通过阅读汪丁丁而成为汪丁丁，我只能成为我自己——虽然，或者说正因为我同意丁丁所说的：我眼睛里的大海和蓝天，是凝固在那里的。因为我找不到前人没有走过的路向，而又不愿滞留在平凡里。

# "'那时候'文心尚存，不过于冷僻处罢了"
## —— 浮观刘擎

　　忘记准确的时间了，但节点还是清楚的：应该是整整二十年前，是我那篇《两种政治观的对话：关于哈贝马斯与罗尔斯的争论》在《浙江学刊》发表之后，那时正"沉迷"于政治哲学的，此前从未谋面的许纪霖教授从沪上给我在浙大求是村的公寓挂电话——这么多年过去了，除了"夸赞"我的论文，具体聊了些什么已经全然忘记，但是这场"对话"却导致了2002年12月我和同事高力克教授同行到丽娃河畔参加"丽娃河之子"主办的一场主题为"公共知识分子与现代中国"的大型国际研讨会。现在想来，参加那场盛会既没有给我作为"知识分子"的"公共性"带来增量，也几乎没有为我了解"现代中国"带来增量，如果一定要说给我此后的生涯带来了什么新的变量的话，那就是在那次会上认识了刘擎！

　　除却简单的寒暄和闲聊，我对最初的会面已经没有什么记忆了，和大多数人一样，我对刘擎的印象其实最早是通过他作为《二十一世纪》编辑的身份建立起来的。记得那时在那份杂志上偶尔也有他自己的文字，而初次见面，一个最大的观感是：这位老兄身上让人"惊艳"处所在多有，却又没有任何出乎吾辈最初预料之外者。或者也可倒过来说：并无任何出乎吾辈预料之外者，却又处处让人"惊艳"。许多年后，我的一位善于状情摹物的学生把刘擎式的那种向外表达和反应的方式形象而带点"犀利"地刻画为一种"预期着反应的反应"，不过那已经是后话了。

最初和刘擎有所交往，当是在他正式到华师大任教之后，我参加过几次中国现代思想文化所的会议，后来还担任了"知识分子论丛"的学术委员，并亦曾为之供过稿。不过此类活动中我印象最深的却是这两次。一次是我从成都夜飞上海，只为了第二天在会上用中文评论现在可能已经转至香港中文大学任教的邓小虎博士的一篇英文论文。听完我的评论，以英文发表著作著称于中文世界的香港大学慈继伟教授脱口而出：我真佩服您能用中文把哲学讲得这么好！第二次，也可能就是同一次，陈嘉映教授主持了李强教授一场关于沃格林的精彩的学术报告，茶歇一起抽烟时，我当着嘉映的面恭维李老师：今天我们听了一位政治学家所做的哲学报告哦！

多年交往，虽然实际相处的次数和时间也可数，但想想也还是留下了些花絮的，甚或有不少予我教益之处。2006 年 4 月，借座北师大文学院，曹卫东教授主办，高全喜教授主持，我们开了一个"当代实践哲学译丛"研讨会，会议的发言记录很多年之后发表于王焱老哥主持的"公共论丛"最后一辑《社会理论的两种传统》上。不过王焱自己反倒记错了那次会议的时间，他是在会议第二天的同一时间"准时"赶到会议地点的。而那次会议让人印象最深的是，中午席地而坐一起吃盒饭时，不知怎么就聊到了某套著名的译丛，只听见刘擎说：我每次买那套书中的新品回家，第一件事情就是把前面的总序给撕掉！两年后的某月某天，我们一起在香港中文大学开会，那次直到会议开始前，我都没有能够完成理应事先提交的论文，忘记是在聊天还是发言时，只听刘擎振振有词：我知道自己这论文还不行，但我更知道这论文必须写完！听完这金石之声，既让我无比惭愧，也让我无比"警醒"——只不过结果比较消极：我此后再也不参加这类"学术"会议了。

2007年五六月间，从宜兰佛光大学访问归后，我与刘擎还合作在杭州召开了有内地（大陆）和港澳地区学者参加的一个政治哲学会议，自那以后，我们就各自赴美，再见已是在那年深秋的波士顿了。我们相约，分别从新泽西和新罕布什尔出发，到时在哈佛大学访问的张国清兄处会合。不过等刘擎抵达时，我已经完成了在罗尔斯书店和乌鸦书店（Raven Used Books）的扫荡与掠夺式采购，正愁一时无法把书全扛回普林斯顿去。等刘擎到了，闻听此情即慷慨曰：反正圣诞前我要来普镇，就先把你的书放我车上，到时我一定完好无损地给你运到！他还不忘补充一句：运费就免了，让我先翻翻这些书吧！果然，他后来告诉我：应奇，你选的书都很精，而且又便宜。我问他是怎么知道——尤其是——后一点的？他回说：美国有一个著名的比价网站，去那里查过了，你的书都是最低价！

也是在普林斯顿，一次我们通电话，我忽然想起来，刘擎是在查尔斯·拉莫尔（Charles Larmore）那里做访问，而我那时刚好在翻译 *The Morals of Modernity*（《现代性的教训》），于是就邀请他：我们一起来译这本书吧?! 他愉快地接受了这项合作——但是其实，我们各自的工作大部分都是在回国以后才完成的，我们还各自写了译后记，记得刘擎在里面"动情地"说："应奇先生是汉语学术界最重要的译者之一，我本身的教学和研究受惠于他丰厚的译著。这部译作是他主编的丛书中的一种，是他安排部署的合作，也是他承担了更大篇幅的翻译。

而将我的名字列于译者首位，是他善意的提携和友情的馈赠。这次愉快的合作是我们多年交往与友谊的一个纪念。"此段"表白"之优雅雍容自不待言，属于典型的"刘体"，不过这次合作给我印象最深的却是另外一个"段子"：无论是作为丛书的主编，还是作为这部译著的合作者，我自然有义务通读译文，也是在这个过程中，我"艰难地"找出了刘擎译文中的若干令人费解困扰之处，于是写信和他商量，他给我的回复是：那篇东西是在布朗大学访问时翻译的，那时候办公室里不能抽烟，所以译文的质量不够稳定！

呵呵，既说到翻译，我就想起来刘擎有一次聊天中"比较"我的某位前同事的译文和我的译文：你那位同事的译文读着挺通顺，但稍一推究就发现不对；你的译文有时候表面上不通，但细究之下却发现是对的。更让人意外的是另一次，刘擎忽然谈及：我一向认为翻译当代著作要难于古典著作，一般来说非得是在西方的大学参加过"撒米娜"（seminar）、喝过洋墨水、交过洋作业的才够资质，而应奇似乎是这一"通则"的例外——说句大实话，诸位，我是直到听了刘擎这番话，才真正体会到被自己的朋友"高估"是什么滋味。

但是让人动容的倒还不是这种稍嫌"直白"的"褒扬"，而是有一次在自建的邮件群中，我发送了自己的那篇《北归端恐待来生》，得到了刘擎的回复："这篇有一种情怀，深切、浓郁却又静默悠远，弥足珍贵。未来世代的知识考据家，若是勘察我们这个'当代'，定会从此文中有所发现：'那时候'也不是每个读书人都垮掉了，'那时候'文心尚存，不过于冷僻处罢了。"

世事浮沉，在浮于海上之后，我与刘擎见面的频度似乎也并没有因此而变得更密切，但是许纪霖教授说得对，刘擎就是那种朋友间的

"黏合剂"，有他在，大家就不会没有话，就不会聊不起来，就能够聊得下去，而且依然是那种没有任何出乎意料但又处处让人惊艳的节奏。2019年陈嘉映来"第五届思勉人文思想节"演讲，后来一起在浦江召稼楼聚会，席间有朋友感叹：嘉映这次在"优府"的时间太短了，真让人意犹未尽啊！这时刘擎就适时"补刀"：下次我们办一场陈嘉映之夜，想来的要收门票！不过我的感觉，大概因为这些年身份上的某种变化，刘擎的言说似乎也开始有了某种微妙的"位移"：每一次在校内的活动上看到我，他都会很开心，而且每每说：这才对嘛！——要不然别人会以为你老兄是客座教授，是挂靠在华东师大的啊。又有一次，他在大庭广众之下夸说："优府"真是不错，像应奇这样博士后出站都有困难的人，我们学校却"礼聘"他为教授！当然，也有另外的情况，有一次我和他一道陪同郁振华院长在闵行宴请前来参加"思勉政治哲学论坛"的学者，面对国内的同行，席间刘擎忽然"旁逸斜出"道：我后来发现应奇很早时候就处理过不少问题的啊！闻听他的话，我只好"尬"回说：可我那些处理都是写意的寥寥几笔啊！机灵依旧反应神速的刘擎这时恢复到了他最"本真"的样子，笑侃：大手笔（原话是大师）可不都是这样的嘛！

我近年颇为服膺的赵园女史在为更多人服膺的钱理群先生八十寿辰时写了一篇贺文，最后说，她从来不读老钱写的东西，读他这个人就行了。我在这里想说的是，虽然这句话也基本适用于我心目中的刘擎，但我还是要读刘擎写的东西的——比如，包括我在内的中国知识界，每年岁末都会翘首以盼的西方知识界年度综述，可是一道真正的刘记年度大餐，特别是对我这样不做西式礼拜，读不了也从不读西文报纸的人来说。

# 低调的哲学观和高调的哲学家观
## ——作为"替身"和"译员"的童世骏教授

第一次见到传说中的童世骏教授，是在 2002 年春暖花开时节的南京，那时候我应该早已从一位玉泉的同事那里借读过那份油印的传阅到了卷边儿的《1989 年以后的欧洲思潮》，还有《1968 年以后的欧洲思潮》。那是顾肃师兄召开的一个关于现代西方公共哲学的会议，记得童教授在会上提交的是一篇学院哲学家的"小论"《罗尔斯的两种规则概念》，而我提交的是一篇山寨哲学家的"大论"《从竞争的自由主义到竞争的多元主义》。许多年过去了，虽然我觉得这一"大"一"小"极疑似那次会议上最有意思的"两论"，但是那次会议让人记住的却是这样一个"段子"：当天下午会议开始时，代表们发现有几位上午在大会上侃侃而谈的学者已经不在会场，知情者说是去南大的"中美中心"赶场子了，这时我听到邻座的童教授轻轻说了一句：只有我们动物学家还留了下来！

打那次以后，通过电话、"伊妹儿"（E-mail），后来是老年款的诺基亚，我与童教授时有联系，包括那年申请校内项目，平生初次准备出国，我也是找了他为我推荐。但印象较深的是这次：大概是 2009 年暑假前后，我在杭州枫林晚书店站着读了童教授发表在乐黛云先生主持的《跨文化对话》某一辑上的《拉赫玛尼诺夫音乐中的镰刀斧头——忆王元化先生》一文，当晚颇有思绪，就与作者聊起天来。记得电话中我们谈卢梭、张奚若和王元化谈得"甚欢"，聊着聊着，电话那边忽然来了一句：你不能把卢梭用来解决问题的概念（例如"公意"）给扔了，而把他要处理的问题（例如所谓"专制"）留在那里！

转年10月，我应邀到华东师大评论其实已经离开华东师大的童教授的"终身教授"报告，那是我初次来到樱桃河畔，也是我初次把童教授和那时同样已经离开华东师大的陈嘉映教授的两种"说理"风格进行比较：我尝试性地称前者为"气胜于理"，称后者为"理胜于气"——这个说法当然是太过抽象了，抽象到我们其实可以把两者的位置颠倒过来而依然"适用"。

那次沪上之行，我们谈定了一件事：11月我将再来"魔都"，随童教授去曲阳新村庆贺我的老师范明生先生八十大寿。事先没有料到的是，我竟在赶去上海之前，写出了为明生师祝寿的那篇文字，并打印了两份，一份自然是献给明生师，另一份则顺道给了童教授，结果就是《生活并不在别处》封底勒口上的那句话："看了《充实之谓美，充实而有光辉之谓大》这篇文字，有一种感慨：我们将不得不对自己的言行慎之又慎，因为它们一定会在历史上留下踪迹的。"——但是这句话其实还有个前提，那就是童教授的另一"金句"：别人的毛病是记不住，应奇的毛病是忘不了！

2011年的5月，《哲学分析》在杭师大召开首届论坛，专题研讨杨国荣教授的具体形上学思想——童教授的《从搬运夫到哲学家》这篇宗旨在于号召中文哲学界展开在世哲学家研究的妙文就是在那次会上出炉的，不过我印象最深的却是其中引用马克思的话："从根本上说，搬运夫和哲学家之间的差别要比家犬和猎犬之间的差别小得多，他们之间的鸿沟是分工掘成的。"

同样让人印象深刻的是，在杭州教工路上一家宾馆的会议室进行完最后一场讨论后，代表们都已经离场，我注意到作为会议主持人的童教授正在收拾文件，桌上还有不少本他的新集《求知明理》，趁他为我题签时，我就问：怎么书还剩下这么多？这时我只听到作者淡淡地几乎没有幽怨地说：如果出了新书，出来开会时总会带些书在身边，但是基本上每次会议结束，都会发现其实并没有什么人可送，于是就只好自己扛回去啦！

5月底，《哲学分析》在首师大召开"陈嘉映哲学三十年"研讨会，我应编辑部之邀参加了这个会议，但是等我发言时，包括童教授在内的编辑部同人已经离开会场，直奔首都机场而去了。同样有些意外的是我那次发言竟然状态"神勇"，赢得到场的一位北京的朋友，还有从香港赶过来的王庆节教授频频点头，庆节还在茶歇时特别向我致意。"得意"之余，我就在散会后把这个状况用短信报告给了童教授，他上飞机前给我回复：我们走了，你正好随便讲！

2015年11月，我连续两趟到华东师大中山北路校区参加会议和活动，先是月初的"冯契先生百年诞辰研讨会"，我虽未研究"冯学"，却也递交了一篇论文，不但在开幕式上目睹了一位美籍华人哲学家"匹夫不可夺志"地"作狮子吼"状，还细听了童教授那无限逼近于"理气相称""文质彬彬"的压轴演讲《作为哲学问题的"中国向何处去？"》。

那次会后，郁振华教授约我月末再次赴沪参加一个有关童教授哲学思想的研讨会，我在电话通知中误听成是和前两次杨、陈两位教授同"规格"的论坛，于是一咬牙就在短短的十来天时间中"奋力"而

"隆重"地写出了一篇《童世骏哲学三十年》——值得记下一笔的是，这篇文字我是一直到当月28日会议召开之前，几乎熬了一个通宵，才在丽娃河畔的专家客舍中杀青的。

当我脚踩棉花般来到会场，才发现我的劲儿是使得"太大"了：原来振华兄邀请我参加的只是童教授一本新著《论规则》的小型座谈会，其实是童教授的老师赵修义教授领衔发起的。但是"覆水难收"，生米已经做成半熟饭，我就只好硬着头皮按照写好的稿子择其"精要"在会上做了汇报。我注意到，在我发言时，赵修义教授看着我的稿子，对他的学生"耳语"：已经有人开始研究你的思想啦！而童教授在回应时半调侃半认真地说：其实我的哲学生涯有四十年！闻听此话，我也半认真半调侃地"耳语"：可是那前十年是空白的呀！

对了，转年1月初，我还到过一次丽娃河畔，那是郁振华教授的重大课题"冯契哲学文献整理及思想研究"开题会，我作为校外专家应邀列席。那次会议上，冯门的"五虎上将"悉数到场，到我发言时，我先是提到大学时读了冯契先生的《中国古代哲学的逻辑发展》就给冯先生写信表示想要报考研究生的愿望，冯先生回信称道我"已经摸到了一些真谛"，我话音刚落，事先已经听过这个"梗"的杨国荣教授适时补了一刀：那封信是冯先生的助手回给你的哈！在那样的场合，我当然要谦虚地表示自己读过在座各位的论著，记得在我提到《第一页与胚胎》时，陈卫平教授反应飞快：我的书你念第一页就行了。可是我的反应也并不慢，马上就接口说：是的，学派存在的最高形态就是不再以学派的形式存在！

几度风雨，几度春秋，2017年3月中旬，还是"一汀烟雨杏花寒"的天候，我终于踩着貌似要二次创业的节奏，"谁倚东风十二阑"，飘然降临在樱桃河畔。刚从北京开会回沪的童教授为了表示对我的欢迎，告知准备在中山北路校区逸夫楼召见我并为新进员工戴上校徽，可是待我兴冲冲赶到中山北路，却发现童教授手中并无校徽，我只好于沮丧中掏出那年年初刚出的小集《理智并非干燥的光》呈上，因为那个集子的最后一篇文字就是"研究"童教授哲学思想的。过了两三天，我的即将"退伍"的诺基亚上传来了一条短信：读了大作最后一篇，不但感谢，而且感动——一方面遗憾自己写得太少，另一方面又庆幸自己没有写那么多！

前段时间为《三联生活周刊》的"中读"APP准备讲稿，童教授重写哈贝马斯。我有机会荣幸地读到了这份题为《哈贝马斯：交往理性的理论家和实践者》的文稿。这篇讲稿的最后一部分讨论了哈贝马斯的哲学观，以及哲学家能够和应当在公共领域扮演什么角色的问题。讲稿最后借用哈贝马斯的"替身"（Stand-In）和"译员"（Interpreter）概念，形象地阐明了哲学、科学与大众之间的"三角"关系。在我看来，这是这份讲稿所揭橥的有助于我们理解哈贝马斯至关重要的公共领域、商谈和理性之间以及论证、学习、批判之间这两重"三角"关系之外的第三重"三角"关系。

在此后偶然发生的一次"讨论"中，童教授有些出乎我意料地同意我在他阐发的哈贝马斯哲学观的基础上，把最近坊间称为"最近哲"——这是由童教授发明的"最接近哲学家称号的人"之"天才缩写"——的陈嘉映教授的哲学观称为"最近哈主义者"，并同样"在此基础上"对哈贝马斯的哲学观做了进一步的发挥。他还提出了关于低调的哲学观和高调的哲学家观的"辩证"观点：低调的哲学观的另一面是高调的哲学家观；主张高调哲学观的，往往是因为无力做高调的哲学家。岂料再一次蹦出上述"金句"后，童教授话锋一转对准我：你也有实践高调哲学家观的潜质……可是，读者诸君，我总是感觉，与童教授的其他"金句"相比，这个小句子似乎既没有那么"隽永"，又没有那么"直白"——没有那么"隽永"，是因为它所肯定的说到底还只是我的潜质，且不论此潜质之"好坏"；没有那么"直白"，则是因为：为什么就不说我已经或者总是在实践高调的哲学家观了呢?!

# "绍海"孙周兴

　　先要"破题"：正如"最近哲"乃是"最接近哲学家称号的人"之"天才缩写"，在中国哲学界，几乎一望而知，"绍海"则是"绍兴海德格尔"之"平庸"得多的"简写"。但是如果说前一个称号，同样在中国哲学界，还会有不少人愿意汲汲于对号入座、冠冕加身，甚至如鲁迅笔下所讥刺的那一干听闻富家招婿，便摩拳擦掌、跃跃欲试的人，那么后一个称号则是任谁也抢它不去的真正的"专名"——"绍海"者，同济孙周兴教授是也。

　　据我的见闻，"绍海"这个称号——其实是绰号——起源于当年浙大玉泉时代那个"小圈子"。那时我还是刚入职的"青椒"，一名年轻的讲师，其实并不是那个"圈子"里的人，充其量可谓一个外在的旁观者，但是又与那些真正的"局外人"有些不同。一者"四校"合并之前浙大文科那个"圈子"本身就不大，用俗语来说，原就没几条枪；二者我与那个所谓"圈子"中的个别核心人物有过从，于是偶尔也会听见些"小圈子"里的"秘辛"。

　　虽然和"绍海"是师兄弟，那时也还是同事，但我仍然记得当初听到"绍海"这个绰号时所涌起的那种既新鲜又传神甚至令人叹服的感觉——所谓"命名"之神奇，莫此为甚也。本来，所"命名"的是一个最稀松平常的事实，如"林中路"，可谓"习焉不察"，但是一旦

"命名"成功，则像是成了"路标"，任谁也绕它不过去也！

以海德格尔为业，又是绍兴人，单这两个要素和语素，"绍海"这个称号就足以成立了。但单凭这些，"称号"还不成其为"绰号"。海德格尔以农民哲学家"自居"，"绍海"亦"效法"甚或"追慕"海氏，颇为自得于自己的农民"出身"，虽然我其实很少听他称自己为"农民哲学家"——大概因为"农民"毕竟生来就是，"哲学家"则有待后天修为也。

"绍海"所"得意"的是两条：一是他是做海德格尔研究的，二是他是一个"农民"。"绍海"的博士论文就是研究海德格尔的，而且一直以来几以翻译海德格尔为业，所以第一条只是"写实"。至于"农民"，除了从海德格尔那里"汲取"和"反射"回来的意象和含义，更有"写意"者在：一是如同海德格尔有其所癖好的口音和装束，"绍海"始终"逗留"且自得于他那口如假包换的绍兴土话，无论讲多么"洋气"的话题，他都用在我这个"内行人"——这里再透个"秘辛"：其实我也算是"绍兴人"——听来甚至有些"刻意"的绍兴话；二是众所周知，"绍兴"盛产"师爷"，于是连带着"绍兴人"（至少在江南文化中）听上去就有些"名"外之"意"在焉。

虽然"绍海"以"农民"自况，但是在研究海德格尔之前，他是个诗人；在以翻译海德格尔成名之前，他名唤"白波"。20世纪90年代初期到中期吧，那时依然"如日中天"的《读书》上经常有他署名白波的"美文"，我印象最深的是其中对荷尔德林的翻译，经海德格尔的阐释发挥，古往今来头号"诗哲"的那些诗句应该就是"绍海"随手从那庞大的海氏翻译初稿中撷取出来的。

应该是1992年三四月间，因为预备报考已经移驾杭州的夏基松先生的博士生，我来到当时夏先生在杭大仅有的两名弟子孙周兴和杨大春的博士生宿舍。除了那一抹至今仿佛还在眼前的尚带着寒意的春光，具体聊了些什么全然记不得了，印象中两位"师兄"博士即将毕业，寝室内似乎有一丝硝烟已然散尽，即将各奔前程的逃亡既视感。

那时没有想到的是，后来我会与孙、杨两位先后成为同事，先是我1996年博士毕业到"四校"合并前的浙大与"绍海"成为同事，接着是21世纪初又回到早已合校的浙大哲学系和杨大春成为同事。虽然我与两位师兄所业相去甚远，但也竟然各有一次成功或不成功的合作。和大春的合作，是他推荐我为台北的扬智文化写稿，这对我勉力走上政治哲学之途算是一种外在的推动，特别是对《社群主义》这个小册子的写作，至少在一种回溯的意义上，可谓我并不那么成功的生涯中一桩小小的"业绩"甚或"路标"。

至于和"绍海"那次未成功的合作，忘记具体的时间了，至少那时《路标》或《演讲与论文集》尚未出版，"绍海"也还远未成为后来"赢者通吃"至几乎"一统江湖"的"绍海"。记得一次他告诉我，拟在杭大出版社做一套译丛，大概他也了解到我有些热衷于翻译，就问我有什么书目可以加入，我忘记自己是推荐了图根德哈特（Ernst Tugendhat）的《传统哲学与分析哲学：语言分析哲学讲演录》还是威廉斯的（Bernard Williams）《伦理学与哲学的限度》，总之此事后来不了了之。反正对我而言推荐书目无非是一桩"无本买卖"，自然也就没有追问什么，只依稀记得他不久后有些兴奋地告诉我，生活·读书·新知三联书店已经接受了《演讲与论文集》的译稿，而那次似乎也列入日程的《形式显示的现象学》则是到同济后才译完的。

和"绍海"在玉泉做同事的时间并不长，那时"核心"和"外围"之间相距既遥，以至于虽然一度住在同一个小区，见面聊天的机会也并不多。一次盛晓明邀请其大学同窗李秋零教授来演讲，后来在玉泉邵逸夫科学馆宴集，那次由于冯钢讲了一个笑话而至今记得，却完全忘了"绍海"是否在场。又有一次是我评副教授，完了后那时已有学院投票权的"绍海"调侃我发的都是"重要刊物"，其实他或许不知道，我的成果完全可以评教授啦！只是我没有像"绍海"那样一路遇到"贵人"罢了！

印象最深的一次，是"绍海"赴德国洪堡前夕，一干人一起喝酒送行，那次似乎还有另一位"才华横溢"的师兄，记得喝完酒还到"绍海"在求是村中心的公寓小坐了一会儿。按说赴洪堡是件荣耀的事儿，那次的"逃亡感"却比当年我在博士生公寓所感觉到的强多了——当然，这完全可能是我事后回忆时的一种"投射"，因为事实上，从洪堡回来，他就离开了浙大，离开了杭州——记得他半私下半公开地说，他母亲去为他卜了一卦，卦辞上说他命在北，也就是他应该北上。

2011年5月底，我和"绍海"相遇于《哲学分析》在首师大学召开的"陈嘉映哲学三十年"会议，晚上在一起闲聊时，陈嘉映、童世骏、"绍海"和我坐在一小桌，席间"绍海"忽然指着我对另两位说：这是我最靠谱的师弟。依稀记得我回他说：周兴，我可不敢说你是我最靠谱的师兄，毕竟我的师兄几乎个个靠谱啊！其实那晚我非常疲累，但是陈嘉映的一番话至今我仍然记得很清楚，只听他慢悠悠地，以构成其"魅力"之四分之三的语调说：人说童世骏是领导，我每每看着他总觉得他领导得挺吃力，而"绍海"呢，却是每每不经意间"云淡风轻"地就把咱们给领导啦！

在那篇追念先师夏先生的文字中，我曾经用了一句后来被我的另一位师兄倪梁康教授在夏先生告别会上援引的"夏先生桃李天下，其门弟子于现代西哲研究，几乎占据'半壁江山'"，其实，"绍海"要算是这"半壁"中的"半壁"——他一人横跨海德格尔、尼采、艺术哲学和人工智能研究，统名为未来哲学研究。在尼采那里，未来哲学还只是"序曲"，而"绍海"却把它给"落实"了。这其实也并不算奇怪，撇开那种不靠谱的气质同异论，也用不着以艰深文浅陋。"绍海"从海德格尔那里学到的东西很真实、很清楚，也很"管用"，那就是在他的哲学——包括"未来哲学"——中，"理想"和"现实"是"打成一片"的，我们不太分得清哪里是"现实"，哪里是"理想"。当然，这本身就是个亘古以来的大难题，原是无论得出什么样的结论都不足为怪的。

这么多年过去了，"绍海"的博士论文我仍然没有能够读完，但是其后记中有句话却让我至今印象深刻，大意是：本论文的准备过程漫长而富有兴味，成文却匆忙而乏味。而我现在要说的是，乏味也好，索然也罢，一个人能够坚持那样漫长而高强度的翻译生涯，这本身就足够让我们肃然起敬了。我也曾想，其"功德"不论，这种精神大概也是"绍海"身上最接近尼采所谓"超人"之处了。

"绍海"是绍兴人，这我们已经说过了，除了尼采、海德格尔，"绍海"每每流露出他最喜欢乡贤鲁迅的意思。这当然不是因为"绍海"是阿Q，最低限度，即使他是阿Q，看上去他也是一个会"自嘲"的阿Q。再者，《故乡》里曾经写到月光下的闰土英挺地在海边的西瓜地里用标枪刺猹，小时候每读到此处总是纳闷，绍兴哪有海啊！至少我是直到很晚才明白过来，迅翁笔下这海应该就是指我后来不断地"双跨"于其上的杭州湾。阿Q也好，闰土也罢，"绍海"也好，他"最靠谱的师弟"我也罢，作为绍兴人，"俺们肆"本应该都是了然于此的啊！

# "我注六经" vs "六经注我" 一例
## ——有感于金春峰评李泽厚

　　早起偶见有人推送资深中哲史学者金春峰先生（以下随语境或省称先生）评论李泽厚哲学的文字，兴味盎然地拜读了一遍，觉得颇富理趣，趁此写下几点感想，自作多情地也"聊"为泽厚先生九十大寿贺。

　　我最早知道金春峰大名，几乎就是通过李泽厚为其《汉代思想史》所作的序言。记得那时吉林大学文科阅览室里有这部开本稍大的书，其浅黄色封面似乎至今还留在我的印象里，我应该是从架上取下读过这本书，但遗憾并没有读完。

　　从春峰先生的回忆得知，李氏思想史"三论"乃由他编辑问世，无怪乎两位之交谊若此。20世纪80年代是李泽厚时代，"三论"之风靡我是亲历者。"正常"的次序，我们是先读"古论"，再找"近论"来看——看着"近论"时，"现论"也出来了，这也叫"亲历历史"。当然，我也可能是先读"近论"的，因为对美学的兴趣，我那时找了李泽厚的所有文字来看，其时"古论"可能尚未出版，所以只能先看"近论"了。

　　大论之外，李泽厚的序跋和访谈也很好看，无论从文风还是思致来看，这些小块文字无疑是那个年代的一股清风和一道清流。比如泽厚先生就曾在一篇文字中透露从小暗恋他的某位表姐，诸如此类，在那个虽春潮涌动但在社会舆情上仍有些道学气息的年代出自一位声名显赫的学者之手笔，似乎也是闻所未闻的。

当然，这些文字中并不是只有"八卦"，多数仍然是关于思想和学术的。记不清是在一次访谈还是在一篇最早在《书林》发表的《与青年朋友谈治学》中，李泽厚把"我注六经"和"六经注我"作为两种治学方法论加以对比，而且明确说自己"归宗"后一派。现在我们可以注意到，这个方法论上的"二分"在解释李、金之分歧上似乎也有一定的说服力。

金春峰的评论主要涉及李泽厚哲学中的如下几个面向：一是哲学和科学的界限，尤其涉及诸种本体论以及所谓"超越"概念；二是"羊人为美"还是"羊大为美"，这不但事关美的起源，而且攸关对古代思想起源的解释；三是关于道德与伦理的关系，以及如何对待马克思主义的理论遗产。

就哲学和科学的关系而言，金春峰认为李泽厚受制于一种"把哲学当科学去讲"的先行态度和信念，而不是像他们共同的老师冯友兰那样一开始就把哲学与科学区分开来。这无疑是一个富于洞见的观察。虽然金春峰并未仔细比较冯友兰与李泽厚的哲学观，但是当金春峰提出李泽厚否认中国文化与思想有"超越"这一观念就是在否认中国有哲学存在时，就无疑需要进一步地辨析了。

对于李泽厚哲学观的特色和成因，金春峰似乎更多地归结为李泽厚的"文论作风"，诸如"吃饭哲学""日常生活主体""情本体"等人们耳熟能详的概念，都是金春峰所谓的"模糊概念"。姑且不论"情本体"能否"覆盖"儒家主要典籍，从学理上说，金春峰认为所谓"情本体"中的"情"其实完全不能脱离"道德格律"式的理性概念，毋宁说"道始于情"中的情"已是一种反思，不是情而是理性了"。至于把"本体说"落实为"文化心理结构说"，又具体落实到对美学与伦理学的解说，金春峰认为都是由于"把两者当科学去讲"所致。

就"羊人为美"还是"羊大为美"这段公案而言，金春峰评论的重点仍然在于破除李泽厚试图把美归之于善，并从发生和本体层面对之给出一种基于使用工具的近唯物史观的解释。针对于此，金春峰犀利地指出，从"羊大为美"把美归于善不但有所谓"机械唯物论"之嫌，而且与在甲骨文使用前，口语中"美""善"两字即已并出这一事实直接相冲突。

有趣的是，金春峰的评论并未触及"羊人为美"，而后者或许有助于一方面纾解机械唯物论的指控，另一方面引申出李氏美学的关键旨趣——"羊人为美"还是"羊大为美"的"辩证"在回应人类学进路对于美与艺术的起源之解释的同时，又进一步张扬了所谓"味觉美学"的方向，从而把"味觉"并列为与古希腊的"视觉"和希伯来的"听觉"鼎足而三的"官能"。

就道德与伦理的关系，以及如何对待马克思主义理论遗产而言，金春峰主要是进一步亮明了他在哲学问题和主题上的某种先验与超越的立场。他一方面反对基于巫术对德的起源做出实际上是功利主义的解释，另一方面反对将中国哲学中的"良知""天理""心体"，和西方文化中的上帝存在、灵魂不死、意志自由，这些所谓纯"理论结构"坐实为人的"文化心理结构"，从而进一步拒斥李泽厚"把哲学当科学去讲"的态度。

在这里，金春峰实际上把捉到了李氏伦理学中一种奇特的悖谬，一方面，自由意志也好，道德律令也罢，它们都不是来自上帝、"天理"、"良知"或"先验理性"，而仍然是来自"人"；但另一方面，这里的"人"是指"人类总体"，也就是所谓"大写的人"。其中的概念罅漏使得李泽厚一方面通过强调牺牲个人利益、生命、幸福以显现道德的崇高，例如他常以消防队员救火之例讲自我牺牲（此点系杨国荣教授在一次交谈中提示于我，进一步的论述请见杨教授的新论《道德行为的两重形态》）；另一方面通过区分伦理之形式方面和内容方面，陷入了冒死的恐怖分子是在践履"绝对命令"这种听上去"非常可怪"之论。

从金春峰对李泽厚的评论中，我们当然可以看出一些基本的哲学观念上的分歧，但是如前所述，治学方法上的差异至少也能够对两者的分野做出局部的解释。

科学甚至科学主义对李氏的影响既是李泽厚哲学中具有个性特色的一面，也更体现了这种论说置身其中的时代精神。哲学观的科学面向和旨趣所折射出的是李泽厚哲学的启蒙色彩，这也是无论是当时还是后来不满于李氏哲学者所关注和着力的一个面向。也许我们可以说，正是金春峰注意到的李泽厚那种"把哲学当科学去讲"的倾向使得后者不尚"空谈"，杜绝"玄思"，捍卫"常识"，从而似乎表现出对所谓"超越"问题缺乏兴趣。用一种不甚恰当的类比来说，"把哲学当科学去讲"这个面向是李泽厚哲学中"我注六经"的一面，而金春峰所谓"文论家"作风则是其中"六经注我"的一面。

再者，"羊人为美"也好，"羊大为美"也罢，其重点仍然是试图对美和美感的起源做出一种近似发生学的解释，这当然也是李氏美学所措意的方面，或者也可以说是其学之"我注六经"的一面。但是李泽厚念兹在兹的则是发展出一种味觉美学的论说，并将之标举为他一力倡导的华夏美学之精髓和要义，这是"六经注我"的一面——据闻最能体现李泽厚国际声誉的"诺顿选集"就为《华夏美学》留出了超过《美的历程》的篇幅。

至于所谓实践本体论与以历史唯物主义为内核的马克思主义理论传统的关联，我们当然要看到，至少在字面的意义上，也许因为晚岁遭际和境遇之不同，金、李二人对马克思主义理论遗产表现出耐人寻味的姿态上的差异。但是从内在于李泽厚哲学发展历程的视角而论，李泽厚强调其理论底色中的马克思主义成素和成色，一方面固然有维护个人认同和所谓理论一贯性之"焦虑"，另一方面也未尝不可以说，李泽厚从其理论生涯的起点就表现出对马克思主义传统和遗产"灵活运用"的态度。以实践论和社会历史性解说美的本质也好，以积淀说和人化自然论说文化心理结构也罢，都是他"灵活运用"各种理论资源的活生生的例子。

换句话说，在对待包括马克思主义在内的各种理论遗产和资源的态度上，李泽厚更多地采取的并不是"我注六经"式的"抱残守缺"，而是"六经注我"式的"返本开新"。至于是在何种意义和成色上的"返本"和"开新"，则是另一个层面的，也非我们能够在此讨论的问题了。

于是我们就注意到了一个有趣但同样有些悖谬的现象：在一种至少表面上对包括马克思主义在内的理论遗产采取一种客观开放态度的理论路径中，实际所表现出的是一种在理论运用上有些拘谨甚至"教条"的态度，此可谓"六经注我"其表，"我注六经"其里；而在另一种不断重复且反复引证包括马克思主义语录在内的理论进路中，实际所表现出的则是一种在理论运用上的灵活甚至实用（主义）的态度，此可谓"我注六经"其表，"六经注我"其里。

　　在经友人推荐，也得到金春峰重视的李泽厚与童世骏的对话中，无论后者百般"清新"地"劝诱"，前者都"老成"地"不上当"，拒不使用带有明显牟宗三痕迹的"内在超越"一语。但是，"用脚投票"的"定律"用在李泽厚身上照例不爽：从"理论"上拒斥"内在超越论"的泽厚先生在"实践"上却是一位"内在超越论者"。

# "日暮乡关何处是"
## ——武汉访友记

　　日前看到武汉人清华大学李义天教授在武汉疫情时写下的忆旧励志文字，让我在这特殊时刻想起自己也曾有一次武汉游，因陋就简写下来，也算是有点儿特殊的况味。

　　2017年的深秋，我到武大参加一个学术会议。之所以与会，一是自己从未到过武汉，正可以趁此游新地兼访旧友；二是打算乘便为《哲学分析》找找稿源——那时杂志尚未进C刊，来稿并不充裕，主事者也希望利用我这个"特邀编辑"之"判断力"，在有限的"人脉"内达成最高之"性价比"。

　　说到访友，那时似尚未晋级"网红"的武大哲学系苏德超君可算是我的旧友，虽然我们之前从未见过面。当年是因为近年刚过世的美国哲学家卡茨（Jerrold J. Katz）的《意义的形而上学》一书的翻译，我经人推荐找到了苏君。译著出版后多年没有联络，此次赴会前我也并未给他预告，但是当第二天中午我们在餐厅遇见时，刹那间就有点儿旧友的感觉了。苏君慷慨地约我下午时间合适时，去逛逛传说中的武大校园。果然，那个时间点到来时，苏君就准时驱车载上我，穿过同样是传说中的东湖，直奔珞珈山而去了。

　　苏君是一个极称职暖心的导游，对我可谓"倾其所有"。我们赶在下班时间到来前参观了最具标志性的老图书馆和二楼的校史馆，其中给我印象最深的，一是吴于廑和唐长孺两位先生的合影，二是齐邦媛教授大学时代在珞珈山的留影——我不知道这帧此前只在《巨流河》中见过的照片是何时开始陈列于此的，猜想应该是在《巨流河》风靡大陆之后吧！在校史馆边上有一尊出现于《巨流河》中的闻一多先生的雕像，我还让苏君为我拍了一张与雕像的合影。一多先生是武大文学院之创院院长，虽在武大任教时间并不长，但据说是珞珈山的定名者，有点类似于未名湖乃出于钱宾四先生之提议。据《闻一多年谱长编》引用的《坎特伯雷故事集》的译者，同样出现在《巨流河》中的方重先生《回忆武大》一文的话："讲到'珞珈山'这个名称……若要追溯此名之由来，在我的回忆之中则首先要提到诗人闻一多……当初他题这个名称时曾和我以及其他几位旧友谈论过。我们都一致赞同，认为这也是诗人的灵感之一。因而珞珈山之名就此沿用至今。"

《巨流河》的读者应该都清楚，此书第五章题为"学潮"的一节主要刻画的对象就是闻一多。但是如果没有对照过繁简两个版本，就会忽视简体版实际上删去了此节最后两段文字。作者后来在一个同样在三联出了简体版的访谈中说："我不愿意删但他们删了的，只有关于闻一多那两段。"这里无法介入这段"公案"，而只想引用作者本人所编的《洄澜：相逢巨流河》（生活·读书·新知三联书店，2016年）中所载的一封读者（其身份是一位退伍老兵）来信的话："关于闻一多之死涉及学潮，您先赞叹同情，接着以史观质疑，再加温厚批判，非常精彩，确有独到卓越之处。您谦虚期盼，有关闻一多历史问题，似值得学术界检讨研究。在下老兵以为，从一九四五至一九四九，终至'文革'十年悲剧之所以引爆，已是无可逆转……闻公自刻'其愚不可及'，不值得幸存者再去烦他。"

老图书馆的前面是一个大平层，或者就是武大那个鼎鼎有名的大屋顶，夕阳西下时分，在那里坐观湖山之胜，真可谓云蒸霞蔚，气象万千——在我有限的经验中，大概只有礼平在《晚霞消失的时候》中所描写的天街差堪比拟。从那如天梯般的石阶下来，就是著名的樱花大道。虽然眼下并非樱花季，苏君还是热心地让我在那道上摆拍了几张。从那里一路下行，直到东湖边的校门，正赶上傍晚的交通高峰。事先约好，当晚我还要赶去见与苏君一样在武大哲学系任教的程炼兄。苏君为我想得很周到，特意安排了一位学生在校门口等我。

在那位学生的引导下，天黑时分，我们终于赶到了程炼兄的公寓。回想起来，如果说我之认识苏君乃是缘于一项成功的译事之约，那么我与程炼兄之相识则是基于一项失败的译事之约，虽然那桩译事并未成功，所幸"买卖不成仁义在"，我们从此算是成了朋友。此次赴武大会议之前，我就把自己的行程告知了程炼兄，他回应相约当晚一起喝酒。果然是有诚意有准备，他还约了华中科技大学的汤志恒君，汤君又带了一位朋友。众人在其公寓会合之后，程兄就带着我们到他家附近的一家小酒馆，看得出来，这大概要算是他在武昌的"御用膳房"了。

以酒助兴也好，好酒无量也罢，一起喝酒主要也就是为了聊天，而且纯粹是那种闲聊。虽然当年译事"买卖"未成，但此夕我们席间仍然谈到了翻译。作为《现代性之隐忧》的译者，程兄颇喜考究字句，咬文嚼字——至今仍颇自得于以"隐忧"译 malaise，正如我之自得于以"欲迎还拒"译 reluctant。我偶然谈及当年以《朱门酒肉臭，路有冻死骨》译纽约大学哲学家彼得·安格尔（Peter Unger）之 *Living High and Letting Die* 一书，程兄闻听期期以为不可，认为宜直译为《活得好让他亡》，而汤君则以为不妨译作《醉生梦死》！谈到在武汉的生活，程兄似颇为满意，认为它既远离北京那样的政治中心，又远离上海那样的商业中心，背靠珞珈，俯瞰大江，正是读书思考的好地方。

从酒馆出来就已近午夜，按常人的作息，也差可归安了，但程兄兴致正高，大概对他来说，时间才刚刚开始。他热情地邀请我和那位陪同我的学生一起到他的公寓欣赏其高级音响，但我于此道是外行，让我印象深刻的倒是他那满架满架的英文哲学书，我开玩笑说他该是把美国二流哲学教授的书都给搜全了，而且大部分是初版精装书！看着我流连书架的样子，程兄仅以片言只语提及他当年的搜书热情，然后扔下一句：我的书架上没有政治哲学书！这不禁让我想起我们那年在北京初见时的聊天，他有些急切地告诉我，自己在莱斯大学（Rice University）的博士论文就是研究公民共和主义的。这就又让我想起了早年在《学人》上读到过他的一篇题为《为国而死》的文字，这应该与萧阳教授当年的那篇《罗尔斯的〈正义论〉及其中译》同为悼亡和反省之作，于是当时初读的那份突兀感也就随之烟消云散了。

结束我自己第二天上午的议程后，仗义的苏君安排他的弟子陪我去江边观光，虽然并未登上崔颢的黄鹤楼，但在江边坐观武汉三镇就已经是够有气势的了。看完汉江和长江之合流处，在江边的老街排队用完武汉小吃，就在江堤上闲逛。江水并不清澄，太阳依然耀眼，我们还参观了长江国家博物馆，看到主席畅游长江的大幅巨照，我不由自主地联想到自己在岛上小水库边的反弹琵琶。

因为在老街上没有找到像样的书店，苏君的弟子还特意带我逛了城里的两家其实无书可淘的书店，并陪我去了一处湖边森林公园，我们在东湖边一直流连到黄昏时分。晚上，苏君要和他的两位同门——

同是邓晓芒教授门下的杨云飞君和包向飞君一起在东湖深处的一处农家乐请我喝酒。

　　说到晓芒先生，我就想起来苏君还告诉我他的老师在当天下午举办的学术会议闭幕式发表了一篇很劲爆的从康德哲学批评儒家为乡愿道德的报告。苏君知道我此行有约稿重任在肩，马上自告奋勇地说：我去问问邓老师能不能把稿子给《哲学分析》。我闻听后一边有些"惶恐"：邓老师这样的名家的稿子恐怕早已给"名刊"抢走了吧？一边又有些信心：邓老师这样的名家应该是不太会在乎例如《哲学研究》与我们的《哲学分析》之间的"鸿沟"的——须知《哲学分析》创刊时，总编先生放出的"豪言"是：我们的目标不是以发表谁谁的稿子为荣，而是要让谁谁以在《哲学分析》发表为荣！——壮哉斯言，壮哉斯言！但是理想是温柔的，现实却是残忍的，果然，苏君不久就遗憾地告诉我邓老师的稿子已经被某"权威"杂志抢走了！

　　好在没有"抢"到邓老师的稿子也并未太影响我的心情，而且更要紧的是，在眼下这幽深的东湖一角，貌似与席的几位邓门弟子都自带了美酒来，只有我是两手空空的，大家虽然都是初见，却海阔天空，相谈甚欢。看着他们兄弟怡怡的样子，我一边有些羡慕，一边也有些"移情""神入"，酒酣之中，竟几误以东湖为西湖，差欲认他乡为己乡了。只是当他们把我送回入住的宾馆，深夜一人在附近静寂的小道上散步，遥看江城圆月，孤悬在天，那种"独在异乡为异客"的落寞才又重新浮上了我的心头。

# "不自觉地严肃了起来"
## ——罗义俊先生的隽语

我之能够亲炙于罗义俊先生，是因一桩有些偶然的事。1990 年秋天，我来到淮海中路 622 弄 7 号上海社科院研究生部，开始了我的硕士生涯。我的导师是哲学所的范明生研究员，范老师 1950 年考入清华哲学系，1952 年院系调整后进入北大哲学系学习。不知是因为范师早年的教养过程使他"天然地"有些现在坊间所谓的"博雅"教育意识，还是纯粹为了填充学分，总之，范师在我（们）的培养方案中"塞"入了一门由社科院历史所的李华兴和罗义俊两位研究员合开的课程：中国思想文化史。

其时，社科院历史所在徐家汇办公，研究生的课程也在那里进行，于是，那个学期每逢上这门课的日子，我就会一早从淮海中路坐公交车，到徐家汇接受时任历史所常务副所长李华兴研究员和时为古代史室研究员的罗义俊先生的教诲。这门课一共有四名同学，除了我的另一位同门，还有华兴先生自己的两名硕士生——所以在某种程度上，也可以说范老师的两位学生乃是到徐家汇蹭课去的。

估计同样会出乎现在"博雅"论者之意料，这门课虽名为中国思想文化史，其实就是读两部书：古代部分由罗义俊研究员带读牟宗三先生的《心体与性体》，近代部分由李华兴研究员领读郑振铎所编的

《晚清文选》。华兴教授出身于蔡尚思先生门下，当时其专著《中国近代思想史》由浙江人民出版社出版未久，他以前述"郑编"为脚本亲授此课之近代部分，乃是顺理成章的事，而义俊师以《心体与性体》作为古代思想史之"教本"，则似乎需要下几句"转语"了。

记得义俊师在课程一开始对此做过说明，当然他没有谈与"博雅教育"一样在国内学界很久以后才流行开来的所谓"唐宋变革论"，而是径谓《心体与性体》乃前此中国哲学与文化之"总结"，是以将此著作为教材完全"正当"。我不知道这种解释在多大程度上能够成立，也不清楚其他三位同学对此有何"观感"，总之我听了此语似乎是"甘之如饴"，盖因我其时正在社科院港台图书阅览室耽读外面还难以见到的各式牟著。

也因为这个缘故，古代部分的课堂上，我就几乎成了义俊师的唯一"听众"甚至"对话者"。华兴先生的一位男性硕士研究生，本科就读于复旦历史系，他本来就性喜"空谈"而不尚"玄谈"，而我的那位朴实可爱的同门，每当义俊师用那口宁波沪语讲到"激昂"处，学着说牟先生那句"拿生命顶上去"时，总是会适时露出他那一贯的厚道鬼脸，屡试不爽地，就每每是这种几乎"笑场"的"剧场效应"。

通过这半门课程的机缘，我和义俊师熟悉了起来。我们的师生缘既是起始于《心体与性体》，自然地，我向他请教的主要也是与牟宗三先生著作有关的问题。有些社科院港台图书阅览室当时尚未入藏的作品，如《时代与感受》和《圆善论》，我就是从他那里借阅从而得以先睹为快的。

我向义俊师的请益并没有随着课程的结束而终结，但我在这里先要谈一下那门课的作业。由于在港台图书阅览室"遍读"牟宗三哲学的同时，我也在那里细读《论戴震与章学诚》和《中国思想传统的现代诠释》，并对这两部论著中解读清代思想演化的"内在理路"说深感兴趣，就写了一篇题为《寻求儒家知识论的源头活水》的小文。义俊师不但接受了我这份有些不甚"切题"的作业，还打算推荐到《鹅湖月刊》去发表，不料却被"少不更事"的我以"尚不成熟"为由推却了他的盛意。记得当年我还曾与一位经济所的诸暨老乡聊及此事，他那种茫然不解的神情至今都还浮现在我眼前。

印象最深的是，那时我还会不时往义俊师在江宁路的府上跑，除了借还牟著，更多的是去听他聊天——听他老人家聊天很享受，当然前提是你要听得懂那口宁波腔很重的上海话。义俊师所聊并不限于牟先生和新儒学，但凡掌故与逸闻，无所不包，亦无所不及，其中有些据说还是他自己"体悟"、"考究"和"侦察"所得。每谈到甚有心得之处，他都会先四顾是否有人，然后露出得意的神色。而当此珠玉时分，我更是听得津津有味，如饮佳酿者是也。

义俊师早年毕业于上海师范大学历史系，在研究新儒学之前一直以汉代史和钱穆研究为业。记得他有一次告诉我，大学毕业时因为对土地制度问题的兴趣，曾想报考贺昌群先生的研究生。刚巧那时我在范老师的课堂上递交了一篇题为《侯外庐封建土地国有论平议》的小论文，于是就向他请教对侯外庐先生的印象，这一问就问出了他那句"隽语"——"侯外庐是中国马克思主义史学家中最具异端气质的一位"。现在坊间有些流传，误以此语系属于我，在此必须隆重申明，以免舛讹失实。

一次谈及国际共运史与修正主义思潮，以及所谓议会政治问题，义俊师慷慨而沉郁地旁及文明与野蛮、革命与改良等议题。他沉浸其中，我暗中观察，觉得其议论亦与顾准在《直接民主与"议会清谈馆"》所论颇为神似。顺便说一句，由顾准胞弟陈敏之先生所编，王元化先生作序的顾准遗文集《从理想主义到经验主义》当时刚由香港三联书店刊行，当年我还在社科院门口的沪港三联见过那本封面淡蓝的素雅的"伟大小书"。

回想起来，义俊师聊天时说的这类"隽语"甚多。记得他有一次谈到钱宾四先生不愿赞同中国传统政制为专制主义，一方面指出后来如张君劢的批评中"良知的迷茫"一语实失之过重，另一方面又从"知识社会学"的角度指认宾四先生之有此种认知，盖与其少时包括无锡在内的苏南地区吏治尚未大坏有某种关联。此说或可为《国史大纲》引论中吁求此书读者对于国族文化的那种"温情与敬意"作一小小注脚也。

又如，由翟志成对熊十力和梁漱溟之"诛心之论"，义俊师一方面批判了近代以来知识分子的那种阴暗心理，所谓"我不是东西，你也不是东西"（"东西"两字乃用沪语方言"么司"说出）的"逻辑"，另一方面又从梁漱溟和徐复观所"面折"的对象来比较两位人格挺立的程度。凡此种种，不但妙语解颐，而且颇富理趣。

日前因为把自己上半年刚出的小集寄与义俊师，且将送呈陈克艰先生的那册也一并附寄在包裹内，我接到了义俊师的电话。与三年前那次见面聊天感觉有些不同，这次电话中的义俊师听上去中气甚足，让虽常念兹在兹但平时又不会"嘘寒问暖"的我大感快慰。义俊师和我谈及，除非由当年老东家《文汇报》的朋友驱车安排，否则他和克艰师现在很难得见面，毕竟上了年纪，除不得已做些理疗外，都是以居家养身读书为主，前一阵子因为腰伤，大部分时间就干脆采取卧读的老办法。

　　谈到读书，义俊师就兴奋了起来。他告诉我，前一阵子刚读了唐君毅、谢幼伟和张丕介诸先生的东西，尤其是把《佛性与般若》重读了一遍。谈到牟先生，义俊师就更兴奋了，他用"好看"两字来描述读牟的感受：就唐、牟而论，一般认为唐比牟"好看"，义俊师则认为反是。此论可谓深得我心，惜乎在自己的老师面前我总是过于"肃穆"和"庄重"，本来还可拿出那个"黑格尔的每句话都不好懂，但整体上好懂，康德的每句话都清楚，但整体上不好懂"的"段子"来比附唐和牟写作风格和致思取向的不同。

　　现在国内学界皆公认义俊师是内地（大陆）最早系统绍介港台新儒学的学者，他所编的《评新儒家》就是一本入门级的资料书。由于义俊师的工作，特别是其对儒家义理的持守，他得到了牟宗三先生的肯认，实可谓牟门弟子。聊天时义俊师特别提到李瑞全、杨祖汉和李明辉三位牟门高足，并引用天台宗的说法肯定这几位持师说甚严。由此发挥，他反对"大陆新儒家""政治儒学"等一系列名号说辞，甚至认为"新儒家"和"新儒学"在牟先生那里也只是"方便说法"，任何前缀都只会割裂、分化和肢解儒之本义。用义俊师的话来说，儒就是儒，儒学就是儒学，儒家就是儒家。在我看来，当义俊师做出这番宣称时，他一定有牟先生曾慨叹的那种"四无依傍"的客观悲情，而我那时联想起的却是哈耶克那句"越是危急关头越要坚持原则"的警世箴言。

　　如前所说，听义俊师聊天是一种高度的享受。确实，他颇喜欢谈党史，从井冈山时期的朱、毛一直到十一届三中全会上的邓、陈，可谓无所不晓，亦无所不谈。作为从"文革"过来的一代人，且身处上海这样的"风暴中心",其中的料肯定就少不了,不少还关涉他的老领导、前辈和同事,个别是我认识的,多数则只从纸上见过。

此次一个小时的"电话粥",照例可谓胜义纷披,让人徒生目不暇接之叹。和克艰先生一样,义俊师论事论人皆极为犀利,记得他谈到与一位曾经的"道友"那次导致后来"不分而分"的谈话,义俊师形容自己一开腔就"不自觉地严肃了起来"。或许是颇为得意于这一表述,后来他还用普通话重复了一两遍。当我有时为了"活跃气氛"讲几句俏皮话时,义俊师就会发出我无比熟悉而亲切的"嘎嘎"笑声,还会加上一句:你现在也会用文学笔法了!这时我猜想义俊师也许是翻了两页我寄送过去的书中的"段子"?——当然我未敢问他究竟是否如此,毕竟这属于所有最不重要的事情中最不重要之列吧!

子夏曰:"君子有三变:望之俨然,即之也温,听其言也厉。"义俊师曰:儒就是儒,儒学就是儒学,儒家就是儒家。而我要说:夫子就是夫子啊!

2020 年 8 月 20 日,千岛新城寓所

# 那一道清晓的光
## ——记哲学所的年轻人

这里的哲学所，是指 20 世纪 90 年代初的上海社科院哲学所。虽然社科院并非"百年老店"、巍巍学府，却拥有一批耆年硕学，学脉绵长。同等甚至更为重要的是，虽然那是个风流云散的年代，但是整个社科院，尤其是哲学所，仍然活跃着一批放在国内任何一家一流哲学系都毫不逊色的年轻人。

本来，社科院只是或主要是个研究机构，虽然办了研究生部，但因为研究人员一周只需一至两次到所里点卯，平时并不在院里，而且从理论上说研究所和研究生部是完全不同的两种建制，所以，若不是我的导师范明生先生别出心裁地安排了一门"拼盘课"，我大概没有什么机会见到这些其时还相当年轻的研究人员，至少不会有课堂上那么"便当"（此为沪语，用沪语发音会更传神）。

毕竟年深日久，我已经不能确记这个所谓"拼盘课"的名称，也许是中西哲学和文化名著选读之类，我记得的是上课的年轻老师，他们分别是俞宣孟、翁绍军、周昌忠和张士楚。

宣孟老师其时显然已是所里的中坚，那时候他正处于自己"成长"中最好的时光——至少在我看来是这样，他也是明生师特别看好，以为所里少数可与一谈学问的人。在那门课上，宣孟老师带我们读陈康先生翻译的《巴门尼德斯篇》。因为大学时节有一次路过北京，我在商务印书馆的王府井门市部淘到过这本书，而且那时即已细读过，所以宣孟老师的课我听得津津有味。记得有一次，宣孟老师看着我那本夹着满满当当的便笺纸条的书，还用上海话夸了我一句，大意是很难得之类，我听了就更来劲儿了，好像回到寝室还特意往书里多塞了几张小纸片。

宣孟老师的大作《现代西方的超越思考：海德格尔的哲学》其时早已出版了，那应该是"改开"以后第一部研究海氏哲学的中文著作。宣孟老师那时应该正在准备他的《本体论研究》一书，且刚好在创刊未久却颇有生气的《探索与争鸣》发表了《巴门尼德"是"的意义说》，文章洋洋洒洒近四万字。那是我读过的宣孟老师让人印象最深的一篇文字，真所谓"千江有水千江月"，让人读得如醉如痴，分不清哪里是巴门尼德的意思，哪里是海德格尔的意思，哪里又是宣孟老师自己的意思。总之，文章已臻于化境，如盐之溶于水，羚羊挂角无迹可求，真此之谓也。

宣孟老师最具标志性的创见是力主将 Sein（Being）译为"是"，对此可谓念兹在兹，达到了逢人必讲、年年讲月月讲天天讲的程度，所以那个时段所里的同人干脆给他取了个雅号就叫 Being。所谓真积力久，深造自得，宣孟老师显然是颇为自得于此的。记得有一次他对我说，他当年对海氏弟子熊伟先生谈了将 Sein 译为"是"的意思后，熊先生对他提了三个问题：是否《存在与时间》里所有的 Sein 都能译为"是"？是否海氏著作里所有的 Sein 都能译为"是"？是否西方哲学史上所有的 Sein 都能译为"是"？宣孟老师自信而得意地对我说：写完《本体论研究》，可以告慰熊伟先生，当年这三问的回答都是肯定的！

宣孟老师出身复旦哲学系，他说头一年（1978年）报考大学政审未通过，第二年就干脆考研了。记得他课余给我们讲"段子"：刚入学时同门一起去见导师全增嘏先生，全先生一个一个问"同学你叫什么名字啊"。等毕业时再去见全先生，他还是一个一个问"同学你叫什么名字啊"。还说很多年后他回复旦去，有一位那时也已成为老先生的先生笑谓：我们有一位俞先生博学多能，另一位俞先生就知道一件事（也就是Being）。宣孟老师闻听正色道：我就是知道一件事！

其实宣孟老师是真正的博学多闻者，更重要的是他具有一种真正的哲人气质，这一点只消与他稍有接触就能非常清晰而深刻地体会到。宣孟老师早年有一句名言：做哲学就是做和尚，只是没有剃度出家。与苏格拉底和柏拉图的"哲学就是练习死亡"论相较，宣孟师所论无疑更具东方色彩和神韵。当然，这丝毫不意味着宣孟师不食人间烟火。恰恰相反，他年轻时颇好"烟火"，一次还告诉我，他有一回来到社科院对面的长春食品店，阔气地抛出十元大洋，昂首对售货员说：一块钱以下的香烟一样来一包！

对我来说幸运的是，在那门课程之后，我就与宣孟老师开始了长期的"亲密接触"。除了那年在富阳桃花岭偶遇，并在西湖边聊天，记得更早的一年，因为宣孟老师的公子在浙大外语系求学，他到杭州来，住在求是村我的小公寓，晚上我们连床夜话，他谈兴甚浓，虽多陈年旧事，我听了也极为过瘾且受益。

2019年是社科院哲学所六十周年所庆，因为幸运地被邀出席大会，想到往事翩翩，我就在头天晚上发了一条微信，回忆起当年宣孟老师讲的一个"段子"：在一次学术会议上，赵越胜听了他主张将Being翻译为"是"的理由后，大大咧咧地自言自语说：你这么说倒也有一定的道理！当时听了这话，在一旁的周国平就调侃：他这么翻译难道还要经过你的批准吗？第二天所庆大会散后，我特意上前去和宣孟老师打招呼，他见到我就连连夸我的记性好，说是他多年前的随口一说，我竟然还记得这么清楚！

在那次所庆会上，我还遇到了当年同样给我上过课的周昌忠老师。说来有点儿遗憾，毕业这么多年，我几乎没有见到过昌忠老师，而他对我却一直是很关注的。小友蒋益告诉我，那年我在《上海书评》上发表了几篇补白豆干小文，昌忠老师也都注意到了，思之不免让人汗颜。

昌忠老师西学素养渊深，为商务印书馆翻译过多种科学史和思想史著作，但他其实是一个自学成才者，早年主要研究科学方法论，后又转入语言哲学研究。引起我很大兴趣的是，1991年，也即我硕士入学的第二年，昌忠老师出版了他的一本小书《公孙龙子新论》。记得我从社科院门口的门市买到这本书后，很仔细地把它读了。在昌忠老师的课上，我还试图和他就这本书的某些观点做了些讨论。看得出来，昌忠老师对我读他的书感到很高兴，但是他非常低调，可能也有些不善言辞，所以似乎没有直接回应我那次的某些评论和观感。

直到今天，《公孙龙子新论》对于所谓知性思维的剖析和强调仍然给人深刻的印象，并能够引起人们深切的共鸣。我依稀记得那时候，王元化先生谈黑格尔的《小逻辑》，似乎也特别强调知性思维的正面价值，昌忠老师应该会引之为同调，这也是那个年代难得的清明和理性的声音。至于此书在治学方法论上的特色，如果要我在当今找个例子的话，我会想到韩林合教授研究庄子和郭象的两本书。与那些由于对西学的隔膜而导致的转轱辘式的中学研究不同，这两位学者对西学深厚的内在素养，使得他们的工作不但本身成为一种真正具有学术涵量和增量的工作，而且具有方法论上的示范性。

昌忠老师1988年3月就写完了他的《西方现代语言哲学》，但是此书直到1992年6月才由上海人民出版社出版，而我是次年5月在福州路买到这本书的。不曾想在做博士论文时，我还能够利用到这本书。我从头至尾仔细阅读了这本书，昌忠老师的表述清楚简约，但在不少地方又颇有深意、耐人寻味，让人颇为受用。毫无疑问，我认为昌忠老师这本书的价值是被大大低估了的。当然这并不是昌忠老师个人的悲哀，而是中国学术和学术界的悲哀。

就我个人来说，令人伤感的是，我的一位任课老师，哲学所外哲研究室的翁绍军研究员已于前些年去世。翁老师出身中国社科院研究生院，师从早年留英归国的温锡增先生（曾翻译斯宾诺莎的《神学政治论》和罗素的《我的哲学的发展》），主要研究领域是希腊哲学和宗教哲学，以及中西交流史。翁老师给我们上课的时间较短，我在课上与私下和他的交流与接触都不算多，而主要是通过他翻译的著作，例如策勒尔的《古希腊哲学史纲》、克尔凯郭尔的《哲学片段》以及利科的《恶的象征》了解他的学问的。前些年，我还买到了由中西书局出版的他的《〈形而上学〉论稿》，据后记所写，这部稿子的基础是他当年的硕士论文，但他多年来一直在修改增补。显然，能在七十岁初度时出版这部凝聚自己年轻时哲学梦想的书稿，翁老师应该是深感欣慰的。

由此想起2015年下半年我到华东师大参加冯契先生百年诞辰研讨会，上海社科院哲学所的研究生蒋益小友在孙守飞小友的带领下来会场找我，当晚我们还在华东师大老村石库门"嗨皮"。蒋益是较早当面认可我回忆社科院生涯那几篇小文之"价值"的一位读者，甚至有些夸张地认为我的文字塑造出了社科院哲学所的"学统"。也是在那次交谈中，我们还设想能否对哲学所仍然健在的研究人员做些口述史的访谈。此事当然并未能付诸实施，还记得那天《文汇报》的李念记者也在场，在她随口提到让我策划构思些选题时，我也随口提到了这个口述史"项目"。她肯定这个创意不错，但又认为没必要局限于社科院或哲学所的学者。

在 2019 年的哲学所所庆大会上，我也没有见到当年的另一位任课老师，那就是中哲研究室的张士楚老师，有一个原因是士楚老师后来下海了，听说生意还做得不小，但是哲学研究肯定是已经放弃了。士楚老师是真草大师王蘧常的学生，印象中他讲课很有趣，经常掺杂些上海话。因为他是文化热的拥趸，无论讲什么书，他都会有一句口头禅：有文化的么司（东西），意思是有文化信息和涵量。

士楚老师讲的一个"段子"让我们印象深刻。他刚到社科院时未分到房子，就找到张仲礼院长，张院长对他说：让你老师写封信来嘛！士楚老师后来就拿着王蘧常先生给张院长的信，分到了房子。

士楚老师高个颀长，穿着时尚，风度翩翩，十足才子一枚。那时候人民出版社有一套颇有影响的"三个面向丛书"，士楚老师在里面出了一种，叫做《在历史的地平线上》。我到现在还记得那套书的总序中最后有句有名的话：朋友们，清晓的光已照亮崎岖的道路，走便是当前的任务。没错，对 20 世纪 90 年代初的我来说，范老师设计的"拼盘课"上的这些老师们就是照亮我前行的那一道清晓的光。

# 光明俊伟孙月才

那是 1990 年春夏之交的一天，我从千岛之城登上"南湖轮"，在海上航行一夜后，经吴淞口入港十六铺码头，一早来到淮海中路 622 弄 7 号上海社科院哲学所的那间有些灰暗老旧的办公室。此行的任务是参加当年的硕士生招考面试。两位考官此前我都未见过面，三十年后想来仍然如在昨日的是，当我开始大谈在那个年代的哲学青年中最为流行的"3H"（黑格尔、胡塞尔和海德格尔，这三位姓氏的第一个字母都是 H）时，主考官，也就是我的导师，时任哲学所副所长的范明生研究员当场就调侃道：小应，你这口绍兴官话可真够呛啊！而这时，旁边有一位虽年过半百，却依然目光炯炯的男老师却抿嘴露出了似乎意味深长的赞许与微笑——这位先生就是我的"副导师"，那一年已经五十三岁的孙月才研究员。

恩格斯在《布鲁诺·鲍威尔和早期基督教》中曾经引用鲍威尔的成果写道："公元 40 年还以高龄活着的亚历山大里亚的犹太人斐洛，是基督教的真正父亲，而罗马的斯多葛派塞涅卡可以说是基督教的叔父。"如果我可以显然有些大而无当和拟之不伦地套用这个句式，再有"一日为师，终身为父"的古训"背书"，那么，对我来说，不多不少，范、孙二师也就是经过恩格斯转引的鲍威尔所说的那种"父亲"和"叔父"的关系。

月才师的"叔父""地位"之最明显体现，就是在我们培养方案中的课程设置上。哲学所的年轻人合在一起给我们完成了一门"拼盘课"，而月才师则独立为我们开设了"西方文化精神史论"——月才师的同名著作同年8月由辽宁教育出版社刊行。我也是最近才在孔夫子旧书网上发现此书当时仅印了一千五百册，这局部地解开了当年的"谜题"：孙老师怎么也不送书给我们，毕竟他的课堂上总共也就只有我们两名学生啊！

孙老师本科毕业于中国人民大学哲学系，后考入北大成为哈佛大学哲学博士任华教授的研究生，和原杭州大学哲学系主任陈村富教授是师兄弟。孙老师早期同样应该是以希腊哲学为业——我记得汪子嵩先生牵头领导、范明生老师为主要作者之一的《希腊哲学史》四卷本在人民出版社出版后，孙老师曾在《读书》发文评论。正如范老师曾经感叹自己的"希腊梦"并不完整，月才师此评大概也是追怀自己年轻时的"希腊梦"的意思吧！

从20世纪70年代末开始，或是进入80年代之后，月才师已经把自己的主要研究领域集中在近现代哲学思想尤其是文化思想上面。《西方文化精神史论》是他在这方面工作的重要体现。我印象颇深的是，有一次在所资料室翻书时发现月才师仔细阅读过杜威的《自由与文化》一书。当然，月才师的学养远非限于实用主义哲学，但他在《西方文化精神史论》的下篇中把杜威放置在以叔本华和尼采、海德格尔和萨特、弗洛伊德和弗洛姆以至于卡西尔和马尔库塞为代表的现代西方文化精神的主流图谱中加以精细探讨，即使在三四十年之后的今天回望，也仍然不能不说是极富眼光和洞见的。

也许是因为我在面试时大谈"3H"给孙老师留下了不错的印象，

也许是因为邻县之"谊"（孙老师是萧山人，我是诸暨人），孙老师自那以后就似乎一直"高看"我一眼，一言以蔽之，可谓完美地履行了"叔父"之"职责"。记得我交给他的课程作业题为《伽达默尔的游戏概念》，其实是参照当年辽宁人民出版社那个远不完整的《真理与方法》初译本所做的一份粗糙的读书笔记，孙老师却颇为赞赏，认为我的文字"有灵气"，"有哲学眼光"。这对在十里洋场的淮海路上几乎独学而无友的我肯定是一种难得的鼓励，我甚至怀疑自己后来那么热衷于收集伽达默尔的各式著作，当然主要是其中译本，与孙老师的那次鼓励不无关联。

1993年秋天，我来到杭州大学攻读博士学位，我的研究方向转到了与此前所学似乎无甚关联的斯特劳森（Strawson）哲学。那时我还不时与孙老师保持着通信联系，而我其时所得到的已经不只是鼓励，还有切实的帮助。孙老师帮我在《社会科学》和《上海社会科学院学术季刊》上发表了两篇文章：一篇是我在罗义俊先生课堂上的作业《寻求儒家知识论的源头活水》，说来惭愧，那算是我正式发表的第一篇文字；另一篇是有关康德的政治哲学，我对此的兴趣当然和范明生老师有相当关联——范老师和他的"偶像"基辛格博士一样颇为欣赏康德的历史和政治哲学著作。2020年8月在上海书展活动上，我还想起来自己手头那部何兆武先生翻译的《历史理性批判文集》还是1990年冬天在上海文汇书展上购得的。当然我记得更清楚的是，孙老师当年给我的那句关于投稿的教诲：最好的投稿习惯就是投出去后就把它忘了！

孙老师的支援给我带来了具体的"实惠"，凭着发表的习作，我得到了杭大的董氏奖学金。我用这部分奖金在杭大门口的西溪路上买了一部全本《金瓶梅》，那是我不久前在业师夏基松先生的书柜里只见过封面的，我还罕见阔气地坐出租车到解放路新华书店，用六百大洋拿下了那套觊觎已久的欧阳竟无所编的《藏要》。

至今想来，在读博期间，孙老师对我最大的加持是把其时刚刚调到哲学所的薛平先生介绍给我认识。因为孙老师知道我的"博论"是关于斯特劳森哲学，而他刚得知薛平对此道颇有心得，所以古道热肠的他就希望我能多和薛平交流。孙老师还希望我毕业后能去牛津进一步深造。虽然孙老师的这个期望无可挽回地落空了，但是他所介绍给我认识的薛平先生却在我做论文期间给了我极大的帮助。那种助益是无形的，主要通过电话交谈实施。那时候薛平在瑞金二路的公寓里经常会响起我的电话，有时候我还会听到先把电话接起来的一个女声：杭州的电话又来了，用长途电话聊哲学啦！

我的同事郁振华教授有一句名言：博士研究生是这个世界上最苦难的群体！"谁能够划船不用桨"，又有谁能想象在那种几乎谁也帮不到你的至暗时刻暗夜行路时所得到的帮助有多么珍贵，更何况这帮助还是来自一位高段位的而且在各方面都有极高趣味的怀才不遇的青年哲学家！

当然，和孙老师的交往也是夹杂些花絮的。记得有一次他寄了一张他和向晨爷儿俩在北大门口的合影，照片上的孙老师依然气宇轩昂，而向晨居然还是一头长发，正如那年我毕业任教后和同事去复旦，在青年公寓见到的正在用科普勒斯顿（Copleston）神父的《哲学史》备课的那位青年教师一样。孙老师寄给我照片的用意是让我设法在杭州给他找一位萧山儿媳。刚巧我的女友有一位萧山同学，而且给我看了照片，于是我就说：孙老师是让我找萧山姑娘，但这不代表萧山姑娘都可以！

　　毕业从教后我就几乎没有见过孙老师了。虽然我从未给他寄过书，但是他知道我"改行"了，而且做出了一些"成果"，而因为向晨也在做政治哲学，孙老师有一次写信时就"鼓励"我：我让向晨多向你学！

　　2012年（或2013年），我在香港"自由行"，夜色中忙里偷闲到书店一趟，除了傅高义的《邓小平时代》、许倬云的《八十回顾》，我还惊讶地在架上发现了一大部孙老师的日记，题为《悲歌一曲》。我自然知道有机会找孙老师讨到这部书，就"精明地"省下了那一小笔港币。

　　次年，包含那篇《"这样的人才是真正的理想主义者"——香江一夜书情》的我的访书小集出版后，我寄了一本给向晨，请他转给孙老师。不久，我就收到了孙老师的那部日记，扉页上有孙老师漂亮的题签，更为重要而宝贵的是孙老师的短笺："应奇：《古典·革命·风月：北美访书记》已拜读。生动活泼，有知识有思想。可惜把一个傻老头给美化了。你做学问是刻苦、认真的，必然会有现在这样的成就。相信你会更上一层楼。你的姓名已注定了你一生的使命：要不断探索！送上《悲歌一曲》一本，请你指正！"

　　忘记当年还是次年，我到复旦参加"中西马"会议，其实此行主要是为了去看范、孙二师。在自己那场报告完成后，我就站了起来，向晨心领神会地带上我，甩下一众代表，坐上出租车，我果然如愿地见到了孙老师。那次印象很深的是，因为孙老师听觉一直不好，所以我讲话时，向晨就在他老爸手上写字。这一幕既让我有些感动，也让我想起李景林老师有一次聊天时告诉我，他从北京回长春去看自己的老师乌恩溥先生，老先生耳目皆已失灵，景林师讲话时，他师母就在乌先生腿上写字，还没写两笔，乌先生就明白了。记得景林师当时还用了一句传神之语刻画这个状态，可惜我想不起那句话了——刚才写到这里，我还特意和景林师语音，他又给我还原了当时的情景，却也同样想不起那句话了！

2019年年底，向晨的新书《论家：个体与亲亲》出版了。2020年上半年疫情防控期间，平时喜好大江南北开会的"学者们"闷在家里发慌，于是经"好事者"提议，我和他所在的一个聊天小群还特意为此书开了一个云会议。为此，我特意抽空把向晨的大著从头至尾念了一遍，还破天荒地认真拟出了一个发言提纲，至少在那天会议的诸君中我大概要算是最认真的一位了。会议结束加上闲聊，已经快午夜了，向晨还私信我，说我的发言"很尖锐，很凌厉，很有自己的眼光，不失大侠风范"云云。其实无论是温柔赞美的还是尖锐凌厉的，特别是温柔赞美的，我的话都是假定有孙老师在场的情况下说出来的——所谓光风霁月，此心可表者是也。

在我那篇《"这样的人才是真正的理想主义者"——香江一夜书情》中，我曾引用俞宣孟老师的话，称孙老师为"真正的理想主义者"。而此际，我所想起的是赵园女史在研究明末清初士大夫时形容祁彪佳辈的"光明俊伟"一语。的确，虽然时移势易，沧桑变迁，但我心目中的月才师就是这般光明俊伟的人物。

# 解放大路走九遍
## ——漫忆吉大求学时光

犹记六年前那次重回长春，回来写了一篇追忆在吉林大学哲学系求学岁月的文字，投寄到沪上一家哲学杂志，蒙总编肯定，得以刊出——我的大学室友崔伟奇兄见后，赞为"大手笔"，那真是愧不敢当而又知我者谁——不是"舍我其谁"——的感觉！此前高考志愿季时，偶然看到一则吉大推送的招生广告，浏览早已搬至前进农场的母校新景，别梦依稀，当年北国春城求学时光又历历如在眼前，当时就奋笔写下了开头几节文字，后却因故放下了，眼下又到了开学季，姑且勉力将其续完，算是"应景之作"吧。

若是要说我平生最有"赌性"，"性价比"也最高的那次冒险，当属1984年高考第一志愿填报吉大哲学系。盖因我们那一届，似乎是改革开放后有数的一次在分数揭晓之前填报志愿。我按照估计的分数，于上报志愿表的最后一刻，在吉大的招生简章上发现了"自然辩证法"这个一般人听上去颇为"奇葩"的专业。这里还有个"段子"，当我后来拿着录取通知书到村上大队会计那里去办理迁移手续时，那位新时代的"账房先生"看了一眼通知书，眨巴道：什么专业，自然异（弁）证法？而且，我还果断地填在了总共三个专业志愿中的首位，另外两个记得是无机化学和高分子化学，毕竟我高考的化学分数接近满分！

结果等我喜滋滋地坐了四十多个小时火车到长春报到后，发现浙江省被录取在化学系的两位诸暨籍考生分数都比我要高出一截，而本省同样被录取在自然辩证法专业的两位同学分数也都比我要高——仅此就可说我已经实现了自己考分的最高性价比！

可是更高的"性价比"还在后面。记得高考前夕，诸暨草塔中学，一群本县最后一届二年制高中的毕业生们在叽叽喳喳地聊清北两校，结果被他们刚路过的班主任杨伟祥老师"齿冷"——这"齿冷"是有道理的，任何竞争性项目毕竟都是要拿实力说话的啊！但是到了吉大不久就发现，虽然这大学一度被命名为"东北人民大学"，但是她岂止是人民大学的水准啊！简直可谓西南联大长春分校：数理化三系的江泽坚、余瑞璜和唐敖庆都是西南联大的专家，文史哲三系的成色也不低。除了拥有鲁殿灵光式的人物于省吾和金景芳的历史系，文、哲两系似乎拥有更多新时代的色彩：张松如教授以诗人公木著名，据说他是《八路军军歌》的作者，但是其时早已息影春城，且经历了新时代政治上的风浪——曾于1958年被划为"右派"并开除党籍，先至吉林图书馆工作，1962年转入吉大中文系任教员，从事古典文学教研，1979年后重新被起用；哲学系创始人刘丹岩教授早年毕业于北大哲学系，且曾留学英伦，后投身革命，辗转于1958年创办吉林大学哲学系。

对我来说，进哲学系学习本来就有些偶然性，用我在别处说过的话：这种概率不会比在晴朗的夏日午后被闪电击中大多少，当然也没有像在浙西小镇读到马尔库塞和弗洛伊德那么小。确实，在哲学系的学习经历也并不算顺利，除了毕业时考研失败，被迫"流落"海岛，自然辩证法专业也并没有从一开始就牢牢地吸引住我。坦率地讲，大部分课程比较无聊无趣。为了"调剂"这种枯燥的学习生活，有一段时间我还有些幼稚地沉迷于知青文学，甚至读过王安忆的《雨，沙沙沙》。当然，真正能够吸引我的仍然是有一定思想性甚至思辨性的作品，例如张贤亮、张洁和张承志的书。在《重放的鲜花》中，我还读了王蒙的《组织部新来的年轻人》，并且非常喜欢这部作品，有一次还和后来的室友黄易澎君深夜讨论。的确，这应该是王蒙给我印象最深的一部作品，虽然我基本上没有读过他的其他作品。

这时候，念一所像样的综合性大学的重要性就开始显现出来了——我去数学系听过课，但是显然难以坚持下去，我只能记住一些数学家的名字。例如吉大有著名的徐利治教授，对数学史也很有见地，不过他后来调去大连理工了，正如哲学系最早研究人工智能的张守刚教授，他好像也是调去大连了。但是，数学系的课程听不了，还有中文系和历史系嘛！

说起来也许有点儿出人意料，我在吉大听过的最受益的课程之一是中文系一位王老师讲授的古代汉语。很遗憾我没有记下他的名字，前一阵子试图利用网络搜索也无果。我只记得他在课堂上数次提到中文系的台柱许绍早教授的大名，这当然也并不奇怪，因为后者乃是王力先生高足，《古代汉语》的主要撰稿人之一。无论如何，王老师的课为我初步打开了古典世界，唤醒了我压抑很久的旧梦。那时候，我经常按照王老师课上引证和讲解的书目去买书，例如高亨、刘永济和林庚诸位先生的一些著作，我就是从王老师课上听到并去找来研读的。

大学时代总是也应该是最不切实际的理想岁月，一个小小的例子是，那时候我对上古史很感兴趣，有一次在特价书店得到杨宽的《中国上古史导论》，那真是如获至宝：此书那时只有《古史辨》第七册上卷一个版本，而我捡到的就是这半卷书！我也曾跑去历史系听一位姓赵的老师的先秦史课程，当然其难度和严格程度都不是我纯粹旁观时所能逆料的。倒是一位姓李的老师在一门接近于现在所谓通识课的课程上，讲到希腊的露天剧场时说的一句话给我留下了至今难忘的印象：剧场周围是一片碧绿的橄榄林！

回想起来，在我的大学时代，有两个最重要的机缘，贞定了我"献身"理论"事业"的志愿。其中之一是正当我在知青文学和组合数学之间彷徨无依时，我听到了其时还是中文系讲师的杨冬老师一次关于文艺理论新方法的讲座。我在那个讲座上第一次听到李泽厚的名字，第一次知道《美的历程》这本书，第一次听说精神分析"教子"卡尔·荣格的那一句"不是歌德创造了浮士德，而是浮士德创造了歌德"。

如果说，此前在哲学系似乎闻所未闻的李泽厚的一系列论著让我初窥精神世界的广度，那么其时刚刚硕士毕业从教的李景林老师的中哲史课程，以及此后他所展开的具体研究，则向我展示了怎样以邹化政先生和王天成老师所追求甚至达到的那种哲学思辨的严密性与严格性来阐释和重建中国哲学的传统文本向我们呈现和提示的哲学问题。在这个过程中，西方哲学不只是方法，中国哲学不只是材料，或者说，即使运用了西方哲学的资源和方法，但是所揭示出来的仍然是中国哲学的精神！而且，景林师的工作把哲学思考的彻底性和圆融性与哲学表述的明晰性和典雅性近乎完美地结合在了一起。那时候景林师还没有开始指导研究生，而我和景林师在课堂内外的交流应该都是最多的。这种学习和请益的最终"成果"就是我在他的指导下完成的毕业论文。虽然那篇小论并不算成功，而且因为机缘未足，我此后也并未从事中哲研究，但是在某种程度上，景林师已经早早地在我面前树立了哲学研究的典范。

记忆中那时的吉林大学是所谓"马路大学",文科片区的宿舍和教学楼外没有围墙。校园生活也并不丰富,我听过的讲座也不多。因为早先对文学评论感兴趣,我听过出身于吉大中文系,那时颇为红火的文学评论家季红真的报告。记得在提问阶段,有一位听众递上纸条,上面写着:我看马尔克斯的《百年孤独》时经常想起张炜的《古船》。我们的评论家念完这个纸条,似不假思索地机警回道:你这句话倒过来说会更合适!忆及这一场景,我不禁想起最近偶然听了那年从柏林杜斯曼(Dussmann)文化百货商店带回的一张题为 *Postdamer Platz*(《波茨坦广场》)的 CD,内容是 1920—1934 年柏林的流行音乐,竟让我恍然有旧上海的感觉,尤其里面的女声像极了周璇,那么我应该说是那个女声让我想起了周璇,还是周璇让我想起了那个女声?

鸣放宫是吉大的礼堂,我在那里听过王蒙的一个报告,其机敏善辩给人很深的印象。我记得他调侃一位著名的天体物理教授的工资买不了几瓶青岛啤酒,话锋一转,又说他陪外宾去崂山,向外宾介绍青岛啤酒也是在我们党的领导下生产出来的。有一次,国家乒乓球队总教练许绍发来鸣放宫演讲,我因为喜欢打乒乓,和崔伟奇同学一起去听许总教头的报告,他讲了很多体制上的问题。忧国忧民到有些愤世嫉俗的崔同学听得心潮澎湃,见我一脸平静,就奇怪我为何如此云淡风轻,如同置身事外?这就又让我想起去年有一次系里开会,有位领导谈到他们那时候为何出来"做事",自我剖白是因为实在看不下去有些事情,话锋一转就调侃我:应奇是不会出来"做事"的,因为无论情况有多么差,他都是看得下去的!

虽然一向不积极出来"做事"的我对于"体制改革"的"热情"不高,逛书店却是我很有兴趣的,再说大学生活一个重要的内容不就是逛书店嘛，而那时的长春在这方面条件颇为优越。在我们宿舍附近桂林路就有一家书店，我那套《精神现象学》就是在那里买到的。重庆路上的古籍书店是我经常光顾的，因为听古代汉语课而对《楚辞》产生兴趣，我在那里买了刘永济先生的《屈赋音注详解》和林庚先生的《天问论笺》，印象较深的还有一小册黄节的《阮步兵咏怀诗注》。红旗街书店有一个内部门市，有点儿像后来上海南京东路的学术书苑，我在那里买过不少书，不过我只记得错过了《利维坦》的中译初版。那时长春经常有特价书市，好像几次都在一个中学的礼堂里进行，我在那里淘到过王国维手校的《水经注》、浦起龙的《史通通释》、任铭善的《礼记目录后案》，还有女诗人陈敬容译波德莱尔和里尔克的合集《图像与花朵》，另有一小册俞平伯的《杂拌儿集》。

对了，吉大理化楼前还有家小书店，初看像是教材供应点，其实全是"高大上"的学术书。如今谁都无法想象一个连县城高中都没念过的乡村少年最初在那里受到的冲击。想起那一年在卑尔根大学的书店，童世骏教授与店员聊天时颇为自得于自己母校的这家书店。那家书店是不错，不过在我心目中，它还是不能与现在应该早已消失的理化楼的小书屋等量齐观——最多只能与我当年读博士的杭州大学的那个小书亭相提并论。

那时候长春冬天最低气温零下三十多度，有一次我去一个没有暖气的临时售票点买回家的学生票，回到寝室，耳朵已被冻僵，完全没有感觉了，刚想用热毛巾焐，好在我前两天刚重新联系上的室友赵书城同学一把夺去毛巾——据他告诉我，这种情况用热烫的毛巾焐，耳朵会成块地掉下来，这种不经意间成为凡·高的感觉至今让我后怕。书城同学刚还告诉我，我在他的毕业留言册上写下了这样一句话：不同的经历造就不同的人，只有内心之火把彼此照亮！——但是对于这样的"豪言壮语"，我却是一丝印象都没有了。

　　长春是一座美丽的城市，连街道名称也都让人记忆深刻：我们学校在解放大路上，离自由大路不远，宿舍附近就是同志街和桂林路。我认识的第一条长春的马路是斯大林大街，因为它就在长春火车站前，相当于杭州的西湖大道。1988年——没错，就是歌手赵已然吟唱的《活在1988》的1988年——我离开了解放大路，经斯大林大街南归。我的行李——里面主要是我在长春淘到的书——直接托运到了宁波火车站。我的一位宁波籍同学帮我一起把行李从火车站转运到宁波港码头，我将从那里坐船到我现在生活的千岛之城舟山。三十多年过去了，我还记得我们在宁波刚碰上时，已经先期返乡的同学对我说的第一句话就是：怎么一口东北大碴子味儿？其实那时候我们都有所不知，在北国春城高高的白桦林里流浪青春的四年，那大碴子味儿才是给我们的最重要的馈赠啊！

# 与奥伊泽尔曼"过招"
## ——致娄自良先生

　　余生也晚，当我 1984 年在长春开始念哲学时，距离《批判哲学的批判》初版已经过去了五年。此书作者李泽厚先生其时正如日中天，他的书在图书馆很难借到。不久前我刚从书库翻出自己从头至尾仔细读过的这部书，发现这个 1984 年修订、1986 年第三次印刷的书还是当年"一二·九"那天在东北师范大学出版社的一家书店买到的。"此情可待成追忆"，当日的情形虽已全然忘却，但此书中留下的勾画和眉批，准之以自己一向的阅读习惯，我应该是并没有读过这本书的初版。

　　两三周前的一天，我在孔夫子旧书网上闲逛，发现一本品相颇佳的《批判哲学的批判》（1979 年初版本），如作者所云，初印三万册，是以标价不高，就带着一种怀旧的心情收了一册。前两天偶然翻开此书，却有意外的收获：初版本果然有其不可取代的价值，原来此书还有一篇修订版不再保留的附论，题为《背弃马克思主义的哲学史标本：评苏修纪念康德诞生 250 周年的两篇论文》。

　　《批判哲学的批判》虽是 1979 年出版的，但其实 1976 年秋天就写完了，推算起来，前述那篇附论写作的时间应该更早。从这样一个时间段来衡量，先要预先申明，我这里绝无意在抽象的意义上（也就是坊间所谓"事后诸葛亮地"或"站着说话不腰疼地"）来指摘这篇"批判"文字。引起我兴趣的是这样三个因素：一是作者的批判对象之一，苏联哲学家奥伊泽尔曼也是我大学时代就关注过的一个重要学者；二是与此相关联，这个"批判"本身就涉及康德哲学的重要面向和问题；三是这种"批判"在今天仍能给予我们"启示"。可以说，三个方面都是完全"正能量"的！

在我的大学时代，苏联哲学家的作品仍然流行，我所知的主要有阿斯穆斯、柯普宁、凯德洛夫、伊里因科夫和奥伊泽尔曼诸家，而其中以奥伊泽尔曼给我印象最深。说起来，除了奥氏主编的《辩证法史》的其中某一卷，我那时只读过他的一篇文章，那就是被作为前述批判对象的《康德关于"物自体"与"本体"的学说》。读完这篇文字，感觉其神韵和气度有点儿像当年一度耽读的已故的朱德生先生的文章，所以那时给我留下了极深的印象，记得还曾与室友崔伟奇同学交流过看法，具体细节当然也已经忘记了。

有趣的是，这篇"名文"至少有两个中译本，按照发表时间先后，分别载于北大外哲所编译的《外国哲学资料》第七辑和上海译文出版社 1985 年所出的奥氏文集《辩证唯物主义与哲学史》。前者的译者涂敏是我国现代外国哲学译介的重要学者涂纪亮先生的女公子，记得她还译过《卡尔纳普思想自述》。此文译注中标明，译者乃是根据发表于《哲学与现象学研究》上的英译文转译的——确实，这个译文删去了原文开头两段更具政治性和意识形态色彩的文字，里面主要是在引用革命导师列宁的语录。

第二个译文署名娄自良，我一开始还不敢确认这位娄先生是否就是我国重要的苏俄文学译者娄自良先生。昨天从网上查到这位译者译著等身才得知，曾经翻译过《战争与和平》、《被伤害与侮辱的人们》

以及《布罗茨基诗歌全集》（第一卷）的资深译者自己就曾是一个"被伤害与侮辱的人"，而且他具有一般俄文学者少见的哲学素养，并曾经临时上阵给来自苏联的两位德国古典哲学专家做过口译。看到这里，我甚至有点儿怀疑其中有一位访客就是奥伊泽尔曼，可是奥氏来过中国吗？

　　如奥氏文章标题所示，也如李泽厚准确地抓住的，所有的问题和张力都集中在康德哲学中物自体和本体这两个概念的关联。奥氏文章的重点在于把长期以来一直被等量齐观的物自体和本体区分开来。据说，把物自体与本体区分开来是为了"挽救"康德哲学中的唯物主义因素，把本体与物自体区分开来则是为了强调康德哲学与唯理论形而上学的根本差异。其实后一方面是比较容易取得共识的，问题在于一定要将康德哲学"荣辱与共"地绑定在唯物主义和唯心主义两军对战这辆准哲学准意识形态的战车上，则无疑使得争论复杂化了，至少是使得李泽厚与奥伊泽尔曼的"论战"复杂化了。

　　的确，从李泽厚行文的展开来看，他当时所主要"纠结"的似乎是奥氏低估了物自体学说的二元论和不可知论色彩，夸大（这已经是一种"委婉"表述）了其中的唯物主义成分，从而有悖于列宁的有关指示。但是对于奥氏着力强调的物自体与本体的差异，李文除了指出无论是在康德的文本还是在对康德的解释中都将两者视若同义之"常识"外，并未多加阐发，而对于这种差异的发挥性解释，无疑是奥氏此文更为重要也更有解释空间与张力的一个面向。

　　在某种程度上，这一"空白"是由李文后半部分对索洛维耶夫"曲解"康德哲学中信仰与知识之关系的批判而填补的。如李文已经注意到的，奥伊泽尔曼在对物自体和本体之差异与张力的辨析中已经公正地指出康德的著名命题"我舍弃（限制）知识以为信仰保留地盘"所遭到的误解。用李文的说法，索洛维耶夫"紧跟"奥院士（奥伊泽尔曼时为苏联科学院通讯院士），"拼命论证康德是'信仰主义的敌人'，'宗教世界观的摧毁者'"。凡此种种，从字面上看，似乎李文是在根据经典作家的"定论"，捍卫一种与奥氏和索氏相反的立场与观点，但实际问题当然要更为复杂。

拿所谓道德与科学的关系为例，也许我们会认为，"摆脱"唯物主义和唯心主义两军对战范式的一种方式是代之以谈论自然与自由、知识与信仰的关系问题，但李泽厚的过人之处，在某种程度上也是其一贯之处，恰恰在于针对索氏"由信仰讲到道德、讲到法权社会后要着重讲《资本论》中所谓'经济分析从属于一系列法权问题的改造'的章节"，以及据说'在马克思主义经典遗产中，这个方面经常保留在暗影中'"这类直到当今我们仍然能在哈贝马斯和谢遐龄那里见到的准"修正主义"议论，针锋相对地批判了用伦理社会主义替代历史唯物主义的"反动"倾向。

密纳瓦的猫头鹰要到黄昏到来才会起飞——的确如此，哲学家们常常会被他们所置身的时代超过，这原是丝毫不应让我们感到意外的事情。在1984年修订版的《批判哲学的批判》中，批判苏修纪念康德诞生250周年的两篇论文的这篇附论被代之以作者本人在中国社科院哲学所举办的"康德《纯粹理性批判》出版200周年纪念会"上的讲稿，题为《康德哲学与建立主体性论纲》。在奥伊泽尔曼那里，在《辩证唯物主义与哲学史》所收录的《黑格尔哲学是关于理性威力的学说》一文中被用作题铭的列宁的名句"马克思的学说所以万能，就是因为它正确"（此句后来被改译为"马克思学说具有无限力量，就是因为它正确"），在 2009 年出版的《元哲学》中则成为批判的对象："我觉得，当时的任何一位哲学教师都没想过，列宁的这句话显然违背了唯物史观，体现了唯心主义的性质，因为不可能有力量无限的科学理论。"

有点儿反讽意味的是，其演进轨迹在某种程度上体现了"理性的威力"的奥伊泽尔曼的文章本身就是谈论"理性的威力"的，这是否同样在某种程度上印证了马克思在给卢格信中说过的话，"理性总是存在的，虽然未必总是以理性的方式存在"？

可以确定的是，没有任何反讽意味地说，李泽厚当年的雄文中最后一席话仍然值得重温："'左'得出奇，硬把物自体的唯物主义方面完全否定，把康德哲学说成是彻头彻尾的反动的主观唯心主义的卡拉毕契扬的《康德哲学的批判分析》出版于赫鲁晓夫大骂阿登纳为西德复仇主义之时，因之康德的物自体也一文不值。奥、索二文发表于勃列日涅夫向勃兰特搞'缓和'骗局之际，于是康德的物自体也成了唯物主义。"

同样可以确定的是，稍稍有些反讽意味地说，这席话让我想起的并不是李泽厚在《中国古代思想史论》后记中有些动人地就历史主义与伦理主义的二律背反（雄才大略的彼得大帝与视死如归的青年近卫军，等等）发出的那一番感慨，而是海德格尔在《形而上学导论》中关于美国主义和苏联主义乃是"一丘之貉"的宏论，以及当代中国从所谓新保守主义到政治现实主义的种种高论。不过在这里，我所服膺的却是莱因霍尔德·尼布尔的话："我们必须用我们的真理与他们的谬误做斗争，但我们同样必须与我们自己真理中的谬误做斗争。"

同样地，即使从历史主义与伦理主义的二律背反的视界看，宏观叙事中历史的二律背反越是深重，微观叙事上个体的责任伦理似乎就越是迫切。就此而言，在一种既是"深重"又是"微末"的意义上，我把这篇小文题献给本身曾经是一个"被伤害与侮辱的人"，却翻译了《被伤害与侮辱的人们》，以及托尔斯泰、茨维塔耶娃和布罗茨基作品的娄自良先生。虽然我最早是通过他翻译的《辩证唯物主义与哲学史》而知道娄自良这位译者的：

> 这里，你曾经以庄重的脚步
> 在漫天飘雪的寂静中走过，
> 静谧的光——荣耀的圣者——
> 我的心灵的主宰。
>
> （茨维塔耶娃，《献给勃洛克的诗》，娄自良译）

2020 年 9 月 28 日

# "梦里不知身是客"
## ——《听风阁札记》印象

　　国内有数的康德哲学权威之一，北大哲学系韩水法教授，江湖上人称"法老"，但我却一直不习惯如此称呼。平常我一般亲切呼他"老韩"，较"庄重"的场合，我就会隆重礼称"余杭韩公水法教授"（以下简称韩公），这说法听着就有些绕口，却是有来历的，虽然我并不是非得在这里透露其出处。

　　作为一位学院派的哲学家，韩公迥异于大多数"语言无味，面目可憎"的时流之处在于写得一手风神雅致的散文——虽非"惜墨如金"，却每有所作，几乎皆可称之为"华章"。犹记数年前在圆明园附近的一家古色餐厅参加韩公主持的雅集，席间一位清华法学院现已"下岗"的教授就称道韩公写得一手典雅标准的现代语体文，虽然现在想来，这个判断的成素中或许不无判断者自我比照而产生的某种投射和"溢美"，但在我看来还是基本符合实情的——韩公前年的六十自寿文集《听风阁札记》就是明证。

　　与多数所谓学者型散文一样，此类文字所书写的题材亦无非怀人、游历、访书和话旧之什，颇为难得的是，在所有这些形制上，此集之中皆有颇值得圈点之篇目。

　　韩公师出名门，先后师从国内最重要的康德专家齐良骥教授和黑格尔专家杨一之教授。很多年前，韩公怀念尊师齐先生的那篇名文《微斯人，吾谁与归？》在《读书》上刊出，可谓一纸风行。记得那年我与韩公在杭州初见，其实部分也拜此文之赐，盖因深喜此文的汪丁丁教授其时正在浙大"跨学科"，是他请我代约刚巧来杭参会的韩公顺访跨学科社会科学研究中心。

现在想来，韩公撰作此文应该是在完成齐先生《康德的知识学》遗稿的整理工作之后，而其整体的精神氛围则仍然可以追溯到《实践理性批判》译成之时。例如在"第二批判"译后记中谈到康德所引的那句拉丁语"它受到赞扬并饥寒而死"（laudatur et alget，意思是：某种东西受到普遍的敬仰，却没有人去真正地身体力行）所包含的沉痛，就发挥说："少年时代读到'黄钟毁弃，瓦釜雷鸣'时，大有爱上层楼的情绪；而在今天能够理解的是，它们之所以有着这样沉痛的情绪，是因为里面蕴含着遵守职责的决心，当然更包含着千古的不忍之心。"这话无疑是"微斯人"中以下一语之"先声"："在这个一切神圣性都已破碎的时代，受人敬重是一种绝响，而有人值得自己敬重就是一种福祉。"

到了韩公撰文纪念其另一位导师杨一之先生之际，我与他已经颇为相熟。大概因为我此前曾在一次聊天中语及《夏济安日记》中有与齐良骥先生在昆明交游的记录，韩公也顺便委托我留意有关杨一之先生的"史料"。所以当我后来在《夏鼐日记》中发现杨先生的大名时，就"如获至宝"，马上通过诺基亚手机短信向韩公"汇报"。可惜作铭先生的日记相当简约，而且估计夏、杨二位并无深交，所以我的"情报"对韩公撰写念师文字似并无贡献。

不过最近我偶然见到已故的翁绍军老师的一篇回忆文字，提及他自己以伤残之身参加 1978 年中国社科院研究生院的招生面试，里面出现了杨先生的面影，翁老师是这样记录的："杨一之老师主考。他先要我谈谈对西方哲学史的见解和自己最感兴趣的方面……接下来，杨老师要我谈谈伊壁鸠鲁……黑格尔的客观唯心主义和一般唯心主义的区别……对这些方面，我都从容地一一作了回答。最后杨一之老师对我说：你很不简单啊，花了很多的时间去动脑筋，知识面宽……口试结束时，几位老师都站了起来，与我亲切地握手，并问了我的腿的情况。杨一之老师还替我开了门。"虽寥寥数笔，而前辈风范，却跃然纸上。

与我差不多每到一家书店就要写一篇访书记不同，韩公的访书记精致简约。他所到的书店和淘到的书，与其学术地位相称，都是"世界级"的，例如在神保町还是京都（刚查了，其实是神户）淘到胡塞尔《内时间意识现象学讲座》的初版本，在图宾根淘到各式德国哲人的全集和文集，还有在柏林跳蚤市场的自在徜徉，更不要说在铜锣湾"邂逅"董桥了。所谓雅人深致，那一准儿的韩式品位，让人徒生欣羡，而又有何可攀缘之叹。

与我热衷于流水访书和访书记相似的是，韩公每到一地，有兴到之处，常会在回到听风阁后写下深情款款的游记。印象很深的一次是，有一年正月我和董平教授一起与韩公登余杭超山赏梅，韩公每到一处关键景致，不但拍照存图，有时还掏出小本本记下点儿什么，例如对联内容和有关景点与古迹的沿革。从超山下来后，我们就驱车直奔绍兴安昌古镇，而那次回京不久，韩公果然就写出了《安昌小记》。的确，如韩公在此文最后自供，他之所以每次南归，都要在杭州周围寻一佳处流连一番，其实也是为了慰藉自己那颗北国游子的旅人之心罢了。

颇为荣幸地，这几篇杭州的游记中，几处都有我的身影，例如《西泠独坐记》和《杭州初冬四记》。尤其后一记中，我可谓全程伴游，从太子湾到张苍水墓，从章太炎纪念馆到位于南天竺的浙江辛亥革命纪念馆。不过我觉得韩公此类游记中，最精彩的篇章仍然要数《香山雪游记》，个中原委，可以套用韩公在评价我从"段子"到散文的"嬗变"时说过的那席话：现在他自诩有了中年情结，文字竟也渐渐透明起来，而让人物和事件自主行动。又说：他现在的散文体现了一种转向，所叙的人和所述的事，乃至观念和思想，竟可以自主独立了。我当然明白，韩公的鼓励是在说，我"辛勤笔耕"多年，终于迈过了牙牙学语的初级阶段，开始独立行走了。而且，韩公之美文重点在写景，而我的"段文"主要是叙事，二者之间的距离就如同诗歌和散文之间的距离——如果我的文字可谓"透明"，那么韩公的文字简直就是"晶莹"了。

当然，除了写景状物的美文，韩公此集中还有至性至情地记叙亲情的文字，例如他怀念母亲的那篇文字就是极有分量也极为感人的，不过在此类文字的笔调和笔法上，我与韩公似乎略有"分歧"。记得有一次我在朋友圈发了一小篇记述父亲藏书的文字，韩公的品鉴似乎认为我情感投入不够，有些该精描细写的地方没有刻意用力，殊不知在这方面我是特意有所"保留"的。无论如何，我应该是写不出韩公那种直抒胸臆的块垒文字的，这应该不但关乎审美趣味上的差异，更有性情上的品类不同了。

固然"梦里不知身是客"，但是"身是客"在我确乎是一个不可须臾离的"观察"视角。从这个角度看，我觉得韩公写他的两位中小学老师的文字似乎更合乎趣味。当然，作为康德权威学者的韩公一定会说，审美本是一种旁观者的视角，就是"身是客"的视角，这原是与亲情，例如作为人子所引发的那种感情不同的。韩公劝勉我"放开"写父亲，应该是包含着这样的考虑和道理的；而我却是只能变着法子，通过"中介"，例如透过藏书来写我的父亲了啊！

在《"风""雅""颂"》中，我曾经谈及韩公记叙钟唐老师的那篇文字，而眼下这个集子中，与王齐教授尤为欣赏《书之初忆》一文有些不同，我特别有感于《沈老师与留下小学》一文。我以为此文尤其传达出了韩公行文中那种深情婉约的情致，这情致是对着已然老去的故人，更是对着梦萦神绕的故土的。例如，试看这样的文字："每次听到'长亭外，古道边，芳草碧连天'，这些遥远的景象就会被激活：从那个与屏基山与古镇连成一体的小学出发，沈老师带着我们班同学，从杭州西面铺着石板的山道上行进，穿过一个个树荫下水田边的古亭。这遐想沿着江南古道上一里接一里的长亭，一直回溯到许多年以前的淳风古韵。"又有这样的妙句："走在樟树华丽而巨大的树冠下，沈老师的事又不由呈现在眼前。"——是啊，"走在樟树华丽而巨大的树冠下"，这该是多美的意象啊！我还想说的是，正因为走在樟树华丽而巨大的树冠下，所以我们才始终"身是客"啊！

据我所知，韩公行文有一个特点，那就是每成一文，必反复雕琢修改，方始出手，与我在手机上一蹴而就，朋友圈一发了事迥然不同。这也许局部解释了韩公散文的"产量"似乎并不高。但是，就所谓学者散文而言，韩公无疑乃当今大家。不过，"大家"并不是无来历的。从与他的闲聊中推知，郁达夫和胡兰成乃是韩公最心仪的现代散文大家。的确，前者的爽直明净和洋溢春情，后者的委婉缠夹和荫翳蔽日，在在都于韩公的文字上投下了绵长的影子，成为其重要的质素。不过，我倒是觉得韩公的文字最重要和难能可贵的是其中的抒情成分。

中国文学中的抒情传统，经过从陈世骧到王德威的爬梳和阐发，其效能已经跃出狭义的文学史，而成为辐射整个中国现代性研究的一种重要范式，与革命和启蒙成鼎足而三之势。王德威一方面引用阿多诺"抒情作品永远是社会反抗力量的主体表现"，另一方面自出机杼："外在的物事和有情的主体相触碰，引发了诗情，而也唯有借诗情的发挥，历史的义理才能澄明。"尤为精彩的是《史诗时代的抒情声音》中对胡兰成那种细致入微、抽丝剥茧的解剖，无疑予各式胡迷们（虽然有不少胡迷是"隐秘"的）以"当头棒喝"。

即使我关于《听风阁札记》的抒情特质的辨识能够成立，也必须承认，这种质素当然既没有阿多诺指认的那种强度，也没有王德威揄扬的深度。毕竟，对一个胸有大志（注意不是王德威笔下胡兰成的那种"未有名目的大志"）的学者来说，此类文字的写作不过是其艰苦庄严的学术生涯之余事而已，对韩公来说自然就更是如此了。但是，谁又能说前面所引那段记叙留下小学和沈老师的文字所指向的不也是胡兰成笔下那种"单纯、广大、悠远的感情"？"走在樟树华丽而巨大的树冠下"不正是一个"明亮的诗的世界"，而且其中"生活的空气柔和而明亮，有单纯的喜悦"？

当然，这种抒情质素中郁达夫一维的制约并没有使得韩公如王德威笔下的胡兰成那样成为一个"一意要做贾宝玉，却出落成孙行者"的"荡子"，例如《听风阁札记》中的诸多篇什就既有对现实的正面肯定和褒扬（如《杭州初冬四记》等处），也有不少恳切的反思和建议（如《铜锣湾小住记》等处），至于在《如何讲乡土中国的故事？》中从学者的视野和乡贤的情怀所呈列的种种大中至正的议论，则无疑更近乎王德威笔下拿来与胡兰成对比的"君子"范型了。从这个角度看，韩公之刻意与"身是客"之论保持某种距离，认真说来，倒确实不是"其来无因"的了。

# 《查某人的梦》
## ——诚品·李明辉·海洋儒学

诚品敦南店不久前闭店了，消息来得遥远而突然。按说我总共只有两次台岛行，但诚品及相关的人事却给我留下了难以磨灭的记忆，而关于港台新儒家最重要的学者李明辉教授的记忆乃是其中最有意味的一页。

2007年3月，时任佛光大学学务长的张培伦兄专程从宜兰驱车载我逛台北，印象中他带我去了三个地方：一是邓丽君早年常在那里开演唱会的中山纪念馆，二是台大校园内的傅钟，三就是诚品书店。那次台岛行之前我从未离过大陆，自然也就没见过那么多新鲜的活生生的"洋书"，可想而知我受到的冲击了。不过，我这人行事一向"沉稳"，第一次也就买了一本书，莱纳·福斯特（Rainer Forst）的博士论文 *The Context of Justice*（《正义的语境》）。

此后，我也算成了诚品的"常客"，至少是每去台北必到的。除了后来自己去过的若干次，还有一次是李明辉教授带我去的。记得他给我写信，说是即将赴武夷山参加朱子会议，并开启大陆行，希望在此前能见一面。

我们在台大门口见面，他带我去了诚品，在西洋哲学特别是康德哲学的书架前驻留。明辉教授显然经常来诚品书店，从他对盖耶尔

（Guyer）、伍德（Wood）、希尔（Hill）等书的评点看，他对书架上的风吹草动洞若观火、明察秋毫。明辉教授在书架前的神态真是非常生动，是入神和精明的极妙组合。有一本书，他拿起来掂量了一番，显然是此前曾数次掂量过的，但这次拿起来后也还是放下了。

从书店出来，明辉教授又带我去一家口碑不错的德啤，他还约了自己的同事林维杰，还有时在东吴的彭国翔君。我必须说，那个德啤是真心不错，我也真心没有喝够，但也真心不好意思再要了。前年明辉教授来闽荒授短课，一起在大荒土德啤酒馆聚会时，我讲了这个笑话，明辉教授豪爽地故作惊讶状。但有了他的肯定，下次带人去大荒土德啤酒馆时就有了底气：这可是（20 世纪）80 年代留德博士鉴定过的啤酒馆啊！

从酒馆出来，一干人去了明辉教授府上。明辉教授藏书甚富，记得他书桌右前方一个书架上还有一本英文书 *A Third Concept of Liberty*（《第三种自由》），让我甚为惊讶。让我更为惊讶的是，明辉教授甚为关注大陆同行的工作，包括我自己一些微末的编译工作。有一年他在台湾大学开一门自由理论的研讨课，就把刘训练君和我编译的《第三种自由》作为主要读物，更让人称奇的是，有一堂课的阅读材料就是我斗胆附在那部书后面的拙文《论第三种自由概念》，而与拙文"并列"的是以赛亚·伯林和昆廷·斯金纳等国际"大牛"的文章！

当晚明辉教授留我住在他的书库，也就是书房的里半间，其实是四分之一间，外面是分类极为精细的各类资料，很多是关于政治哲学中的自由主义与社群主义之争的，是那年他在加州大学访问时搜集到的。客房里还有一排书架，上面摆放的是《牟宗三先生全集》，不过我并未感到如何"惊悚"，还自我调侃和宽慰：此行没有见到牟先生，却有缘和《牟宗三先生全集》共度一晚。

第二天一早，明辉教授陪我在他家附近的一家早市吃早餐，正当我们在台北的清晨用着美味的台式早点时，一位老者从明辉教授身旁走过去，还和他寒暄了一两句。待老者走远，明辉教授问我：你认识这位先生吗？我答：怎么瞅着面熟？明辉教授答：是陈鼓应啊！闻听此话，望着因记录并整理殷海光先生病榻上最后的话语《春蚕吐丝——殷海光最后的话语》而真正让我记住的鼓应先生的背影，我想起当年在大学图书馆多次借阅《庄子今注今译》而未得的一幕幕，不禁要感叹在台北早市巧遇这位当代最重要的道家学者乃是此行最意外的惊喜了。

其实那次台岛行，我和明辉教授还有一次擦肩而过和一次邂逅。那年4月中旬的一天，我在台湾清华大学哲学研究所演讲，当我表示自己此前从未到过北京的清华大学时，主持讲座的张旺山教授告诉我，石元康和李明辉两位先生前两天在那里为他们做学科评估，待我后来到嘉义，时任中正大学文学院院长的石元康教授向我证实了这个消息。记得那次石先生还在评点了台岛女性主义哲学和哲学家的现状后有感而发：一种高度对抗性的做哲学的方式不会是一种好的方式！

5月上旬，我在政治大学演讲结束后，詹康教授陪我用中餐，路上又遇到了刚上完课的明辉教授，巧合的是，我们还在餐馆碰见了时在政大客座的王中江教授。明辉教授委实很豪气，似乎那天中餐又是他抢做的东——当然，明辉教授的"豪气"主要表现在送书上，他出了新译作会送给我，旧著重版了也会送我一册。我在"中研院"人文社科中心演讲那次，顺便去他在文哲所的研究室，他送了我一堆他自己编的和与他人合编的各种论集，所以那次我是满载而归的。

在南港"中研院"收到这些赠书，又让我想起了与明辉教授的初见。那是 2006 年岁末在广州中山大学校园，因为此前从会议论文集上看到明辉教授讨论台岛英年早逝的哲学家蒋年丰关于海洋儒学和法政主体的哲学构想，于是我给明辉教授写信，想要趁便了解原作者的论著，当然我也提到自己曾听过罗义俊先生的《心体与性体》导读课。记得当明辉教授到达时，我正在和一群倪（梁康）门弟子"嘻嘻哈哈"，明辉教授从一众人群中找到我，并当场从行李箱中取出了他为我影印的《蒋年丰遗文集》，让人好生感动——用闽南话来说，就是好感动、好感动哦。

其实在那次的台湾访书行中，我也特别留意了蒋年丰教授去世后他的同道和朋友为他编的几种文集。这位会让人想起同样早逝的约瑟夫·列文森（Joseph R. Levenson）和加雷斯·埃文斯（Gareth Evans）的台岛哲学家毕业于普渡大学，以才气纵横、思想敏锐著称。蒋年丰教授在新儒学和所谓后新儒学的理智场域中的一个独具只眼的贡献就在于一方面推进牟宗三与海德格尔的"对勘"，另一方面又用罗尔斯来"补正"牟宗三。如果说前一方面的趋向其要旨在于把牟宗三重新导入与西方哲学传统的持续对话而避免抽象的高蹈扬厉，那么后一方面的工作其意义则在于进一步具体落实新儒家的"开出论"而使之更接地气。一言以蔽之，儒学和新儒学的前途正在于在哲学上同时对欧陆传统和英美传统保持开放性。

这无疑是极有意义的洞见。时至今日，如果说大陆学界在前一方面可谓念兹在兹，甚至赫然有所成，那么在后一方面则可谓仍旧漫不经心，甚或悄然有所失。我想，明辉教授之所以多年以后重提亡友的海洋儒学和法政主体论，其寄寓盖正在此也乎?!

　　冥冥之中自有天意，那次台北行的最后一夜我也是在诚品敦南店度过的，在访书记里我不太能确定是敦南店还是信义店，但相关的情节却是逼真而无一丝杜撰的。只有一点"补充"：如果我那天清晨离开敦南店时想起的是蔡琴的《最后一夜》，那么当我离开台岛，或如今再来回望那次台岛之行时，我想起的却是那首《查某人的梦》。的确，也只有这首歌最切合我一人从礁溪坐"自强号"沿东北海岸到台北逛诚品的心境了吧。

　　很多年前，曾听闻有人转述倪梁康教授对中国台湾的印象，说是其地多日据时代的印痕，所以并非典型的中国。我闻听当场脱口而出：难道不是应该反过来说，唯其如此，它才是"典型的中国"吗？——谓予不信，请重温已故蒋年丰教授关于海洋儒学和法政主体的论述，请重听《查某人的梦》。

# 厦大见马总

马总者，中国社科院哲学所苏俄哲学专家马寅卯先生之雅号也，盖因其久任中国现代外国哲学学会秘书长，我戏称其为马总。马总之大名，如雷贯耳，也曾于若干次"两会"（中国现代外国哲学学会和中华全国外国哲学史理事会）得睹其庄严法相，然亦仅点头之交，人群中多看了两眼的真没有也。

此前与马总唯一一次打"交道"，是他通过王齐教授邀我为"贺麟讲座"主讲人"绍海"孙周兴教授"画像"。盖若非有此邀，虽有"读人"系列在前，即使读人万千，我也绝不会想到写周兴也。犹记今夏刚接邀请时一头雾水、一脸茫然，未曾想那天中午杯酒下肚，稍一沉吟后即脑洞小开，一蹴而就也，且"一鱼二吃"，可谓皆大欢喜也。

此次赴厦门学会理事会前，已知到会代表寥落，而一周前岛上遇江湖上人称"江总"的江怡教授，告知马总将与会，我即逆料，此次厦大之会，虽未必有"火星撞地球"之效，却也暗暗有所预期也。

是日会议开始，马总作为学会法人代表侃侃而谈，体面雅重，宾主闻听尽欢也。会议茶歇时，我抓紧时间向马总请教苏俄哲学前线情报，得知我曾两度为之撰文的奥伊泽尔曼通讯院士已于几年前去世，享寿逾伽（达默尔）公，在 105 岁至 110 岁之间，而其公子，如大塞拉斯（R. Sellars）之子小塞拉斯（W. Sellars），大斯特劳森（P. Strawson）

之子小斯特劳森（G. Strawson），也是一位哲学家，且也是科学院通讯院士。这一席话，不禁让我想起马总的导师，20世纪50年代留苏的贾泽林先生在《走向列宁山：莫斯科大学》中的那番话："奥伊泽尔曼这个人实在是太聪明了，聪明到有些世故圆滑。"

说到贾泽林先生，我就想起那年在杭州召开现代外哲学会会议期间，即将卸任的学会理事长贾先生在发言至动情处，忍不住声泪俱下：自己毕生以苏联哲学为业，想不到研究到最后，自己的研究对象却消失了！贾先生是黑龙江绥化人，用他的口语表述：整了一辈子，却把对象给整没啦！闻听贾先生动情之语，浙大人文学院大会议室里一屋子人神情肃然，只有即将继任学会理事长，至少到那时为止一直以英美哲学为业的江总信心满满、意气风发，豪言曰：我们的研究对象永远不会消失！

听了我的笑谈，马总波澜不惊：对象消失这话贾老在众多场合说过，而且贾老师"整没"的研究对象可不止一个——贾老师研究苏联哲学，苏联解体了；研究南斯拉夫哲学，南斯拉夫解体了。

玩笑话归玩笑话，当我提到自己大学期间对苏联哲学的兴趣，并报出了一串苏联哲学家的名字，如阿斯穆斯、敦尼克、凯德洛夫、柯普宁和伊里因科夫时，马总尤其对我竟然知晓最后这位哲学家大呼意外，并正告我，国际上评价伊里因科夫是最重要的苏联哲学家，还说他的不少著作都有英文版，可以发我电子版云云。这时候业余爱好者和专家的距离就现形了：我依稀记得大学时代似乎谁都没有对我讲过伊里因科夫，我只是1988年大学毕业离开长春到千岛之城舟山工作后，才在单位的书架上发现了一册《马克思〈资本论〉中抽象和具体的辩证法》。而后来则依稀听到这位才华横溢的带有异端思想家气质的苏联哲学家是在 1979 年五十多岁的鼎盛之年自杀身亡的——具体说是用一把裁纸刀割断颈动脉而"意外去世"。

从一个业余的外在观察者角度看，苏联哲学的生态变迁是一个很有意思的现象，一方面是渊源深厚的马列主义理论传统，另一方面是教条主义的斯大林主义之氛围；一方面是亦步亦趋地依葫芦画瓢，其颟顸不灵使人气闷，另一方面是绞尽脑汁地冲击边界，其自赎奋争让人动容。尤其是苏共二十大之后那段"修正主义"历史，由于中苏交恶，始终未曾被我们正视，而其间"正统"与"修正"之间对"西方"的缓和与强硬之间的拉锯，实在颇堪玩味。

由此就想起 2014 年我回母校参加姚大志老师主办的一次政治哲学会议，回到杭州之后，因心有所感，就连夜写了一篇追忆自己在吉大哲学系求学生涯的小文，其中提及当年在课堂上学习列宁《哲学笔记》的同时，课下曾阅读柯普宁的相关论著作为参考。犹记刊发拙稿的《哲学分析》总编童世骏教授读后感叹：想不到吉大的同行也关注过柯普宁！

上周三晚，在闵大荒的一次课上，谈到自己学习和认识西方马克思主义的经历时，童教授又回顾了当年华东师大哲学共同体接触柯普宁认识论思想的过程，并把这个学习过程和冯契先生对广义认识论的探索结合在一起加以讨论。我由此想到，当年，也就是我求学的时代，吉大哲学系前辈对于教科书体系的改革以及由这种改革所引发的哲学思考，其实也可以被称作一种广义认识论的探究。差别只是在于冯契先生虽然思想"左"倾，但是他毕竟与殷海光一样同属所谓"后五四"的人物，自觉地把广义认识论纲领与中国近代哲学革命中最重要的哲学问题，亦即古今中西的问题联系在了一起。

相形之下，吉大的"广义认识论"传统，至少以其教科书体系改革的形态，似乎并未秉承这样的问题意识，这在一定程度上当然是由于其主要代表人物对于中国传统哲学的某种"无可厚非"的隔膜。以我自己亲历的一个例子为证：20世纪80年代中期，冯友兰先生的《中国哲学简史》经由其西南联大时期的弟子涂又光教授的生花妙笔，在国内一时风靡。记得有一次听高清海老师讲课，他以一种如同发现出土文物的神色，抑制不住兴奋地谈到《中国哲学简史》以及此前出版的《三松堂学术文集》，并热情地称道冯友兰的文字表述及其思路之清晰。

有意思的是，童教授还夫子自道，与其和赵修义先生合作的《马克思恩格斯同时代的西方哲学》"异曲同工"，他对包括哈贝马斯在内的"西方马克思主义"的兴趣，也"只是"为了了解与改革开放"同时代"的西方哲学。只不过在我看来，这个"西方"，其实还应该包括马总所从事的苏联、东欧哲学——虽然苏联"消失"了，但是苏联哲学不应该"消失"，至少不是在同等程度上"消失"！

兜了这么个圈子，我似乎可以这样"总结"厦大之行见马总：厦门于我是初见，却如再见；马总于我是再见，却如初见。

2020年10月26日

# "京中爷"王路

已不能确记初次知道王路其名在何时，但是第一次真正记住这名字的场景却是清晰的：那是我入杭州大学师从夏基松先生攻读博士学位之前的一个春夏之交的日子，我在杭大校园内的书亭得到了一册《弗雷格哲学论著选辑》。那个册子伴随了我在杭大度过自己学生时代的最后三年时光——虽然我从事的并不是分析哲学的"正宗"，而只是日常语言哲学的"支流"。

在我的博士生涯阶段，寻觅做论文所需的外文资料是一桩极大的难题，虽然可以通过学校图书馆的馆际互借渠道在北京图书馆（后改称国家图书馆）搜索，但也基本形如大海捞针。我甚至推测因为我的论文传主斯特劳森的主要论著出版的年代（20 世纪 50 年代末、60 年代和 70 年代中期前）正是国内政治形势和状况的特殊阶段，所以连在北京图书馆也几乎很难找到斯特劳森的书。

正所谓"办法总比困难多"，除了我所能想到的其他办法，也忘记了具体的动因，可能是因为看了某篇文章，我有一天忽然给其时还在中国社科院哲学所逻辑室任职的王路研究员写信，应该就是直接问他手里有没有斯特劳森的书可借我复印。我得到了他的回信，信里写道，他并没有斯特劳森的书，但是他认为斯特劳森所编的《哲学逻辑》（*Philosophical Logic*）一书，特别是编者所写的序言，是颇为重要的——这就是我与王路"交往"之始。

博士生涯总是寂寞的，好在那时候杭州有一家湖畔居三联分销店，那里是西湖的一个绝佳观景点——杭州的六公园，更重要的是，那里有些品位高端、趣味雅致的书籍，记得我的那部《顾准文集》就是在那里买到的。有一次，我在那里看到一本其貌不扬的小书《寂寞求真》，作者正是王路。我收下了这本书，而且在准备博士论文的间隙读得津津有味。书中既有那种青灯黄卷的中国古风，又有"吾爱吾师，吾更爱真理"的西洋智识范儿，实在让人颇为动容。

很多年后，我还引用了书中的一个"段子"，来"证明"王路和当代中国哲学界的许多其他哲学家一样曾是文艺青年一枚：就是说，不但懂得逻辑，更懂得语境。《寂寞求真》中记录到沈有鼎先生当年有一句"王路懂什么逻辑"的话，原来这话的语境是，当年公武先生想把他的研究生巫寿康留在所里，但是老先生不通人情世故，更不懂得怎么和领导打交道，他只是到院所领导办公室一坐半晌，就只有一句话：我要把巫寿康留下来！于是王路做了一番"保全真值的相互替换"，也就是说，在公武先生那里，"王路懂什么逻辑"这句话的意思就是"我要把巫寿康留下来"。

无论如何，《寂寞求真》伴随我做完了博士论文，不过毕业以后，我转到了与博士论文不相干的领域，一直到有机会出版自己的博士论文时，在我修订旧稿的当儿，王路的《走进分析哲学》出版了。我仔细读了这本书，并转引了其中对斯特劳森的哲学自传《我的哲学》的引用。在此意义上，对于我完成自己的博士论文，王路可谓"善始善终"也。

在独闯江湖多年以后，有一天我忽然接到王路的电话：我在杭州金都饭店，你来请我吃饭吧！也不知什么原因，大概我那时正忙于各种事务，抑或竟是在装修紫金港的房子，在弄清王路此次来杭的"底细"后，我并没有爽快地答应出来在哪里请饭。后来一忙，此事就更是不了了之，让我一直引以为憾，亦引以为愧。

此后我应该还在不同场合见过王路，有印象的一次是在重庆合川钓鱼城，那次是在西南大学会议之后，东道主安排一众代表出游。记得在钓鱼城山顶上用中餐时，我遇到倪梁康教授的两位弟子，席间忙着认师侄，竟没有顾得上和同桌的王路好好寒暄招呼，而他，当然是照例一脸"京中爷"的范儿。

作为中国哲学界清流兼劳模的代表，王路依然孜孜不倦地工作着，《走进分析哲学》之后，我对他印象最深的书是《是与真》；译著则多了，至少有《算术的基础》、《分析哲学的起源》、《真之追求》、《真与谓述》、罗斯爵士的那部《亚里士多德》、奥康姆的《逻辑大全》、司各脱的《论第一原理》，以及我忘记作者的《经院辩证法》。其中前四部都是分析哲学的经典，戴维森的那个册子《真与谓述》还曾列入庞学铨教授和我在上海译文出版社出的一套小丛书，不过那并不是我们的功劳，而应该是出版社编审赵月瑟女士的主意。后三部则是关于一般人视为畏途的中世纪哲学，王路以一人之力，从事如此体量和强度的工作，真是让人不服也难。

坦率讲，因为我做的是王路所谓的"加字哲学"（"政治哲学"就是在"哲学"前面加了"政治"两个字），所以对纯哲学关注少了，因此王路后来主要围绕"是"与"真"展开的纯哲学研究著作我就读得少了。《一"是"到底论》和《读不懂的西方哲学》到现在还没有入手不说，有一次我还曾"吐槽"后面这个书名。现在想来，那些当然都是轻率之论，需要慎重检讨的。

2018年11月，我参加余杭韩公在杭州召开的汉语哲学论坛，多年之后在杭大路上重遇王路教授。也可能因为"失散"许多年的老同事萧阳教授在场，王路于头天晚上就打开了话匣子，一路情绪饱满，侃侃而谈。我鼓动他说，《寂寞求真》写了已有二十年，理当把这二十年的见闻再记录下来，给后世留下一部《闹中取静》。

第二天上午，我又听了他的会议开场报告，其实这要算是我第一次听他做学术报告，博学而雄辩，锐利但并不过于咄咄逼人，给我留下极深的印象。记得晚上闲聊时，除了谈及社科院哲学所的老前辈，他又谈及当年去清华，有人劝他主动找领导，解决相关待遇问题，例如要房子啥的，只听王路赫然曰：我堂堂社科院的研究员，来清华，你给个房子不是挺正常的事儿吗，难道还要我点头哈腰来找你领导？寥寥数语，"京中爷"的范儿跃然纸上，更是让人不服也难。

有了杭州秋夜的畅聊，再说那次加了微信，此后也偶有互动，这次在岛上和王路教授相逢，就似乎多了几分"故友"的感觉。确实，无论是外出参观，还是用餐时间，我们经常坐在一起聊天，当然主要是我听他讲，中间略加点评。王路对我很"慷慨"，每次开讲故事前，都会加上一句，亦可谓"命题态度"：你不是喜欢听"段子"吗，那我就给你讲"段子"！

的确，作为出身北大西语系的社科院"黄埔一期"生，又长期身处中国最顶尖的学术机构，王路全身都是宝，特别是对我这样没有见过世面的乡下人来说，就更是如此了。不过我觉得，王路之所以愿意对我讲"段子"，除了我无疑是一个好的"段子"听众，更是基于对我的"文品"的信任。那就是说，虽然我雅好讲"段子"，更爱记录好

"段子"，但我是不会把他讲的无论什么好"段子"都记录下来的，更不要说公之于众了——特别是关于同辈人的"段子"。我只记录三则关于其导师周礼全先生的"段子"。

一次，王路谈到周先生晚年和汪子嵩先生见面的情形，他当时陪侍在侧。因为周先生年轻时就是一个不问世事的"学霸"，而汪先生在学生时代加入地下党，晚年两位先生见面时就有那种微妙的感觉。闻听这话，我当场就想起了谢泳笔下秦晖的老师赵俪生和杨联陞的那段有名的"公案"。

又一次，王路谈到他到新泽西去看望已经定居美国的周先生，他向当年的老师谈论了一下午他的"一'是'到底论"，周先生从头到尾一言不发。我幼稚而好奇且有些无知地问：为什么呀？王路答：因为我的认识对自己的老师是颠覆性的啊！我于是"恍然大悟"。

还有一次，在普济寺一起挤着茹素时，王路谈到周先生晚年研究黑格尔的辩证逻辑，写了一部同名的书。书前有一张周先生伉俪和小孩在清华园的合影，因为我有这本书，对此有模糊的印象。王路又谈到，周先生对黑格尔的"感情"大可比拟于贺麟先生那一句"我可以和老婆离婚，不能与黑格尔离婚"。王路举出的例证是，周先生给他的长子取名周郁（谐音黑格尔逻辑学的第一范畴"有"），长女取名周芜（谐音黑格尔逻辑学的第二范畴"无"），次子取名周易（拟义黑格尔逻辑学的第三范畴"变"），三子取名周元（玄？），之所以叫"元"或"玄"，是因为汉语中，元学和玄学都可以是形而上学或辩证法的"代名词"！

前面说过，因为加了微信，我和王路平时也偶有互动，记得有一次我在朋友圈发布了一个"段子"（其实是在《读人话旧》系列关于上海社科院哲学所年轻人的那篇小文中），是我所记得的俞宣孟老师回忆当年一次会议上周国平调侃赵越胜的一句话。王路教授看了这篇文章，对我说：周国平一句，准确。我甚至可以想象出他说这话时微扬的嘴角和眼镜后的眼神。

也是通过我的那篇文章，王路第一次知道，他的"黄埔一期"同学，也是周国平的同学，翁绍军已经去世。他闻听这个消息后，就写了一篇小文《怀念"苏格拉底"》，其温雅而热烈的情愫，读之未免让人动容。

也是在岛上，也是在《读人话旧》系列上，我发布了《韩公与抒情："梦里不知身是客"》①一文，王路教授瞄了两眼，特别指出，我形容韩公每到一地，如有感兴，回到听风阁就会写下深情款款的游记一语中，"深情款款"一词最为传神。

朱家尖惜别回到北京后，我用微信发布了在岛上参加汉语哲学大会印象最深的六条隽语，其中关于周先生为子女命名的雅事那一条，因为我一时忘记"郁"之为"有"之谐音，把周先生长子直接"改名"为周有，王路看到后特意私信我：周先生的长子是周郁。但是对于"元""玄"之辨，王路教授并未有进一步的明示，也许他认为这本就"是"一个形而上学的问题吧！

---

① 收入本文集时改名为："梦里不知身是客"——《听风阁札记》印象。

# 范老师九十岁了

9月10日那天是教师节，因有单位委托的公干，我一早来到朱家尖普陀山佛学院参加一个典礼。唱完弘一法师作曲、太虚大师填词的《三宝歌》，活动结束时刚十点多，岛上天清气朗，心想正可趁此去哪儿转转，也算不枉此行。佛学院就在白山景区边上，想起初次上白山已是三十多年前。此后往来朱家尖、南沙、东沙、大青山不知其数，但白山似乎再也没有上去过了，今天因缘具足，真不可放过也。

岛上已是入秋的天候，虽然阳光普照，但已不复盛夏时节的威力。话虽如此，我还是在景区门口找了一顶遮阳帽。远远望去，山顶上好像有游客在拍照。但当我置办好装备开始山行时，可见的视线中就只有我一个人。海风吹拂，竟有一种海岛上少见的清爽而又润泽的凉意，令人为之神往。我选取了一条险峻些的游山路线，来到一处孤悬陡峭的山石上，背景似是此山最高点，于是趁精气神尚足之时玩了一张自拍，且用此图发了一条微信，然后继续独自环山而行。

很久没有如此轻松而尽兴的山行了！待下山时看了一眼朋友圈，发现刚才那张图下已有不少朋友点了赞。因为我戴了一副变色镜，就有朋友留言"黑老大"，又有朋友调侃"大佬又上线了"，令人忍俊不禁，这真是一个自娱娱人的时代啊！往下看，又有一条：下山后来车库坐坐吗？这条留言来自我重回舟山后认识的一位朋友L君，他在定海老城里开过一家很有格调的书店，店里还曾经陈列着我的访书记。在通过一个朋友知道这家书店后，我就认识了 L 君，有时去定海还会在他店里和他聊聊天。一年多前，他的书店不开了，送人后还剩下些书，以及音响、冰箱等物件，他就在原店址附近租了一个车库置放，还把那里布置得挺有腔调。他自己有空就会过去看书、听音乐，有兴致了也会喝支冰啤，他留言里说的去"坐坐"大概也就是邀我去喝一杯的意思吧！

在这个特殊的 2020 年，网课结束以来，我就一直在看书、写东西，还帮学生改论文，忙得不亦乐乎。7 月份又在"澎湃新闻"开始撰写《读人话旧》系列，虽是闲事闲笔，但神经还是一直绷得挺紧的，如果不是有每天按时下五步岭水库做调剂，我恐怕很难坚持下来。难得浮生半日闲，不妨干脆给自己放一天大假。又因为没有准确地估算在山上的时间，我下山时已近下午两点。饥肠辘辘中，马上打车到东港公交总站，先在那里解决中餐，然后坐快速公交去 L 君在定海的车库。

抵达书库时已过三点，在这秋日，和 L 君一边听着应景应时的勃拉姆斯，一边一阵畅快聊天后，我照例站起来看看他的书架。虽然 L 君理论上已经不卖书了，但他仍然在"进"书，当然主要供他自己翻看。如有我看中想要的，他会以很低的折扣半送半卖给我，我一开始觉得受之有愧，慢慢也就"安之若素"了。这样想着的时候，忽然在架子上看到一本《陈修斋论哲学与哲学史》，我惊讶地问他从哪里弄来的这本书。他却笑眯眯地告诉我，是有一次看了我的微信中提到陈修斋先生，才去找来这本书看的。

我自己的印象中，至少曾有两次谈及修斋先生，一次是我写"太老师"汪子嵩先生时曾提及汪先生在回忆录中谈到修斋先生的"哲学无定论"论，不过那时我还没有用上微信；另一次是我曾经晒过父亲所藏的法国人加罗蒂（Roger Garaudy）的《论自由》，此书系江天骥和陈修斋两位先生合译。其实我虽然读过修斋先生的"哲学无定论"论，手边却没有眼前这本书，于是就打算从L君那里"买"下这本书。在向他"结账"时，因为我还选了另外一本书，L君很大方地说：这本书就送给你吧！

晚上我在灯下翻阅修斋先生的论集，从编者段德智教授的介绍中，得知武大哲学系当年还曾编有《陈修斋先生纪念文集》，此书后来又扩展成《哲学人生：陈修斋先生90周年诞辰纪念文集》，于是就在网上将新旧两版各下了一单。

转天《哲学人生：陈修斋先生90周年诞辰纪念文集》先到了，打开目录，我惊讶地发现里面还有一篇业师范明生先生追念修斋先生的文字，落款是1994年11月20日。回头一想，敢情我那时已经离开上海。而第二天收到孔夫子旧书网上淘来的纪念集初版，发现印数只有一千册，这大概一定程度上能够说明为何我对范老师一篇如此重要的文字竟然没有任何印象，这可真是天大的不该呵！

范老师在这篇文字中回忆了他从求学时代开始与修斋先生的交往，对我来说最有兴趣的是他在襄阳隆中生活和学习的那一段。以前从范老师著作的"前言""后记"以及他平常的上课和交谈中偶尔也听他讲起这一段，但从未如这篇怀念修斋先生的文字一般如此详细道出。在我读来，此文真是字字珠玑，仿佛也填补了我自己记忆中的某处巨大的空白。

正如我们从公开的履历中得知，范老师1950年考入清华哲学系，1952年院系调整时转入北大哲学系，毕业后先在中国科学院高能物理研究所工作，后又调往衡阳矿冶工程学院任教，在"反右倾"斗争中下放劳动，一直到1973年春始转入武汉大学襄阳分校，办学地点时在襄阳城西二十里的古隆中。据范老师文中所云，"修斋师和祖陶师竭诚欢迎我来到他们那里圆希腊哲学梦"。范师在那里登台为工农兵学员讲授欧洲哲学史中的希腊哲学部分，并且参考了作为陈、杨两位的《欧洲哲学史稿》之前身的近百万字的讲义。在那个风雨如晦的时节，尤其是目睹了修斋先生在极为艰苦的条件下从法文原版翻译莱布尼茨的《人类理智新论》，范师还从书库中找出了中型法文版《拉鲁斯百科辞典》供修斋先生使用。

在这篇忆师文字中，范老师还以别处少见的笔墨生动刻画了他在隆中的业余生活："至今回忆起那里的周围群山环抱、松柏参天、溪流萦绕、景色清幽，工作之余漫步近在咫尺的三顾堂、武侯祠、三义殿、草庐亭、抱膝亭、六角井、野云庵等建筑，躬耕田、小红桥、半月溪、老龙洞、梁父岩、抱膝石等名胜古迹，向陈师、杨师和萧萐父兄等请教和相互切磋砥砺，自己不仅读了一些书，而且也从诸师友那里获得教益。在那漫长的苦难岁月里，这是仅有的值得怀念的时光。"

从当年师事范师时，我就了解到武大时期是范老师学术成长极为重要的一个阶段，姑且不论至今武大哲学系把范师列为著名和杰出系友，我猜想，《柏拉图哲学述评》一书的部分准备工作应该就是在武大期间完成的。就对当代中国学界的重要贡献而论，这篇忆师文章里没有提到的是，范师当年是在江天骥先生领导的美国哲学研究室工作，正是在那里，他节译了罗尔斯《正义论》的序言和概述了此书核心思想的第一章前四节，并写了一篇作者简介。包含这些材料的《当代美国资产阶级哲学资料》（第四辑，1980年6月）由商务印书馆出版，这应该是国内最早译介罗尔斯的文字。另外，范师还译介过创办《哲学与现象学研究》季刊的美国现象学家马文·法伯（Marvin Farber）的文字。上海社科院图书馆的不少现象学外文著作都是作为选书委员的范老师打圈订购来的。就此而言，我无论是从事政治哲学研究还是现象学研究（虽然这并未发生），都可谓"其来有自"也。

范老师的忆师文章中还追记了他于 1979 年回家乡到上海社科院工作后与修斋先生的三次会面，其中一次在范师海上的柿子湾旧居（原书两版均印作"柿了湾"，应属误植），另两次都是在珞珈山。其中尤以记叙第二次游程颇为详尽。那是 1985 年 4 月，重返珞珈山之前，范师和陈村富、姚介厚两位陪同贺麟和汪子嵩两先生赴成都和重庆等地讲学，前后共四十余天。得以与自己的两位老师朝夕相处，上青城峨眉，买舟乐山至重庆，游大足过三峡，范师由此联想起 1954 年与几位爱好西哲的同学到燕东园拜访自昭师，"其时贺师满怀激情地同我们谈的不是黑格尔而是康德的伦理学，讲到康德的道德律令：不论做什么，总应该做到使你所遵循的准则永远同时能够成为一条普遍的立法原理"。这话出自一位宣称"我可以和老婆离婚，不能与黑格尔离婚"的《小逻辑》译者之口，无疑是值得深长思之的。我猜想，范师四十年后仍然回想起并强调此语，其用意应该也在此。

多半出于时代的原因，包括范师在内的这一代（学）人总的来说很少谈论自己的过去。这方面一个不太恰当的例子就是我的父亲——之所以不太恰当是因为父亲并非"学人"——这当然不是现在所谓的"饥饿营销"，但是对于晚辈来说，越是知道的少就越想知道，这也是正常的心理规律。记得 20 世纪八九十年代山西（还是山东）出过一种中国现代社会科学家自述或评传丛书，有一次课间，范师把一堆资料交给同门易兵兄，大概是为了给这家出版社写一个学者评传。易兵兄出色地完成了这项任务，但我并没有见过这份评传，或者读过也忘了，我猜想其中"官样文章"会多一些，更多的是并非我想要看到的那种。就此而言，范师忆修斋先生的这篇文字在某种程度上反而是作者自己一份更具"性情"的"自传"，其可珍视者盖在此也，我想。

作为范师的学生中现在号称仍然在做学问的可能的"硕果仅存"者，可以想象老师会对我抱有一定的期望。比较有趣的是，当年范老师对我博士毕业后回上海社科院工作似并不积极，但是 2010 年 11 月范师八十周岁前夕，我随童世骏教授和上海社科院的工作人员一起到曲阳新村为老人家祝寿那一次，当他听说我有可能回哲学所工作时，特意写信来表示鼓励。读着老师的来信和其中的殷殷期望，我一边倍感汗颜，一边却也有些"忍俊不禁"——范师原来"与时俱进"若此啊！

真正让我感到愧疚的，一是可能由于我们师生关系的某种特质，也因为个性原因，我于范师似乎并不"热切"，更谈不上"嘘寒问暖"之类了——用我自己的话说，可谓亲切而不亲密；二是自己这些年在学问上并不努力，更无长进。记得那一年我去复旦开会，顺便带去我的某个文集，范师看了当然是高兴的，但同时也不忘马上叮嘱：要注意大问题，搞大东西！我听了抱愧而退，同时也暗暗立志，可是蹉跎至今，"大问题"倒是"关注"着，"大东西"却依然遥遥无期也。

"渡江天马南来，几人真是经纶手"——话虽如此，还是让我以范师九十华诞为"契机"，"开始"专注学问，努力在"大问题"上做出点儿"小成绩"吧！更重要的，敬爱而亲爱的范老师，"九零后"快乐！

# 诸暨籍哲学家

　　我的家乡"古越都"诸暨以西施故里著称，据说自古以来多出美女，而以"盛产"哲学家著称则还是相当晚近的事。

　　诸暨之成为"哲学之乡"——至少是 20 世纪的"哲学之乡"，中国现代最著名的专业哲学家之一金岳霖先生之族谱的发现是一个"至关重要"的事件。在一般知识大众的心目中，以电视剧《人间四月天》中的"男二号"闻名的金岳霖一直被认定为湖南长沙人，似乎与诸暨沾不上边。

　　应该是在进入 21 世纪之后，在上海图书馆和浙江诸暨金家村，分别发现了纂修于 1945 年左右的《灵泉金氏宗谱》。此谱辑录灵泉（现为金家村）金氏共 30 代，其中有关于金岳霖的记载："涵一百四十五，名岳霖，字龙荪，留学美国，哲学博士，现游欧洲，生于光绪乙未年闰五月廿日（即公元 1895 年 7 月 12 日）。"

　　据见过此谱的记者报道：金岳霖的父亲金珍，是诸暨县学庠生（秀才），因太平天国运动波及诸暨，远赴湖南投奔任永定县知县的堂叔祖金兆基，入幕作师爷，后在湖南娶妻生子，落地生根，所以学界大多将金岳霖称为"湖南长沙人"。其实金岳霖自己在回忆录中曾提及他父亲是浙江人，还说依照辛亥革命之后以孙中山先生为首的政府颁布的一部法律，里面有一条说在什么地方生长的就是什么地方的人，那么他是湖南人是毫无问题的。但是按照以父亲之出生地为籍贯的旧例，则金岳霖之为诸暨籍哲学家同样断然无疑。

金岳霖是个有故事的哲学家，这不但与林徽因有关，更与他自己有关：据说他三四岁时就凭着天赋的逻辑感从"朋友如金钱"和"金钱如粪土"中"推出"了"朋友如粪土"。据说他在西南联大做了一个题为"《红楼梦》里的哲学"的讲座，而结论是《红楼梦》与哲学没有什么关系。据说他对艾思奇在燕园批评形式逻辑的评论是：艾思奇同志的报告很精彩，他讲的每一句话都符合形式逻辑。据说他戴着大墨镜（因为眼睛怕光）坐着黄包车（一说平板车）在王府井逛街，对人说是在响应毛主席深入群众的号召。据说他晚年经常讲他对不起人民，培养了三个"跟不上时代"的学生：沈有鼎、殷福生（海光）和王浩。

作为中国现代逻辑学的祖师和最重要的哲学家之一，除了大量论文，金岳霖主要有《逻辑》《论道》《知识论》《罗素哲学》四部著作。其中《逻辑》列入民国教育部"部定大学用书"，《论道》和《知识论》代表金岳霖的哲学体系，而《罗素哲学》则是其1949年以后唯一的著作，且是在其身后由其学生，同样是诸暨籍的哲学家冯契先生委托学生整理出版的。

虽然金岳霖是中国现代逻辑学和研究的主要创始人，但据他自己的自传材料，他是"先教逻辑再学逻辑"的。金岳霖早年在哥伦比亚大学著名的政治思想史家邓宁教授的指导下以一篇题为《T. H. 格林的政治思想》的论文获得博士学位，后游学欧洲。在到清华教逻辑后又至哈佛研修逻辑。1936年始出版《逻辑》一著。也因为此著属于当时的部颁教材，所以风靡民国学界，客观上造就了作者作为中国现代逻辑学之"开山祖"之地位。

如同与金岳霖一同创办清华哲学系的冯友兰不满足于做一个哲学史家，而要做一个哲学家，不满于"照着讲"，而要"接着讲"，金岳霖也不满足于做一个逻辑学家，而是要做一个哲学家。继 1940 年发表《论道》之后，又在抗战后期写作《知识论》。《知识论》由于跑警报致七十万字旧稿被毁，后又逐字重写，最初在 1959 年作为"资产阶级学术思想批评参考资料"先行内部出版，又在 20 世纪 80 年代由商务印书馆与《论道》一起重印。

金岳霖曾经形容冯友兰善于把复杂的问题讲简单，而他自己则善于把简单的问题讲复杂，又说前者的新理学是"新瓶装旧酒"，而他自己的《论道》则是"旧瓶装新酒"。在《冯友兰〈中国哲学史〉审查报告》中，金岳霖又提出"中国哲学的史"和"在中国的哲学史"的区分，并认为与胡适的《中国哲学史大纲》是"根据于一种哲学的主张而写出来的"不同，冯友兰并"没有以一种哲学的成见来写中国哲学史"。也就是说，冯友兰所注重并得到金岳霖认同和赞赏的，"不仅是道而且是理，不仅是实质而且是形式，不仅是问题而且是方法"。

按照郁振华教授关于"科玄论战"之后中国现代哲学中清华实在论、北大观念论和延安唯物论"三足鼎立"的"谱系"，与以熊十力为代表的观念论传统代有传人不同，无论是冯友兰还是金岳霖，新实在论的哲学传统一直并没有可与观念论传统相颉颃的哲学家出现。在此意义上而言，清华哲学系之得冯契与北大哲学系之得牟宗三之比拟的确并不是其来无因的。

在晚年所撰的《忆金岳霖先生以及他对超名言之域问题的探讨》一文中，冯契回忆他在昆明从金先生受教的情况，尤其是在昆明郊区司家营清华文科研究所师生两人一对一上课的情形："开始读休谟的

*A Treatise of Human Nature*（《人性论》）时，只有一本书，由我捧着朗读，金先生半闭着眼睛听我读，读到其间，他说：打住！便向我提问，要我回答……从这方面解析，从那方面探讨，又从第三方面考虑，等等，不一定得出结论，但把问题引向深入了。金先生对休谟的书真是熟透了，哪一页上有句什么话，有个什么重要概念，他都记得，并且不止一次地提醒我：要认真读几本书，不要浮光掠影把书糟蹋了！"

对于金岳霖在《论道》绪论中区分"知识论的态度"和"元学的态度"，以为知识论的裁判者是理智，而元学的裁判者是整个的人，冯契认为这个提法可以商榷："我认为，理智并非'干燥的光'，认识论也不能离开'整个的人'。"也就是说，认识论也应研究关于智慧的学说，讨论"元学如何可能"和"理想人格如何培养"的问题。事实上，从题为《智慧》的硕士论文，到晚年的"智慧说三篇"，冯契一直把意见、知识与智慧的关系作为自己探索的哲学总问题。他认为金岳霖偏重的是如何能"达"，亦即如何能把超名言之域的智慧用语言文字表达出来，而他自己则着重考察如何能"得"，亦即如何能"转识成智"、获得智慧的问题。

面对自己的学生的批评和修正，金岳霖一方面承认《知识论》只讲名言世界，而把超形脱相、非名言所能达的领域交给元学去探讨，另一方面又鼓励冯契按照自己的思路去探索，并敏锐地意识到冯契所论"可能还更接近中国传统哲学"。金岳霖还提出可能有两类哲学头脑，"一类是 abstract mind，另一类是 concrete mind"，并认为自己偏于abstract（抽象的），而自己的学生则更喜欢 concrete（具体的）。

有意思的是，作为金岳霖和冯契之哲学传统继承人的杨国荣教授也是一位诸暨籍哲学家，而他的主要哲学成就，亦即"具体形而上学"

的系统建构，正是秉承着这个由知识论和形而上学、抽象和具体的讨论框架所做的"具体"推进。值得注意的是，这种"推进"在某种程度上同样呈现出了一种"迂回"（detour）式的"战术"——用《迂回与进入》的作者，法国汉学家弗朗索瓦·于连（Francois Julien）的话来说："意义的到来像所有东西的到来一样不属于行动，而是属于等级秩序，属于过程。总而言之，迂回的价值在于：借助自己引起的距离，迂回通过摆脱意义的所有指令（直接的和命令的），为变化留下了'余地'，并且尊重内在的可能性。"

10月的最后一天，秋光明艳，我和几位同事一起踏上了诸暨籍哲学家的寻根之旅。我们首先来到了现在属于东和乡的施家坞村，在当地乡人和乡贤委员会的引导下，来到了冯契先生的故居，虽然祖屋已经整修过了，但是冯先生少年时的读书处，那片苍翠的竹林依然，那环抱着小山村的群山依然。"冯学"专家晋荣东教授还从冯先生族人的介绍中找到了足以补正当年认知的某些重要细节。而我作为冯先生的同乡，除了在同事们的鼓动下用家乡方言朗读冯先生的名句"不管处境如何，始终保持心灵自由思考，是爱智者的本色"，似乎更多关注和引起共鸣的是那些细节中所体现的所谓诸暨人的某些品性特点，例如疾恶如仇、刚正不阿之类——虽然我笑称诸暨人的这些特征其实有时只是为了刻意与例如萧山人和绍兴（城里）人"区分"开来时自我暗示和强加的标签。当然这并不是要否认地理环境、从业习惯以及所谓"民风"在局部解释某些品行特征时的"参考价值"。

从施家坞村所属的冯蔡行政村文化礼堂出来，我们驱车直奔位于金家村的金岳霖先生祖居，终于在夕阳西下时分来到了这个传说中的所在。这是一所老旧的宅第，只有那残存的高大围墙还在暗示主人当年的身份，而其余的一切仿佛都已湮没和流失在时间的尘埃中了。其实这个村子离我的高中草塔中学只有不到三公里，我的金姓同学中就有几位是这个村子的，想来他们中应该也有金先生的族人吧。

次日上午，"纪念冯契先生诞辰 105 周年座谈会"在诸暨市社联的热情安排和张罗下在浦阳江畔召开了。在陈卫平教授的主持下，晋荣东和郁振华两位教授分别介绍了冯契先生的生平经历和思想历程，以及冯门后学传承和弘扬冯契哲学的具体举措。"冯学"研究第一人晋荣东果然名不虚传，用近一个小时报告了冯契学生时代的上半部分，以从延安回到昆明复学为界。报告图文并茂，尤以冯契参加"一二·九运动"前后的资料最为翔实。在听报告的过程中，我还按图索骥，在孔夫子旧书网上下单了两部相关的回忆录，分别是赵德尊的《征程鳞爪》和仅印六百册的《赵继昌回忆录》。

作为"金—冯学脉"的主要诠释者和阐发者，郁振华区分了拥有传统的三种方式：博物馆式的拥有、牢笼式的拥有和工作坊式的拥有。从其阐释来看，冯契对金岳霖的哲学体系所采取的方式其实已经例示了这种工作坊式的拥有，这尤其体现在堪称其毕生最重要的论文《论以得自现实之道还治现实》之中。此文分别从作为认识的自然过程、作为科学的认识方法和作为实现理想的活动三个方面论述了"以得自现实之道还治现实"的具体内涵。无论如何，作为从金岳霖的"以经验之所得还治经验""引申"而来的"以得自现实之道还治现实"这一原理的"引理"，把"理想与现实的关系问题从形而上学的天国拉回到人世间来"，至少为同样作为冯契门生的童世骏教授——这是一位与诸暨相邻的萧山籍的哲学家——把理想与现实的关系作为最重要的哲学问题奠定了部分学理基础。

职业哲学家的报告结束之后，与诸暨籍"民哲"们的"对话"开始了。当几位冯门弟子与冯契先生故乡的哲学爱好者们开始就知识与智慧、"转识成智"、"名言之域与超名言之域"等问题展开热烈的讨论时，在一片短暂的空白之后，我脑海中浮现和盘旋着的除了头天黄昏看到的秋风萧索中的金岳霖祖居，还有金岳霖对冯契说过的这句话："哲学既不会终止，也不会至当不移。哲学总是继续地尝试，继续地探讨。"

# 卑尔根的贝多芬

　　对于我这样初中音乐课是乡村数学老师教的（记得他当年的保留曲目是《采茶舞曲》、《好一朵茉莉花》和《军港之夜》），高中时最多接触了《绿岛小夜曲》还有数曲邓丽君的标准乐盲来说，可想而知古典音乐于我的距离之遥远了。在我心目中，发誓要扼住命运之咽喉的贝多芬就只是一位励志少年"楷模"，据说他有句名言是："人啊，你当自助！"。而这个"人啊！"的句式除了让我想起也是在初中时读过的戴厚英的《人啊，人！》，就再也记不起它是否出自罗曼·罗兰的几本英雄传记了。

　　现在想来，可能正是出于某种"找补"的心态，在大学时代，我一度对美学抱有浓厚甚至痴迷的兴趣。这一方面当然是因为我是在20世纪80年代的哲学系上学，但同时我也听信了没有任何艺术修养为基础的美学是所谓"空头美学"。大部分是因为这份小爱好的推动，那时候我就开始留意一些艺术史和鉴赏类的通俗书籍，诸如普及西方美术史的迟轲，介绍印象派艺术的邵大箴，著述中国绘画史的滕固和王伯敏，就是这样进入我的视野的。至于音乐，则只是记住了一本书的名字：保罗·亨利·朗格（Paul Henry Lang）的《十九世纪西方音乐文化史》，那是在长春的一次特价书市上与郭绍虞的《沧浪诗话校释》一起得到的。

很多年前在浙大紫金港校区一个悠长的秋日午后，那还是有线电视的时代，十有八九是在埋头做翻译的间歇，我打开了电视机上的免费点播音乐频道，看到目录上有小泽征尔指挥的卡拉扬纪念音乐会，就打开链接播放了起来。必须承认，那是我第一次完整地"欣赏"一场音乐会。那一次的"欣赏"有两个"后果"：一是我从此能够"听"，尤其是能够"听下去"古典音乐了；二是那个著名的"贝小"，无论后来听过多少不同的版本，我都以在"华数"上听到的这个小泽指挥、穆特演奏的卡拉扬纪念版为最佳。而"所有"的古典音乐曲目中，我都推"贝小"为最佳。

支撑我后一判断的还有个理论根据，那就是列奥纳多《音乐之流》中的一席话："贝多芬的作品为小提琴提供了施展才能（为它的灵敏性和神奇的、感人的声音）的最广阔天地。这首乐曲的第一乐章和最后一个乐章为杰出的演奏家提供了立足之处，而在慢乐章中，出现了高耸入云和欢唱的小提琴乐音；它极其丰富，但绝不令人感到厌烦。贝多芬的其他作品很少像这部协奏曲一样，具有如此透彻的宁静气质。在这部作品晴朗的天空中一丝一毫也看不到他心中阴郁绝望的乌云，看不到他喜怒无常的心绪的任何阴影。"

此后一段时间，贝多芬就成了我电脑上的"常客"，虽然仍然是那种茫无头绪地"漫听"，有一阵子我曾经把"贝小"和另外几个"小"放在一起听，也曾经反复比较齐默尔曼和阿劳的《皇帝》，当然结果是什么也没有比较出来。直到一次偶然得到比较文学学者叶扬教授的《覆水年华》，读了其中的《〈失乐园〉中得乐园》一文，里面有这样的妙句："读罢《失乐园》之后，（如果觉得意犹未尽，）最适宜的莫过于贝多芬的《A大调第七交响曲》，我推荐小克莱伯指挥维也纳爱乐乐团的版本（德意志唱片公司 1976 年录音）。"

从此以后，我的古典音乐之旅就"抛却"了"贵族"阿劳和"教授"伯姆，进入了小克莱伯阶段。我把网络上能够找到的小克的所有录音都听了，从具体的影像中感受了小克从意气风发到龙钟老迈的令人唏嘘的指挥历程。令人印象深刻的还有小克的纪录片 *Traces to Nowhere*，有人形象地将之译为《雁过无痕》。2018 年"十一"那天，我在柏林最大的图书和唱片卖场杜斯曼，眼花缭乱之余最后只选了一张古典音乐 CD，那就是小克的"贝七"。

不知什么原因，在搜寻各式贝多芬的过程中，有意无意地，我总是"回避"着大神卡拉扬。但是，无论如何，卡拉扬的《命运》似乎是回避不了也无法回避的。犹记在我决意离开杭州转到上海任教那年的某天，刘小枫教授到访浙大，研究所的同人一起在金都饭店聚餐。席间我聊到了曾经到"浙里"求职未遂的哈佛博士陈维钢教授，并叙说了当年在西湖边见证那个过程的遭遇以及对这位 20 世纪 80 年代标志性人物的印象。不想小枫教授听了我的述说，也兴致勃勃地回忆起他和陈维钢相识的过程。那是卡拉扬 1979 年首次访华，当《命运》的声音刚响起时，正在重庆四川外院的电化教室收看电视直播的小枫同学听到前排有一位小个子的同学率先哼哼了起来，小枫同学心想此人可不简单啊！——原来那位比他先哼哼起来的正是陈维钢同学！

如果说古典音乐的"入门"还可以由某种偶然的契机造就，那么它的"进阶"就远非那么有捷径可抄的了。我这里的"入门"只是指能够坐着听下去，在这个意义上，我不知是应该为自己能够"坐着听下去"贝多芬的晚期弦乐四重奏而感到自豪还是感到惭愧。无论如何，当想起自己在村上和小泽谈音乐的桥段中看到小泽在村上的穷追不舍下几乎难以招架，而只好说音乐只是一种感觉，用不着也无法分析得那么琐细时，虽然知道自己全无资格，我还是忍不住地笑了出来。相形之下，今年年初在古典音乐频道逐集听过的"大熊"蒂勒曼（Christian Thielemann）和老帅哥凯泽（Joachim Kaiser）那个题为"聆听贝多芬"的对谈则只能以惊艳来形容了。

费希特说，一个人选择什么样的哲学，要看他是什么样的人。此话一定也在相当程度上适用于音乐。例如，我总是喜欢《英雄》胜过《田园》，这也能够解释为何自己对老贝的几个《序曲》情有独钟。想起2017年暑假，我从浦东坐荷航的班机取道阿姆斯特丹转卑尔根。十多个小时的航程，在航班上提供的音乐中，我一直"循环"播放阿姆斯特丹皇家管弦乐团首席指挥丹尼尔·加蒂（Daniele Gatti）指挥的《艾格蒙特序曲》和罗大佑的《将进酒》，这才勉强支持我飞到了阿城。顺便说一句，在《英雄》的各式版本中，我对阿巴多（Claudio Abbado）最后一次在瑞士卢塞恩的那场印象最深，无论是在事实上还是规范上，都可将之推为"绝唱"。

进入微信时代之后，我也关注了若干古典音乐的公众号，有时也会转发别人转发的曲目。有一次，在大学时低我两届，却曾经因缘巧合成为室友的黄易澎君给我留言：你转发古典音乐曲目，那么你有听音器材吗？看我支支吾吾磨不开的样子，易澎君二话没说就从网上给我下了一套入门级的蓝牙音响。于是，每当我在图书馆的研究室（其实是图书室）工作到夜深人静的时分，就会请出老贝来陪伴我。曲目是现成的，古典音乐频道上有俯拾皆是的老贝，但我听得最多的是富特文格勒（Wilhelm Furtwängler）的《贝九》，直到王齐教授向我推荐君特·旺德（Günter Wand）的版本，原因当然是这是叶秀山先生喜欢的版本！神奇的是，我虽然早就从王教授的文字中知道叶先生最喜欢柏辽兹的《幻想》，却一直要到王教授追念叶先生的那篇文字之后，才听进去了《幻想》，而旺德的《贝九》，却似乎一下子就"听进去"了。

在似乎一切都已经数码化的时代，不要说黑胶唱片，就连CD据说也都快要成为"古董"了。但是，如同自己对纸质书的"执念"，偶尔在有见到CD的场合，我还是会难忍手痒，随机地入手几碟。例如有一年我曾经在诸暨书城见到莫扎特的器乐协奏曲组碟和马勒的艺术歌曲，有一次还委托钢祥小友在网上代下单购买盒装的理查德·施特劳斯和施瓦茨科普夫（Elizabeth Schwarzkopf）。印象中很深的一次是在卑尔根的旧货市场，在为一位浙大紫金港校区的朋友寻找"圣乐"的同时，我也寻觅着有没有合适的古典音乐旧CD。但是，如同那年从"中研院"近史所辛苦复制并海运到杭州的那堆文史资料，我一直要到搬离杭州办公室时才重新开始整理，这样那样拣淘来的那些零落的CD片我基本上也都是和淘来的书一起塞在书架上，而从来没有认真听过。

大约两个多月前的一天，我偶然从书架上整理出这些CD，想起暑假时在同事方旭东兄位于桐庐富春江畔的山房里见到的那种壁挂式简易CD机，就委托何松旭君从网上下单购买了一台。等机器到了，我破天荒地自行"组装"了起来，并从那一小堆CD中选出了一张，那正是我从卑尔根旧货市场淘到的甄健豪（Kenneth Jean）指挥斯洛伐克交响乐团演奏，西崎崇子（Takako Nishizaki）司职小提琴的"贝小"。虽然播放设备极其简陋，但也许一是拜夜深人静、万籁俱寂所赐，二是乐团本身的水准和独特到位的风格，从中传出的那"神奇的、感人的声音"，那"高耸入云和欢唱的小提琴乐音"，仿佛一下子把与老贝有关的所有过往的记忆都带回到了我的面前，让人既无比宁静，又难以自已。

　　惊讶之余，我就把这张貌不惊人的 CD 拍照传送给了旭东教授。据说艺术品位不错，也曾经是枚文艺青年兼发烧友的方兄淡然地回复我：Naxos（拿索斯）是个不错的厂牌，企鹅品鉴给过很多好评的古典 CD 平价碟厂牌。

# 成为读者

——《哲学分析》十年记

《哲学分析》创刊十周年了！十年烟云淡墨痕，在"墨痕"真的要渐次"淡"下去之前，让我撷取个人经验中与此相关的若干片段，所谓存真并非全为怀旧，而吉光片羽，或亦可为异日之卷云尔。

2010 年 7 月中旬的一个清晨，我搭乘庞学铨教授的专车，从杭州城西出发，一早赶到上海社科院中山西路院区，参加《哲学分析》创刊典礼。在刊物总编辑、时任哲学研究所所长童世骏教授的召集下，那天的开张仪式嘉宾云集、隆重热闹，让人印象颇深；而更让人难忘的是创刊号的作者阵容，国内有杨国荣和陈嘉映，国际上有哈贝马斯和希尔贝克（Gunnar Skirbekk），毋庸置疑皆一时之选也。记得当时沪上一家名刊的总编见状还感叹了一句：照这阵仗看，我们"压力山大"啊！

的确，创刊之初的《哲学分析》势头极盛。尤其是 2011 年，连续做了几场重量级活动，其中两场是响应总编呼吁，针对依然活跃的当代中国哲学家进行的专场研讨。讨论在世哲学家的著作和思想，在西方学术界乃为惯例，例如最早由希尔普（Paul Arthur Schilpp）创办并主编的"在世哲学家文库"，邀集当世同行对某位代表性哲学家展开密集而系统的讨论，而哲学家本人则对各位同行的批评分别做出回应。有的卷次还编入哲学家特意为文库撰写的思想自传。文库自创办以来广受欢迎，不少著名的哲学家，从早期的杜威和罗素，到相对晚近的斯特劳森和罗蒂，甚至爱因斯坦都曾进入这个系列。

把"最接近哲学家称号的人"这个专指的摹状词推广开来的童世骏总编曾经笑谓，无论中国哲学家与国际上的哲学家有多么大的差异，有一个差距还是显而易见的，那就是中国的哲学家很少得到同行的重视和讨论！童总编认为至少有一个原因是，虽然我们基本上用中文写作，却很少读中文写作的论著。虽然我相信，居今而言，这里的"很少读"后面接上"中文译著"也许更符合实情，但对于进入童总编视野的哲学家而言，这句话大概仍然是不折不扣的写实。

2011 年 4 月初和 5 月底，杨国荣和陈嘉映哲学研讨会分别在杭州师范大学和首都师范大学召开。这两次会议我都应邀参加而且提交了文章，在前一场会议上提交的是我与自己的学生何松旭君合撰的《成己与成物的辩证：〈杨国荣著作集〉印象》一文。之所以提交这样一篇文字，一是因为此前在北京和井冈山与杨国荣教授"同会"近一月，可谓"朝夕相处"，还在一次与杨教授一起登山时听到他向我透露即将出版《成己与成物》一著，而当时自己亦正困惑于从成己与成物的角度来思考中西哲学；二是从北京回到杭州后，杨教授以十数卷本的"杨国荣著作集"相赠，洋洋大观，让我产生了综合两端，以成己与成物为线索"通观"杨著的设想。我之所得固然是极为浅薄的，所幸承杨教授错爱，小评仍然被收入了那次会议后出版的讨论集《具体形而上学的思与辩：杨国荣哲学讨论集》。

那次活动的一个小小花絮是主持会议的童世骏总编带了自己刚出的两种论著到会，会议结束了却发现还没有把书送出去。其实那次会议也还有个花絮是与书有关的，就是有一位会议代表接受了另一位与会者赠送的一部大著，等回程时却直接把这部巨著扔进了萧山机场的垃圾箱。

5月底在首师大的陈嘉映专场，我主要是作为杂志编辑部的特邀成员与会，却提交了一篇较长的"读后感"，盖因其时——不料竟延展到今日——我颇为热衷于此类随感忆旧文字的写作，于是就趁着那个契机赶在会议前"如法炮制"了一篇。这篇文字同样应"传主"之邀纳入了会议后出版的讨论集。那次会议发言中我照例并未念稿，而是做了即兴发挥，据说效果不错，与会的一位京中友人和从香港赶来的王庆节教授即对我的发言颇为赞赏。庆节还从他的书包中掏出他翻译的《康德与形而上学疑难》签名送给我，这要算我迄今得到的比较"珍贵"的赠书了。因故未能与会的刘擎闻听会议盛况，心下痒痒，还追问有没有视频记录可供回看。

那次会议的尾声是陈嘉映的朋友在"798"设场子招待与会者，当嘉映的老朋友王焱老哥又开始朗诵他那副旧联"毛润之同学少年，海德格再传弟子"时，我因为需要和朋友回城办事，就走到嘉映身边向他告别，嘉映闻听起身，口中照例蹦出了他那句标志性的"当然当然！"。

作为刊物的总编，两次会议的召集人，同时也是两位"坛主"的朋友，童世骏教授在这两次会议上都发表了精彩的开场白：《从搬运夫到哲学家》和《为了让他不仅仅"接近"哲学家的称号》。与《哲学分析》的发刊词《哲学：让世界更美好》和十周年献词《哲学：怎样让世界更美好》相较，我无疑更能领受和体会前两种更有个性色彩也更富有叙事性的文字。这就正如最近的十周年庆典上，在听了沪上各式哲学大咖和各路学人的高头讲章、宏大叙事之后，终于推却不了发言

"机会"的我却发表了一通一般人听上去有些不明所以甚或无厘头的至少是过于私人化的"感怀"。我的这种临场"掉链子"的"毛病"当然是需要今后努力去"克服"的，但这其实并不是我偶然的"发挥失常"，而是一种"自觉"的"本性难移"。

说来惭愧，就一位作者对刊物的贡献而言，回想一下，与自己在各种场合一贯的"边缘角色"相一致，我也只是在这十年的后五六年陆续贡献了五篇随笔而已。虽然就我个人而言，这几篇文字亦不无可"圈点"之处，甚至有一些后续的"反响"。

《"唤起"、"响应"与"家园"——重返吉大母校志感》，是我在刊物发表的第一篇随笔文字。记得当时我将之与一位法国政治哲学家为一本中文译著所写的长篇导言一起发送给童总编，总编回信明确表示更喜欢我这篇文字，虽然也不忘补充一句：我们中国人一般不习惯于议论活人。而文章发表后，我的大学室友崔伟奇同学特意来信赞为"大手笔"——毫无疑问，这个评价应该并不亚于童总编的肯定，原因嘛，你懂的啊！

《"理智并非'干燥的光'"——读〈罗素传〉》一文源于我自告奋勇地为"启真馆"所出蒙克（Ray Monk）新著写一书评，后来书评竟阴差阳错地写成了。总编先生虽然以《围城》中调侃褚慎明的方式调侃一位既不懂罗素也不懂中国的作者写了一篇谈论罗素与中国的文字，但这位作者自己却以为那是他迄今最好的书评文字，以至于在后来出版文集时宁舍"来了个和我谈张宗子的学生"而取"理智并非干燥的光"作为书名。

有意思的是，这篇"迄今最好"的书评很快就被另一篇"超过"了，那就是我为杨国荣教授的《哲学的视域》所写的评论《哲学的世界视域与世界视域中的哲学》。说来有趣，这篇文字其实完全是我看了从网上买来的这部杨著后忽然"灵感"来袭，几乎一气呵成的。在某种程度上，连我自己事后也有些惊讶于究竟是如何完成这篇评论的。如今我能说的是，自己对于包括杨教授的哲学思想在内的相关哲学议题的粗浅考虑似乎在这篇评论中得到了一种恰如其分的表达，同时它也舒缓了我自前一篇评论以来累积和沉淀下来的紧张感——当然，这种"紧张感"纯粹是学术上的，至少是学术共同体意义上的。

如前所说，一篇几乎一气呵成的书评肯定不会有任何注释，在我接到《哲学分析》编辑的要求为这篇文字增加引文出处时，我正在闵行公寓等待飞阿姆斯特丹转挪威访问。那次为期一月的访问的主要"成果"是一篇《"盼星星，盼月亮，来了太阳"——卑尔根日志》，后来这篇文字应刘梁剑教授之安排发表在了一个公众号上。此后，成素梅主编邀请我为刊物提供一篇文字，如此盛意却之未免不恭，我就把前述共六节的文字缩写成三节聊以交差，题曰《从千岛之城到万岛之国：挪威哲学印象》。据说这篇文字刊出后得到了赵修义教授的赞赏，其实我虽转到了华东师大，却未曾有机缘与自己一向尊敬的修义教授共事，所以他对拙文的肯定对我无疑可谓一种安慰。

2018 年 9 月底，在我即将赴柏林自由大学参加一个政治哲学会议的前夕，从一个偶然的渠道得知韦尔默教授已于不久前去世。得到这个有些迟到的消息，想到在自己的从业生涯中曾经有一段时间与其论著朝夕相处，而今斯人已不在，我颇有些难以自已，并在一番沉吟后连夜写出了一篇追念文字。记得文章完成时已经是凌晨四时，为了某种即时性，我本想将之交予沪上的某家报纸发表。但是同时，我当然也将这篇文字抄送给了童世骏教授，其时我应该已经忘记了童教授还有个童总编的身份。果然，一贯早起的童总编看到微信后马上就要求我把此文交给《哲学分析》发表，在我谈及即时性的考量后，他还"慷慨地"给出尽快发表的允诺。由于那次去柏林我是到北京转机的，我还记得关于发表拙文的相关"细节"是在虹桥机场的机舱里与童总编最后"敲定"下来的。

巧合的是，在柏林会议期间，我们遇到了马格德堡大学的乔治·洛曼（George Lohmann）教授，从交谈中得知他与韦尔默相交匪浅，而且极为熟稔后者的工作。于是我就灵光一现想到请他为《哲学分析》撰写一篇纪念韦尔默的文章，洛曼教授听清楚我的要求后爽快地答应了。两个月后，洛曼教授来上海开会，当时同在柏林会上的李哲罕君邀请他到杭州，为此我特意从舟山到杭州与他会晤，一方面进一步落实所约文章，另一方面也因为读了他的小册子《论人权》而与他展开了详细的讨论。我们在苏堤上见面，从花港观鱼过蒋庄到杨公堤上的未庄吃午餐，下午在西湖上泛舟，在东坡路上吃冰，晚上逛吴山广场河坊街和中山路步行街，一直到奎元馆晚餐后分别，一路都在高谈，以至于最后洛曼教授在我带在身边的《论人权》一书上题签曰："During a never ending discussions about Wellmer, Marx, human rights and dignity because he leads me not stop."（德国教授的英文手写体颇难辨认，此处蒙北大德语系谷裕教授帮助"释读"。意思是：一场关于韦尔默、马克思、人权和尊严的无尽讨论，是应奇让我停不下来。）

按照我最初的规划，洛曼教授的纪念文字拟与韦尔默本人的一篇文章以及一篇研究韦尔默哲学的文章组成一个专栏，我为此甚至还搬出了与我一样为杂志"效力"的黄翔教授联系一位在墨西哥国立大学任教的学者授予我们翻译其文章的权利。最后主要是本人的原因，这个计划最终只有洛曼教授的文章完成了，李哲罕君翻译了这篇质量很高的文字，在柏林自由大学取得博士学位的北大哲学系长聘副教授方博帮助把关和校对。这就是我的第一次"国际化"约稿，虽然有些好事多磨，但这个结果还是相对令人满意的。

于我个人而言，这次跨境约稿还有一个未完成的"副产品"：通过阅读《论人权》一书，我对人类尊严概念在当代人权和政治哲学中的角色和作用产生了很大的兴趣，对于洛曼教授在解读哈贝马斯法哲学时提出的这个警句——"The idea of human rights itself offers compensate for the loss of traditional binding by strengthening public autonomy, i.e. the process of democratization."（中译文作"人权观念本身用强化公共自治来补偿传统约束力的损失，这就是民主化进程"，却似乎将之系属于哈贝马斯名下，是李哲罕同学帮助找出了原文）——尤其叹为精到，并打算结合人权理论的发展比较人权理论的建筑术和谱系学。这时候我忽然想到，虽然人类尊严在《在事实与规范之间》中似乎不是一个关键概念，但"直觉"告诉我哈贝马斯一定是比较系统地讨论过这个概念的。想到这里，我就开始在网上做相关搜索，结果惊讶地发现在《哲学分析》上就刊登过一篇哈贝马斯讨论人类尊严概念的译文《人的尊严的观念和现实主义的人权乌托邦》，而我此前竟未曾措意。这一方面当然让我感到汗颜，另一方面我又想，在成为编辑——哪怕是"特邀"的——之前，甚至成为作者——哪怕是随笔作者——之前，我们首先该是一位"读者"，难道不是这样吗？

往者已矣，来者可追，《哲学分析》十周岁了，如果有人问我对未来，对下一个十年有什么展望的话，那么请允许我说：我希望"成为"《哲学分析》的"读者"。

# 康德书缘
## ——我的哲学路标

上半年因为准备网课之需，把散乱在书架上的有关康德哲学，特别是其实践哲学的书册大致归拢在了一起，不包括尚"留置"在"书库"和闵大荒斗室的，算是构成了我藏书中的一个小小系列。如果从1984年入大学哲学系开始计起，满打满算接触康德哲学也已经三十多年了，但是这里仍然不敢贸称与康德哲学结缘，而只能勉强说"康德书缘"，也就是与有关康德和康德哲学的书"结缘"。

在我父亲那为数不多的哲学"藏书"中，有黑格尔、斯宾诺莎、笛卡尔和贝克莱，但好像并没有康德的书，这至少能够部分解释我在入大学之前完全没有接触过康德哲学。在吉大哲学系的课程中，至少自己那一届，似乎并没有开设康德哲学的专题课，而只在哲学史和西方哲学原著选读中了解和阅读过一点儿康德。我真的不太能肯定邹化政教授的有关《纯粹理性批判》专题课程是为我们年级开的，还是为高年级所设，而我只是去蹭课的。但可以肯定的是，邹先生讲得很深，对未入先验哲学门径的我来说，只能是门外听音，略窥风景而已。

说起来，吉大哲学系要算是国内一个"有哲学的哲学系"，但是我竟是从一位中文系老师的一次有关文艺学方法论的演讲中得知李泽厚其名的。最初读的他的书是《美的历程》和《美学论集》，后来扩展到思想史和《批判哲学的批判》，不管"正宗"的先验哲学界对李泽厚论康德的书会有多大的争议，至少我们那一辈人，甚至有比我高半辈的人，都是通过那部书了解康德哲学的。1981年，"《纯粹理性批判》发表200周年和黑格尔逝世150周年纪念大会"在人民大会堂召开，那次会议的论文集是上海人民出版社所出的《论康德黑格尔哲学》，其中有李泽厚的《康德哲学与建立主体性论纲》。犹记当时读了这篇宏文后心潮澎湃、浮想联翩，在一次班级征文交流活动时，自己也写了一份"论纲"与同学"交流"，似乎还引来了同学们一阵阵善意的笑声。

回想起来，在不少人称颂和怀念的20世纪80年代，在吉大图书馆，康德的书其实很难借到，至少我是从来没有借到过《实践理性批判》——很久以后才知道，商务印书馆本来设想对关文运先生译本进行修订后纳入"汉译名著"应市，但是承担修订工作的韩水法教授后来另起炉灶重译，这就使得我们本来最便捷地通过"汉译名著"接触古典哲学的机缘被推迟了好多年！于是出现了康德哲学的原著读得并不多，却热衷于各类康德解释的情形。

的确，那时候国人研究康德的著作也并不多——想想看，那时候出一本书多难啊——印象中似乎只有一册陈元晖的《康德的时空观》，郑昕的《康德学述》已经重版了，但只翻了几十页而未能终卷——那如《纯粹理性批判》蓝公武译本一般的文言本就容易让人望而却步，而如邹化政那般义理之艰深似乎倒在其次了。反而是苏联哲学家的几种书成了那时学习康德的主要参考读物，波波夫的《康德和康德主义》是一种，阿斯穆斯的《康德》更为经典些——这里要"事后诸葛亮"地插入贾泽林教授在《走向列宁山：莫斯科大学》中的一段话：作为代表作家协会和帕斯捷尔纳克的老友在后者的追悼会上致辞的阿斯穆斯"属于'官方'始终不信任并被排除在'主流哲学界'之外的哲学界人士，然而在苏联各个时期的教师和学生中间，他却备受尊敬和爱戴，被视为德高望重的师长"。贾泽林教授还这样形容他在莫斯科大学的老师奥伊泽尔曼："奥伊泽尔曼是一个极为聪明的人，甚至给人太过圆滑的印象。这也难怪，他生活在那种复杂环境中，为了自保，他也得学乖巧一些。"

在这样看似开放自由其实沉闷贫乏的 80 年代后期，谢遐龄的博士论文《康德对本体论的扬弃》问世了。如果说奥伊泽尔曼对于"物自身"的富有"思辨"色彩的诠释已经在辩证唯物主义的框架内把这个概念的理论潜力发挥到了极限，那么虽然谢遐龄的博士论文仍然在引用《唯物主义和经验批判主义》，但其实质旨趣却已经完全超出主要在所谓反映论和能动性的认识论层面打转的视野，而指向了本体论这个哲学的枢机。此书的最大贡献在于在对康德物自身概念的梳理中，把所谓本无与知性存在体区分开来，"康德的划时代功绩是创立先验逻辑，从而把自由领域（即社会领域）从自然领域划分出来。在自然领域，他区分于现象（Erscheinung）的物自体概念，实际上是'本无'。过渡向自由领域时，他区分于现象（Phaenomenon）的本体（Noumenon）概念，实际上关涉了社会存在物，为黑格尔的历史辩证法张本"。

尽管有的学者会对由此得出的"衍推"——把康德对自然与自由的区分视作为马克思的商品二重性学说"奠基"——感到"费解"，但是把谢遐龄这篇论文的理路和抱负放在作者所揭橥的宇宙本体论、理性本体论和性灵本体论的视野中去观察，在对康德哲学的诠释依然迷雾重重的 80 年代，无疑是正本清源而且别开生面的。而"在涉及经验知识时，康德并不讨论个别的人获取知识的心理过程或人类获取知识的历史过程，他仅讨论做成知识必须具备哪些前提或条件"这样的表述，更不妨理解为其实是对《批判哲学的批判》预先展开的"清算"——例如同样是讨论皮亚杰的发生认识论，李泽厚的思路主要在于"借鉴"，而谢遐龄的工作主要在于"辩谬"。

阅读《康德对本体论的扬弃》构成了我大学生涯之"强音"，但同时也是其尾声。从 1988 年夏天开始，我在千岛之城舟山度过了两年时光。虽然颇有些自我放逐的况味，但是对我来说，那也并不能说完全是一段哲学上的空白岁月。记得我工作的单位资料室里有《纯粹理性批判》和《未来形而上学导论》，我还在那时候书品上佳的舟山市新华书店买到过邓晓芒教授翻译的《实用人类学》。但如同我已经在别处说到过的，那段时光对我影响最大的是同样在那家书店遇到的叶秀山先生的《思·史·诗》。

虽然大学时代已经读过《前苏格拉底哲学研究》和《苏格拉底及其哲学思想》，但《思·史·诗》似乎给了我一种前所未有的阅读经验。这一方面当然与作者那种独特的写作风格有关，另一方面也是因为这本书在我面前打开了一个"崭新"的现代哲学世界。此书固然是以海德格尔哲学为中心组织起来的，却有相当的篇幅用来讨论卡西尔和雅斯贝尔斯，这种哲学上的均衡感不用说在当时，即使——或者尤其是——放在当下来说也显得难能可贵。更为重要的是，作者是从研究康德哲学开始其哲学生涯的。无论是《思·史·诗》还是此后发表的一系列在海德格尔和列维纳斯之间迂回穿梭的哲学文字，似乎都是在不断地重新理解康德的哲学问题和哲学世界。

在某种程度上，我就是在这样一种虽然大学毕业但仍然"敞开"的状态中，于 1990 年秋天在淮海中路 622 弄 7 号上海社科院哲学所重新开始了我的学生生涯。沪上念研究生期间的最大机缘无疑是与牟（宗三先生的）著（述）相遭遇，而其中最重要的当然是《现象与物自身》《智的直觉与中国哲学》《圆善论》，其次则为《中国哲学十九讲》和《中西哲学之会通十四讲》，而在中西哲学会通和"超克"康德哲学方面，《心体与性体》之综论部分则具有枢纽性地位。无论如何，《现象与物自身》之作为 20 世纪中国哲学最重要的成就，洵为无可置疑。后来者的工作，则是要将其哲学洞见贯穿到对 20 世纪西方哲学的梳理中，与之相摩荡，将其内在的生发力量具体到更为艰深质实的学理脉络中。正是在这个意义上，我尤其认为匹茨堡学派的新黑格尔主义特别值得重视。事实上在我看来，这正是在《心体与性体》之综论部分首次得到表述的"实践理性充其极"论的另一种不同的版本，也是在这个意义上，我把麦克道威尔称作"匹茨堡的牟宗三"。

在这个脉络上，除李明辉教授的努力之外，牟宗三先生的同道和讲友黄振华先生的工作自有其独立的意义，尤其在帮助理解牟宗三哲学，或与其相互发明方面具有无可取代的价值。本来，黄振华是早期的留德博士，他的博士论文就是关于康德哲学中理论理性与实践理性之联结的，而牟宗三之入台大哲学研究所授课，也是因为黄振华之邀请。可以说，没有这个邀请，也许就没有《中国哲学十九讲》和《中西哲学之会通十四讲》这两个重要的演讲集。

在我通过某种渠道得到有关黄振华著述的信息后，我再一次求助于李明辉教授。明辉教授慷慨地赠送给我他所编黄著《论康德哲学》，还把已经编好但未及刊印的黄先生遗文集发送给我，其中《论康德哲学与中西文化》是特别富有启发性的。写到这里，我想起来我最早阅读黄先生的论文乃是在《唐君毅思想国际会议论文集》上，其中有他的《试论唐君毅先生有关中华民族花果飘零和灵根自植之思想》，有五十页之巨。论文集是罗义俊先生赠送给我的，他参加了 1988 年唐先生逝世十周年之际在香江召开的会议，而这个论文集之所以给予我很深的印象，还有个原因是扉页上有曾昭旭所书作为大会对联的名句"世界无穷愿无尽，海天寥廓立多时"。不过昭旭先生将此句系属于唐先生应该是一个误植，大陆学子皆知这个句子乃出于梁启超的《自励》诗。

因为关切于黄振华教授的遗文集后来有无付梓，我有时会在孔夫子旧书网上尝试搜索，有一次竟然让我搜到了黄先生生前出版过的唯一的自印文集《康德哲学论文集》，虽然手头已经有明辉教授的重编本，我还是难忍手痒收了一册。也是在阅读黄先生遗文集的过程中，我了解到一位重要的康德学者戈特弗里德·马丁（Gottfried Martin），据黄先生说，他到德国留学本来是想投于马丁教授门下的，可惜他到德国不久，马丁教授就因心脏病突然去世了。照黄先生的介绍，马丁教授做的工作是，在"西方哲学界中，精研康德哲学，恢复康德'物自体'之思想并赋予新的意义"。得到这个信息，我就在网上搜罗有关马丁教授著述的情形。最后找到了他的两种仅有的英译著述。

上个月初，我把这两本书交到了我的一个对康德的物自身思想抱有浓厚兴趣的博士生手上。此举当然只是在尽老师的本分，我尝笑谓亦自嘲，自己指导学生的方式就是看到好书好文推荐给他们。但是细想之下，也许我之送书和荐书还有一种既是"分内"又是"分外"之想：所谓"尧舜事业，如一点浮云过太空"，即使我不能完成自己那聊胜于无、可有可无、或有或无的"研究计划"，不是还有我的学生嘛！

2020 年 12 月 7 日

# 林团长·金性尧·定海城

因为头天晚上接到一封来自沪上某家学术杂志的邮件，我几乎整晚都没有睡安生。邮件里告诉我，刊物从新年开始将取消例行的论文英文摘要，所以我的那篇被自己"冷藏"了五年后即将在明年初刊出的"论文"末页上就只有光秃秃的三行字，编辑同志为美观计，希望我可以再增写些文字以填天窗！实话实说，笔墨生涯几十年，这还是我头一回碰到这样的事儿——一般只听说作者被要求删减文字，很少被要求增加文字，而且还是基于这样的理由！

由此想起很多年前高全喜兄对我的一个忠告：你要学会写鸿篇长文，不能只有短序！全喜兄目光如炬，一早就看出了我的"软肋"，就是不会长篇大论而只出短篇小品！而且，即使是小品文的写作，我也有饶舌不够利索的毛病，但也必须承认，自己确实并不擅长"注水"。顺便提及，对于我之"絮叨"，罗卫东教授曾有一个最具"善意"的"解读"：无论品书论人，皆情至意达。字里行间，玄机密布；仰观俯察，乾坤隐约。乍看行文繁复，其实意蕴精到，叙事自创一体，意趣自备一格。

话说在背负如此重压的情况下，晚上也指定是睡不安稳了，我就索性起来，坐在电脑前，找出"旧文"，左顾右盼、左思右想、寻寻觅觅，看看哪里可以见缝插针，顺便"浇灌"文字。正在万般无奈之际，果然天无绝人之路，忽然想到一条妙计，虽当时尚一字未着，得计之时却是心下大悦，所谓如释重负者，真莫此为甚也。

正在顾盼自雄、下笔踌躇之际，手机上短消息声音响起，近前一看，原来是林团长的微信，上面写道：应奇对曾经工作过的舟山及舟山的人文和同事还是蛮有感情的。

话说这位林团长是我三十二年前大学毕业在舟山工作时的领导，当时的市委讲师团团长，我也谐称他为"林座"。"失联"很多年，在五年前我"重回"舟山后，就找到他并与他重新建立了联系，且互加了微信。2017年7月，岛上的一家书店为我刚出的小册子举办一个小活动，我还邀请了林座作为嘉宾兼亲友团助阵。转年5月，浙大校庆日，我和早年毕业于杭州大学，和我是不折不扣的校友的林座一起在浙大舟山校区的校园里度过了愉快的半天。那时距离我刚到舟山工作正好三十年！许是有感于此，我后来还写了一篇小文回忆在岛上两年的生活，应时而命名，小文题作《五月的定海边》。

接到林座的微信，还未来得及弄清其言所指为何，我就想起上半年小集《听歌放酒狂》出来后，一直惦记着要送书给老领导，却照例一直延搁着未能成行——之所以要送书主要在于那个集子中收入了《五月的定海边》一文。一念及此，我就放下手中的工作，马上给林座打电话，很快接起电话的他告诉我他正在舟山中学校友会值班，听明我的意思，当年的老领导依然思路清晰地指示我：如果我在十一点他离开办公室之前能赶到，我们就在舟山中学见面，不然就在当年讲师团借用办公场地的祖印寺门口碰头。

放下话筒，取出那本早已准备好的小书，我就坐上出租车直奔舟山中学昌国路校区。待我找到林座在值班的那座校友会的洋楼时，老领导已经在门口等我了。为林座在大门口拍了张照，并玩了一张自拍，我们在校园里走了走，一向克己尽职的林座为我介绍了校内若干建筑的来由。尤其是校友会所在的这幢楼，已有百年的历史，是定海本地一位在上海发家的近代史上有名的实业家刘鸿生捐建的，这应该就是当年这位实业家创办的定海公学所留下来的主要旧建筑。

在沿昌国路步行到中午一起用餐的那家餐厅所在的路上，林座告诉我——事实上我也已经猜到了——他之所以今早给我那条留言，是因为头天晚上看到我的一条微信。其中提及在本地一家报纸上看到一篇记述定海籍作家和学者金性尧先生早年与鲁迅交往以及参与编辑《鲁迅全集》旧事的文字，我在其中述及因看到此文而与当年在舟山工作时的室友，现为那家报纸的主管黄君之间的互动。林座的印象和判断当然并没有错，不过我之所以特别关注这则文字，除了金性尧先生是定海人，也是因为在某种意义上，性尧先生乃是我的文学"启蒙者"。诸位莫要惊诧，我指的是，当性尧先生的《唐诗三百首新注》1980年初版时，我父亲就买了一本送给当时在诸暨乡下上学的我，算是取代了此前的《千家诗》作为我的古诗读本。

多少因了这个缘故，作为业余文史爱好者的我似乎一直对性尧先生有一种特别的关注。经年收读了他的大量文史随笔不说，2014年深秋初冬，也就是眼下的这个时节，我在北京出差，大雾弥漫中还在成府路上的豆瓣书店收了一套唯独缺了《唐诗三百首新注》的《金性尧全集》。巧合的是，转年我移家舟山，住在临城，犹记"世界读书日"那天，我在新城的新华书店入手了"镇店之宝"《黄式三全集》、《黄以周全集》和《金性尧集外文补编》。之所以说是"镇店之宝"，是因为黄氏父子和金性尧先生应该在定海本地出生的文史学者中名声最著者之列。

　　说到这里，我想起那年在苏州访书，曾经淘得一册《边鼓集》，原书由英商文汇有限公司 1938 年 11 月初版，我得到的是 1986 年的版本，里面有金性尧先生（时笔名"文载道"）的一篇文字《哀日本水灾》。此文在批驳了国人也许会下意识地产生的那种"大快人心"的心态之后，还严正指出："对于这一次艰苦的抗战，我们绝对没有幸灾乐祸的灰色心理。像有些不自振作的人们，天天巴望着他们国内爆发地震，军队里发生什么'黑死病'。停滞在这种侥幸、幻想的氛围中的人，正是'民族失败主义'的一种变态！"我们与其说要佩服文载道先生的勇气，还不如说要尊敬他在那种时刻依然保持着清明的理性。

　　当然，在林团长面前，我并没有谈这些过于沉重而严肃的"读人"话题，在享用他特意从家里带出的舟山老酒的同时，我们正在酒热耳酣地一起"话旧"——虽然，所"话"的"旧"也大都是与人有关的。令我意外的应该是从餐厅出来时，林座忽然问我想去哪里走走，他可以带我去。见我似乎茫无头绪，他就说：我带你去看看金性尧的故居吧！这反倒让我既惊且喜了。确实，我虽然一早知道金性尧先生是定海人，却不知其故居尚在。

　　于是满怀兴致地跟着林座来到人民北路桑园弄的一条小路上，步行不到十分钟就见到了那幢大房子。只不过金家大屋由于人民北路在 20 世纪 90 年代的拓宽工程，已经拆除了一部分。剩下的部分无人居住，也不对外开放，而只在房子侧面悬挂了两块匾牌：金家住宅和金性尧故居。和三十年前的老领导一起站在初冬的阳光里，此情此景，也未免让人有些唏嘘。

　　离开金家大屋，更有切身怀旧意味的是，林座还带着我一起寻访了定海北门外原青岭水库脚下的原财税干校，那里是当年我在林座指导下第一次也是唯一一次登台讲课的地方。之所以说是原青岭水库，是因为城镇化浪潮早已让那座水库消失了，而我当年是在那里游过泳的。之所以说是原财税干校，是因为当年我们借用其教学场地的这所学校已经在别处新建校舍，于是眼前的校舍就像我们看过的金家大屋一样其实已经废置了。只不过金家大屋的废置是一种独特的废置，因为它曾一度被挪作公用，后来又像一种无主物那样被处置，所以它实际上是一种准无主的状态。从费尔默（Robert Filmer）的批评者洛克到罗尔斯的批评者诺齐克都曾经主张，占有状态是历史的产物，占有的链条是通过历史在时间中传递和传承的。悖谬的是，我们越是站在这样一幢近乎无主物的旧房子前，越会兴起一种货真价实的历史感。

一起探访定海旧城的第二天，林座给我打语音电话，说是已经读了两遍我那篇其实是题献给他的《五月的定海边》，他高兴地发现我不但记得他当年对我的关怀，而且形诸笔墨。同时，已经七十八岁高龄的他还少见地在电话里自我调侃当年是不是管我们管得太严了。林座还说到当年单位领导慎重研究了我的考研申请，他也欣慰于他们做出的是一个正确的决定云云。对林座的美意，我在由衷感谢的同时当然也是愧不敢当，不过，我本来想说的是，文字能让我们共同的过往重新回到我们的面前。但是我并没有把这话说出来，因为，还有什么能比三十年后的"共在"更有说服力的呢？——那原是超乎一切文字和言说之上的啊！

# 高瑞泉 vs 孙向晨
## ——"说到底是一个进步问题"

2019 年 11 月，广西师大出版社和华东师大出版社分别推出了高瑞泉教授的《动力与秩序：中国哲学的现代追寻与转向（1895—1995）》和孙向晨教授的《论家：个体与亲亲》两部大作。这两位作者，一位是年过七旬依然保持勃发学术状态的中哲学者，一位是正值壮年、传说和印象中"长袖善舞"的西哲才俊；一位是以冯契先生为开创者和大宗师的华东师大哲学共同体的主要成员，一位是以"打通中西马"为主要职志的复旦哲学传统的有代表性的传人。

因缘际会，当我有一次与某位同事谈及有意对此两著做一"合评"时，闵大荒的夜色中对方微露讶异之色。的确，一种似乎莫知来由的"直觉"一早就昭示我：如果我们从古今中西之争的哲学探究所敞开的视野做一综合观照，就会发现这两部表面上无法在一般的学科谱系和解释框架下相提并论的著作，不但在致思取向上相互发明，而且在理论创获上颇具互为攻错之效。

作为中国近现代哲学史研究的资深学者，高瑞泉的学术生涯以其博士论文《天命的没落：中国近代唯意志论思潮研究》为正式开端，按照冯契先生的表述，此著是在"近代的进步思想家对待人的精神力量（知、情、意等）的基本态度""发生了根本变化"的前提下，"主要沿着伦理学和历史观两条线索"对近代唯意志论思潮的系统研究。

相对于经过较长期沉潜后的《中国现代精神传统》（改版题为《中国的现代性观念谱系》），对于近代唯意志论的探讨尚属个案研究。而对于确立社会哲学视域下的观念史研究的进路而言，《平等观念史论略》似乎较《中国现代精神传统》更具有方法论的示范意义。无论如何，正是通过后两部著作，在中国近现代哲学和思想史的研究范式上，高瑞泉在冯契那种更为哲学化（更为传统，也更为经典）的范式和与其本人同时代的更为人文化乃至文人化的研究策略之间走出了一条独立的道路。

当然，从其规范旨趣和自我定位而言，高瑞泉所从事的仍然是一种深具哲学意味的工作，这一点从其新著的副标题即可见出。与张之洞到李泽厚从中国传统哲学中的体用范畴出发处理中西问题不同，虽然高瑞泉长期以来的工作都属于沿着冯契所开创的中国近代哲学的研究范式，致力于从广义思想史的角度措置古今中西问题的复调和递进的学术实践，但是至少从近二十多年来看，高瑞泉更多的是通过一种由他所谓社会哲学视野规约的观念史研究进路继续他对中国现代精神传统的系统探究的。

眼下的这部新著则运用从社会哲学中提炼出的"动力"与"秩序"的双重视域透视从1895年到1995年一百年间中国现代哲学的追寻和转向。这里所谓"追寻"，当是泛指中国现代思想和中国文化精神围绕着时代和社会的内在期待而展开的复杂历程；所谓"转向"，当是特指从19世纪中叶以来中国文化精神的历史性转变中所表现出的对动力的追寻让位于20世纪最后二十年以来主要着力于的"秩序的重建"。

从这样的视角看，高瑞泉把"掐头去尾"的20世纪放到以下四个阶段和范式当中做出了浓墨重彩的纵向考察，分别是救亡与求道、革命世纪的社会动力学、现代新儒家的"返本开新"和后启蒙时期的理想世界。如果像作者自陈的那样，儒家知识共同体在19世纪末开始解体，是由于在"社会动力学"和"社会静力学"这两个问题上无法达成基本的共识，那么此后衍生的激进主义思潮和保守主义思想就是在"动力"和"秩序"上各执一端。但是事实上，同样如作者自己所清晰地意识到的那样，无论是在"动力"问题还是在"秩序"问题上，马克思主义、现代新儒家和实证主义都各有自己的观点和方案。

因此，问题的关键就在于采取"动力"和"秩序"的二元视域究竟为中国近现代哲学史研究带来了什么样的增量。在我们看来，这种增量就在于"动力"和"秩序"不但是我们透视近现代哲学的视角，而且本身就是近现代哲学的主题，至少从作者所倡导的社会哲学规约下的观念史进路而言是如此。这种视域和主题交相为用的作业方式的一个最大优势可能就在于使得研究对象，也就是查尔斯·泰勒（Charles Taylor）所谓现代社会现象有望达致最大程度的透明性，而这也是中国现代哲学念兹在兹之最重要的。

与此相联系，从所谓中国现代哲学的书写方式来看，"动力"和"秩序"范式试图提炼与汲取从胡适的文化现代性范式、冯友兰的"社会现代化—哲学现代化"范式、侯外庐的早期启蒙范式到李泽厚的"启蒙与救亡的双重变奏"范式和冯契的古今中西之争范式所体现的合理成分，从而实现从范畴史到观念史的转换。

毫无疑问，在所有这些关联中，"动力"和"秩序"范式与冯契从古今中西之争的角度对近代哲学革命的书写范式之间的关联是最为引人注目的。高瑞泉替夫子道说，"冯契先生提出'古今中西'之争是贯穿近代的基本争论，贯彻了政治思想对于哲学的动力学原则。'古今中西'的文化话语，在社会史上即是现代化的必要性与方向性的争持，在哲学上则通过文化—政治思想直接推动历史观、认识论、伦理学和逻辑学的辩难"。如果说哲学革命成为政治革命的先导在中国近代哲学中表现为历史观和知行问题的优先性，那么中国文化现代性的探寻则同时呈现出"动力"和"秩序"两个维度，从而使得这种二元视域成为从"古今中西"范式下脱颖而出的观念史研究之题中应有之义。

不过，"动力"和"秩序"范式在思想史和观念史研究上带来的增量未必能够直接转化为对于古今中西之争的哲学推进和求解。这是因为"动力"和"秩序"同时作为漂浮的能指与滑动的所指本身似乎不足以把捉、锚定并延展出一片既具有收敛性又具有生发性的意义场域。正是在这个意义上，按照我拟想的解释框架，通过示范一种切实的哲学操作实践，孙向晨的《论家：个体与亲亲》似乎从哲学上落实并拓展了"动力"和"秩序"范式所支撑开来的理论与概念框架。

从最普泛的层面上来说，当然需要加上诸多限定——因为这两部书毕竟具有各自设定的问题域——并经过新的学理资源支持下的视域转化，我们也许可以说，孙向晨所由以展开其在《论家：个体与亲亲》中的哲学建构的"个体"和"亲亲"与高瑞泉由以展开其观念史书写的"动力"与"秩序"之间正好具有某种"对应性"。一方面，即使仅从字面的意义上，"个体"庶几乎"动力"，"亲亲"正可谓"秩序"，就是说，后者从能指和所指两个层面上把前者具体化与情景化了；另一方面，论域的差异、位移乃至于进一步限定不但不会妨碍我们仍然从前者的视域观照后一个议题，反而有助于把前一种范式所开显的视角和洞见整合与集聚在后一个论题上，从而取得交互启迪之效。

《论家：个体与亲亲》是近年一部品质均衡、开合自如的哲学作品，难得地为措置近代以来聚讼纷纭的古今中西之争提供了一个有启发性的视角。固然，问题本身的难度和所运用的哲学资源的复杂性与歧义性未必会直接成为论著的论证质量之累，但若按卷细思遐想，我们仍然可以提出若干有待推敲和砥砺的面向，以为进一步求解古今中西之争之助力和滋养。

　　首先是所谓双重本体理论。犹记当年作者在杭州满陇桂雨的一次会议上初次提出此论时，我就怀疑，双重本体是从中西体用到古今中西之争所要面对的一个问题，现在问题反转为答案，这固然是论者对于以体用框架处理上述问题失去信心的标志，但是套用很多年前童世骏教授的警句：你不能把卢梭用来解决问题的概念（例如"公意"）给扔了，而把他所要处理的问题（例如所谓"专制"）留在那里。——那么我们就可以说，你不能把体用框架给抛弃了，而把双体问题留在那里。

　　其次，孙向晨虽然通过放弃体用框架，而把双体问题留在那里，但是在《论家：个体与亲亲》的实际论证过程中，其实是试图突破双体本身所划定的限制，既从本体论的角度来论证家和亲亲的优位性，又从价值（其实是规范）论上肯定个体的优位性。这种双重的优位性所造成的难解困局本身就是双体论之进退失据的尴尬投影，也透显出作者主要拘泥于德法理论资源措置重大的社会政治哲学问题所遭遇的瓶颈。

　　最后，就其具体的论证策略而言，当谈及个体的优位性时，孙向晨执持一种主要来自启蒙传统的在哲学上可谓朴素的普世性概念；而在论证家或亲亲的优位性时，他又借用对于这种普世性和理性化持坚定甚至激烈批判与解构态度的海德格尔和列维纳斯的哲学资源。我们在敬佩和感叹作者在理论上的良苦用心的同时，也不得不再次说，双体论的幽灵以一种转化了的方式重新出现在《论家：个体与亲亲》的核心论证之中。对西体而言，无论启蒙的内核怎样处于理论和实践上的风雨飘摇之中，孙向晨都认为通过理性化从"母体"上剥离下来的个体优位性已经是"普世"的了。对于中体而言，无论亲亲在历史上怎样与吞没和扼杀个体优位性的制度实践绑定在一起，孙向晨都认为两者不但应该而且是可以剥离开来的。就这样，孙向晨的理论标的就如同他一开始就把它们分立和并置的双体一样飘荡并耗散在一种介于精卫填海和西西弗斯搬石上山之间的两难境遇之中——套用一句歌词，我们最好，也不得不说：答案在风中飘扬（Blowing in the wind）！

平实而论，无论从动力的层面还是从价值（规范）的层面理解个体，肯定它的普世性就是在肯定它的进步性。就此而言，所谓古今中西之争的问题首先是一个历史哲学的问题，这也就是冯契在讨论中国近代观念的新陈代谢时，首先从历史观着手的原因。

比较而言，作为冯契的学生，高瑞泉在这一点上无疑具有更深程度的理论自觉。在《动力与秩序：中国哲学的现代追寻与转向》中，如果说有哪个术语具有与标题中的两个术语不相上下的重要性，那就是进步和进步观。在谈到20世纪末与"启蒙反思"相配合，批评进步观念的浮泛风气时，高瑞泉指出，"批评者几乎没有思考过进步观念对于现代社会的发展所具有的奠基性意义，离开了进步观念，如何确定人类历史的方向，也在他们的视线之外"。高瑞泉的批评当然不是针对孙向晨这样的"友军"的，但是对于致力于最大限度地避免反向制约——这种反向制约的一种极端版本就是自己采取什么样的立场相当程度上取决于其反方的立场——之戕害的思者，"友军"和"同道"之慧见恰恰是最值得重视的。

很多年前，在谈到泰勒的多元现代性观念时，童世骏曾两次借用泰勒本人的话指出，是不是愿意建设一种"学习的文明"（a learning civilization）和是不是愿意去恰当地运用现代性机制之自我纠正能力的问题，"说到底是一个道德问题"。如果可以借用这个句式，那么，动力和秩序视域中的个体与亲亲的问题，说到底就是一个进步问题！

2020 年 12 月 21 日

# 关子尹的译注

　　江湖上人称"刘（国英）、关、张（灿辉）"之一的关子尹教授可谓汉语哲学界之"名宿"，虽然其哲学成果并不只是以中文发表的。将其作为汉语哲学家有两层意思：一是中文是他的母语，他也主要是以汉语写作哲学的；二是他自觉地思考汉语哲学和与汉语哲学相关的问题。

　　关子尹作为汉语哲学家还有一层意思，那就是哲学翻译工作——这里是指把西方哲学著作翻译成汉语——构成了其哲学工作的一个重要方面。虽然就汉语哲学界来说，哲学翻译工作通常是其中不少哲学家和哲学学者之工作的一个重要面向，但是关子尹的情形稍有不同：一是作为译者，他在翻译作品中加入了数目和篇幅超出寻常的译注；二是在这些译注中，他除了做出一些背景性的说明，还不时进行颇有理趣的哲学探讨，其中有些注释允称精微深邃，读之令人神往。

　　卡西尔的《人文科学的逻辑》和克朗纳的《论康德与黑格尔》是关子尹的两部主要译著，前者出版于1986年，后者完成于1984年，同属译者在东海大学时期的工作。关子尹早年是现象学和海德格尔研究名家，却选取并翻译了两位新康德主义作者的著作，并施以精详的译注，这似乎本身就颇为耐人寻味。大致说来，《人文科学的逻辑》中的译注更偏于哲学史背景之说明和理解，以及若干重要译名的探讨。

《论康德与黑格尔》中的译注则更侧重于重大而微妙的哲学问题之阐发和辨析，相形之下似乎更有创发力和启迪性。

卡西尔是新康德主义马堡学派的著名哲学家。关子尹的老师辈、亦是东海大学出身的刘述先教授曾译出卡西尔去世前一年发表的《论人》，并在译者语中如是写道："全书繁征博引，作者学力的广博，可说当代罕有其匹，使读过这本书的人，即使不必一定赞同作者的论点，也至少可以在广无涯岸的人类文化各领域，获得许多宝贵的知识和灵感，世人不能不承认，这是近数十年来出版论述这题目的最好的一部'导论'作品。"

关子尹则选取卡西尔成书于 1941 年的《人文科学的逻辑》，精心翻译并详加注释，而其之所以如此抉择，用他在此译 2004 年新版序言中引用迈克尔·弗里德曼（Michael Friedman）比较卡尔纳普、海德格尔和卡西尔三人学说之后的话来说："自 20 世纪 30 年代以来，卡尔纳普和海德格尔分别开出的英美分析传统与欧陆（特别是后现代理论）哲学传统终于都走进死胡同后，卡西尔这种高度开放的哲学或许可扮演一中介的和更有意义的角色。"

比较简约地说，新康德主义的马堡学派与西南学派就好像是重现了康德哲学内部在理论理性与实践理性之间展开的拉锯，这种定位至少能够局部解释前者常被批评"未能恰当地处理人文科学问题"，后者则"甚至反过来要求把认识问题纳入广义的价值问题去处理"。作为马堡学派的后起之秀，卡西尔的理论特色在于在逐渐完成马堡学派全面整理知识理论的使命之后，逐渐超越了其侧重科学认知的限制，从而与西南学派对人自身问题的关注相接轨。正是在这个意义上，马堡学派的卡西尔与西南学派的克朗纳之间出现了某种理论上的交集和趋同。

我们可以大胆地揣测，关子尹对于卡西尔和克朗纳的关注同样也是围绕着理论理性与实践理性之间的关系这个最根本的哲学问题展开的，只不过在他那里，思考这类问题的背景中不但多出了海德格尔哲学，而且多出了牟宗三哲学。从纵向的视野看，这当然是因为新康德主义是海德格尔哲学革命的主要背景，正如牟宗三的两重存有论乃是乘基本本体论并不基本之间隙而起的。

关子尹对海德格尔哲学了然于胸，例如卡西尔曾谈到了"既往"（das Vergangene）与"曾经"（das Gewesene, die Gewesenheit）的分别："那所谓'曾经'在历史的观点看必须具备一崭新的意涵……对于历史学家而言，那既往的并不有如对自然科学家一般意义地为'过去'（vorüber），它具备和保有着一很特别意义的'现在'（Gegenwart）。"针对于此，关子尹认为对"既往"与"曾经"这些概念上的细节，卡西尔区别得并不明显，于是在其译注中借用海德格尔的资源加以说明："简略言之，'既往'与'曾经'乃是广义言之'过去'的两种不同的模态。所谓'既往'者，是对一些活在非真实心境中的，只顾每一当前事情的人而言的……而所谓'曾经'，其意义却丰富得多，当吾人把以前的事物了解为一些'曾经'时，这即是指：在一真实的存在心境之中，吾人为求掌握未来的可能性而做投射性的安排时，当下的每一瞬间固然是要充分掌握，而以前的一切经验亦弥足珍贵，盖'以前'并不是一些与当下断裂的'既往'，而是对当下而言一些珍贵而且无法磨灭的和不断重复的弥留的'曾经'。"

虽然海德格尔的这个也被表述为"过去并不仅仅是已逝去的、不再存在的东西，而且是曾经存在的东西"的洞见被《时间与叙事》的作者保罗·利科称作"伟大的思想"，但是如同前面的引用所表明的，关子尹对于海德格尔哲学并不是无保留地赞同，或者说，援引海德格尔的同时又加以限制，可谓关子尹的重要哲学策略，这尤其表现在他对克朗纳的态度上。

在《从康德到黑格尔》的导言中，克朗纳指出，卡西尔所谓"康德以后的哲学根本上不是康德哲学的一项'发展'，而是康德哲学的一项'散失与坠落'"之说辞只适用于康德哲学的"学院概念"（Schulbegriff），因为就其"世界概念"（Weltbegriff）而言，康德哲学实在确于其后继者的哲学系统中更为明确地呈现出来了。但是，关子尹并不同意克朗纳关于康德的后继者并没有背弃康德创立其思想时所依循的基本精神这个判断，而是认为，如果说康德的基本精神在于透过穷究人类知识能力之极限而显人类之根本有限性，那么费希特以降的德意志观念论显然是与康德所要坚守的有关人类之有限性的历程相违背了。这个基本判断应该是我们跟随关子尹在新康德主义者、海德格尔甚至牟宗三的哲思中穿行时应当牢记在心的。

如前所述，在理论理性与实践理性的拉锯中，《康德的世界观》同样纠结于是否可以把康德列为一个一元论思想家的问题。在克朗纳看来，问题在于，就康德哲学最后相信这些分立的领域存在着统一性，也就是把自然隶属于道德目的以下的统一性而言，康德可说是一个一元论者；但是就康德否认我们对于这种统一性有任何理论知识之可能性而言，他却是一个二元论者。克朗纳认为这种一元论和二元论趋向上的冲突"关系着康德哲学中最深刻的问题，甚至是关系着一切可能的哲学"。

在我们看来，关子尹应当是同情于克朗纳所解读出的"康德认为人类与超感性的永恒的领域之间的接触点，是要在人类道德生活上，在人类之自我决定上和在人类道德意志的律则之上被辨认出来的"的，但是同时，对于克朗纳认为"既然要被统一的两领域各有自己的建构原则，则统一两者之基础便不能单方面地建立于自然或道德，而应引出'上帝'作为统一之基础"，关子尹持有重大的保留，细究起来，这种保留态度可谓既是"理论"上的，又是"实践"上的。

从"理论"层面也即是对康德哲学的文本而言，即使克朗纳在"始终以上帝为本位"的前提下也表现出了某种复杂性，例如他有这样的表述："即使是在宗教的领域当中，道德意识一样保有其优越性"；"我们之服从道德律则，并非为了上帝，而是为了我们自己"；"就算是上帝也要依于道德律则，而不是道德律则依于上帝"。关子尹仍然细抠康德的文本，认为《纯粹理性批判》所谈及的"智性世界中有智慧的创制者和统治者"并不代表"可证的客观的实有，而只是一主观的观念"，用康德自己的术语来说，只是反省性的或范导性的（"regulativ"一词牟宗三译为"轨约"，关子尹则译为"调配"）。

从"实践"层面也就是对康德哲学的引申和发挥而言，当克朗纳强调康德之彰举人类的地位时，关子尹援引海德格尔对笛卡尔以降的主体性哲学的批评，认为这些批评"似乎刚好针对了和否定了克朗纳此中所提的对康德的肯定"。但是关子尹又认为海德格尔所批评的主体性基本上是认知层面或思辨层面的，而且是与对象割裂对扬的自我，而康德所彰举的"人"并非一认知的主体，而是一道德实践主体。总之，与克朗纳本人的世界观"始终以上帝为本位"不同，关子尹坚持认为康德的世界观是以人为本位的。在这里，套用叶秀山先生在讨论《实践理性批判》时所指陈的康德是用哲学化解宗教的问题一语，那么可以说，克朗纳则是在用宗教化解哲学的问题。

引人注目的是，关子尹在《康德的世界观》的译注中至少有两处——而且是篇幅最大的两处，不惜笔墨地探讨了康德哲学中"discursive"（德文"diskursiv"）一词的翻译。他认为牟宗三以"辩解"译之"并不违背康德使用 discursive 这一观念时的基本立场，但是却不能解释康德因何不用其他词而独用 discursive 一词。换言之，说不定 discursive 一词还有更根本的涵意，而所谓'透过特征'（康德曾指出，'吾人一切概念皆是一些特征，而一切思想皆不外是透过特征而进行之表象活动'）之达成之'辩解'乃是要建立在 discursive 这更深刻和根本之涵意之上的"。

基于此，关子尹同意他的老师，也是牟宗三先生早期的讲友劳思光以"曲行"译"discursive"。"曲行"与"直行（观）"相对，关子尹由此发挥，在"直接性"与"间接性"之对置中，除了指出各种出于人类理性之辩证法（discourse, dialegesthai/dialetic, reflection）皆为"曲行"，尤其强调思想之"曲行性"归根到底是根植于人类之意识活动乃至人类自身之有限性。这个潜藏在康德哲学深处的有限性论题经过海德格尔《康德书》的发掘而成为哲学上挥之不去的根本议题，而法国哲学家朱尔·维耶曼（Jules Vuillemin）近七十年前的《康德的遗产与哥白尼式革命：费希特、柯恩、海德格尔》则被德勒兹（Deleuze）誉为"一部精彩绝伦的现代哲学史著作"，"用一句话来概括这本书就是：有限性通过康德哲学成为构成性的有限性或奠基性的有限性"。

如果说关子尹为"discursive"所下的译注最终指向最充分地表现在"直中有曲"的人之有限性的话，那么在紧接着为"problematic"（德文"problematisch"）所下的译注则主要指向对于"noumenon"（关子尹随牟宗三译为"智思物"）/"thing in itself"之"正解"。在铺陈

了对 "noumenon/ thing in itself" 的 "自正面" 解和 "自反面" 解之后，关子尹认为应以 "权宜" 译 "problematic"，而他亦把自己对 "本体 / 现象" 之正面理解称作 "权实辩解"。在关子尹的译注中，他以 "权" 解 "本体"，以 "实" 解 "现象"。而对于克朗纳和牟宗三之以 "实" 解 "noumenon/thing in itself"，关子尹似乎轻轻放过了。通观《康德的世界观》全书，克朗纳似有两语近乎以 "实" 解 "物自身"："物自身乃是人类的道德探求的目标"；"吾人的理解之所以有限，正又是因为吾人具有超自然的自由"。而与之有类似旨趣的牟宗三之 "正解" "物自身" 则似乎更是人们耳熟能详的了。

关子尹为 "discursive" 和 "problematic" 所下的译注让我想起谢遹龄教授早年曾致意的牟宗三先生在《康德的道德哲学》中为 "typus"（关文运先生译作 "范型"）这个 "非常难懂" 的概念加了长达十五页的 "疏释"。在收入《从哲学的观点看》的《本体现象权实辩解》一文中，关子尹数度引用陈康早年的工作，这又让我想起上个月去为业师范明生先生贺九十寿，明生师在和我 "读人话旧" 时又回忆到当年就是因为念了陈康先生的《巴门尼德斯篇》译注而走上希腊哲学研究之途的。译注之为译事，兹事体大，可不慎之乎？毕竟，"过去并不仅仅是已逝去的、不再存在的东西，而且是曾经存在的东西"。

# 穷智见德
## ——中山大学哲学印象

中山大学（简称中大）哲学系复系六十年了。按说我与该系并无何渊源可言，但因为日前收了张任之教授的"礼"——一堆反映该系成果的丛书，也想来"巡礼"一番，弄不好，或者说也只好以此"还礼"了！

余生也晚，对中大哲学系的最初印象，只是因为我大学时的中哲教科书乃是萧萐父和李锦全两位教授主编的，而锦全教授乃是执教于中大的。如今想来，20世纪80年代萧、李两位先生所代表的启蒙或早期启蒙立场，既可谓空谷足音，又让人有恍如隔世之叹。

我毕业后到舟山工作，单位书架上有一册罗克汀先生的《现代西方哲学论集》。早年曾与早期启蒙说之最早倡导者侯外庐先生合著《新哲学教程》的克汀先生，属于1978年以后最早介绍现象学的先驱，这一点我应该是从大学时就了解到了，并在当时的各式外哲集刊中见过他的文字。而盛年早逝的张宪教授最早就是师从克汀先生学习现象学的。

不过，在大学时代，我的主要关注在中哲，后来又对中国现代哲学有兴趣。除曾任教于吉大的吕希晨教授之外，中大的袁伟时先生是最早系统研究中国现代哲学史的学者。忘记大学时还是刚毕业后，袁先生的同名著作上卷出版了，灰色大部头，单卷也很厚，因为那时候我想学习这门类，就给袁先生写了信，并得到了他的回复。我忘记是否收到他的赠书——即使有过，也已不在书库了，不过我对袁先生的敬意依旧，甚或愈增。人的经验和记忆有很奇怪的一面，走着走着，有些东西就莫名"失落"了，而且不知道是什么时候"失落"的。

我到过一次中大哲学系，是参加外哲界的"两会"，也是应邀观看倪梁康教授的西学东渐馆成立典礼。那是在非典之后吧，我正好有事请教倪梁康，那次以"南国生活何如"为问候语的聊天，记得他回我：南国生活均好，除了非典。

那次会议让人印象深刻。我好像是见到了余纪元，但肯定是初次见到李明辉教授。我抽暇去了白云山和黄花岗，一地高步阔视，一地沉郁顿挫，还和当时在新西兰坎特伯雷任教的伍晓明教授同游陈家祠，那更是南国儒林风范之缩影。最"新鲜"的是，一天晚上聚餐时和翟振明教授同席，听他聊到所谓"读经"运动时说，教小孩子古典诗词是可以的，但最好只教自然诗和风景诗，而把人生教化和哲理的部分剥离出去。

我忘记自己当时有没有当场请教翟教授如何进行这种"剥离"，但我是可以对翟教授的议论抱同情之了解的。而且，我以为翟教授的议论显然是对某种压力的反应。我不知道这里是否适用陈嘉映那一句"我的自由主义立场是被逼出来的"，但我至少知道，或者可以揣测，翟教授的议论一定是有为而发的。

有一段时间，中大几乎成了国内西学研究的中心。这当然是好事，不过，哲学有政治的意涵和先有政治的意涵再来做学问毕竟是两回事。在这个意义上，我更为欣赏和认同主要由倪梁康教授塑造和影响的西学研究风气。我还注意到，中大哲学的中生代甚至更年轻一辈的学者，都有中西比较的旨趣，所幸他们的工作都是学理型的和学问型的，与国内某些"师心自用"的做法迥然异趣。狂者进取，狷者有所不为，如果可以的话，我愿以"清流"称之也。

与以反映朱谦之、罗克汀和马采等诸位前辈学者工作的"中山大学哲学名家文集"不同，"康乐哲学文存"主要收录曾经和尚在中大哲学系任教、功成名就的学者的成果。我从中惊讶地发现"丐（概念分析）帮"曾经的核心人物张志林教授还写过关于中哲的文字，而其中的压卷之作《高标逸韵说儒林》，评点黄克剑教授那套曾在学界颇有影响的"当代新儒学八大家集"，顺便月旦当代儒林人物，尖锐爽利，十足川人本色，真让人忍俊不禁也。

不过，我感到最为契合的仍然是曾任中大哲学系讲座教授的李明辉教授的文集《康德与中国哲学》。集子里面的文章几乎都见过，但这却是一个全新的文集。尤其是其中讨论劳思光先生的"穷智见德"论的那篇文字，对劳先生与康德哲学和牟宗三先生之康德学的渊源、交集与纠结，剖毫析芒，娓娓道来，实乃知人论文之典范，亦颇堪为后思者之津梁也。我要多说一句的是，如果能够把李明辉教授的这些文字与倪梁康教授《意识的向度》中所收论康德、现象学和牟宗三哲学的文字比观合勘，一定会正本清源，裨益学界，至少能够改变此类议题始终在较低水准徘徊之窘境。

话说那年西学东渐馆成立，有一晚安排珠江夜游，我还在游船上邂逅了朱德生教授。承担那次会务的是一众倪门弟子，其中有那时尚是研究生的张伟（笔名：张任之）同学和他的女朋友郁欣同学，转眼间两位都已是成熟的学者，任之教授更是在笔耕不辍的同时早已出任哲学系掌门人——任之任之，果然实如其"字"也。

作为混充的西学从业者和曾经的编译员，在中大哲学系的数大套文库中，最让我眼前一亮并有共鸣感的是其中的"思想摆渡"系列，不过目前我只收到了张任之教授自己编译的《现象学与自身意识》一种，灯下翻阅，见其中有两篇德哲图根德哈特的译文，让我感到颇为亲切。因为当年庞学铨教授和我在上海译文出版社筹划那套"哲学的转向：语言与实践译丛"，我们一早就把图根德哈特的《自身意识与自身规定》列入其中，商定就由任之同学承担译事，惜乎一直未能交稿和出版。所幸庞教授锲而不舍，预告将在他主编的"当代德国哲学译丛"中"虚位以待"，推出图氏这本名作，真所谓"始作终成"，庞公其为有德者乎！

# 未尽之缘
## ——我的罗尔斯之旅

度过长假中一个悠长的春日，晚上看到朋友圈内几乎刷屏的节奏，我才恍然想起今天是约翰·罗尔斯（John Rawls）百岁诞辰。这反应似与一个政治哲学"资深"从业者颇不相称，仿佛罗尔斯于我已是遥远的传说和旧梦，但是其实，至少直到今天为止，罗尔斯仍是我挥之难去的影子。

最初得识罗尔斯，缘于在杭州解放路新华书店邂逅《正义论》最早的中译本，那是当年颇有影响的"外国伦理学名著译丛"的一种。准确的日期我已经不记得，应该是 1988 年大学毕业前夕回到杭州的那一次。之前我从未听说罗尔斯的大名，但那个译本简洁而凝重的质感一下子就抓住了我。

我那时当然不会想到，自己会把人生中最宝贵的二十多年的光阴献给与罗尔斯难分难解的中文政治哲学事业，以至于几乎无法想象，离开了这二十余年的"迹"与"所以迹"，我的人生规划和职业生涯会是什么样子。

有些冥冥之中意味的是，虽然大学时代对中哲、西哲甚至马哲都产生过泛泛的兴趣，但是当 1990 年秋天来到淮海中路 622 弄 7 号随范明生先生攻读硕士学位时，我却想起了是否能把罗尔斯的《正义论》

作为我硕士论文的选题。这是在我以胡塞尔现象学为选题的设想——须知那是一个"3H"流行的时代——被导师否定之后"退而求其次"的方案。

这两个方案最初的动因，都是范老师在全身心地投入柏拉图与希腊哲学研究之前或之后，曾有一段时间投身现象学和《正义论》的研究。当年复旦哲学系主笔的风靡一时的《现代西方哲学》初版中，现象学的章节就是范老师撰写的，他也曾经译介过美国现象学家马文·法伯的著述。对罗尔斯及其《正义论》的译介——这应该是中文世界同类工作中最早的——则是范师在武汉大学美国哲学研究室时期的工作。

这都是20世纪70年代末80年代初的事儿了，而我的那个选题设想就是在一次于图书馆翻阅《当代美国资产阶级哲学资料》见到范老师对罗尔斯的译介后才"死灰复燃"，既惴惴不安又颇有信心地向自己的导师提出的。

时至今日，我依然记得范老师否定现象学选题的"理由"：胡塞尔的《逻辑研究》我读了半天没有读懂。但我确实记不得他为什么不同意把罗尔斯作为论文选题方向了，或者就只是不同意，而没有提出理由——一种很不符合罗尔斯精神的做派！我现在大胆地揣测，如果说范老师否定前一个选题的理由是智性上的：我还读不懂，你会读得懂吗？那么他之不同意后一个选题或许是基于"政治"的考量，虽然有一次课上他明确说：罗尔斯受马克思影响甚深，这只要看看他对《哥达纲领批判》的引证就一目了然了。

世事难料，在离开上海社会科学院到杭州大学攻读博士学位期间，我的"罗尔斯梦"却得到了一个意外的"实现"途径。其时，已执教于杭大哲学系的杨大春师兄正在为台湾的生智出版社策划一个"当代大师"系列。在一次闲聊中得知我对于罗尔斯的兴趣后，大春兄慨然把那个系列中《罗尔斯》一书的写作任务委托给我。我经过一番努力完成了这项工作，虽然那只是一部拼凑模拟的习作，例如在相关章节的撰写中，我主要参考了菲利普·佩蒂特（Philip Pettit）与他的一位澳洲同事合作的《罗尔斯》一书，以及佩蒂特自己发表在《哲学杂志》（*Journal of Philosophy*）上的一篇书评。就此而言，《罗尔斯》这个小册子的练笔与其说是我从事政治哲学的开端，还不如说"预示"了它的作者将在某一时刻真正开启政治哲学研究工作。

果然，从 1996 年我博士毕业从教开始，似乎半是兴趣使然，半是为衣食谋，我把自己的教学和研究重心集中在了西方政治思想史和当代政治哲学上面。在这个脉络上，同样围绕对罗尔斯的批判和修正组织起来的《社群主义》一书的写作可谓我进入当代政治哲学领域的"投名状"。

社群主义之于我微末的政治哲学生涯的重要性，可由 2003 年生活·读书·新知三联书店出版的《从自由主义到后自由主义》一书见出。在这本单薄的著作中，社群主义对自由主义的批判及其后续效应乃是贯穿全书的一条主线。无论是我对自由主义传统和谱系的铺陈，还是对两种自由分合之检讨，对哈贝马斯与罗尔斯之争的清理，以至于对文化多元主义政治的追踪，抑或是对竞争的自由主义和竞争的多元主义的探讨，乃至对政治理论史三种研究范式的解读与定位，都是在这一线索上展开的。甚至在我从事当代政治哲学译介的阶段，无论是翻译金里卡（Kymlicka）还是韦尔默，还是说对共和主义的系统译介，还有后来应约集内地（大陆）与港台地区学者编纂《当代政治哲学名著导读》，都是对此前未竟的问题意识和探究路径的追补与延展。

在为《当代政治哲学名著导读》所撰写的导言中，我把广义的"罗尔斯产业"分为三个阶段或脉络。

一是以罗尔斯和德沃金为代表的自由平等主义和以诺齐克为代表的自由至上主义在分配正义范式上展开的争论。其间和后续当然还包括自由平等主义的不断精致化（包括向道德哲学方向的延展，例如内格尔 [Thomas Nagel] 和斯坎伦 [T. M. Scanlon] 的某些工作）及以牛津政治哲学家柯恩（G. A. Cohen）为代表的分析马克思主义的分配正义理论。

二是在自由主义和主要以罗尔斯为批判对象的社群主义之间的论战。以麦金太尔、桑德尔和泰勒为代表的社群主义者把矛头对准罗尔斯的义务论自由主义，这种批判在西方传统内部挑起了某种紧张，例如重新提出了要康德、尼采还是亚里士多德，正当与善何者优先，分配与承认孰为基本范式的问题，从而丰富了当代政治哲学的议题，深化了现代性反省的层次。

三是在社群主义对自由主义批判声浪的最初冲击过去之后，更为内在和建设性地整合前两个阶段的成果，出现了公民身份研究的回归、新共和主义的复兴、文化多元主义的热潮以及全球正义问题的勃兴。

后两种尤其是第三种脉络，既可谓开启了后罗尔斯政治哲学的浪潮，也可谓广义的"罗尔斯产业"的组成部分。从这个意义上来说，我也庶几可谓此"产业"之参与者也。

但是话虽如此，我的当代政治哲学之旅充其量只是围绕罗尔斯及其影响展开，而非直涉罗尔斯本身的。事实上，无论是《正义论》还是《政治自由主义》，认真说来，我都不具备专家之资质。正如我有一次调侃自己并未研究哈贝马斯，而是把相关的哈贝马斯研究运用到我对当代政治哲学的"解读"中。我与罗尔斯政治哲学的关系，如果不说更为外在，至少也是同等外在，外在的"证据"约有以下数端。

一是 2007 年春天我在台湾访问时，偶逛台大附近的一家教材铺子，见书架上堆放着几十册罗尔斯的《正义论》英文修订重印本，就把书取下翻看了起来。店主见状后以一种我平生仅见的慷慨对我说：这书很多，你要的话就送一册给你好了！不瞒诸位，这是我继 20 世纪 90 年代初在上海社科院图书馆借而未阅绿皮书（所谓"绿魔"）后，第一次见到原版的《正义论》。

二是同年秋天，我在普林斯顿访问时到波士顿旅行，在城里的一家旧书店第一次得到了一册绿皮书。不过我与罗尔斯的最亲密"接触"，应该是在哈佛大学附近的一家旧书店，见到罗尔斯生前用过的一堆书，并在他仔细阅读过的一本逻辑学著作中，发现了一个亲笔添加的修改符号。

三是 21 世纪某一年在北京开会，我提交了一份题为《迈向后罗尔斯时代的政治哲学》的讲演提纲，在我大而化之地做完我的空疏报告后，国内一位顶尖的罗尔斯专家调侃道：刚才应奇教授高屋建瓴地向我们指出了政治哲学的未来发展方向！毫无疑问，这一番调侃其实是令人汗颜的，不过，容我大胆地说，不管我对于"罗尔斯产业"本身的介入程度如何，"后罗尔斯时代的政治哲学"确实是我念兹在兹的工作方向，而且能够恰当地涵盖自己二十多年时断时续，但从未停止的作业范围。

最近一年多来，我着意对自己《从自由主义到后自由主义》以来的政治哲学生涯作一小结，甚至试图出一部小的论文集，以此为标志告别自己这个已经有些漫长却又效率极低的工作阶段。

在拟收入这个集子的十篇论文中，当年作为《社群主义》之一章的《启蒙谋划的失败与市民社会的超越》一文是探讨麦金太尔政治哲学的，我把它作为自己的政治哲学生涯的起点——有趣的是，这一点还是在一次通话中经过现已在川大任教的杨顺利小友的提醒才想起来的。《迈向法治和商议的共和国》是我应刘训练之约，为佩蒂特《共和主义》中译本撰写的导读性序言，虽然仍显"粗疏"，但基本可以代表我的政治哲学生涯中的共和主义阶段。《从伦理生活的民主形式到民主的伦理生活形式》则代表了我"介入"新法兰克福学派译介和研究的收获，其所得或在于以另一种视域透视了当代政治哲学的图谱。《政治的审美化与自由的绝境》和《论第三种自由概念》构成我对当代自由理论探究的中坚部分，它们也比较典型地体现了我的作文方式和智识趣味。

仿佛是某种"轮回"，在近一年着力完成或酝酿已久或"临时起意"的另外"五论"的过程中，我反而越发感到罗尔斯的工作与我在当代政治哲学脉络中重点关切的问题之高度相关性，例如罗尔斯与康德哲学的关系，他的基本自由与自尊概念、人权与公共理性学说，以及自由主义的理论基础和价值根基问题。

更重要的是，罗尔斯的政治哲学当然是在古今之争的自觉意识下展开的，正当优先于善就体现了罗尔斯在古今之争上的根本立场。但是从《政治自由主义》导论提供的叙事看，"罗尔斯的谱系所展示的不是两阶段的历史（古代和现代），而是三阶段的历史（公民宗教、前宗教改革时期和后宗教改革时期，其中自由主义是对第二阶段和第三阶段的冲突的回应）"[罗纳德·贝纳（Ronald Beiner）语]。罗尔斯此论无疑为我们探究后罗尔斯时代的古今之争问题提供了重要视域。

这时候我想到，在"五论"所涉及的所有问题上，如果我在已经逝去的岁月中对罗尔斯的哲学花过较多的功夫，我的所论大概会更有进阶吧?! 我似乎不能说自己不是非常能够确定这一点，除非我只是为了以此替自己过往之不思进取稍作辩白从而宽缓自己。

但是毕竟往者已矣，而未来的工作计划同样因为过去的耽搁而不容再行迁延，那么，就让我的罗尔斯之旅，或假罗尔斯之名展开之旅（"乘着罗尔斯的翅膀"）就驻停在罗尔斯百岁诞辰这一刻。容我引用一句与眼前诸端似不甚相干的话以告别过去，并为来者之鉴：

只是因为绝望，希望才被给予我们！

2021 年 2 月 21 日午夜

# 泰初有为
## ——有关威廉斯的记忆

伯纳德·威廉斯被认为是 20 世纪下半叶英国甚至英语世界最重要的道德哲学家甚或哲学家，而我与其非亲非故，甚至连一面之缘都没有，何谈"记忆"呢？

最初知道威廉斯的大名，要追溯到 20 世纪 90 年代后期我开始从事政治哲学之时。记得 1997 年暑假我在北京图书馆复印的一堆洋书中，就有威廉斯的《伦理学与哲学的限度》（以下简称《限度》）。

20 世纪 80 年代，"什么与什么的限度"是个颇为风行的书名，例如全球性"网红"哈佛大学名教授桑德尔的《自由主义与正义的限度》。事实上，我在 1996 年提交的博士学位论文也追此风而题为《描述的形而上学及其限度（制）》，只是我并没有潜质也没有机会成为"网红"而已。

忘记是此后还是同一次，我还在北京图书馆复印了才出版不久的威廉斯的论文集《理解人性》（*Making Sense of Humanity*，1995）。我最初接触威廉斯的文字，就是通过这本书，而不是《限度》，虽然在 1997 年前后，当其时还在杭州大学哲学系任教的"绍海"孙周兴教授试图为杭大出版社策划一套译丛而向我征求选目意见时，我就把《限度》一书推荐给了这个后来"未遂"的译丛。

我并未通读《理解人性》一书，但是这个集子中的《圣茹斯特的幻觉》一文给我留下了甚深印象。这篇最初发表在《伦敦书评》上的名文是威廉斯从剑桥重返牛津就任道德哲学讲座教授时的就职讲演。

在这个把迂回与雄辩、道义感和历史感合为一体的演讲中，威廉斯指陈，雅各宾党人和他们的受害者并不是掉入了对希腊文或拉丁文的不幸误译所设置的陷阱，正如杀死圣茹斯特的并不是分不清幻象与周围世界之差别，而是与杀死丹东的同样的刀斧。用威廉斯自己的话来说，"问题的实质在于，在一种历史条件下使一种表达是可行的社会要求在另一种条件下会造成灾难，这就是圣茹斯特的幻觉的实质"。

由于当初那种挥之难去的印象，在后来与刘训练君一起编译《第三种自由》一书时，我就把《圣茹斯特的幻觉》一文翻译了出来，纳入此集。其时威廉斯已经离开人世，不过我的翻译是取得了《伦敦书评》授权的。我同时还为这个集子翻译了威廉斯在《伦理学与公共事务》上发表的《从自由到自由权》一文，此文最初也是一个演讲稿，虽然它是纯"学术"的期刊文章，非复牛津就职讲演之文采与风采，但是作者那种回环曲折、洞幽烛微的迷人思致却一如往昔。

2007年4月，我到访台北市南港区"中研院"人文社科中心，在几乎代表中文政治哲学和思想史最高研究水平的政治思想组有一个小型的演讲。在演讲开始前，政治思想组的执行长、现已故的蔡英文教授和最近刚刚出版《探索现代性》这部"巨著"的萧高彦教授在中心的会客室接待了我。鉴于简体字译本在台湾学术界与日俱增的影响，我从行包中取出随身携带的《第三种自由》与主人分享，萧高彦教授把书接过去，当场就翻到了《圣茹斯特的幻觉》这一篇。而我多年来一直想就《从自由到自由权》一文写点评论的愿望也一直拖了下来，在我最近可能也是"最后"一篇讨论政治哲学中的自由问题的小论《再论第三种自由概念》中，竟然也忘记回应威廉斯对于自由之作为一种政治价值的建构了。

2008 年初春，我在普林斯顿接到上海译文出版社一位编辑的邮件，邀请我翻译威廉斯的遗文集《泰初有为》（*In the Beginning was the Deed*，2005）。其时我也刚巧从拿骚（Nassau）街上的迷宫书店买到这书当年的第三次印刷本。基于一直以来对威廉斯的兴趣，虽然当时至少尚有佩蒂特的《人同此心》和拉莫尔的《现代性的教训》还未交稿，我还是应承了此书的译事。遗憾的是后来一再蹉跎，我还是未能完成这项工作，不过却也由此而结下了两小桩与此书有关的文字因缘。

一是继此前译出的同样收入此集的《从自由到自由权》一文之后，我又译出了此书的开卷之作《政治理论中的现实主义和道德主义》。这是威廉斯的一篇重要论文，但似乎之前从未发表过。威廉斯是所谓政治现实主义在当代的主要理论代表，他在此文中提出，虽然"讲得通"（make senses）本身是一个评价性概念，但只有当运用于我们自己的情形时，它才确实成为一个规范性概念。

多年前在讨论陈嘉映的"说理"概念时，我曾经把威廉斯的"讲得通"与韦尔默关于理性论证之"局限"和"条件"的论述联系在一起。后者在阐发阿伦特所谓未成文的理性学说时曾有如此金句："在我已经提到的许多情形中，理性论证无效是因为我们不想承认真理，理性论证在这种情境中不能发挥作用要归咎于理性论证始终只有在某些前提下才能发挥作用这一事实。"

二是 2010 年暑假，为了准备在天津的一次会议上关于朱迪丝·施克莱（Judith Shklar）的一个短程报告，我阅读了收在《泰初有为》中的威廉斯追忆以赛亚·伯林的一篇文章《恐惧的自由主义》（与施克莱那篇纲领性论文同名）。此文比较了伯林和罗尔斯的政治哲学，并阐述了施克莱和他本人对"恐惧的自由主义"的理解。

威廉斯把伯林的观念史研究视作他对所谓"哲学终结论"的反应，高度肯定"智识史研究乃是以别样手段继续哲学事业的方式"，这个表述高度相似于施特劳斯的警句"在一个智识衰退的时代，思想史的研究就具有了哲学的意义"。但是威廉斯由此而进一步做出的廓清却扫除和驱散了施特劳斯及其门徒通过思想史研究在中外思想界制造的某些"迷雾"。

威廉斯固然认为伯林和罗尔斯的工作都证明了"政治哲学需要历史"，只不过在伯林那里，政治哲学本身就是由历史构成的，而在罗尔斯那里，政治哲学预设了一种历史叙事。但是按照威廉斯的区分，伯林注重的是"谈论的内容"，罗尔斯则比较注重"对谁谈"。

根据威廉斯对"政治哲学可以成就什么"的了解，他赞同施克莱在早期的同名文章《恐惧的自由主义》中提出的：政治生活的基本单位既不是思辨的自我，也不是敌友关系；既不是爱国主义的公民战士，也不是好讼者；而是强者与弱者、有权者与无权者的关系。威廉斯认为"恐惧的自由主义"首先重在提醒人们注意的是"what we have got and how it might go away"（何所得与何以失），而"不自由"的基本含义就是处于他人权力支配之下，就是做什么事都要看别人的脸色，即使你并不想做那些事。"施克莱是从失败者的角度看待社会和国家的"，威廉斯在文末如是说。

威廉斯所解读的施克莱和威廉斯本人所理解的"恐惧的自由主义"很容易让人联想起哈贝马斯终身的朋友达伦多夫在《德国的社会与民

主》开篇回应所谓"非自由主义的德国道路和政治文化"时所抉发的精神和指明的方向："有一种实验的态度，它允许任何人提出新的解决方案，但拒斥对真理的任何独断的宣称；有一种自由的怀疑，它试图在掌权者周围筑起藩篱，而不是为他们铺路架桥；有一种竞争的精神，仅当有一种为在每个领域中出类拔萃的奋斗，这种精神才能导致进步；有一种自由的观念，它坚持认为，只有当对知识的一种实验的态度与社会力量的竞争和自由的政治制度结合在一起时，人类才有可能是自由的。"

如同前面说过的，我在 1997 年前后就试图把威廉斯的《限度》加入一个拟议中的译丛；若干年后，当我有机会自己创设一套小译丛时，我又把这本书放了进来，据说负责出版这套丛书的东方出版社也解决了此书的版权。但是由于那时过于沉重的工作负担以及后续安排上的问题，除了此书新版中所附 A. W. 摩尔的《文本评注》，我只译出了很少一部分章节，并一直迁延着这项译事。

2015 年前后，在得知陈嘉映教授有意亲自翻译《限度》一书后，我把《文本评注》一文传送给其时为此书译事建立的一个邮件组。嘉映教授完成这项译事后给我来信，表示将把我的译文采入他的译本，但是告诉我，因为拙译只是作为附录，所以出版社并不建议联合署名，他为此希望得到我的理解。收到嘉映教授的信，在为威廉斯的《限度》一书终于得到中文世界几乎没有之一的最好译者而庆幸之余，我回复他："拙译能够因缘际会附于尊译之骥尾，已是荣莫大焉，它则非敢所望也。"

# 读人与招魂
## ——赵园与赵越胜之间

虽然早有依稀印象，但还是要到这个《读人话旧》栏目开启之后，一次偶检旧书，我才想起赵园教授好多年之前就有一个"读人"系列行世。那组随笔最早收入散文集《独语》，后来重印在《阅读人世》中。后面这个小册子勒为五辑，除第一辑不以所"读"之人命名，其他四辑也都是"读人话旧"之什，分别追怀和记述其师辈和同侪，前者如王瑶、吴组缃，后者如张承志、韩少功，还有一组京味儿作家，如邓友梅、汪曾祺，最后则以《我读傅山》压卷。

我之得识赵园之名，盖缘于大学时代对现当代文学评论之兴趣和爱好。彼时的赵园以京派小说研究著称，虽然其"风头"似不若同门的"二十世纪中国文学三人谈"之钱理群、陈平原、黄子平，却也早早就确立了那让人过目难忘的女性学者特质，只是因为我后来并未专事此业，凡此自然也只是隔岸观花罢了。

赵园之真正进入我的"视野"，是在其转向明末清初士人研究之后。《明清之际士大夫研究》及其续编《制度·言论·心态》，还有另两个小制作《易堂寻踪》和《家人父子》，也分别从不同的书店跑到了我的书架上——其中《易堂寻踪》还是从先搬迁到余杭塘河边后来又不知所终，让我至今怀念的杭州书林得到的。但是，既吊诡也正常的是，这些书我都并未细读，包括作者后来特意申明的作为"无可争议"的"长江读书奖"得主的"成名作"。

很多年后回想，虽然赵园自陈其士人研究是"亦步亦趋"着西学之"参照系"而展开的，但我还是有点"一厢情愿"地认定，与某学者那蜚声海内外、享誉几一世的士人研究相较，赵园女史的相关研究似乎是更为中国的——或者说，是更有"中国情怀"的。

转眼到了1989年前，我在浙大紫金港校区闲居时，一次委托钢祥书友网上买书，忽然觅得了赵园的若干散文集，至少有《独语》和《红之羽》两种。虽然仍未遍读，这两个文集却给我留下了挥之难去的印象，那种凛冽而又炽热的笔法和情怀，几乎是当代学者散文中所仅见的。相形之下，后来那部有着更大影响甚至引来专文评论的《想象与叙述》倒因为某种过度的自省和回环反而有些"失色"了。

忘记去年什么时分，偶然从网上读到赵园记述钱理群以及黄子平和陈平原、夏晓虹伉俪的几篇文字，不禁叹为"大制作"。以如此品评月旦人物之品味和气势，如实道来，不与假借，此真非所谓当代"穿裙子之士大夫"莫为也。甚至与结合《世说新语》议论"读人"传统的那些作者自谓"思想何其活跃"的文字相较，"批判的武器不能代替武器的批判"，赵园之"读人"系列，从现当代作家，明清之际，到其师王瑶先生诸弟子，直至最近状写《文学评论》的已故资深编辑王信先生的文字，可谓屡有跃迁，块垒无穷，让人叹为观止矣。

许是一种巧合，当代的"读人"文字中，还有另一位赵姓作者，旅居巴黎的赵越胜君是也。赵君早年以译介德哲马尔库塞著称，在去国多年湮没无闻后忽以一册《燃灯者》回归中文写作，因了那一份"故国不堪回首月明中"的动人情怀，加以摇曳多姿、顾盼自雄的行文笔触，端的是一时洛阳纸贵，人人争说《燃灯者》。

此书其实有两个"泪点"。一者民国。盖鼎革后执教于京中上庠的周辅成先生其实乃是民国中人。有一事为证。我的老师罗义俊先生告诉我，20世纪60年代前后，辅成先生仍然收到当年在南京中央大学的同事和同道唐君毅和牟宗三的赠书。据说，李泽厚最初就是在辅成先生处见到唐牟之论著的。二者就是不少人至今仍要"重访"的20世纪80年代。这份挥之不去的联系和牵挂（attachment）可见于《燃灯者》中其余的篇什。前者呼应了所谓"民国热"，后者则为"80年代"情结推波助澜，此乃对赵氏"读人"文字一纸风行之发生学解释也。

若干年后，赵越胜之文字又出现在张志扬教授的三卷本文集之骥尾，其文美轮美奂，较《燃灯者》有过之而无不及，但是不知为何，我浏览之下却有一丝"甜腻"感，在我的阅读感受中似乎至少是过于smoothly（丝滑）了。此则缘何？我虽则暗自检省，一时竟无解也。

无论如何，越胜君之文，如万斛泉水汩汩而出，虽纹理质体一贯其旧，而内中沟壑，或各有千秋，正如钱子泉老先生所云"佳语太多，层见叠出，使人应接不暇"，或曾文正公所谓"周身皆眉，到处皆目也"。晚近篇什中，则似以记沈公昌文先生和追念朱正琳、苏国勋三文最为出彩。就此感受而言，前此之发生学解释依然有效，盖因沈、朱、苏三位，皆可谓80年代之"弄潮儿"者是也。

许是中了五柳先生之毒，我虽远非"闲静少言，不慕荣利"，却委实有些"好读书，不求甚解"。于是，两赵著述，照例并未遍读，而自问中学西学皆为半瓶水不到，于赵越胜君妙笔生花之西洋音乐更是纯粹外行，然则如果让我各以中西一曲目比拟两赵之"读人"文字予我之印象和观感，我想起的则是《酒狂》和《今夜无人入睡》。这一比拟不但有字面上的事实为据（"考据"），例如赵园以所谓"国学"为业，赵越胜则无论所业还是行止主要与西学沾边，而且有"辞章"上的"坐实"，且或有"义理"上稍加阐发的空间。前两端似不必多论，唯第三端似可约略尝试言之也。

无论是赵园的传统士人研究，还是其当代的"读人"文字，所谓"出处进退"乃是其裁断与品鉴读书人的一个最为重要的标尺。这一点放在儒家传统社会似乎是天经地义之事。盖因无论是否负担过重、期许过高，传统士人以一身系天下苍生之念，无论是从传统社会结构还是儒家文化理想而言，都至少并非空穴来风，更非向壁呓语。问题在于，在儒家成为所谓"游魂"之后，继续以"出处进退"衡量读书人的"可欲"和"可行"究竟还有多少可以伸展的空间。

"可欲"与"可行"之分，大致对应于理想与现实或事实与价值之分。泛泛而言，这种区分当然可谓一种历史的"进步"，但是对于既生活在现实之中也生活在理想之中的人们来说，两者之间的张力则是个更有意义的课题。

《现代儒学论》的作者固然认为，科举废除之后，儒家已然成为"游魂"，但是一方面，例如陈寅恪和顾颉刚这样的读书人仍然以儒家之"出处进退"律己，而另一方面，作者事实上也是在以"出处进退"衡量和表彰这些前辈。

《士与中国文化》初版十五年后，作者在此书的新版序言"士的传统及其断裂"中明确指出，虽然"士"的传统在现代结构中消失了，"士"的幽灵却仍然以种种方式，或深或浅地缠绕在现代中国知识人的身上。正是在此意义上，他郑重申言，虽然《士与中国文化》所探讨的是历史陈迹，它所投射的意义却可能是现代的。

的确，如果说《士与中国文化》的研究试图在揭示士的传统在中国传统社会中的连续和断裂的同时，呈现这种表面上特殊的传统之普遍意义，那么赵园则尤其在其士人研究中把聚焦的目光投注于明清之际，且特别关注明遗民研究，有一句赵园自己在《想象与叙述》的代后记《寻找入口》中复述过的话再好不过地道出了其核心关切："遗民未必是特殊的士，士倒通常是某种意义、某种程度上的遗民"，还自我引证说，"遗民以其特殊形态，'表现了士的一般面貌：士对生存的道德意义的注重，士在与其时其世、与当代政治的关系中自我界定的努力'"。

　　赵园正是在这个精神层面上呼应了顾亭林三百多年前即已沉痛言之的情形："性也，命也，夫子所罕言，而今之君子之所恒言也；出处、去就、辞受、取与之辨，孔子、孟子之所恒言，而今之君子所罕言也。"

　　认真说来，赵越胜的《燃灯者》和《既见君子》当然不是所谓遗民文学，也非严格意义上的流亡文学。只是，与赵园身居京华看尽繁华，却埋首故纸，出入清冷与荒寒形成对照，赵越胜栖居花都巴黎，形影相吊，回首故园前尘，却以一曲《今夜无人入睡》写尽声色热闹；其间之静与动、冷与热的辩证，确实是耐人寻味到让人起唏嘘之叹的。

　　在《中国文化之省察》所收题为《汉宋知识分子之规格与现时代知识分子立身处世之道》的演讲中，牟宗三先生引用他的朋友姚汉源在抗战期间的一次谈话——姚先生在品鉴北宋知识分子之规模时，以"体史而用经"形容司马光，以"体文而用经"形容王安石，以"体文而用史"形容苏氏父子，以"体经而用经"形容理学家。牟先生对汉源先生之品鉴语深致赞叹，并加以长篇阐述。

而浅见如我者，也以为就士之鉴赏而论，汉源先生此数语真可谓的论，且正如麦金太尔感叹的，现代人之所以无法再把"是"与"应当"合为一体，只是因为那种合两者为一的土壤已经一去不复返了。同理，汉源先生之论诚然高明，但是对于任何对中国传统之士人精神抱有基本同情的人们来说，令人扼腕和伤怀的是，无论是士人传统还是这种士人品鉴的传统，也都已经一去不复返了。

# "人事音书漫寂寥"
## ——闻李泽厚先生远行

作为心智和精神在 20 世纪 80 年代成长起来的一代人，我一直与同侪一样喜欢谈论李泽厚先生，回想起来，这中间无疑有当年"追星"意识之残留和"积淀"之功，毕竟，如同我在另一场合说过的，在我们的养成过程中曾经那么重要的东西是不会随着时间的流逝和风气的转换而轻易消失的。但是实际上，我却也是从较晚的时候开始，才逐渐将此中心曲形诸笔墨的。

在《听歌放酒狂》中，有一篇至少标题看上去颇为另类的文字《雪一片一片一片》，那是重读了一些早年的《李泽厚散文集》中的旧文，"偶然"有所感发而信笔写下来的。那里记录了我大学时代在长春阅读李泽厚最初的也是最重要的记忆。

在我的《读人话旧》系列中，至少有两篇文字是直接谈论李泽厚先生的，一篇讨论的是金春峰对他这位老朋友的评价，另一篇则是在李泽厚与奥伊泽尔曼之间的"对勘"。私揣在这两篇小文中，我是表达出了对泽厚先生为学特色和致思取向的某种理解的。我还在朋友圈发布过一篇《马克思的帽子和金庸的银子》，探讨了以非马克思主义的方式坚持马克思主义的可能性以及"马克思的帽子"与"金庸的银子"之间的"可比性"。

我最近一次就李泽厚先生写点儿什么的冲动来自《李泽厚刘纲纪美学通信》。今年暑假，在从杭州一家民营古籍书店买到这本书后，我从头至尾仔细通读了一遍，获得了一种近来颇为宝贵难得的阅读经验。我以为，这是晚近出现的理解泽厚先生人格特质和人生遭际的一份极具价值的材料，在有助于消除人们对泽厚先生某些误解和误传的同时，也会对知人论世有所助益，甚且增加对这两位人物的敬意。

　　如今李泽厚先生在大洋彼岸洛基山下寂然离世，也让我经历了朋友圈最"壮观"的刷屏节奏，有些从来不发动态的朋友也发了微信。"李泽厚有什么思想史的意义？"——我的朋友王志毅先生昨晚如是问。也许，或者肯定地说，我无法全面地回答这个宏大的问题，而只能先把这个大问题转换成"李泽厚对我有什么意义"这个也许只是对我才有意义的小问题。说出来肯定有些出人意表，在昨天中午从一个聊天群里得到李泽厚先生逝去的消息后的大半个小时，就此"问题"我所想到的一个方面是，泽厚先生的论著对我"最有意义"的也许是其中的引注部分。我这个纯粹从自己求学经历出发的说法并不是要传达对泽厚先生的任何不敬，而恰恰是为了表达对他最温暖的感念和最深切的敬意。

　　我最初知道李泽厚先生的名字是 1985 年在吉大文科楼听到的一场报告，我至今记得报告人是中文系的杨冬老师。在那场关于文艺学方法论的演讲中，我第一次知道了《美的历程》这本书以及卡尔·荣格的那句"不是歌德创造了浮士德，而是浮士德创造了歌德"。《美的历程》彼时在吉大图书馆并不容易借到，但是我还是设法读到了这本书，并在 1986 年的暑假到北京游玩时把这本书推荐给了我的一位高中同学，他当时在北京一所交通大学念铁道运输和物流专业。我回到长春不久，我的这位同学来信告诉我，他已经转校到了隔壁那所师范大学的哲学专业！

几乎打从一开始，我阅读李泽厚先生的著述就特别重视他的引注。在这方面，《美的历程》当然是特别具有代表性的。我对现当代文史领域有些重要学者的了解，恰恰是通过泽厚先生的引证才变得具体起来的，例如陈寅恪、蒙文通、闻一多、孙作云、王瑶、苏秉琦、张光直，甚或滕固以及同样作为绘画史学者的童书业。在这些学者中，"唯一"与吉大"有关"的似乎就是金景芳先生，因为《美的历程》中引用了"商文化起源于我国北方说"。我不太记得泽厚先生有没有引用过马承源先生的论著，但我知道后者的名字却一定是与《美的历程》中"青铜饕餮"一章有关的。有一次我在马桥文化展示馆参观，从陈列的图片中"认出"了马承源先生，同行的友人很惊讶，而那时我想起的却是泽厚先生的《美的历程》！

再者，因为《中国古代思想史论》中反复引用杨宽先生的《古史新探》，我那时就经常想到图书馆借阅这本书，但是从来没有借到过。这就留下了一个"后遗症"——杨宽先生的著作，我此后几乎是每见必收的，有的还有不止一个版本。但是回想起来，其中最为难忘的仍然要数在长春的一次特价书市上得到的《古史辨》第七册的半卷，因为那正是杨宽先生早年的成名作《中国上古史导论》。

诸如此类的情形在反映了自己文史修养之贫乏的同时，也暴露出一种初学者的带点儿"成功学"色彩的小孩子心性，那就是似乎想要通过泽厚先生的引证来掌握他"成功"的"秘密"，颇有点儿"偷师学艺"的意思在里面。这个"捷径"能否走通姑且不论，这里却也颇能透显出泽厚先生为学的某种特质。泽厚先生的学问和思想以"创新"

著称，但是其实他首先是一个善学者。他所引证和发挥的都是那个领域最顶尖，但不管是由于意识形态还是学术风气而遭到某种"遮蔽"的学者和传统。《美的历程》中对陈寅恪、闻一多和王瑶的引证只是其中的一个例子而已。就此而言，李泽厚与所谓民国学术的关系问题其实是一个值得重访的话题，只不过泽厚先生身上的思想家色彩使得人们往往倾向于低估他从民国学术传统中得到的滋养。所谓"有思想的学术和有学术的思想"，似乎亦正应从如是观。

对西学的深入了解是泽厚先生那种独特的"有思想的学术和有学术的思想"的另一个重要支撑。对克莱夫·贝尔（Clive Bell）的"有意味的形式"的吸纳和对皮亚杰的发生认识论的"改造"是其中两个最早期的例子。这方面，泽厚先生"与时俱进"的最新的例子是他与哈佛的"网红"教授桑德尔的"对话"。泽厚先生是所谓"问题中人"，他是跟着"问题"走的，学术资源也者，乃是为他所要处理的"问题"服务的。在这个层面上，桑德尔和罗尔斯倒是可以"等量齐观"的。也是在这个层面上，"李泽厚有什么思想史的意义"和"李泽厚对我（们）有什么意义"的问题就成为无法彻底分离开来的了。

我的一位年长的同事在闻听泽厚先生逝去的消息后说：论及当时中国人对西方现代哲学研究状况的了解，对西方马克思主义的介绍，他代表了最高的水平！我对此颇有同感。在一次聊天中，也是这位同事曾经说：有时候我们会觉得现在回过头去读那些著作，似乎不再有当初那种"石破天惊"的感觉了，而这其实恰恰是因为他们帮助陶养了我们的趣味，提高了我们的认知，用维特根斯坦的话说，河床已经改变了。我私下以为，这也应该是我们回答"李泽厚有什么思想史的意义"这个问题时不可回避同时也更有意义的一个视角。

"人的觉醒"和"文的自觉",借用冯友兰先生的话,这是《美的历程》为魏晋玄学"平了反"。在给《美的历程》作者的信中,泽厚先生的这位老师希望他的学生接下来为道学"平反"。这位学生做到这一点了吗?《中国古代思想史论》中的"宋明理学片论"庶几乎近之,而《中国现代思想史论》中同样极具反响的"略论现代新儒家"则又代表了某种"逆转"。黄子平曾经感叹后一本书中"二十世纪中国(大陆)文艺一瞥"那种同样让人有"石破天惊"之感的敏锐触觉。而对我来说,卑之无甚高论,伴随着我的青春记忆之最深刻面相的,仍然是《美的历程》中既神采飞扬又让人感喟地谈论魏晋唐宋的那些文字,所以我从其中的"盛唐之音"中摘出泽厚先生所引用的这句杜诗作为标题,表达和寄托我对他的感激和追念。

2021 年 11 月 4 日正午,于大荒公寓

# 无欲之为刚，可欲之谓善
## ——闻景林师荣休

听闻李师景林先生荣休的消息，虽说不上有多么意外，却还是内心一震动，往事如眼下正金黄的银杏叶子般飘飞，而我的思绪则回到了三十五六年前雪花飞扬的北国春城。

记不太清是 1985 年还是 1986 年，我第一次在吉大哲学系的中国哲学史课堂上见到了刚刚硕士毕业留校任教的景林师。作为主讲先秦哲学的老师，景林师是这门课程中第一个登场的老师。很多年后我还是惊讶于"初登讲坛"的景林师那种老成持重的风范，后来才得知他原来曾担任中学老师多年。景林师的课堂上，我记忆最深的是他在自然与文明断裂与连续的视野中对"绝地天通"的解释，我猜想他那时就已经在对儒家思想起源的研究中引入了张光直先生从考古学角度对于中国文明之连续性的解释，那更是我此前闻所未闻，并让人茅塞顿开的。不管怎样，通过这个课程，我与景林师很快就熟悉了起来，并有了与他的"过从"。确切地说，景林师是我在大学四年中遇见的对自己的成长最为重要的一位老师。事实上，我那时最感兴趣的似乎也就是中哲，这不但表现在我在景林师的指导下撰写了一篇题为《王弼贵无论述义》的学士学位论文，而且体现在我在大学毕业时毫不犹豫就报考了中哲方向的研究生。

那时景林师正处于学术上开始起飞的阶段，记得每有论文杀青，他就会送给我油印本，有时还有发表后的抽印本，间或还会在油印本上写上题赠，或是在上面做些修改，记得有一篇《儒家心性论述义》就是如此。那时景林师发表文章的重要阵地是《吉林大学学报》和《孔子研究》，在学报上发表的一篇论文好像是关于荀子哲学的。景林师的文章，如同他之讲课，细致入微而又娓娓道来，而其文字雅净，举重若轻，无疑是我师法的典范。后来，景林师搬到了八舍旁刚落成的青年教师公寓，于是我时不时就会跑去他的公寓和他聊天，那时我对于冯友兰先生刚出版的《中国哲学史新编》第四、第五册特别佩服，而景林师则似多有保留，其"豪言"给我留下了极深的印象，无形中打开了一片天地。

　　与景林师的聊天，除了涉及"学问"，自然也会涉及个人生涯和"出处""去就"。1988年春天，我因为外语差了几分而使自己的考研遭遇了滑铁卢。景林师知道后积极为我出主意，想办法，虽然其筹划最终并未成功，但他的古道热肠让我颇为感动。因为吉大哲学系缺少教佛学的师资，景林师还曾设想过把我送到社科院哲学所跟张春波先生学佛教，再回吉大任教。这些事，如今回想起来颇有"如梦如幻""如泡如影"之感，却都是真实发生过的。

　　景林师对我的热情扶持和帮助并没有随着我毕业离开长春而结束，无论我是在舟山工作，还是在上海社科院读研，甚至是在杭大攻博，其间我们都保持着书信联系。"小叩大鸣"用在景林师身上很合适。他写给我的信经常不短，甚至很长，我猜想很可能那时候他刚刚完成了一篇论文的写作，精神很放松，或者正在酝酿某篇文章，所以思路很活跃。年前我还在从浙大紫金港校区运到舟山的书籍和文件中翻出景林师当年写给我的一些信，其中有一封信的最后说明自己因为手抖不能疾书，所以不能多写。我一直记得这句话和这一幕，只是对照自己作为师者，就难免有些惭愧罢了。

1993年秋天，我来到杭州大学攻读博士学位，在确定以斯特劳森作为自己论文的主攻对象后，开始四处寻觅作者的原著，居然还曾写信向景林师求救。当时 *The Bounds of Sense*（《意义的界限》）这本书特别难找，最后竟然是景林师帮我在吉大哲学系资料室里找到的，因为那里有曾在吉大短期任教的周柏乔先生留下的一些复印资料，其中我做博士论文用的那部斯特劳森的"康德书"就是景林师在复印件上帮我复印的。这让我想起当年毕业离校时，景林师把1977级和1978级学生蜡刻油印的邹化政先生的《康德哲学讲义》送给我，犹记他当时慷慨曰：对康德哲学，我也已经把握得差不多了！回想起来，我之所以会在那时向景林师求助，也许更多表明了我那时还像个小孩子一般与他无所不谈的情形吧！

应该是在我博士毕业从教后若干年，景林师从长春转到了北京任教。于是我每到北京就多了一个去处。景林师到北京任教后，"事业"又上了一个台阶，学问更是渐臻炉火纯青之境。有一次我送给他自己编译的一部书，附录中有自己的一篇文章，记得是在他家里，他翻了翻，一语就点破了我的要点和"命门"。不过更多时候，我都是和在京工作的大学时代的朋友一起去看景林师的，一次是和赵嵬兄，我们一起游览了居庸关，领略了京郊的早春；一次是和崔伟奇兄一起在北师大附近和景林师喝酒，完了以后叫出租车到香山参加另一个会议。记不得是哪一次，我在席间侃侃而谈自己对景林师《论"可欲之谓善"》一文的理解，说得景林师频频点头，两眼放光，就好像从我离开长春后，他就再无如我这般之"解人"了也。这当然是玩笑的话，不过，《论"可欲之谓善"》的确是景林师甚至当代中哲研究的名篇。

《孟子·尽心下》有云："可欲之谓善，有诸己之谓信，充实之谓美，充实而有光辉之谓大，大而化之之谓圣，圣而不可知之之谓神。"景林师以为，对于"可欲之谓善"，无论是如赵岐以"忠恕之道"解之，还是朱熹那种"其善者必可欲，其恶者必可恶"的"形式的说法"，皆未对"可欲"之善的内容做出实质性的说明，从而难以澄清和安顿孟子这段话的"内在因果关联性"。相形之下，景林师对张栻《癸巳孟子说》以"恻隐、羞恶、逊辞、是非"此"四端"及其所表征的"仁义礼智"四德解"可欲之谓善"独有会心，并从人性论的角度对之做出了精彩的阐释和发挥，使得孟子此句中之千古疑难涣然冰释，可谓大有功于圣学矣。更为重要的是，此文透露出景林师与牟宗三先生高自标举的湖湘学派的亲和性，这就更值得意欲深入探究景林师之思致取向者深切关注了。

景林师以倡导和阐发"教化的哲学"或者儒学之教化义著称于世，但他看似散置的哲学名篇其实并不少。有一年我偶然在一本论文集中读到他的《听：中国哲学证显本体之方式》一文，此文首先从文字学的角度，指出"圣"与"听"本一字之分化，由此从儒家论圣之"原初意义"出发，精细辨析了以"听"涵"视"这个对于理解孟子所谓"闻而知之"为"圣"极为重要的根本观念，深度阐明圣之"通"天人、天道，乃与人之听觉意识高度关联，从而体现了一种将视觉的空间意识内在地归属于听觉的时间意识的原初智慧。凡此种种，皆思及人之所未达，发人之所未发，所谓"金圣（声）而玉振之"，良有以也。值得注意的是，此文综合运用文字学和文献学的材料与路数，多方采证取譬，而其思致则仍然一以贯之，从容绵密，展示了一种博大精深的学问气象。

步入信息时代之后，我和景林师也早已不再写信了，但是在使用微信之前，我们有时候还是会用手机聊天；有了微信，我们则用语音聊天。景林师其实是一个颇有幽默感的人，例如他有一次谈到虽然我们平时很少自称哲学家，但是比如说与夫人（也就是我师母）一起散步时，就会说"你和哲学家说话会觉得太累"云云，这时我们就是在"自称"哲学家了。他有一次还调侃我"下笔千言"，还笑谓我是做哲学的人中散文写得最好的，也是写散文的人当中哲学做得最好的。又有一次我问他什么时候退休，还问他打不打算上"资深教授"，他先是用南阳话随口应了一句"'资'不上啦！"，少顷又补了一句"自问也并不够"。再有一次，我们谈到他在北师大的一位"名满天下"的前同事，他就戏谑地说：当那位先生知道我是你的老师后，就仿佛突然对我变得尊敬了起来。闻听景林师这话，我们师生一起大笑了起来——当然这里并没有一丝笑话那位先生的意思。

多年前，景林师来浙大紫金港校区参加马一浮先生思想研讨会，并获赠一套蠲戏老人书法集。看到我艳羡的神色，他就不无自得地告诉我：只有能称马先生为太老师的人才能有此幸运和荣幸。的确，景林师经常谈到曾在复性书院师从马先生的金景芳先生对他的"再造之功"，在他心目中，晓村先生度人之金针即在于其史料功夫，景林师正是在这个意义上强调是金景芳先生让他走出了往日"空疏"的学风。景林师这番话当然是有所为而发的甘苦之言，不过据我粗浅的认知和体会，所谓如其所是的"客观性"其实一直就是景林师念兹在兹的一大目标。虽然缺乏历史感和现实生活滋养的思辨性的概念语言难免流于干枯空疏，但这并不等于所谓"义理"就一定是"主观"的。从这个意义上说，景林师的"转向"——如果有此"转向"的话——就是在追求"客观性"之途上的"进阶"，而不是从"主观性"向"客观性"的"转向"。套用景林师关于教化的论述，景林师为学境界上的"进阶"既是金景芳先生"教化"之"成果"，也是他自我"教化"之"成就"。而对我来说有幸的是，在自己学思生活的重要阶段，也曾得到来自景林师的重要"教化"。

《下学集腋》是景林师的门生为其所编的一部学思小集，我是从景林师为其所作的序言中得知他已于今年"五一"正式退休。大约一周前，在我转发了这部小集的信息后，一位朋友告诉我景林师将在荣休后发挥"余热"，入川执教。我衷心期待着有机会到成都再"听"景林师坐而论道，再次沐浴他的"教化"之功。

2021 年 11 月 27 日午后 2 时写毕于沪闵之大荒公寓

# 韩林合教授的"天下第一签"

　　按照从黑格尔到海德格尔的哲学家生平传记学，哲学家的生平就是他的思想，而他的传记就是他的思想史。准此以谈，虽然我很多年前就听说，韩林合教授所任教的北大哲学系的哲学家们之间是从不谈哲学的，然则，我与韩教授浅浅淡淡的交往却主要是哲学上的交往，或者说是与哲学有关的交往。

　　我认识林合教授很晚，要到新世纪之后了。记得那年现代外国哲学学会在"浙里"召开，在某个分会场的间歇，我跑到玉古路上灵峰山庄门口的咖啡吧想找杯喝的提提精神，不想瞥见林合教授正一个人沉静地坐在角落里若有所思。在那一刻，我几乎是毫不犹豫地上前自报家门，向他提出了一个问题——我想了解他对 20 世纪分析哲学中事实、事物和事件本体论之"沿革"的看法。之所以有此一问，是因为我的博士论文是做牛津哲学家斯特劳森的概念图式与形而上学，我在其中借鉴德国语言分析哲学家图根德哈特的工作，从本体论的角度勾勒了分析哲学与传统哲学的连续性，并探讨了斯特劳森与罗素和奎因在本体论上的纠葛。

　　那时我的博士论文已经出版，但我似乎仍然关注未能在其中得到充分论述的事实、事物和事件的本体论。林合教授听了我的提问，显得很平静，同时也更为平静地回答我：这个问题与逻辑学的变革有关，采取什么样的本体论有时候是逻辑上的需要（大意）。因为我对逻辑一向不精通，从那以后，我就彻底地放下了这个问题，而"专心致志"地做我的"加字哲学"——政治哲学去了。

等到《分析的形而上学》出版时，想起那天的一问一答，我才"恍然大悟"，原来林合教授一直在思考和研究此类问题，说不定云淡风轻地回答我那个问题时，这部书稿都已经成竹在胸了。我在第一时间就买了这本书，但是一直要到今年春节前后，因为应邀评论我的一位年长同事的"'事'的形上学"之需，我才又想起了事实、事物和事件的本体论，于是重新打开《分析的形而上学》，展读之下，却觉得颇难掌握，因为林合教授的研究风格是"竭泽而渔""沿波讨源"式的，与我那种"寻章摘句"式的"兴会体"殊为不类，可谓相去不可以道里计也。

尽管如此，我还是引用了林合教授的相关论述以为佐证，一是区分以对象和事实及其关系而展开的分析哲学的本体论与以个体和属性及其关系而展开的传统本体论；二是重新肯定事实、事态和事件的本体论主要是在逻辑哲学层面展开的，而戴维森之所以接受兰姆西（Ramsey）对事件与事实的区分，提出事件本体论思想，也是因为只有假定了事件的存在，才能很好地解释心灵与身体之间的关系，才能令人满意地分析事物之间的因果关系。有了这两个论述背书，我对自己接下来的相关论述就似乎更有些信心了。

2014 年前后，因为推荐"浙里"一位学生保研北大，我和林合教授第一次通了电邮。而我也得到了此次交往的副产品：林合教授寄给我一册他翻译的麦克道维尔（John McDowell）的《心灵与世界》。我对麦氏哲学一直抱有强烈的兴趣，早年在与庞学铨教授共同主编"哲学的转向：语言与实践译丛"时，我们就曾将《心灵、价值与实在》这部麦氏最重要的哲学文集列入其中。之所以没有选择《心灵与世界》，也是因为这部书当时已经有了一个中译本，后来听说这个译本质量不佳，现在得知中文世界最重要的维特根斯坦研究者已经把这部书重新翻译了出来，兴奋和期待自不待言。事实上，在"浙里"和在"优府"，我曾经两次在我的研究生讨论班上使用这个译本和学生一起阅读麦克道维尔的哲学。这在我的课程史上还是绝无仅有的事，而我相信第三和第四轮的阅读也完全是可以预期的。

再次与林合教授聊天已是在2017年3月间的北京。其实那次也是在会议间歇，余杭韩公水法教授突发奇想要带我瞻仰下小韩公林合教授的研究室，却临时发现林合教授当天就在研究室。于是我就在韩公的带领下来到了小韩公的研究室，亦即无方斋。当然接下来的聊天是在我和林合教授之间展开的。彼时的小韩公，显然已与当年在玉泉灵峰山庄偶遇者迥乎不同，不但早已出版了维特根斯坦研究两部大作，而且写出了中哲研究两本书，分别是解读庄子和郭象的《虚己以游世》和《游外以冥内》，而我们的话题也是围绕着他的后两部书展开的。

林合教授评点了庄学研究的传统，对当代学人的解庄之作，不乏犀利之词，而认为自己的解释框架和概念手段能够解决现有文本条件下的所有难题，从而把庄子"讲通"。在谈到他对郭象哲学解释中的某个得意之点时，更是从书架上取下《游外以冥内》一书，翻到相应的段落，津津有味地读了起来。虽然全程"对话"中基本上都是我在"倾听"，以至于我的向导员余杭韩公得知我在无方斋待了好几个小时后惊讶地说："林合平时话很少的啊！"但是，当林合教授表示自己做中国哲学只是为了换换脑筋，往往是在工作间歇或者没有其他研究任务才进行的之时，我还是适时地插了一句：其实其他时候是在研究哲学，这时候才是在做哲学。闻听我言，林合教授不但不以为忤，还会心地笑了起来。

的确，林合教授虽然平时不苟言笑，但其实是个平易随和甚至有些童真的人。2019 年 10 月，余杭韩公主持的汉语哲学论坛在建德富春俱舍召开。在最后离开乾潭之前，我和另一位爱好野泳的与会者决定一起横渡富春江。在我们下水的当儿，林合教授正在江边溜达，见到我们两个中年老男人在已经颇有寒意的江水里扑腾，忍不住笑开了怀，我于是一边踩水，一边也向林合教授嚷嚷了起来：给我们拍几张照留个念呗！更值得书写一笔的是，在离开俱舍返程的船上，余杭韩公率领一众汉语哲学家祝贺我横渡富春江成功，而我其时正与林合教授侃侃而谈，指点天下英雄，是中国政法大学的文兵教授为我们留下了难得的合影。

隔年之后，汉语哲学论坛在我平日起居的千岛之城舟山召开，林合教授也参加了这次会议，他所提交给会议的是他的最新论文《康德区分开了理由和原因吗？》。在某种程度上，这篇论文可以看作林合教授多年研究维特根斯坦、麦克道维尔和康德的综合成果，至少就其理论的视域和文本的功夫而言是如此。而在此前的 2020 年，我的《再论第三种自由概念》一文曾经和林合教授的另一篇关于康德哲学的论文《论康德哲学中的过度决定问题》出现在同一家刊物的同一期上。无疑，阅读此二文能够印证我前面提到过的自己与林合教授那种"殊为不类"的研究风格，也印证了我在另一个场合说过的林合教授是一位正宗的学院哲学家，而我自己是一位正宗的山寨哲学家。

前两天，我从北大哲学系一位年轻教师那里获悉，在 2008 年西方哲学教研室为赵敦华、靳希平和张祥龙三位教授祝寿时，一位以"打通中西马，吹破古今牛"这副"绝对"而著称江湖的"段子手"教授曾经用对待男女之情的三种态度来比喻上述三位教授做学问的方式。当然，任何比喻都不免是跛足的，我倒觉得不妨依然用中、西、马三种归趣来刻画上述三位教授的治学路向，至于如何为他们各位"对号入座"，则几乎也是不言自明的。

据说在同一个场合，林合教授区分了两种做哲学的态度：一种是将哲学视为安身立命之道，哲学就是生活；另一种则是把两者分得很清楚，做哲学就是做哲学，生活就是生活。正如自由主义的批评者经常会指责自由主义者所主张的优先于善的正当本身也是一种善，其实上述对待做哲学的态度或许本身也可谓一种人生态度，泛泛而言，这里的学术纪律和人生道理应该是从马克斯·韦伯以来的学术从业者所耳熟能详的。不过，所谓"道理"和"纪律"在各个从业者身上的表现方式又会是各不相同、各具特色的。对林合教授而言，我们固然很难想象他会像张祥龙教授那样不但是儒学的研究者而且是践行者，而对于他选择庄子和郭象作为自己的研究对象，我们又觉得似乎是自然而然甚至天经地义的。

但是往深里追问，对于像郭象这会通"三玄"的所谓"新道家"，"内圣外王之义，乃向、郭解《庄》之整个看法，至为重要"（汤用彤《向郭义之庄周与孔子》），而在郭象的论述系统中，内圣外王之道是和迹与所以迹之辨绑定在一起的，其当代的一种夸张的扭曲形式就是《三松堂自序》中对于后者的一种等而下之的使用。在这个意义上，《游外以冥内》通过对无心以顺有、体与物冥、法万物之自然（任万物之真性）和无为的精细辨析，实际上回到了汤用彤在解读向、郭之庄周

179

义时重新发出的警示："徒彰其名，仿佛其容，而忘父，忘真性，必不可也。"

5月中的一天，余杭韩公水法教授在一个聊天群里晒了林合教授新译《纯粹理性批判》的书影，在看到我的积极呼应后，韩公慷慨地答应代我向赤峰小韩公求取此新译本之"天下第一签"，在韩公的强力加持下，这个"目标"果然得到了实现，林合教授在5月28日刚收到样书就签赠给我这部新译本。这里所谓"天下第一签"固然是笑谈，不过我却想起林合教授的业师陈启伟先生多年前在接受访谈时，聊到自己如何走上西方哲学研究之路，回顾到当年毕业论文选题：最后剩下了三个西方哲学史的题目——休谟、康德和黑格尔，但是葛树先同学选了黑格尔，康德则被叶秀山同学选去了，于是我就做休谟的文章了。我不禁以为，在某种程度上，林合教授之从事西方哲学研究，亦可谓"天下第一签"——至少，这一签可以让我们来见证一种精神的纯粹性及其所能达到的高度。

下　编

# 初见辛神

年前一个平常的工作日，在闵大荒那三点成三角的校园内行走时，抬头忽见同事钟锦兄，只听他劈头一句：啥时候回舟山啊？还在我尚有些茫然以对之时，钟兄就带着未消的兴奋劲儿捣鼓说：过两天我也去舟山，我把辛德勇给弄到普陀去了！向我报告完在舟山的大致安排后，就问我：您老有兴趣一起来吧?!

忘记从何时开始接触到辛德勇教授（以下从俗称"辛神"）的文字，无论如何，从时序上说应该是要晚于我之得悉其业师黄永年先生——例如我手里有华东师大出版社"九歌文丛"中那册黄先生的集子，不管这是否我所有的第一个黄集，在此之前我应该还不知辛神为何人也。而推想起来，我之开始"熟识"这对师徒，其原因和触媒则是大致相同的：访书和访书记！世上大概也难得有这样的师徒：学生热衷于书写自己的老师，而老师也热衷于书写自己的学生——当然是在老师尚在世的情况下！不管怎样，虽然我并非史学工作者，却一直颇喜购藏永年先生的著述，而近年则转为热心于辛神那层出不穷如井喷的论著了。

回到舟山"静养"两三天后的一个下午，钟兄就发信息告诉我，次日上午辛神将在普陀山佛学院演讲，约我前去一同听。其中有"默会"而无须言明的一桩，乃是当晚我就开始设法检出寒斋所藏各类辛著，除了散布在"书库"和闵行公寓者，基本都从散乱的书架上寻出了。最后翻出的是《蒐书记》和当年曾给我甚深印象的浙大社所出的《那些书和那些人》。最终我就是带上了这两种关于书的书以及另两种与书有关的书——《读书与藏书之间》和《中国印刷史研究》，次日一早就向朱家尖普陀山佛学院进发。而因为出发前刷"朋友圈"见到辛神在个人公众号中又推送了一首定庵诗，于是"临机一动"又带上了已随我三十五年的《龚自珍己亥杂诗注》（刘逸生注本）。

辛神的报告是关于佛经传播与雕版印刷术兴起之关联。我于此是十足的外行，报告中让人起兴味的一是提到《后汉书》所载张俭的通缉告令，让我想起日前读到陈尚君谈《唐烜日记》的小文中提及谭嗣同的绝笔诗乃是通过唐烜的抄录而流传下来的；二是辛神在演讲中批评一位研究印刷史的同行时言辞之"犀利"让我好好体会了一把北方人之"耿直"——这种"耿直"最近又体现在他对黄裳的批评中。在我而言，这种基于"事实"或"专业"层面的批评，只要不是"攻其一点不及其余"的，那么即使批评者稍加"渲染"，甚或反复给予"特写"，也无可厚非，至少要比前些年那些基于所谓"趣味"对黄裳先生的批评更不要说诛心之论，来得更为持平，也更容易让人接受。

讲听报告完毕，中午一起茹素时，蒙钟兄雅意，把与辛神近距离"亲密接触"的机会让给我，让我有一番与辛神相对轻松的闲谈——例如在席间我就表达了自己阅读《那些书和那些人》的感受，尤其认为辛神写人的文字中，那篇《索介然先生的书房与书》是最有感染力的。其实此集中写人的文字皆颇有可圈点处，例如那篇追念杨成凯先生的《一起买古书的老杨》，其情志与情致不免让人想起扬之水的名文《应折柔条过千尺：送别杨成凯》，只不过一为"水何澹澹，山岛竦峙"，一为百转千回，欲语又止，即所谓"客中送客"者是也。平情而论，辛神写人的文字之所以于我更有亲切感，外在的原因当然是他写的那些书已远在我的识见范围之外，而内在的原因则是辛神写人文字之裁断和笔法似乎在在示范了"知人论世"的古训，从而更容易引起我的共鸣。根据陈昭瑛教授《孟子"知人论世"说与经典诠释问题》的解读，孟子的"知人论世"说乃继承孔子有关"知言""知人"及论"文"与"友"之关系等言论，是以，"从《论语》到《孟子》，朋友之义皆在于'信'。'知人论世'章原是论交友的，因此在'信'之外，赋予朋友一种'相知'之义"。在引用了《文心雕龙·知音》开篇"知音其难哉！音实难知，知实难逢，逢其知音，千载其一乎！"一语后，昭瑛教授得出结论："要把一种克服时空距离的、设身处地的、投入感情的"理解"之精义挖掘出来并加以命名，'友'或者至高绝妙的'知音'一词的确是再恰当不过的隐喻。"准此以谈，辛神写人的文字，无论是写像杨向奎、李学勤这样的"大人物"的，还是写索介然以至于像梁永进和陈进这样的"小人物"（后两位系书商）的，都是以广义的"交友"立论，而朋友之伦中的"信"及其所衍生的"相知"则既是具体的，又是普遍的，皆有其超越的蕴涵，而唯凭此超越的蕴涵，方可以与语"尚友古人"和"知人论世"。

时间来到了签名环节，虽然午餐时已经与辛神几乎"零距离"，但是那种初见即唐突于人的感觉还是让我有些忐忑，许是看出了我的身体反应，辛神"宽慰"我说：应先生您坐下来，您老在那儿晃，我没法儿写好字儿啊！等他在我带去的四种辛著上签完大名——也顺带着写上了了下的小名——我终于"鼓起勇气"从书包里掏出《龚自珍己亥杂诗注》，说自己还有个"不情之请"，想请他在我这册珍藏三十五年的龚诗上为我题写他当日在个人公众号上发布的那首龚诗，还说此小册乃是1984年我在长春上大学时从一次特价书市所得。我的话音刚落，钟兄就嚷嚷了起来：您这是在学我啊！——原来钟兄前两天刚请辛神在一册影印宋本陶诗上题写了那首有名的龚诗："陶潜诗喜说荆轲，想见停云发浩歌。吟到恩仇心事涌，江湖侠骨恐无多。"我的反应也不慢：我就是也要享受一把你的待遇啊！辛神倒是很大度，一边说一看你就是个爱书的人，一边小心地接住我递过去的"旧藏"，发现纸张已然脆化，边角开始剥落，如生硬翻动，定会脆裂，于是对我说，只能题写在后面，并吩咐让一位陪侍在侧的浙大古籍所的研究生托住封底，在几乎悬腕的状态下题写了那首龚诗："阻风无酒倍销魂，况是残秋岸柳髡？赖有阿咸情话好，一帆冷雨过娄门。"

　　与辛神的闲聊话题散漫，从龚诗的"品位"问题到他在社科院历史所的旧事，当然还有他在北大的同事，例如我提到罗新教授，除了从辛神那里听到一番关于治史方法论的议论，还从聊天中得知原来罗新乃是中文系出身，无怪乎我"调侃"罗新走了一趟路就写了一本书（《从大都到上都》）时，辛神也"调侃"：人家文笔好！话锋一转，辛神又有点儿"严肃"地说：罗新是个有趣的人，三观正！这种措辞方式倒是让我小开了眼界。辛神可谓亦庄亦谐之典范，话题偶然涉及容庚和傅斯年对伪北大师生的"清算"时，辛神有些"愤激"地说，国府都迁都了，都要亡国了，学生读个书还有错？可能是此类话题过于沉重，同样用龚诗句，可谓"谁分苍凉归棹后，万千哀乐集今朝"。我就把话题转向轻松些的方面。我提到定海双桥乃晚清大儒黄式三和黄以周故里——虽然以周终老于宁波。辛神听了我的话，露出善意又诡谲的笑容：我对这些和别的一些都没什么兴趣，如果哪里有上好的宋版书，倒无妨去瞧瞧！闻听这番略有调侃意味的"黑话"，我倒是没有红起脸来，而是眼前浮现出了黄、辛师徒笔下在旧书店"抢书"而红起脸来的雅事。

因为一起聊天，钟兄推迟了他返沪的行程，最后是和我一起向辛神告别，离开佛学院的。待我们快要上车时，辛神终于露出了他那善于摆拍的飒爽的侠姿，矫健有力地和我们握手道别。送我们的车先到了普陀车站，钟兄就要从这里乘大巴回沪，看着他提着大包小包的样子，我纳闷他出趟短途差却带这么多行李，他回过头，对我露出既专业又殷勤如粉丝的可爱笑容，"吐槽"道：和您一样，包里都是朋友托我让辛神签名的书！

2020 年 1 月 21 日，千岛新城寓所

# 索介然先生与读书人的美德

　　最初知道索介然先生的名字源于很多年前在北京三联韬奋书店购得的沟口雄三的《中国前近代思想的演变》（中华书局版），蓝白相间的封面，不是后来"世界汉学论丛"那个版次。其实我此前应该已经有了萧萐父先生作序的上海人民出版社那个译本《中国前近代思想的曲折与展开》。这两个中文版都出版于 1997 年，前后相差仅两个月。三联的沟口著作集似乎刷新了此书的译本，改题《中国前近代思想的屈折与展开》。这么说，沟口这部书迄今至少有了三个中译本。

　　第二次见到索介然的名字是通过辛德勇教授的一篇怀人文字《索介然先生的书房与书》，收在他的文集《那些书和那些人》中，虽然这文中并未提及《中国前近代思想的演变》，但是自从读了他的那篇文字，我是逢人就推荐，并认为这篇不起眼的小文几乎是辛神写人诸文字中最棒的。那年承同事钟锦兄引见在普陀山佛学院见到辛神，在一起茹素时我也向他转达了自己的读后感，作者听了微微一笑，似乎是优雅地笑纳了我的那番"雅意"。

　　日前在青岛一家旧书店淘得《刘大年存当代学人手札》，得空翻阅，在侯外庐从西北大学校长任上转调中国科学院历史二所副所长前给刘大年的信中有几句："我介绍一位校勘和搜集资料之工作人员，名索亦然，现在西大工作，请能列入编制，于我回京最好能随回，以便在工作上使用他。"我当即就觉得这里的"索亦然"应为"索介然"。所幸这个手札集影印了部分手札原件，在原信中，外庐先生明确写着"索介然"，不知这是释读还是排印之误——如果是前者，实在是不应该。但是这个手札至少向不明原委的读者交代清楚了索介然原来的专业以及他是因侯外庐进京而"随回"北京的。

辛神的文字尽管相当克制，甚至有点儿"云淡风轻"，但是其笔底波澜和字里乾坤其实是能让人起唏嘘之感的。例如索介然的清介自守和读书人本色，可悲者在于时代的变迁让本来是一种"本分"的东西越来越成为稀见的"美德"了。但是恪守"本分"的"美德"又让人不宜为此"大声疾呼"，这可以说是"本分"这种"美德"之"悖论"。

数年前的一天在浙大西溪校区旁边的金都宾馆，我正在和同事一起陪一位京中来的大学者吃午餐，一位年前从京中空降到"浙里"的同事打电话给我，劈头一句：应奇兄，我怎么听说你要走啊?! 我闻听只好唯唯，无言以对中可能还说了"不值一提、不足挂齿"之类的话，这时对方突然正色道：这地方读书人本来就不多，你这一走……我当然感谢这位同事的"雅意"，不过现在想来，我的这位前同事特意向我说这番话，实在是有点儿像我读了辛神写索介然先生的文字而非要特意为此向辛神"致意"，原是有点儿多余的啊！

2021 年 7 月 23 日正午于求是苑

# 段教授隽语录

　　忘记从何时开始认识段忠桥教授，印象最深的是与段教授"交往"史上自己"炮制"的这样一个"段子"。有一年在成都西南民大李蜀人兄处开会，会议安排我继段教授和任剑涛教授后发言，记得我一上来就是一个长句：刚才段教授的发言代表理性，任教授的发言代表激情；人们常说，理性往往是苍白的，激情常常是混乱的，我并不是要说段教授是苍白的，任教授是混乱的，而是要说，我接下来的发言将既是苍白的又是混乱的……听完我的开场白，蜀人兄好不容易邀请来的几位斯文的台湾地区学者面面相觑，而北师大的东田纳西州立大学博士李绍猛兄则大为叹服，正如他叹服我把纽约大学哲学家彼得·安格尔（Peter Unger）的一本书的书名 *Living High and Letting Die* 译为《朱门酒肉臭，路有冻死骨》，而"叹服"的具体原因绍猛博士并未详谈，有兴致的诸君或不妨猜一猜。

　　虽然我忘记何时认识段教授，但我却记得和他"交往"的历史就是一部喝酒的历史。虽然我们一起喝酒的次数其实并不多，而且我在这里要纠正一个印象：在成都的那次酒席确是我所经历过的最体面的酒席，但是我却并未喝到酣畅，因为接下来我还有在武侯祠步行街的一场"夜宴"，记得在场的有姚大志老师和姚师母，还有台湾政治大学的叶浩博士。也是在那次"夜宴"上，叶博士发表了两句劲爆的谈话，其中一句我不能在这里公布，另一句为我"贴金""上眼药"的话我似乎已经在别处宣扬过了，自然不宜在这里再次宣扬。

和段教授喝到最好的两次，一次是在津门南开，那一次我喝到大醉，最后是陈建洪兄和另一位忘记其名的哥们儿把我搀入房间休息的，那种飘飘欲仙、犹如云中漫步的感觉至今难忘。但也有可能那次喝的酒不是足够好，宿醉至第二天早上，早餐没有吃不说，难得事先有充分准备的报告竟也没有做好。与此形成对照的是上月在广州中山大学的那一次，因为酒席开得有些晚了，我一开始颇有倦意，无力喝酒，也无心敬酒，到后半场才慢慢缓过来，虽不敢说后来居上，倒确是大大发挥了一番。用"优府"陈立新教授后来在席上见到我时说的话，是"进了好几个球"。而那次席上上好的佳酿也让我第二天醒来啥事儿没有，照样精神抖擞地参观了半个康乐园。还记得我在觥筹交错之际忽然灵光一现把坐在我对过的汪行福教授与我邻座的阎孟伟教授相比拟，认为两位颇有"神似"处，这一观察让对上面两位的了解比我深入得多的段教授大为"叹服"。不过那次酒席的最高峰仍然要数清华韩立新教授用赤峰普通话高声朗诵《德意志意识形态》"莱比锡宗教会议"中那个著名的段落。有一瞬间我都感慨自己是不是入错了行——虽然我的"第二篇"硕士论文乃是写马克思的。

按说我与段教授仿佛处于人类精神的两个极端：他"严谨"，我"散漫"；他"利索"，我"松垮"；他临时起意了就驱车十小时从北京直下南阳，我至今还没有学会开车……有一年在长春开会，我由赞叹会务而感叹了一句：吉大哲学系的风气确实改变了！闻听我言，旁边的段教授马上搭腔：就是你走了以后改变的。应该是前年，我支着尚未痊愈的"病体"又到长春开会，按说我还不能喝酒，但是有段教授在席间，不喝酒乃是不可能的。忘记那次还是前一次，段教授和姚老师一起"挤对"我，一个说应奇用十来年的时间做了人家几十年的工作，另一个说应奇对中文政治哲学事业的贡献较任何一位学者为大。听着这些本不必当真（主要是不能"兑现"）甚至或许不无调侃意味的话，我那经不得人夸的毛病就又犯了，连喝几杯不说，当后来有位领导因为某事需要"征集"别人（广义的学界）对我的评价，而且不怕往高里说时，我就想起了段教授的话，领导闻听，当场表态：一锤定音！

所谓来而不往非礼也，前年思勉高研院委托我邀请政治哲学论坛之报告人，在前辈学者中，我就邀请了姚老师和段教授。报告和论坛都很成功，遗憾的是，酒似乎并没有喝好喝够，这大概也是合乎海上之文弱酒风的。所幸那次闵大荒一起喝石库门倒也没有完全成为段教授的话柄——当然这或许是表面尖锐内里仁厚的段教授留了一手也未可知。

可为段教授之"尖锐"和"仁厚"各举一例：记得中大会上，我作了一个题为"黑格尔的和解概念与古今之争问题"的报告，出乎意料的是，报告引起了热烈的反响，清华韩立新、"双旦"张双利教授提问不说，散场后，三东老友和学平新友也围着我议论。这场景显然让因为出去抽烟，没有听到我的报告的段教授大为意外，忍不住对着眼前热闹的场景用那口带着山西插队风味的京腔嘟囔了一句：刚才应奇都讲什么了，肯定又是乱讲了一通！又有一次，是在长春吧，谈到我当年把吕增奎博士编的那个柯恩选集命名为《在马克思与诺齐克之间》，我说增奎转告我，柯恩生前对这个命名大为赞赏，叹为知语和至语，不料段教授听了却有些不以为然，"抬杠"道：这个说法不够平实，你说柯恩是在马克思与诺齐克之间，他难道不是在马克思与罗尔斯之间吗？我闻听无言，也没有再辩解什么，因为我认为段教授这种反应恰恰是他的"仁厚""平实"和从不"哗众取宠"之治学态度和人生涵养的表现！

有一次金华之会，因为是姚老师召集的，与段教授一样有些"表面尖锐内里仁厚"的我又"乖乖地"前去与会了，而且提交了一篇从未在别处提交过的论文！在发言的开场时，我又"表白"：姚老师当年在长白山下的抚松画了一个圈，中文政治哲学事业就起步了；现在姚老师转战尖峰山下，作为学生，一定是要来"助阵"的。都是老朋友了，大家都明白我的善意，不过这次会议的成功还有个不可或缺的因素，乃是喝好了。我在席间还有句话：做学者，与其高不成低不就，不如接点儿地气！闻听我的话，苦心为大家准备美酒佳肴的主人会心地笑了起来。

段教授是酒席上永远的主角，这次尖峰山下之聚也毫不例外，我又一次在他的号召下喝出了状态，最后两人相挽进入宾馆，面对这难得的一幕，"表面并不尖锐内里却更为仁厚"的国清兄弟适时地举起了手机，留下了这难得的瞬间。

赵园在为钱理群八十寿辰所写的文章中说，她从不读老钱写的文章，只要读他这个人就行了。我本来也想说：我从不读段教授写的文章，只要和他喝酒就行了。但是婺城之行喝完了酒，段教授就邀请我去他的房间，郑重取出他的七十自选集《从历史唯物主义到政治哲学》送给我，我在酒意中拜读了书的前言，才第一次知道段教授在20世纪90年代中期就提出马克思只有社会三形态论，而从未提过五形态论。这就让一直自命颇为关注三形态论的我甚为汗颜，在感叹自己孤陋寡闻的同时也郑重提醒自己：可不能只和段教授喝酒，还要读他的书，至少要读其中的《马克思的三大社会形态理论》一文！

段教授今年七十整了，谨以此戏谑小文为我与之有"公谊"的段教授祝寿。

2021 年 4 月 24 日，千岛新城求是苑寓所

# "典型独守老成余"
## ——吕一民教授印象

忘记初次见识吕一民教授的情形，印象最深的是在我们已经认识后的一次。在浙大西溪校区人文学院东口一楼，见我挎着双肩包，估计是有些落拓地踯躅着，其时还未相熟的一民先生语带亲切地调侃我：都已经算是"大"教授了，怎么还是一副永远长不大的年轻人的样子！

推想起来，我与一民教授之能相识并相互关注，多半是因为我们各自所从事的翻译工作。他所译的罗桑瓦龙（Pierre Rosanvallon）的名作《公民的加冕礼》（中译本再版时易名为《成为公民》）和我所主译的《自由主义、社群主义与文化》都列入了"世纪文库"系列，还共享了同样的封面设计。

当然，一民教授对我之译品的关注应该不止上述那本书。我也曾经听说，在学院进行的各类评鉴中，其时身为人文学院副院长的一民先生多次肯定过我的工作。虽然我一直没有机会向他当面表示感谢，但我内心始终存着一份暖意和对他的敬意。只是男人之间大概不太会轻易说出那些"体己"话，更何况我相信他在那种场合说那些话，应该完全是出于公义而非私谊。再说，一民先生早已名闻天下，而我只是一名新晋"少年"，我们之间的情形完全不对称，我们也没有任何私下的交往啊！

除了偶然在西溪校区相遇，我和一民教授的唯一一次"亲密接触"是我邀请他主持 L 君的博士论文答辩。因为 L 君的论文是关于德国政治文化和法政学说的，一民先生曾在答辩会上提到，他当年从北大历史系毕业考到杭大做研究生，是想从丁建弘先生做德国史的，因为其时丁先生刚巧出国，他才改做法国史的！我闻听既惊讶又"庆幸"，而一同参加那次答辩的庞学铨教授则似乎对我之"熟识"一民教授表露出讶异，我猜想这大概是因为这位"年轻的'大'教授"明明是情商为零的节奏嘛！

一民教授翻译过阿隆的《知识分子的鸦片》，这本书的台译本是我 20 世纪 90 年代初在上海社科院港台阅览室的启蒙读物。一民教授关注以罗桑瓦龙为代表的政治史研究的回归与复兴，这又与我对政治哲学的兴趣有某种"交集"。这大概能够局部解释我们之间的亲和性，虽然我的史学素养可怜到几乎为零。2007 年年底，我在纽约还是普林斯顿拣得其时刚出版的罗桑瓦龙一本关于民主问题的英文论文集，当时如获至宝，却至今未能读完。不过，在《共和的黄昏》这个文集中，我曾经译出了当代法国政治哲学家让·施皮茨（Jean-Fabien Spitz）的一篇同时谈论法式平等之特殊性与普遍性的文章。容我在此既不学无术又自作多情地猜想，这与一民先生所译述罗桑瓦龙之"一种奇特的普遍主义"不但异曲同工，而且堪为同调吧，虽然我并不敢自攀一民先生为同调也！

5 月下旬在杭州 L 君张罗的会议上，继前次在丽娃河畔的偶遇，我又一次见到了一民教授，在欢迎宴席上谈笑时，为了表达对他的敬意，我蹦出了一句：原来"浙里"也是可以有像吕老师这样的教授的！大家闻听善意地笑了出来。我意犹未尽，谈到不久前的金华之行，路过父亲从中毕业后来易名为浙师大附中的金华二中，我又来了一句：虽然我父亲是从金华二中毕业的，但金华二中对我始终是一个抽象的存在，直到我知道吕老师也是金华二中毕业的，金华二中对我才成为一个具体的存在。一直在听我说话的乐启良兄闻听憨憨地笑了出来，我猜想他一定是在想：这说话人情商可以，这话情商更高啊！

2021 年 7 月 15 日舟山—青岛途中

# "波澜独老成"
## ——遥远印象中的陈来教授

刚细读了陈来教授的《民族文化与马克思主义中国化》这篇文章，特别是其中有关自由民族主义的讨论，不禁想起很多年之前，曾经有缘在几次会议中面聆作者謦欬之音，其中有些话头是在以前曾经提及过的，但是趁此"作文"之兴，依然归拢在这里，吉光片羽聊志往日雪泥鸿爪，亦"忝"为尊敬的陈教授七十初度之庆与贺也。

我初次见陈教授，是 2002 年岁末在丽娃河畔一次有关公共知识分子的会议上，陈教授提供的报告是后来发表在《中国学术》上那篇关于明末会讲的文章，因为其文较长，轮到他报告时，他一上来就说：我现在开始念，念到哪儿算哪儿。报告后我就去请教，记得他说：我们站在北大这地方，自然要回应目前这种国际性的研究潮流。会议结束后，主办方安排与会者去其时刚落成不久的新天地观光，在大巴上我和陈教授并排坐着，聊天中他提及《朱熹的历史世界》。那是我第一次听说这本书，当时颇为兴奋，而陈教授回京后还为我发来了他关于此书的评论文字。

2006 年 9 月，"北京政治哲学国际论坛"在首师大召开，我应邀与会，并在会上见到了特意坐商务舱从美国回来开会的陈教授。忘记在他的房间还是我的房间，当我开始抽烟时，他伸出手来，示意要一颗烟。当我面露意外之色时，他一边说，自己从不买烟，但不排斥顺手来一颗，一边又半自我解嘲地说：抽颗烟倒时差啊！更让人意外的是，在闲聊中，他似乎半自言自语地说了一句：《从自由主义到后自由主义》还是写得不错的。

2007 年至 2008 年，我在普林斯顿大学访问，在通过某个渠道得知我在普大时，陈教授特意给我发来邮件：既到了普林斯顿大学，就应该去见见余先生，如果还不认识，就说是我说的，有一位杰出人士求见。

2011 年春天，在清华国学院有一个关于以赛亚·伯林的国际研讨会，我应邀参加了那次会议，让我有些意外的是，陈教授不但参加了这次会议，而且发表了一个关于伯林的自由民族主义思想的报告。同样让我印象深刻的是，元史兼"民族问题"专家姚大力教授评论了陈教授的报告。更让我意外的是，在会议论文集所收陈教授的报告中，还引证了拙著《从自由主义到后自由主义》中关于伯林和自由民族主义的论述，坦率讲，这既让我有些"受宠若惊"，又让我切实地感到有些惭愧——虽然就发挥格雷（John Gray）对伯林思想的解读而言，拙著在同类中文著述中可能要算是比较先行的。

在微信时代很多年之前的所谓"我的部落格"①时代，我有时会通过电子邮件把写成的"段子"和小文发给比较亲近的前辈和朋友，陈教授似乎总是在我的收件人单子上。我一早就知道，陈教授的国际范儿还表现在他处理邮件总是很迅速。对于我自己的那些有时候难免有些无聊甚至有些烦人的滋扰，陈教授偶尔也会回复。2011 年 6 月，杨国荣教授哲学思想研讨会在杭师大召开，在茶歇聊天时，陈教授的学

---

① 英文名为"Blogger"，一般译为"博客"，英译为"部落格"，是社会煤体网络的一种。

生P君特意向我转述他的老师对我的一个"评价"：笔胜舌。后来我还曾在不同场合听到他对我的这个"品鉴"。我在想，陈教授对我有这个印象，也许部分就是基于"我的部落格"中的那些"闲笔"。至于我的舌拙，鉴于我们极为有限的见面次数，其时他应该并没有多少"领教"的机会。只有2007年前后，有一次我和所在学科的负责人到北京公干，在一次苏州街的会餐上，好像席间有陈教授，记忆中在他告退时，是我一直送他到快要取车的地方，也许因为喝了酒，也许是因为紧张，那次似乎一路都没有讲上一两句话，只有陈教授那峻拔的背影给我留下了深刻的印象。

因为大学时代对中哲的兴趣，我自然会注意到陈教授的著述，我手里有他的博士论文初版本，还有他的第一本书《朱子书信编年考证》。《有无之境》也是第一时间就见到了，记得是在吉大的文科阅览室拜读的，还曾和景林师一起议论这本当时颇感清新的著作，其中对陈教授称道其师邓艾民先生关于阳明生平志业文字的那句"眼前有景道不得"尤为难忘。但是基于各种原因，主要是所谓专业分工，我系统学习陈教授著述的时间其实并不长。但是有颇长一段时间，我很喜欢读他"读人怀旧"的那些文字。那些文字不但记录了珍贵的学界掌故，而且几乎形成和集中呈现了一种独特的陈式文风。在早年，有一次我在杭大路上的杭州书林站读了《燕园问学记》中那篇回忆他自己的求学经历和北大情结的文字，谈到自己本科未能上北大，即使后来研究生上了北大，仍有"纵然是举案齐眉，到底意难平"的心结，让我几乎当场就笑了出来。前两年，我有机会重读《山高水长集》中的那些文字，忽然意识到，在所有那些回忆师长的文字中，记述和追怀朱伯崑先生的那篇文字是最有力量的，而仔细想来，这无非也是因为叙事的"客观性"本身原是最有力量的。去年这个时间，我和陈教授的学生也是我的同事F君有桐庐富春之行，在路上闲聊时，我分享了自己的这个体会和感受，F君做伴应而不置可否状，在我解释了自己的解读后，他又转而认为从这个角度亦可备一说也。

2012年春夏之交，国际中国哲学会年会在浙大紫金港校区圆正·启真酒店召开，我应会议承办者董平教授之邀参加了那次盛会。一天晚上酒席散去时，就只剩下陈来教授和我两个人，这样难得的机会，我就和他聊了起来，那次涉及的话题颇为广泛，其中有些还是我不便在此公开的。但是没有料到的是，如果我没有记错，从那以后，我就再也没有那样的"好运"，在类似的会议上见到陈教授了。不过据说，陈教授知道我离开杭州，来到了闽大荒。他还曾对他的一位学生说：应奇亦善鼓吹——我不知道这句话是当年"笔胜舌"的升级版，还是别有所指，但是我清楚的是，自己眼前的这篇小文字应该是没有任何"鼓吹"之嫌的。说到这里，就想起有一次在舟山的书店翻阅陈教授的《儒学美德论》，就在朋友圈露了一句自己颇想写一篇《陈来教授的文笔》，故人罗卫东教授看到了，留言示意我"慎之"，其心其情实可感也，但是其实，如果我要写，准之以我一贯在此类题材上的立意和文风，那也一定是"鼓吹型"的啊！

也还记得那次清华伯林会议，我中间抽空去了趟万圣书园又潜回会场，陈教授大概没有注意到我已经返回会场，所以等旁边有人问他应奇去了哪里时，他扭头随口答了一句：应奇去采风了！若然，那么眼前这篇小随笔就算是我多年"采风"陈教授的小产品吧！

2021年7月28日，于千岛新城寓所

# 平民化自由人格的践履者
## ——遥忆与成中英教授之数面

名满天下的成中英教授以八十七岁（虚龄八十八）高龄加入江湖上人称"江总"的江怡教授领衔的中国分析哲学微信群，思之让人备受鼓舞，也让我想起与成中英教授曾经见过的数面，乘兴写下来，也算是早经停更的《读人话旧》之一页也。

我1996年博士毕业后到浙大玉泉任教，在处理完手头残存的博士论文后，也曾考虑写一点与普特南（Putnam）有关的哲学文字。刚巧那时候成中英教授到玉泉访问，在听了他在工商楼的一场报告后，我上前向初见的成教授请教，并在了解到他当时住在文一路省委党校招待所后，约定某时去拜访他。记得那是一个夜晚，见到成教授后，我就拿出自己的"研究"提纲请成教授指示，他看了后还"赞"我颇有想法，抓住了根本的问题云云。可惜我此后并未能够把这篇文章写出来，而只是在多年以后翻译了普特南的小册子《事实与价值二分法的崩溃》，以弥补当年的遗憾。

颇有意思的是，因为我的博士论文是关于斯特劳森，我自然早就读了巴里·斯特劳德（Barry Stroud）当年那篇关于先验论证的名文，并在我的"博论"中做了探讨。我顺此也从上海图书馆找到了斯特劳德的那本关于怀疑论的书。由于了解到斯特劳德也是奎因的学生，从未开过洋荤的我就想在成教授那里了解些斯特劳德的工作，不料我话音刚落，成教授就来了一句：斯特劳德是我的同学，他有什么哲学贡献吗？闻听此话，我就不好意思再接下去了。不过，同样是好多年后，有一次在西溪图书馆的外文书展上，我竟淘到了斯特劳德的一本书，也是关于知识论的。在不多的两次国外逛书店时，也偶尔会发现他的书。我发现他的书都比较贵，好像多是牛津、剑桥出版的。

再见成教授已经是好多年之后了，那一次是学院的某领导宴请他，请我为陪宾。那时候我已在"浙里"任教多年，似乎没有什么哲学问题要请教成教授了，而只是与他聊起了学院"生态"。我"抨击"有些教授早已"功成名就"，却还是一味迎合学校的考评体系，例如霸屏、霸王刊之类，而没有起到教授应有的作用。就在我侃侃而谈时，成教授忽然插了一句：应先生我知道你在说什么，而且你的看法当然是对的！

那次还有一件趣事，成教授因为对文化伦理与管理（成教授有一本同题的书，其中那篇关于伦理学类型的文章极佳）的兴趣，也在"浙里"设了一个研学基地。大概因为当时的主事者不甚得力，成教授有些不满，见我"神采飞扬""谈笑风生"，就忽然转向我那位领导说：我那个研学基地能否请应先生来负责？但见领导闻听此言，急忙对成教授摆手：应奇他干不了这个，干不了这个的啊！

在"浙里"我还见过一次成教授，那是在余纪元担任国际中国哲学会会长任上，在浙大紫金港校区圆正·启真酒店召开年会时，我记得纪元在会场上感叹：论学问之渊深，讨论问题之热忱，与会者中还是要数成中英和沈清松两位老先生。与会代表都期期以此言为然。遗憾的是，那次我并没有能够与成教授说上话，倒是与沈清松教授做了一番交谈，也"引"他说出了牟（宗三）先生哲学中没有"爱"字那个金句。可惜那是我第一次也是最后一次见到沈教授，也是最后一次见到纪元。

2015年深秋时节，"纪念冯契先生百年诞辰国际学术研讨会"在丽娃河畔召开，我应邀参加了这次盛会。会议的开幕式上安排了自由发言环节，成教授举手要求发言，还说，他作为冯先生的故友，理应在大会上发言，自己从夏威夷坐了十几个小时经济舱来上海，就是要发扬冯先生倡导的"平民化的自由人格"。成教授谈兴甚高，在他发言到后半段时，时间已经接近中午，有人递纸条说是快要吃饭了，请尽快结束发言，成教授一听就怒了，当场"发飙"：如果你觉得吃饭更重要，你就去吃饭，但是我觉得我讲的东西更加重要，所以我必须讲完！

成教授发言中还顺道"针对"前面某位重量级嘉宾的发言中以"马魂"定位冯先生，纠正说冯先生不是"马魂"，而是"中魂"，因为冯先生讲的是"性命天道"之学，焉有不是"中魂"之理？成教授发言时，前面那位嘉宾已经离场了，我也不知道在场的其他人怎么看，反正我是为成教授的发言叫好的。

下午我因为有事缺席了第一场报告，而成教授正好在那场做了报告，等我赶回会场，报告已经结束。我见到成教授一人坐在会场外的沙发上，就赶忙趋前，想了解下成教授对于"中魂"的进一步阐发，不料成教授有些气呼呼地说：因为主持人的错误引导，大会没有重点讨论他的报告，而是转去讨论另一位教授的报告了。

正在我们说话间，第二场次的报告又要开始了，只见成教授稳健地站了起来，开始急急地往楼上赶，我见状忙扶住成教授，对他说：成先生您慢些来，您的位置总是有的。不料成教授正色道：那可不一定，现在的年轻人可是不管不顾的啊！

我最近一次见到成教授是在今年"优府"的国际中国哲学大会上，屏幕上成教授苍老了不少，但是仍然西装笔挺、精神矍铄，我完整地听了他的发言后，深感宝刀未老。这让我想起薛华先生在带领"诸青"翻译了《科学时代的理性》后和薛华先生的师弟洪汉鼎先生在见了伽达默尔本尊后的感叹：思想家不会衰老。有意思的是，成教授性情依旧，在主持人姚新中教授介绍成教授为当代新儒家之一时，成教授当场打断：没有之一，唯一的新儒家就是我啊！

我一直收藏也阅读成教授的书，最早的学林出版社还是知识出版社那部讲稿，还有被纳入"中国文化书院文库"的那本《中国文化的世界化和现代化》，后来则是《文化·伦理与管理》和《合外内之道》。我对前一本书有些特殊的感觉，因为里面有些论文，如之前提到的，特别精详，而后一部书更是我经常向友人和学生推荐的。私意以为，无论是西学的功底，还是对中学的阐发，那部论集堪为成教授的巅峰之作。

2010 年前后的二次台岛行时，我在台北重庆路上的三民书局淘书，竟然一下子淘到了何秀煌、林正弘和成中英教授的三种小册子。这三位都是由殷海光先生最早埋下种子的台湾分析哲学传统中的代表性学者，能够在三民书局一起得到在台岛的思想史上发挥过重要作用的三位分析哲学家的著作，这真是一件特别有意义的事，也成为我淘书史上的一桩小小佳话也。

2022 年 9 月 30 日，涂毕于闵大荒

# 又见丁丁

（汪）丁丁于我早已成为过去式的人物了，特别是在写了那一篇《那些缤纷的时光——忆丁丁在"浙里"跨学科的日子》之后。文字实在是一种最好的自我平复和疗愈的方式，就比如，我在很长的时间里一直无法"放下"高中那位班主任老师，但是等我那一年参加了高中同学会，而且为此写了一篇文字之后，我就算彻底完成了"自我清算"，至少对当年那段艰辛的求学时光而言是如此。不过，既然历史并不只是已经发生的，那么过去的也就并不会永远地成为过去。

除了准备网课必须留出的时间，表面上看，被封控在公寓内似乎给了我海量的余裕，这不正是埋头看正经书——卫东校长喜欢称之为"大书"——的最好时机吗？但实际上，一个已然拖了很久的活计固然照例在蜿蜒地进行着，却还有不少边角料的时间用在了整理和翻阅"闲书"上。"螺蛳壳里做道场"，散乱的书籍会按照或临时或"长远"的需要被搬来移去，虽然大部分是在做无用功——如果说以前是"不是在书店，就是在去书店的路上"，那么现在，就成了"不是在整理书，就是在准备整理书"——这自然也包括随机从书架上取下某本书来翻看几页这种我最经常干的活计。

我所在的教师公寓因为住进了部分研究生，所以是完全按照校园模式管理。这自然免去了"抢菜"的辛劳和煎熬，据说还有不少人羡

206

慕我们。而且，在"全封"之前，我的一位师侄和一位老学生，曾经两度在外面"抢购"，帮我做了一点儿储备。于是日子就这样一天一天地循环着，就正如病例一天一天地增加着。这是某一天的晚饭时间，一边"享用"着学校食堂配送的午餐，一边睨着小桌旁旋转书架上没有分类胡乱插架的那些书，忽然一册《通向林中空地》进入了我的视线。如果我没有记错，这书似乎是有一次从城里的犀牛书店淘到的，作者正是"故人"丁丁。虽然我一早知道有这么一本书，最先似乎是当年在杭大路上的杭州书林见过的，但是我应该没有收过这本书，所以那次在"犀牛"见到，就随手入了。

我曾对学生开玩笑，自己每次逛旧书店都会有点儿"竭泽而渔"的心态，自找的理由是，反正现在已经很少有机会和时间逛旧书店，有机缘了就放纵一下自己吧。无须说，旧书店里淘来的书大部分是超出"需要"的。记得也是一次在"犀牛"，我选了一堆书，结账后店主告诉我，如果拿不走可以用快递寄给我，而我最后还是决定当场提回去，还蹦出了一句：这些旧书的最大价值和效用也就是在当晚把玩，隔天收到的话保不齐我都不知道何日才会去翻开它们啊！

丁丁的书差不多也就是这个"命运"，放到书架上后似乎就再也没有翻开来过，这次却"阴差阳错"地取了下来。首先看这个书名，丁丁是一位有着诗人气质的经济学家，至少对哲学有热烈甚至狂热的爱好，而这个书名却终究还是难脱那种文青或业余哲学家的气息。不过，翻开目录，吸引我的却还是那篇题为《我的故事》的准自传。我自谓当年阅读丁丁的文字不少，对这篇却全无印象。丁丁终究是一个经济学家，连对于在哪里剧透自己的生平也是精细规划过而大致上极少如祥林嫂那般逢人便讲狼的故事。

这篇自述中，除了交代自己的红色家庭背景，让人印象最深的还是丁丁对于求学经历的刻画。我经常讲，那些学有所成或无所成的留学归国人员，实在应该抽点儿时间、花点儿笔墨谈谈他们在海外的求学史，一者满足像我这样"崇洋"之人的猎奇和采风心理，二者也可为后来者留下些酸甜苦辣的经验教训。丁丁之为一个"通人"在这一点上表现得最为明显。考大学、考研、申请出国、求职，甚至职业生涯中的失败和挫折，他都能够以沉着而诗意的笔墨娓娓道来——这方面最好也最有影响的文字当然是当年《读书》上的那一篇《告别》。当然，丁丁也正是凭着在这家当年最有号召力的文化评论杂志上的一系列文章赢得了声誉，用他自己的话来说：发现自己被这么多年轻人尊敬着。

《我的故事》中简笔记述了丁丁"告别"祖国后在德国的游历，最生动的是他在慕尼黑附近的斯坦堡湖边的小山上与哈贝马斯的会晤。其中记到老哈和其时任普朗克研究所所长的威特一样反感海德格尔（其实这句话应该倒过来说），"他并且指出，即便海德格尔的学术思想，也只是魏玛时代德国知识分子当中很普遍的观点在哲学中的反映。对后期海德格尔思想在东亚各国引起广泛兴趣的原因，哈贝马斯似乎感到有些困惑。在我看来，这一现象应当同海德格尔后期接受东亚哲学的影响有密切关系。我觉得困惑的，是这样一种明显的联系似乎解决不了哈贝马斯的困惑，于是他心中必定思考着其他的什么原因"。毕竟丁丁是熟读哈贝马斯的，当他问老哈《现代性的哲学话语》中反复提到叔本华和尼采的"狄奥尼索斯原则"是何意时，后者却沉默着没有回答他，于是丁丁猜想这应该是与欧洲文化中心主义之类敏感的话题有关。在丁丁的印象中，哈贝马斯"非常尊重亚洲学者说话的权利和他们所说的话"，这倒是让我想起一位资深的哈贝马斯学者转述的老哈到访中国时说过的"寒暄语":一个不懂中文的学者来到中国访问,就有一种好像自己是"野蛮人"的感觉。当然我们知道,记者出身的老哈是善于此类表述的,君不见他在赴耶路撒冷参加肖勒姆（Gerhard Scholem）的寿庆典礼时曾经半调侃地说:为什么我们不去巴黎为萨特祝寿呢?

《通向林中空地》还收录了一篇《〈梦幻与真实〉自序》,从行文看此集是为当年的"书趣文丛"而编的,但是好像后来并没有出,这样我们就无法看到据说收在此书中的"欧游随笔"了。不过在评论友人所说的"丁丁生活在梦里"这话时,丁丁还是留下了一个"梦幻"的"金句":"西方知识分子非精神分裂不能洞见真实;"读到这句时,我就在遥想,当年"选择了'自由'本身"的"矛盾的我,拖着我的'梦幻与真实'满世界游荡",而此刻的丁丁,该是在他最喜爱的"太平洋遥远的腹地里那一串火山形成的神秘小岛"上,面对着大海,面对着"那天夜里,我见到了永恒,它像一轮广大无垠的光环"的那个"寂寥和属于自己的世界"吧!

写到这里,抬头望窗外,鸟语花香,四无人声,远处传来陌生的斑鸠有些凄厉又有些空洞的鸣叫,与近处的麻雀啾啾相应和。在一片有些茫然的思绪中,我想起来,当时无事可干,涂鸦《那些缤纷的时光——忆丁丁在"浙里"跨学科的日子》那篇文字,正是因第一波疫情被困在岛上之时。而今两载已逝,我却被困在闵大荒,竟然因为"偶遇"丁丁的书,又在大好却又徒然的春光里涂抹了又一篇关于丁丁的文字,那么,又有谁能说"过去的会永远成为过去"呢?

2022 年 4 月 10 日午后,于封控中的大荒公寓

# "古岸运河帆影稀"

## ——雪克《湖山感旧录》读后记

周三下午就拿到了日前在网上下单的雪克先生《湖山感旧录》，却一直要到开春以来每周例行的"双跨"结束后才有时间和心绪将之翻读一过。

说是"翻读"，盖因其中若干篇什，如忆严群等文，此前早经拜读。虽然如此，这次仍通读遍览一过，从篇首忆任铭善文至最后所附渡江纪事。

这部忆旧录，主要关涉作者在浙师院（杭大前身）中文系和杭大古籍所的师从、交谊、游历、购书的往事，有料有趣，加以雪公娓娓道来、庄中出谐的风格，是小制作，却系大手笔，盖因其基调是庄重、郑重甚至是沉重的。这虽由于成文时作者已入老境，回首前尘，难免意绪萧索，更因为作者是经历过大时代大跌宕的人物，行文中在在寄寓着深沉的感喟和兴废之叹。

感旧录所刻画叙录的人物事件和情节中，以任铭善之耿介孤傲、任与蒋礼鸿之相与相得、严群之渊雅博通，最是兴味，而所记购书诸端，也生动有意味，无论是前辈风范还是旧书店之繁盛，皆让人有只可追慕一去不返之叹。而全书篇幅最巨的怀人文字，却是写一位浙师院的老领导焦梦晓的——这并不是一位学者或教授，而是一名党的干部。作者在此篇文字用情投入之深，又因为文章对象之特殊性，既透露出作者身份背景的某种投影，又让人对此文产生与其他怀人文字别样的感慨。

或许与时贤之见有所不同，此集中让人发噱却又余味悠长的文字在我看来却是记沈文倬、钱南扬和朱季海三位的那篇小文。沈乃海上鸿儒，一次因为作者在其前讥刺海派学者之浮夸而致其勃然大怒。钱乃一介村夫，先由作者引线移驾杭大，后却因"水土不服"，转投南雍。朱乃太炎弟子，与姜亮夫为师兄弟，虽穷居里巷，却自视世界公民，予取之间之岸然脱俗，让人想起西洋古代之"冷嘲"（Cynicism，亦作"犬儒"）哲人，最为让人心仪，而让人聆风而起向往之情也者。

雪克先生以一南下学生、南下干部而成一耆年硕学，其经历本身就有些传奇色彩，且因其本系干才，在杭大古籍所成立之初，襄助姜、沈诸位擘画所务，推进项目，更多有可圈点处。作者于此"当仁不让"，慨然自任，也是让人肃然起敬的。

"古岸运河帆影稀"，这是雪克先生《南下纪事》中的句子，此句得于1949年春日从淮阴北关过运河桥乘舟南下之时。对比其时之势如破竹，生机勃发……一直到晚年再以"帆影稀"而息影道古桥，其间之兴亡赓续，苍凉背影，能不让人为之扼腕浩叹乎？

我自己虽也曾在西溪河畔道古桥桥头求学三载，但与雪公并无渊源，而只在书店收过由其整理的孙诒让著作数种，春节期间还在杭州博库书城捡漏入手了孙诒让全集版《契文举例》，其中有《湖山感旧录》记载到的戴家祥先生整理的《名原》一帙。不过有些"缘分"的是，在那些年出没西溪期间，竟常于出版社一楼之晓风书屋"邂逅"雪公，其踽踽独行之影像至今犹在眼前。在官办的杭大书亭撤销后，不知从何时开始，在北门内食堂前有了一家名副其实的小书亭，因为我上课和小酌之余常会去那里逛逛，亦和店主混成了小熟。一次那个小伙子告诉我，他有时会去启真名苑的雪公家收书，还带着小书商的艳羡神色剧透我，雪公府上有不少宝贝……而我有印象的是一次从他那里拣得雪公回忆录中提及当年规划而未遂的《陈汉章全集》中的某一卷，小伙子悄悄告诉我这书是从雪公家流出的。

"古岸运河帆影稀"，如今我也早已离开西溪，而回首旧梦，却也只有片断影像如斯，不幸欤抑或幸欤？

2021 年 3 月 14 日，千岛之城求是苑寓所

# 韩公的序跋
## ——在《留下集》读书会上的发言

受到邀请我很惭愧，但也很荣幸能在这里见到这么多朋友，尤其是容光焕发的法老，最近一定是有（大）喜事的吧！

我自己收到这本书比较晚，记忆犹新的是，《听风阁札记》出来时好像不是这样的，几乎是从印刷厂下来马上就给我送过来了，当时因为投递错误，投到我家附近的一所学校去了，但自行车可以骑到，我是到那里去拿的，所以印象特别深，收到后还给韩公水法发了一条信息。这次是黄花菜凉了书才来。想起来要开读书会了连书都没有可怎么开？结果这书拿到以后我老是忙一些无聊的事情，这么厚的书还是没有读完，但这也很正常，这书很厚重，不光是印得好，内容也很充实，很多表彰的话刚才大家也都讲了。

我今早从无锡过来的时候，上车以后还是带着一丝紧迫和焦虑，心想会都要开了书还没读完，这可怎么办。刚巧这两天何兆武先生去世的消息刷屏，我也起意要写篇小文章，酝酿了两天，因为在无锡与朋友聚会老喝酒，就算有点儿意思也写不了。上了车以后拿出老韩的书放在那里，就要读了，但是突然之间写那篇追念文字的感觉又来了，所以老韩的书就再次放到了边上。

所幸我对韩公算是比较了解，有一些篇章以前也都读过的，当然文章是散在各处，从这个意义上"光启文库"的工作就特别有意义，网罗佚文，集腋成裘，方便读者一编在手，从容把玩。例如韩公为《德国研究》写的题引，他以前老是说起《德国研究》，但是我们从没有见过这家"地下刊物"，这下好了，所有"罪证"在这里面一网打尽，包括老韩为其实没有成功出版的丛书写的序言，都能在里面看到。

我跟韩公相识很多年，对刚才他的两位"发小"卫军英教授和陈野女史所分享的江南水乡风物也有特别亲切的感受，这些不但体现在眼下这个书名中，也投射在书的内容中，天光云影，吉光片羽，保留在这书里面，就此而言这书是非常有趣味的，自己想要读，也读得进去。这就算是一个基本的印象。

其实这是我第三次试图通过文字表达韩公的伟岸形象。很多年前我写过一篇很小的文章叫作《"风""雅""颂"》，记述甚至抒发他的"风神"，收到我的小集子里面去了，当然我那个集子没有眼前这个集子这么厚重。后来《听风阁札记》出来了，我也一直想写一个比较正规的评论，把韩公的散文放在中国现代学者散文的抒情传统中加以讨论和定位，但是也一直没有找到合适的契机和下笔的方式。

去年就来了个很好的机缘，韩公召集的汉语哲学大会在我蛰居的岛上召开，我那篇《韩公与抒情》就在韩公的飞机降落在普陀山机场的时候通过"澎湃新闻"和全国人民见面了。《听风阁札记》中有一篇记述在留下小学的沈老师的文章，我个人觉得那篇文字特别好，里面特别有一种韩公式的情致。里面还有句话"走在樟树华丽而巨大的树冠下"，我本来是想把那句话用作我那篇书评文字的标题的，但是"澎湃新闻"把它改成了现在这样简短明快的题目，我觉得也是一种尝试，就接受了。但是我始终觉得"走在樟树华丽而巨大的树冠下"是韩公散文营造的一个最美丽而有滋味的意象，是可以流传下去的，如同韩公笔下的江南风物，会不断予人以长远的滋养，这当然是因为这个意象最能够体现韩公文字的抒情特质。

韩公说到他自己少时有两大爱好：登山和下水。碰巧我也有这两大爱好，于是我想起多年前他给我写的书评中的一段话："应奇的文字其来无由，其去无向。读他的文字，你只得跟着走，走到哪里算哪里，入深山则登高，入大海则脱衣。"这里的后半句可谓生动地示范了刚才韩公引用黑格尔所说的"从对象中找到了自己"的情形。

我来尝试集中谈一下对韩公的序跋文字的印象，因为在这本我还没有读完的集子中，这部分文字是我相对熟悉，也比较有感的。不待说，作为当代学者，很难得的是，韩公可以说是一个很考究的文体家。当年在圆明园附近的一家餐厅喝酒，清华的 × 教授就称道韩公的文字是典雅的现代语体文，我对此深有同感。而我在这里要强调他是一个小小的文体家，请注意，此处"小小的"就是好的意思，小小的文体家就是好的文体家，而这尤其体现在他的序跋文字中。

中国传统意义上讲序跋好像是一个小道，但实际上文人也好、学者也好，为别人或者同人的书作序寄语致意，本身就是相互切磋、相互砥砺的一种方式，也是开放性的观念碰撞的通道和途径。在《原"序"：中国书写史上的一个特色》文章中，作者把"嘤其鸣矣，求其友声"作为为相知写序的心理根源，还认为求序者是"同气相求"，写序者是"同声相应"，从而"同声相应、同气相求"的结果是作者与序者之间达成了一种互为"知音"的精神交流，而且是既自由又平等的交流。作者还刻画了作为一种书写文化的序跋从建安文人的"各以所长，互轻所短"到清代学人的"各以所短，互重所长"的流变，并特别强调这种传统在中国现代学术中的继受。

当然，韩公的序主要是为学生辈而作，而跋则多为各种编译的学术论著而作，所以在保留传统序跋文字的特点之外，仍然有其自身的特色。

简而言之，韩公的序跋文字是最能够体现他的学术和文字品位的，我用六个字来表达对这些序跋文字的感受和评价，这些话肯定都是正面的，没有任何黑的成分——刚才我来的路上，文（兵）指导给我发微信：就等你来黑法老了！我回复他：这次恐怕要让你失望啦！

第一，"堂皇"，堂而皇之。堂皇是什么意思？当年华东师大有一次开会，那是我初次碰到陈来教授，他那时写了一篇关于明末会讲的文字登在《中国学术》上，我就问陈先生为什么写这篇文章。我说：您好像一直是很哲学的，很哲学的怎么会写这个东西呢？陈教授答复说：我们站在北大这地方，自然要回应目前这种国际性的研究潮流。这让我想到现在满街流行讲人工智能 AI 什么的，大概部分也是基于这是一种国际潮流。另外就是韩公为自己的几个学生的书所作的序言，都是特别好，也特别堂皇的，尤其为周黄正蜜那本书写的序言，那是非常棒的，简直可谓学术序言之典范。还有在中大康德论坛上的开坛报告，尽显堂皇气质，站得高，看得远。往那儿一站，不说话更堂皇，说上几句也挺堂皇的。

第二，"质实"，看上去与堂皇形成反差，这是显示韩公作为学者的底色和涵养。堂皇看上去都是讲一些场面话，但其实是有相当质实的内容蕴藉在其中的。虽然由于篇幅和场合的原因，有些表述仍然难免有些飘，但总体来说还是相当质实的。堂皇是外在风格，质实是介于形式与内容之间的一种特质，可以与"实质"对举，实质就好像真的提出了多大的论断或者是命题似的。刚才成素梅教授讲了，这个文集预示着韩公作为思想家的气质初步绽放，我觉得就此而言，韩公接下来将会完成从质实向实质的转化，从学者向思想家的转化，这是完全可以预期的。

第三，"丰富"。丰富的意思是什么？堂皇当然也是展现和陈述的方法，是一种气场和风格，质实则要内在些，是有学术背景为支撑的，是言之有物，言之有据，不是外行的人跑来乱讲一通，像现在学术界很多所谓大佬名流表现的那样，欠缺的就是质实。丰富则是更进一步的，体现的不光是学问，是功夫，而且是判断力，是洞见，要有进一步生发的可能性，而不是把话说死，把学问做死，即所谓大国工匠，而现在学界多小匠腐儒，充其量是饾饤之学。丰富就是要提出进一步可以展开的一些理论上的生长点，把关节给指出来，这对于作为老游击队员的自己是一种提示和路标，对于后学则是一种很好的劝勉和引领，而且是一种可靠的劝勉和引领。

当然，实话实说，作为一个康德学者，韩公的表述有的时候也比较缠绕，抛开其来源性影响不说，这些缠绕，用韩公自己的话来说，恰恰是因为有时候要去措置的问题过于重大而复杂，不容我们轻忽待之。其实这种文字上的质感和张力是贯穿在韩公的所有写作中的，在这个人人图简省麻溜的失重时代，这无疑是一种不愿随风起舞的坚守者的姿态，虽然这并不是要无视韩公文字中的幽默尖爽的成素和特质。

《听风阁札记》中有一篇评论阿桑的歌，题为《寂寞的结构》，以一种缠绕回环的方式写尽了现代人的心绪和情感特征，当时读到颇为惊讶。这又让我想起有一次我写了一个《你的背包》的"小段子"，韩公见后就用飞讯告我说：陈奕迅的《好久不见》很好听。目前这个集子中也有一处写到老鹰乐队的一首歌 *Desperado*（《亡命之徒》），韩公听的是一个翻唱的版本，并且认为这歌应该被译为《浪子》。他提到这首歌的用意在于旁证自己对于所谓浪子和浪子文化的感受和品鉴。主持读书会的鲍静静女史因为其北大西语系的背景，当即向我们指出这个词来源于西班牙语，而我则是有些无来由地想起有一次见到已故的沈清松教授谈到 Diaspora 这个词，他赞赏唐君毅先生用"花果飘零"来翻译，说是"比其他任何翻译都要漂亮雅致"。无疑，浪子的主语是一个人，或者它本身就是一个人，而"花果飘零"的主语则是一个族群，或者一种文化。但是，我在这里最后想说的是，对于浪子和浪子文化的探究，如果能够关联到浪子和浪子文化置身其中或逃逸其外的本身是一种"花果飘零"的文化的背景下来进行，是否会产生更好的理论效果，取得更有生长性的现实滋养？这大概也是这个集子中那篇《不忍终结，于是寻找出路》的访谈之题旨所在吧！

根据 2021 年 5 月 30 日在上海师范大学光启国际学者中心的发言速记稿整理，2021 年 6 月 18 日午夜改定

# "康小德"的"预印本"和我的"博论"
## ——兼忆玉泉旧事

我完成自己的"博论"已经超过二十五年——其实应该是整整二十六年了，可是，除了在当年答辩的那一瞬间，在这漫长的岁月中，凡是遇到有人"称道"我的"博论"，我都会脸红，并迅速地转过脸去。在我有印象的"称道"中，一次来自其实对我完成该论有很大贡献的薛平，另一次来自我的一位学生——具体的问答和参照我就不在这里讲了。

等到我的"博论"有机会出版时，我已经在浙大玉泉校区任教了一段时间，因为那个机缘，我认识了人称"康小德"的盛晓明教授，而且在我修改此论等待出版时，"康小德"正在最后"杀青"他的《话语规则与知识基础》一著。那时候我们经常在一起"讨论"，地点则是在他在求是村那个"回"字形房子的角落里，时间则基本是我在教工食堂一人用完午餐之后。因为"康小德"是日落而作、日出而息一族，所以我那个时候去基本上刚好遇到他从床上起来。我们就在他有些暗淡的客厅里有一搭没一搭地扯起来了，多数时候是我听他在嘀咕和唠叨。我没有想到他会把这一段写在他的书的后记中，其实当然是我应该感谢他对我的帮助。

说到我与"康小德"的"认识"，也有个小故事。我刚到玉泉，是在政治学系，其时在公共课部门，但是因为我已经"改行"教政治学理论，有一次我应哲学系一位英国史博士之邀在哲学系行政管理专业开一门忘记是政治思想史还是比较政治学的课程，可能因为讲的内容不是很符合学生的预期，竟然受到"抵制"，几有被"罢课"之虞。于是有一天我收到通知，说是政治学系和哲学系的主任都将到我的课堂听课，以裁定学生的诉求是否合理。记得那天听完一节课后，"康小德"放了话：应奇和他的课没有任何问题！

"康小德"有时会被同事"吐槽"说话不清不楚，吞吞吐吐，但我的印象中他说话的另一特色却是特利索、特干脆。上面的话是一个例子。另一个例子是，有一次他对我说：包利民不错！后来我才知道这是因为老包引用了《实践理性批判》那句抱怨"善"的多义性造成的困扰的话。的确，那时候，老包从西溪来到了玉泉，不过从那以后不久，老包就取代"康小德"成为我的谈话伙伴——至少是在教工食堂午餐时的谈话伙伴了。

回到"康小德"的书上，之所以那时候要把这书赶出来，除了那时刚好有一个出版机会，也是因为"康小德"那时候要评职称了。我还记得他为此亲自赶到上海，落实此书的预印本，因为要凑评职称的时间。我也记得他拿到书后很快就给了我一本，我不但读了这本书，而且打算收藏它，但是后来，可能因为报送材料所需，他又把给我的那本书收回去了。但是搞笑的是，那一年评职称，"康小德"这位玉泉"隐蔽的哲学王"竟然榜上无名。的确，评职称，哪怕是评哲学教授，也主要并不是在评哲学水平的高低和哲学直觉的强弱——例如，"康小德"有一次亲口对我说过某位哲学先进的哲学感觉奇差，可是无论当时还是后来，人家混得多"风生水起"呀！

我也给"康小德"出过馊主意，有一次，"康小德"忽发奇想想要考博士了，他问我考哪门外语好，我半开玩笑半认真地对他说：你不是号称日本通嘛，长得也有点儿像日本人，不如就考日语。他将信将疑地说：行吗？我说：有啥不行的，你日语那么好，而且日语那么"简单"。不想"康小德"真的选考了日语，结果是"一败涂地"，博士梦没有圆成，不过他倒也并没有怪我。这事儿让我想起那时同在玉泉的冯钢的一句话，他坚持不考博士，还找了个光鲜的理由：人生就是要留下点儿残缺的美！

"康小德"对我的生涯的最大贡献是把我从玉泉弄回了哲学系，而且帮我评上了职称。有一次，我的一位比我年长的师弟，同时也是与"康小德"相处很长时间的同事告诉我，他在第一时间见到了刚刚完成对我投票的"康小德"，他信誓旦旦地告诉我，他从来没有见过"康小德"那么激动。听到这话，我想说的是：哥们儿，那就啥也别说了啊！评上教授后，我的生产力就开始"萎缩"了。有一次，学院出台了一个"扶贫"计划，打算资助那些出活儿不快但被认为能够出活儿而且出点好活儿的教授。听到这个计划，"康小德"兴奋地来动员我申报，还说这就是为你"量身定做"的啊！结果，他后来却告诉我，明明是一个"扶贫"计划，是扶持那些出活儿慢的人的，但是不但不贫，而且出活儿又快又好的人也来申报，于是就只好对不起那些本来就是出活儿慢的人啦！

与这些一地鸡毛的事相比，也还有些光风霁月的好事。有一年，我和当时的系主任董公，还有老包、"康小德"出差到北京，回杭州时我和"康小德"坐在飞机的同一排，那时候我刚刚翻译好韦尔默的文集中《主体间性与理性》这篇我增补进去的文章。因为难得和"康小德"靠得这么近，我就带着某种兴奋，当然也带着某种怀旧，和他谈到了对这篇文章的感受。"康小德"以那一贯的蔫了吧唧听完我的话，就只嘟囔了一句：这些问题还真是挺有意思的啊！让我永远难忘的是吐出那句话时"康小德"的眼神，蓝天绿海，我从来没有见过那么清澈而不带一丝浑浊，深邃而几乎无底的目光，更何况是在一个一般人眼中的中年大叔身上。

最后，需要做个说明，今天之所以"灵感来袭"，在工作了一整天之后还写下这些闲散文字，是因为白天"工作"所需重翻了几页自己的"博论"，而刚才抬头，却发现"康小德"的书，也还在我的触手可及的旋转式书架上，于是顺手把书取了下来，也顺手继续在电脑上敲起字来。

2022 年 2 月 21 日夜九时于灯下

# "匹夫不可夺志也！"
## ——印象中的熊林

"认识"熊林的时间并不算很短，但有印象的会面却只有两三次。初次见面的印象已全然模糊了，有些印象的好像是那年在西南民大开会，蜀人兄安排的酒宴上。我已经说过，那是我经历过最好的会议酒席（也许要除掉在贵阳跟着欧阳教授喝茅台那次），各种川地美酒像一座小山堆在一张小桌子上，取之不竭似的。但那次桌席上有一半官僚半江湖气之人，加以我还要赴武侯祠的下半场，所以似乎并没有喝到太高，其实连熊林是否在场都记不太真切了。按说嘛，既是西南民大设的席，再以蜀人兄之"江湖"，好像好酒的熊林没有不在场的理。

真正记住熊林是 N 年前在杭州的一次会议上，我并不是那次会议的代表，而是去会郁振华兄。忘记是事先约好还是临时起意，我见到振华兄后，他即提议我们一道去参加"最近哲"陈嘉映教授在浙江美院的一场"撒米娜"，于是就出现了杭州初冬湖上访贤人的那一幕，似乎那次还在美院看见了已经快要如日中天的"神人"张卜天。记得轮到振华兄发言时，有一处我没有听明白，就希望他再做澄清，这时"最近哲"既适时又毫不意外地打趣说：应奇你该专程请振华去讲一次啊！不专程请，哪能随便就给你"盘道"啊?!

振华兄是个"规矩"人，待"撒米娜"结束已是傍晚了，但是他

223

坚持要回会议场地用餐，因为他是来开那个会的！杭州的交通一向很可怕，更何况是在下班时段的南山路上。待我们终于赶回会议宾馆时，早已经开宴了。空桌子还是有的，但代表们都已入席了，于是我们就只有三五个人合着吃了一桌，记得席上还有此前已经认识的王新生教授，气氛倒也并不沉闷。海阔天空，还扯了些南开的事情，新生教授有些莫名地让我用他的电话和浙人陈建洪教授聊了一会儿，谈话内容则早已忘记了。

用完晚餐，一堆人来到酒店内部的一个吧里神聊。待我们加入时，显然已经喝嗨了的熊林和一众人物已经七倒八歪在那里聊开了。不知道话题是怎么开始的，忽然听熊林用那口动人的"川普"叽歪道：Chinese Social Science 要发展，*Chinese Social Science* 必须先停办！一众人闻听面面相觑，又因为 *Chinese Social Science* 的一位重要编辑也在小屋子里，料想听着这话未免会有些尴尬，正在空气有些沉闷的当儿，说时迟那时快，一位"双商"极高的青年才俊马上扑向那位编辑，恳切地说：*Chinese Social Science* 可别停办啊，要停办也等我在上面发文以后啊！闻听这实诚的话，一群善意的人发出了善意的笑声。

7月初，应小友杨顺利兄邀请，我来到川大开会。到成都前，会务就告诉我，当晚有一个宴请，是川大和西南民大合办的，有西南民大的客人，也有川大的客人。从舟山到成都须转机飞行，折腾下来我到席上已经迟到了，原来川大的客人就是徐长福教授和我，西南民大的客人则是谢地坤和陈建洪两位教授。作为地主，熊林和蜀人兄都在场，当然还有徐开来教授，还有我多年的老朋友余平和刘莘两位。几杯酒下肚，我就又开始"口吐莲花"，自己以为其间最妙的一句是恭维谢地坤教授的，我称他"表面清澈见底，内里深不可测"，特别是考虑到前些年那些"斗争背景"，大家纷纷称道我的话。印象很深的是，在与徐开来教授碰杯时，因为聊及业师范明生先生，我们就谈及姚介厚先生的岁数，我一开始以为姚教授要小于陈村富先生，开来教授不认同，这时我想到请谢所来"仲裁"，谢所一锤定音：姚老师长得老成，他年轻时就已经长成那样了！

第二天中午，作为川大哲学院的主事者，熊林和学院的书记出来宴请会议代表，本来一般会议中午是不会喝酒的，但是熊林和我都是无酒不欢的人，最后我们只好拿顺利小友从网上订来的比利时还是荷兰啤酒解馋。说实话，这是我第一次和熊林聊天。可能因为我在哪里"传播"过他在杭州的那个"段子"，而他有所耳闻，所以他聊天的开篇竟是：听说你讲我在杭州说过那话，我想想确实是说过那话！

当天晚上，川大社科处的领导设席款待会议"重要"代表，我从二环路上的古玩市场赶回与席。席上人很多，满满的一大桌，很是热闹，熊林也在，但他似乎不怎么说话，好像只讲了个柏拉图对话中涉"色"的"小段子"，过于不庄重的我在这样的场合自然也接不上什么话。只是席间有人谈到，当天川大有个《汉语大词典》修订会议，已过九旬高龄的向熹老先生也与会了，主席者说老先生发言中气甚足。听着这话，我就想起刚才还在那家网上颇为有名的旧书店见到向先生的《诗经词典》，当时只觉得作者的名字眼熟，不想晚上就听人说起，这也要算"雅事"一桩了。

熊林译著等身，我也一直追着买，最近印象特深的是所译纳托尔普（Paul Natorp）的《柏拉图的理念学说》，我虽不学，却知这书"重要"，但也正因为"不学"，这书对我实在是太难了，惭愧啊惭愧。

于是想起有一次和振华兄聊天，他忽然问我：应奇兄，你熟悉熊林吗？我答：认得但不怎么熟。似乎是知道振华要说点儿什么，我就接了一句：居然一个人译出了柏拉图的《智者》。振华闻听又接过去：实在是了不得的工作！我当然知道，由于"切问"和"义理"的相关性，振华兄说这话是有所指涉的。我又想起，那年在卑尔根开会，振华发言前还在翻英文版的《存在与时间》（熊译《是与时》），我好奇中拿过那个平装册子来翻了一下，发现那书几乎已经被翻烂了，里面还到处都是勾画，我见状马上把书递了回去，而且立马（这是熊林译柏拉图时用过的口语）汗颜了：《存在与时间》，我大概连中译本都没读满百页啊！

多年前一次和振华兄通话，谈到任期届满，即将卸任系主任，但是领导有所挽留。须知我也和"最近哲"一样，一向不对领导说一个不字的，于是漫应振华曰：既如此，吾兄怕是一时卸不了任啦！沉默少顷，电话那头传来了振华兄沉着中带着浑厚的声音：匹夫不可夺志也！

2021 年 9 月 15 日晚九时

# "喝汾酒的声音"
## ——蔡琴与孙郁

忘记从何时开始听蔡琴了——20世纪80年代初我在草塔上高中时，台湾校园歌曲刚开始在大陆校园流行起来，记得最流行的曲目是《绿岛小夜曲》和《外婆的澎湖湾》。但我其时应该不知道蔡琴，虽然这两首歌都是她唱过的。

在我的大学时代，让人印象最深的歌曲也许竟是《让世界充满爱》。据说那首歌是为了回应 MJ 的 *We are the world* 或罗大佑与众星的什么歌曲的——刚想起来是《明天会更好》，一度成为我大学室友的黄易澎君就认为后者要高于《让世界充满爱》，因为前者"主观"，后者"客观"，用现在的话，应该是前者"抒情"，后者"矫情"吧。对于吉大图书馆的女管理员来说，80年代最迷人的歌星是费翔。记得费翔刚点了那把火之后的那个寒假结束以后，我在图书馆借书。当我把好不容易找到并工整地填写好的借书条递给那位女管理员时，她正与一位黑乎乎的浓眉细眼的男同事眉飞色舞地谈论着费翔，几乎都没有正眼看我的借书条，就眉毛一扬，大嘴一张：没有！

淮海中路读研究生的三年，给我最深音乐"启蒙"的是上海人民广播电台的一档与中外运敦豪合作的"雀巢咖啡音乐时间"，这个节目好像是在正午播出的。记得那一阵子，我都会在社科院二楼食堂匆匆用完午餐，就准时回到我在七楼的寝室，打开同室的那台高端收录机，开始听一位名为方舟的女主持人与一位年轻的老外 DJ 偶尔在节目上"打情骂俏"——当然是颇为"雅致"的那种。我在那里听到印象最深的一首歌好像是 *Scarborough Fair*。

世纪之交一个偶然的机会，我得到当时刚发行的蔡琴的专辑《继续》，据说这个专辑的主题是"自由"，里面是一系列慢歌，似乎并不是我特别能够欣赏的那种，也许是因为我毕竟还是太年轻了？听闻我那时的同事高力克教授颇为喜欢蔡琴，大概是因为各方面都已经"慢下来"了？不过我印象最深的是其中有一句歌词"人若能勇敢往前走，流的泪在路上变花朵"，是不是听上去颇为"励志"？

2009 年之后，我搬到了浙大紫金港校区。那时候杭州华数电视最为流行，其中有一个点播频道，还是不花钱的那种。记得有一个蔡琴演唱会，好像就叫"不了情"。有时夜深人静，或者中午一个人在家时，就像在玉泉做翻译中午休息时，我会看看《大决战》《铁齿铜牙纪晓岚》或者校讯息台转播的《李敖有话说》和《锵锵三人行》，我会打开"华数"，收看小泽征尔和穆特的《卡拉扬纪念音乐会》或者蔡琴的演唱会。其中印象最深的歌，似乎就是《最后一夜》，以至于我追记台湾访书在诚品度过的最后一夜时，还把蔡琴的这歌"投射"到访书记的篇尾上——"诗与真"在这里应该写作"歌与真"，或者"歌与真"就是"诗与真"的一种？

封控已一个多月，加以前一阵子莫名丢失文档，让我本来尚好的状态和节奏陷入了某种内在的混乱甚至瘫痪，应该重新去做的工作就这样迁延着迟迟未能重启，就只好翻出些闲书来看，找出些旧 CD 来听。我这里有张《心动时分》，标为蔡琴民歌经典，是清一色的老歌，似乎是比《继续》里的歌更适合怀旧并且在这个春末的时分用来收听遣时的。

于是我一边面对着窗外这最后的一丝春光，一边听着那些颇有画面感甚至能够让人想起在台湾旅行和访书场景的老歌，一边轮流翻着书桌左侧旋转书架上的闲书，还像往常一样不时会去刷刷手机。忽然在一个书友聊天群里见到有人分享网易公开课的直播链接，原来是孙郁教授在讲鲁迅，就有一搭没一搭地点开了。"直播"是从下午两点开始的，而我"上线"时已经是三点多了。正在讲的一节是"鲁迅与青年"。首先甚至主要吸引我的是孙郁教授的声音，这声音和声调如同磁石一般持续吸引着我，直到听完关于鲁迅的余下部分，计有"鲁迅与左翼文化""鲁迅与白话文传统""鲁迅与美"数讲。到五点半过后听完鲁迅的部分，我才想起来去打饭，因为晚上还要上课，而且晚饭过时就会没有，打完饭走回来时才想起上课的时间是六点，而不是刚才恍然以为的七点。七点是很多有"号召力"，有"人脉"，有"市场"的同行们疫情防控期间纷纷上线开始讲座的时间啊！

相对耳闻孙郁教授大名的时间，我阅读他的文字可谓既晚又稀，那本写汪曾祺的大著我应该是收了的，但是一直没有细读过。我印象较深的是体量较小的《张中行别传》。我记得是从岛城的书友 L 兄那里淘到的，某天闲下来时翻了些篇章，颇有感觉，后来在朋友圈看到远在东京的晒书达人 W 兄晒此书，觉得与戚戚焉。有一年，应该是疫情前，在已经没什么书可淘的福州路上淘书，见到一小册《写作的叛徒》，插在我随手可及的旋转书架上，偶然拿下来翻过一两次，印象却是并不深。

除了早年在小说联播中听过的李野墨，还有为晚近的《故宫》配音的张家声，我见识过的"好声音"并不算多。眼前这个录播后的孙郁教授的声音，我用八个字来形容：独特大气、隐性抒情。这里的"独特"是指虽然平常，却不常见；"大气"则无须解释，音色质地浑厚但又清晰——孙郁教授显然是北方人（这可以用排除法得到，因为南方人讲话不可能有那份"刚硬"，虽然"刚硬"并不完全是个声线特质），但其声调除了极个别的地方会露出无法逃过我这个"东北通"的东北"底色"，几乎完全没有东北腔，而又少了京片子的那种油俗劲儿，委实难得。一位书友想到用"气宇轩昂"来形容孙郁教授的形象并用"喝汾酒的声音"来刻画之，盖因"茅台醇厚，五粮液清冽"，于是就只有汾酒可以况味那份"独特大气"了，让人绝倒！

如果说"独特大气"还只是形式上的或者说抽象的描述，那么"隐性抒情"则要算是某种内在的特质了。也许这与我刚点开"直播"时孙郁教授正在讲"鲁迅与青年"一节有关，虽然这八个字的得出几乎是当下即是的，似与讲座的内容无关。随着讲座的进行，我益发感到"隐性抒情"四字即使就其内容而言也是颇为熨帖的，虽然主讲人也经常有"直抒胸臆"的时候，但是无论从形式上对整个节奏与分寸的把握，还是在内容上对革命与抒情的调停，皆非"隐性抒情"四字无以当之也。

蔡琴的声音，于我是"重逢"；孙郁的声音，于我是"初见"。这都是昨天下午发生的事，无论是否出于"通感"，抑或这种"通感"是否合适，我愿以"隐性抒情"状之。知我罪我，聊博一哂尔。


2022 年 4 月 21 日午后涂抹于封控中的大荒公寓

# 节如竹而气如兰
## ——闻袁社卸任

　　袁社者，浙大社之总编辑袁亚春先生是也，而我习惯于以袁社相称。今闻袁社到龄卸任，略有感慨，回忆往事，谨书数行以志敬意。

　　忘记从何时开始认识袁社，或总与卫东罗校长相关也，盖袁社业经济思想史，尝为故蒋自强教授经济思想通史团队成员。真正建立对袁社之印象，或始于2016年春夏之交于紫金港南华园召开之"社会科学方法论译丛"发布暨研讨会，袁社代表出版社参加，其致辞优雅得体，在那座钢筋水泥的丛林里，不免让人眼前一亮。

　　事后有一次与袁社聊天，其称我于文字颇有考究之功，我惊问其何以见得，答曰：只消看你为"社会科学方法论译丛"所撰序言即知。予闻此素心人言，不免暗叹其为知音者也。

　　袁社善摄影和视频，常于朋友圈发布美照，间或路人美女入其框也不为辞，让人惊艳；其又雅好古典音乐，常推送相关链接，让我这叶公好龙者坐享其成，获益匪浅也。

　　袁社出身杭大，其行事接物待人，可谓节如竹而气如兰，此乃最好的杭大气质或杭大气质之最佳者，虽然这并不是每个杭大人——包括我自己都具备的，是以其为，宜乎其为世间之珍稀品类也。

卸任快乐，袁社，下次去您最爱拍的西溪湿地找您玩儿啊！

2021 年大雪后二日即兴起笔

# "我们原来是可以不这么玩儿的"

看到张文宏大夫建议学校暂不开中央空调时说的一席话——"九、十月份的时候，大家开窗通风在相对比较热的环境里面读书，我不知道这有什么不可以。今天学生的父母在他们小时候都是没有空调的，这么多年也都过来了"，心中颇有些共鸣，也由此想起自己读书生涯中的一些往事。

某种程度上比较幸运，除了诸暨和杭州这两个我生活过最长时间的地方，我另外生活过的三个地方，至少在记忆中，那些地方的夏天并不很难熬。我在长春上大学，那里号称"北国春城"。有一年暑假，我没有回杭州，整个假期都在学校度过，哪里都没有去过，似乎只去长春游泳馆游过几次泳。不过暑假待在学校的一个后遗症是，开学后竟然有些厌学。我想，那未必是因为我假期真读了多少书，而是因为日子完全失去了节奏，所谓文武之道，一张一弛，信哉斯言！

大学毕业在舟山两年，让我亲自经历和体会了岛上的天候。无疑，岛上最好的季节是夏天，无论紫外线多么强烈，只要站在树底下，清荫之感就油然而生，更让人受用的是，晚上降温很快，且常有风，这些都与杭州的夏天那种无所逃于天地之间的蒸笼之感形成鲜明对照。

20 世纪 90 年代初的上海，空调还不是很普及，车子也远没那么多，热岛效应尚不显著。吴淞口外的海风和黄浦江上的江风，对上海的降温通气效果是明显的。我读研时住的宿舍，虽然西侧可以望见锦江饭店，但东侧成都路附近那时都是老式矮楼，而我的房间又是在楼的东面，所以夏天的晚上，清风习习，连风扇都不需要开，当然，那时宿舍也没有风扇。到深夜，书读得差不多了，就会跑到楼顶，遥望锦江饭店，自言自语些豪言壮语。有一次有位朋友来杭州开会，当着别人的面用粤语口音的普通话调侃我，说是我站在楼顶上时就会说些"我何人也"之类的狂话，但我却真忘记自己向谁人吐露过这些了。

杭州的夏天，是永远和我在玉泉斗室中挥汗如雨做翻译的记忆联系在一起的。那时其实已经有了空调，但可能是因为我的大脑在空调中容易缺氧，说好听点，是我对自由呼吸一向要求较高，当然也是因为自带"毒气"，我从来没有开空调工作的习惯。以我的经验来说，大夏天打着赤膊，穿着拖鞋，如某足球主播般做派，在本身已经发烫的电脑上挥汗如雨码字的感觉很过瘾！正如我很多年后才知道，小时候从水库上来时头晕目眩的感觉是因为低血糖，我也是很多年以后才为自己喜欢夏天找到了一个"理由"：因为夏天的酷热对人比较有挑战性，外部环境的严酷会刺激人以一种较亢奋的状态来应对挑战，而大脑记忆对这种感觉绝对是容易上瘾的！

书非借不能读也，空调不开才能读也，这话在年轻一辈听来会颇有些阿Q精神或自虐倾向，而我充其量只能承认，这确是有强烈人称色彩的"适应性偏好"。说到这里，我想起多年前的一个春节，我应邀随一位校长朋友去看望住在同一校区的一位引进的人才，甫走进房间，就觉室内比春天还要温暖，我当时脑部就有些缺氧。原来是高端人才家里用上了高端的地暖，坐在似乎是原木制的古色古香的沙发上，我当场就对校长"吐槽"，自己不喜欢这种感觉！一向长袖善舞、善解人意的校长听完我的话微微笑笑：你只是不适应而已！习惯了你就会觉得非常舒服！

　　我当时没有争执下去，而现在，我只是想起了前两天看袁亚春总编世界读书日谈书房，说是现在书房的条件比以前好多了，但读书的那份纯粹的感觉却再也找不回来了。我也想起更多年前有一次也是和某领导聊天，在"吐槽"完体制的各种弊端后，这位领导忽然幽幽地说：其实我们是可以让它停下来，不再这么玩儿的！我更想起有一次逛书店，见到 P 大某名教授出了本书，名为《读书是件好玩的事》，我一看书名就很生气，后来还曾对学生"吐槽"：身为 P 大名教授，读书几十年，现在正儿八经写了本书，告诉人们读书是件好玩的事！这是何其廉价，何其轻省的事啊！可真丢不起这人呐！——须知，"我们原来是可以不这么玩儿的"啊！

2020 年 4 月 27 日

# "就是马克思主义水平差一些"
## ——王路讲的故事与讲故事的王路

王路会讲故事，这是我从新世纪之后才知道的——《寂寞求真》是 2000 年 2 月出版的。当年我在杭州一家小书店（可能是杭州书林，因为只有那里才有这些有点冷僻的书）买到后觉得很喜欢，或者说觉得很喜欢就买下了，就如同我对于叶秀山先生的小文章，买到后还会不时拿出来翻一翻。

我已经在另一个场合说过，《寂寞求真》里最好的一个故事是关于沈有鼎先生的。说是当时沈先生想把做因明学的巫寿康留下来，就跑去所长办公室坐着，只有一句话：我要把巫寿康留下来！又因为在留所问题上王路与巫寿康有竞争关系，沈先生就多了一句话：王路懂什么逻辑？当时王路也很为此纠结，后来才弄明白了，原来沈先生说"王路懂什么逻辑？"这句话的意思就是"我要把巫寿康留下来！"。这就给我这个逻辑"小白"上了一课，让我理解了何谓"保全真值的相互替换"。

那年在杭州参加余杭韩公发起的汉语哲学论坛，和王路"重新"认识后，就有机会听他讲故事了。某种程度上这也要感谢韩公，记得是在浙大西溪校区圆真酒店（原杭大专家楼）旁边的粤浙会，大伙儿一块坐着的时候，韩公忽然说：应奇，你不是喜欢听故事吗？王路这里就有不少上好的故事。不知道是因为韩公的绍介，还是因为王路发现我是一个好故事的好听众，或者至少是好的故事听众，从那次起，王路就开始对我讲故事了。其中的一部分故事我已经在《"京中爷"王路》一文中转讲过了，当然我并没有说，我去参加东港的汉语哲学论坛就是为了听王路讲故事，毕竟我起居在舟山，也算是半个地主了。

应该是在那次之后，王路有了一个公众号，估计是他的学生帮他在"打理"，这倒无所谓，我们只要能听到好故事就行了——事实上，我确是在那里听到（看到）过一些好故事，有的我还转发了。王路还对我说，他有用微信，但是不怎么看，因为眼睛受不了。但是我后来发现，王路在微信上回应还挺快的，一是我经常"扰民"而发（或者说发了就扰民）的那些东西，王路还不时有些回应；二是我们偶尔也会私信，或者他有些不便于在朋友圈评论的话，就直接和我私信说了，这也是人之常情。

最近一次是我扰他了，那天看到商务印书馆上海分馆推送，王路的新集《大师的传统》出来了，我几乎没有考虑就把这条推送转给他了。王路收到信息就对我说，有空会给我寄送一册书——这反倒让我有些不好意思了，但是事后想想，我给他发那条信息又是什么意思呢？运用王路运用过的"逻辑"，我给他转发那条推送和"您送我一本书吧！"这两者是一个意思啊，是可以"保全真值的相互替换"的啊！

《大师的传统》给人似曾相识之感，这很正常，一是不少甚至多数文章是以前看到过的，二是不少故事和《寂寞求真》有连续性。特别是进入微信和公众号时代后，大家的互动增加了。记得王路说要给我寄书时，还说书中有数次点到我的名字。我是拿到书后才想起来，这样的情况至少有两次：一次是他从我的朋友圈知道他的老同学翁绍军去世的消息，就写了一篇追念文字，在那文章开篇提到我了；二是有一次我应该是转发了有关杨成凯的一篇文字，王路看到了，起了故人之思，也写了一篇文字，也在开篇提到了我，虽然把我的名字写成了"应齐"。

因为我近年也经常"义务"写些悼文，有不少还是在"双跨"的大巴上写的，所以我对王路写的悼文就多了一分留意。明眼人都能看出，我们写的悼文一个最大的差别是，他写的悼文大部分——应该是所有——主人公都是他熟悉的前辈师友和同学至交，而我的悼文主人公大部分——应该是绝大部分——是我所不认识的。孙向晨有一次就调侃我一个最大的本领是把一个不认识的死者写得"活灵活现"，余杭韩公则在一方面肯定我所写的关于叶秀山先生的悼文是他见过的追念叶先生的文字中"最好"的，另一方面又说，如果我认识叶先生，就会写得更好。

无论如何，王路追念翁绍军和杨成凯的两文都很动人，他在前文中透露他们同学间都爱称翁绍军为"苏格拉底"，这实在是太形象了。相形之下，谈杨成凯那篇学术内容多些，其中一个细节特别好，就是他们一次会后从昆明回京，在卧铺的座席上对着窗外的黑夜一直聊到天明。文中对杨成凯性格的刻画很有意思，例如"他表面儒雅，内心强硬，谈吐也很风趣幽默；话多了，聊深了，他会流露出自信，流露出一览众山小的感觉"。还有一句话也很好："我学外语出身，知道学语言的人容易崇拜，也可以崇拜，因为人家语言比你好，就是比你好（强），没有什么可说的。"

照我浅表的观察，王路和杨成凯可谓惺惺相惜，这不但是因为他们都是学语言出身的，也不但是因为他们都善于讲故事（"一个学兄，一个很会说故事的学兄"），而且是因为他们身上的那种"知识人"——说高点儿是"知识贵族"——气息。杨成凯我是真不认识，知道他还是因为诸暨老乡扬子水先生的回忆和纪念文字，但是王路的知识人气息我是见识过的。舟山会议的发言就让我印象很深，虽然我不记得讲什么了。最近两次则都是在线上了，一次也是余杭韩公主办的汉语哲学大会，不过那次我的发言也还不错，王路还特意来夸我；另一次是在商务举办"康德《纯粹理性批判》（韩林合新译本）出版座谈会"上，王路发言的一个意思是，有些译注是不必要的，因为很多是"常识"——"注它干吗？"这话要是由别人说出来可能还不太自然，未必自在，但在王路说来，则是自然而然，"得大自在"。

按说知识人有点儿知识人气息，这不是同义反复嘛！但是对照下当今知识界，就该知道我在讲什么了。上面只是个小例子，贵在得其意，在知识界都立不起来，还谈什么"笑傲王侯"，不申课题就已经是大英雄了。古人云"腹有诗书气自华"，这也是"同义反复"，关键是在那个"华"之外，还有一种锋芒，sharp and strong。当然在古人那里，这个 sharp and strong 应该也是包含在"华"之中的，是可以"保全真值的相互替换"的。

再就此举个小小的例子，在追忆吴元梁的那篇文字中，王路提到吴后来参加某领导的写作班子："他给我讲过许多他们写作班子里的故事。比如他们常常被安排在宾馆里住，集体讨论，然后写作。他是统稿人，稿子完成之后又会被拿到其他人手里，比如搞经济学研究的人手里，人家会把他写的东西改得面目全非。然后稿子又返回他的手里，他再把稿子改回去。那些年，他几乎把自己的研究完全放弃了。后来他和我说：我现在对年轻人说，我就算是把自己卖了，你们以后谁也不要再做这样的事情。面对他的无辜和无奈，我总是笑着说，没关系，你有好脾气啊！"

最后一句话体现出王路的厚道，那似乎是 sharp and strong 之外的一种特质，但其实也是内在于"华"的，也是可以"保全真值的相互替换"的。那么，容我也"厚道"地，也就是 sharp and strong 地，归根到底是"华"地说一句：这段记录，如同王路同样尊敬的汪子嵩先生记录王路的祖师，也是我们诸暨老乡金岳霖先生晚年说过的那句话"我对不起党和人民，一辈子培养了三个跟不上时代的学生沈有鼎、王浩和殷福生（海光）"，是同样有价值的，甚至是最有价值的。

在这篇回忆吴元梁的文章里，还有一个价值不菲的故事，至少它为我贡献了这篇小文的标题。吴元梁和王路相差二十岁，但是他们是同一届的学生，而且是同一个支部的委员（吴是书记）。有一次，吴元梁说：王路什么都好，就是马克思主义水平差一些。王路显然很重视这句话，在后面回忆刘奔的那篇文字里，又提了一次。王路毕竟是做逻辑的，他很认真地在两文里结合他学习马克思主义的经历辨析了这句话的"能指"和"所指"，或者将句子再"还原"为 word 或 name，那么按照王路翻译的弗雷格，就是"意义"和"意谓"。少一点求真旨趣多一点实用主义的我要问的则是，一个马克思主义水平差一些的好人到底意味着什么，我大概不会说这句话和王路同样翻译过的中世纪哲学中的"一个针尖上能站多少个天使"同样无聊。我想起的是，上周在杭州参加一个读书活动，张旭昆教授引用斯密在《国富论》里的话："就天赋资质来说，哲学家与街上挑夫的差异，比猛犬与猎狗的差异，比猎狗与长耳狗的差异，比长耳狗与畜牧家犬的差异，要小得多。"那么我想说的是，一个马克思主义水平高一些的好人与一个马克思主义水平差一些的好人之间的差异，在"天赋资质"上的差别不会比所有那些差别要大，但是实际上他们之间的差别却很大，此无他——因为他们之间有意义的差别主要是由斯密最为强调的分工所造成的。

王路讲的故事当然不尽是那么沉重的，也有轻松的。比如他在《向往戴维森》中记录他唯一一位"不认识"的哲学家，就有一个很有趣的"段子"，照抄如下："戴维森除了研究工作，一生都在教书。他认为，在教学工作中你会发现，一个安静的小伙子在讨论班上一言不发，却会写出一篇出色的论文，而一个女孩子坐在角落里，穿着超短裙，显得有些轻巧（我怀疑王路从'轻佻'改为了'轻巧'，这就是王路之'雅'之'华'，不过作为一个同样做点儿翻译的人，我首先希望弄清戴维森这里用的原词是什么），却可能是大课上最有才能的学生。这是教学对你的一种报偿。这些惊奇使我们时常想到，我们可能很容易低估我们的学生，甚至一些学生根本用不着我们教他们如何研究哲学，因为一些我们费尽心力的事情，他们自然而然就会了。这些教学体会不仅有趣，而且给人以启示。"昨天刚看到这段话，我就在系群里分享了，还请系主任转给教务处本科生院督导组那些不打招呼就来教师的课堂上督导的先生们，系主任并没有回复我。平时谁中了课题得了啥莫名其妙的奖都是一片喧腾热闹的系群里一片沉寂，只有一位做分析哲学的同事因为看到文中有"戴维森"字样，就好奇地问我：这是什么书，谁的书？

王路是西语系出身，他写西人的文字也别有情致，其中我最喜欢的是《怀念尼尔斯》，当时从公众号上读了之后，颇有些小震动，还转发分享了。读者可以自己去阅读那篇文字，我所想说的只有一句，我之所以特别有感于这篇，可能主要是因为这种人生经历是我所没有过的。人言没有在深夜恸哭过的人不足以语人生，这话也许过于沉重了，但是，认真地也是实用地说来，我们之所以喜欢听别人讲故事，特别是有故事也善于讲故事的王路讲的那些好故事，不就是因为故事中的人生相当程度上是我们所没有过的吗？而且通过故事里的人，我们也更了解了那个讲故事的人——如果把这句话中的"人"替换为"王路"，那一定也是一种"保全真值的相互替换"。

2022 年 8 月 12 日午后，于舟山校区图书馆

# 准一流与"三负责"
## ——叶闯教授印象

　　叶闯教授是国内分析哲学界最优秀的学者，即使要在这后面加上"之一"，那分母也应该是极小的。多年前北大社那部书出来时，我还在杭州，偶然和叶教授过去的一位同事聊到这部书，那位朋友说：因为作者了解到有国外的同行马上也会发表类似的观点，所以这部书就"很快"出来了。当时我就很惊讶，试想，国内做哲学的，主要是分析哲学的，又有多少人会用这样一把尺子去衡量自己的工作呢？再说，叶闯教授也并未留过洋，这就更让人——至少是让我这样土到不能再土的土著——敬佩不已了。

　　在我过去的生涯中，类似的人物只亲身接触过一个，那就是上海社科院哲学所的薛平先生。读过我的忆旧短文的人应该了解薛平对我完成自己的博士论文的重要性。等我多年以后有机会把已经出版的"博论"送给蜗居在瑞金路上的薛平时，记得他对我说，你出了一本书了。我回答他：就是一本书而已。而薛平自己，是把论文投到《心灵》（Mind）上去的——有一次我听其时在主持哲学所所务的俞宣孟老师对我说，所里对薛平的考评有疑问，这时俞老师就说了句：你们有谁（敢）把论文投到《心灵》上去的？

　　我曾说过，于分析哲学，我早已掉队，自然无以评价叶闯教授和薛平先生的工作。但是叶闯教授有一句话给我留下了极深的印象，那是在《理解的条件》的后记中。在致谢语中，叶闯教授感谢他的家人，理解和支持他以"不那么一流的方式做人和做学问"。多年以后，我把这句话引用在自己的《古典·革命·风月：北美访书记》的致谢中，主要是为了掩盖自己在国外的世界一流大学待了大半年，却只写了一篇访书记（《批判的踪迹——访 MIT 出版社书店》）和一篇总序（《从"西化"到"化西"——写在"公共哲学与政治思想系列"丛刊之前》）这个虽然不能说是多么不光彩但至少是令人汗颜的事实。

对于叶闯教授这句话，我视若"救命稻草"，这可以见之于如下事实：有一次我又想起了这句话，但是因为我的书很散乱，一时竟找不出《理解的条件》，于是忽发奇想，去孔夫子旧书网上找，不想淘到了一部签名本，是作者题赠给他在哲学系的一位同事的——有了叶闯教授那句话，再有他的签名，这部书在我那良莠不齐的库存中，简直可谓"珍本"了。

去年年底，在经过近五年的"双跨"后，我也在丽娃河畔迎来了自己的"考评"。自己的"成果"并不多，即使多，一个五十多岁的人，在大庭广众之下像小学生交作业那样"自曝家丑"，也是磨不开的。于是我就"灵机一动"，临场抛出了一个"三负责"论。这"三负责"分别是：对自己过去五年的合同"负责"，对自己经过多年"打拼"赢得的微薄学术声誉"负责"，对"优府"的学术传统"负责"。毕竟是哲学系的教授，我还三句话不离本行地对这"三负责"发挥说：第一个"负责"对应康德所谓"知性"，第二个"负责"对应康德所谓"理性"，第三个"负责"对应康德所谓"判断（力）"。我不知道掌握对我的"生杀大权"的诸位高端专家和评委有没有听懂我的话，但至少庄重地肉身在场的郁振华教授"心领神会"了，当我还在暮色苍茫中往汽车南站赶路要开始再一次"双跨"时，振华发来了"简讯"："应奇兄，三个'负责'讲得好！"

　　大概是上周，在一个分析哲学同人的微信群里，有人分享了刚刚加盟新东家的叶闯教授在国内"顶刊"发表的大作，同人们见状纷纷点赞。一向不太习惯在这种场合"抽象"点赞的我再次"灵机一动"，想出了一句赞语：叶闯教授终于开始以一流的方式做人和做学问了——梗和典出于《理解的条件》后记。

2022 年 8 月 11 日下午，舟山校区图书馆

# 同事留华兄

最早知道"优府"哲学系有位大名张留华的逻辑学者，要先于我来到"优府"任教之前。不过真正对留华兄留下深刻的印象，是因为他为最近风头甚劲的逻辑哲学家陈波教授——陈教授在转入英文写作之前写过两本书：一本是《逻辑哲学》，还有一本是《哲学逻辑》——主编的一套译丛翻译过安斯康姆的《意向》。于是当我为那年张罗的"社会科学方法论丛书"物色安斯康姆的同门冯·赖特（Gerog Henrik Von Wright）的《解释与理解》一书的译者时，我就想到了留华兄。我通过电子邮件联系到了在我看来冯著最理想的译者，留华兄慷慨地答应了我的邀约——接下来的一切都很顺利，留华兄保质按时地完成了译稿，一切犹如云淡风轻、傍花随柳。

说到这里我要顺便插一句，因为我似乎颇为高效地组织过一些丛书，也曾有人问我是怎么找到那些成熟的译者的。我想这应该是与我喜欢逛书店和至少在早年习惯于翻阅各类学术杂志——虽然陈嘉映曾经质疑"中国有学术杂志吗？"——有关，姑举一小例：在协助庞公学铨教授打理"哲学的转向：语言与实践译丛"时，庞教授纳入了图根德哈特的《自我中心性与神秘主义》这个小册子，但是上哪儿去找译者呢？这时想起自己曾在杂志上看到郑辟瑞君探讨海德堡自身意识理论的文章，我就给郑君写信，希望他接受这本小册子的翻译工作，郑君爽快地接受了邀请，而我们的工作，就只剩下一句——"就这么愉快地决定了啊！"

世事难料，五年前的这个时候，我加入"优府"开始了我的所谓"二次创业"。其实我这人从无所谓"创业"的"雄心"，虽然我在这里并不想如哈贝马斯形容他之离开法兰克福大学到马普所时说的那句"离开的动机胜过抵达的动机"来刻画我那时的处境和心境，但是"类似"的况味也许不能说一点儿也没有吧！

在我"抵达""优府"不久，此前就认识的 F 主编邀请我为学报组织一个专栏。有感于 F 主编的盛意，我就有些"路径依赖"地想到刚刚出版还火热发烫的"社会科学方法论丛书"，计划围绕社会科学哲学与方法论组织一次笔谈。在我邀请的作者中，就有留华兄，他写作的主题就是关于冯·赖特那本书的。在这里，我应该特别感谢 F 主编，在"万恶的收视率"指挥棒下，一度作为不少刊物特色的笔谈栏目早已不受待见，成了姥姥不疼舅舅不爱的"鸡肋"，在这种情形下，F 主编"逆流而上"，登出了这组——用我的学生 H 君的话来说——一篇文章五个"一作"的笔谈专栏。而我所能做的，只是徒然地觊望这一"壮举"并没有太影响刊物的"收视率"。

话说虽然到了"优府"，但是因为并不在同一个教研室，我和留华兄仍然很"生分"，除了全系大会和教授会议，几乎从不会见面。不过近年系里为了组局便利，把外哲、逻辑学和科哲的博士生放在一个小组面试，这样就在寻常之外让我们有机会在一个屋子里待上半天一天的，例如不久前进行的面试就是如此。虽然我们交谈不多，但是留华兄的机智幽默甚至小犀利却也是很快就能让人感受到的。记得有一位报考我的考生可能因为临场紧张，面试颇为"失常"，坐在邻座的留华兄忽然"黑"我一句：你是不是把报考的所有考生都一股脑儿叫来面试了？其实天地良心，我还真是严格按照比例淘汰了半数（以上？）初始报名者。只不过这次考生的增加可能有相当因素要归之于疫情造成的"内卷"罢了。

还记得有个科哲的考生面试时，因为这位学生打算研究"人工生命"，他的导师就向学生发问，希望他一般地描述一下生命的特征，我坐在一旁一边"着急"于这位考生怎么不像恩格斯那样回答"生命就是蛋白体的存在方式"，一边半调侃地说：生命就是活的啊！留华兄闻听耳语我说：活的？你这个"活的"和"生命"是分析的关系啊！我听了差点儿脸红了起来，虽然我不知道是应该脸红于自己的逻辑素养还是哲学素养。

说到逻辑和哲学，我就想起那天面试的当晚，留华兄发微信给我：应老师，放了一本我的书在你的信箱里，请注意查收。收到微信那会儿，我正上完晚课，与自己的访问学者，来自西北师大的朱海斌同学和我自己的几位学生在永德路地铁站旁边的烧烤店里喝精酿，所以我是第二天到系里上课时拿到留华兄的大作的。晚上在灯下翻阅，留华兄在后记中说这本书写了八年。的确，这是一部厚重有分量的大著，我读了几页就觉得要仔细读完需要不少时间，而这学期自己的课有些多，又面临毕业季，有学生的大小论文等着要看，而且手头又有一项重要的译事有待扫尾。人云债多不愁，而我可真实感：时间如流水，拔剑四顾心茫然！

不过昨晚，在连续的课程结束几乎放空休息了大半天之后，我倒是偶然拿起前两天其实已经"搁置"起来的留华兄这部书，更有些偶然地翻到尾章的第四节"逻辑学、认识论和方法论的统一"，这些看似有些"陈腐"的题目却因为作者引用的这句话——"当我们（因为把逻辑思维限定于对截然分出的抽象概念的思考）忽视我们所思考问题的设立条件从而偏离主旨的时候，我们就是在不合逻辑地思考问题"——而吸引了我，并饶有兴致地看完了这一节。其实，留华兄的工作重心，应该既不是逻辑哲学，也不是哲学逻辑，而是以推理论为中心的一种广义的理性观。留华兄说得好："理性问题的关键不在于找到某种可以一劳永逸'获致确定性'（the quest of certainty）的方法，而是学会'适应不确定性'（living with uncertainty）。"

而我此刻想起的，除了真是再要找个时间读一读这部在这个"大干快上"的年代——再次引用陈嘉映的话，这个"当今学术，一日千里"的年代——有些"比慢"精神的书，还想起了我以前引用的韦尔默的两句话。他一者说，"论证常常是在语境中发挥作用的，而语境是以整体的而不是线性的方式组成的。因此，论证的说服力常常依赖于本身会随着论证的进行遭到质疑的语境预设"。再者说，"在我已经提到的许多情形中，理性论证无效乃是因为我们不想承认真理，理性论证在这种语境中不能发挥作用要归咎于理性论证始终只有在某些前提下才能发挥作用这一事实"。

# 台胞东明兄

　　最早知道"优府"哲学系有位大名叫赵东明的台胞佛学老师，是在我来到"优府"任教之前。不过在我来"优府"之后，也并没有很快就认识东明兄——我习惯于这么称呼他。忘记最初是怎样"熟悉"起来的——认真讲这个词并不太准确，因为严格说来到现在我们也不算"熟悉"。这也合乎我在"优府"的"交往"模式，在过去的这些年中，无论是心态还是姿态，我都是作为"客卿"驻留于此，何况到了我这个岁数，也已是很难再结识和"熟悉"新朋友的了。

　　我和东明兄其实住在同一幢公寓中，只不过一种奇怪的编号方式把同一幢楼的三个单元命名成了三幢楼，而这竟也是我这两天才发现的，而且是托东明兄之福才发现的。

　　是在前天下午，东明兄忽然给我发微信：应老师没有下楼做核酸吗？原来我们当天上午在楼下偶遇过，及至他在做核酸时没有看见我，就想起来通知我一下，其古道热肠一至于此。待我要下楼去时，想到东明兄不但曾经送书给我，而且因我之关联，把大著送给我的一位喜欢佛学的小朋友，我就也拿了自己去年刚出的一本小书，带给东明兄，这也算是"还礼"吧！

　　在楼下聊了一会儿，东明兄热情邀请我到他那里坐坐，想到东明兄一定有不少佛学的书，而我于此道一直"叶公好龙"，就真去了他其实在隔壁之隔壁的同一层楼上的房间。东明兄果然藏书宏富，他热心地领我浏览了一遍，毕竟我于佛学是外行，很多书也是"眼前有景道不得"。东明兄很佩服倪梁康教授，收了不少倪著，不过我注意到的是书架上三民书局版的《新译八识规矩颂》，这个新译连同据说是中山大学馆藏孤本的王肯堂《八识规矩集解》编校本，已经由湖北的崇文书局推出，我也难忍手痒收了一册。

东明兄师从多位佛学名师，他的博士导师之一是台湾政治大学的林镇国教授。不过我之所以知道林教授，却不是因为他的佛学造诣，而是因为他写过一篇《寂寞的新儒家》，这是我从罗师义俊先生编的《评新儒家》中得知这篇文字的。见东明兄书架上摆放着好多他的博士后合作导师吴汝钧先生的书，我就说吴教授真是著作等身啊！东明兄告诉我吴教授一共写了54本书！我问东明兄怎么写了那么多，他实诚地回答：我也搞不清他为什么写了这么多。

因为东明兄是台胞，而我对台湾又有些特殊的感情，于是台岛就是我和他之间的一个主要的话题。聊天时我忽然想起了当年邀请我去佛光访问的张培伦兄，2016年台岛游那次在台北车站见过后，我在台湾东华大学的网页上就再也没有找到他的主页了。我就问东明兄是否了解培伦的"下落"，东明兄告诉我他这几天还曾在脸书上见到陈前"副主委"，就答应帮我找找培伦的联系方式。在东明兄的帮助下，我们终于在台湾东华大学的网页上找到了。

我和东明兄还聊到了台大哲学系，包括培伦的导师林火旺教授，当年培伦曾带我到台北和他老师聚餐，火旺教授还主持了我在台大哲学系的演讲。我问火旺教授是否已经退休，刚回过台湾的东明兄马上又翻出火旺教授的脸书给我看，其中一条正好是"吐槽"台大的退休制度的，大意是在美国的高校可以一直教到自己教不动，而在台大却有强制退休制度。我没有看完就笑了出来，今年已经七十的火旺教授果然还是"火旺"啊！东明兄一边翻着台大哲学系的主页，一边告诉我，火旺教授的一位博士生已经留在了哲学系教书，东明兄和我都感叹这委实不易，因为毕竟是在台大，而且是以做西学为主的专业，"土"博士要留校谈何容易啊！

我还在东明兄的书架上见到一部莱考夫（George Lakoff）的书《肉身哲学：亲身心智及其向西方思想的挑战》，我虽然买过莱公的《女人、火与危险事物：范畴显示的心智》，却好像没有见过眼前这书，就用手机拍了一张图，想回来在网上找。东明兄慨允我拍照。昨天近午有点儿空，我又想起了这一茬，就在主流购书平台上找了找，发现此书已经脱销，而包括孔夫子旧书网在内的第三方卖家都在溢价销售此书。因为不确定译文质量如何，也因为住处面临闭环管理，快递一时也送不到，我就想到东明兄处借来此书先翻翻，于是趁下楼取了盒饭，就一边手持午餐，一边联系东明兄，他得知我意，欢迎我去取书。东明兄对此书印象颇深，一边熟练地从里屋架子上取出书，一边告诉我，当初是在吴中路上爱琴海广场的新华书店见到这书的。东明兄还反复强调，他并不急着要用这书，我尽可以慢慢翻阅。

我取到书一边忙不迭地道谢，一边就出了东明兄的公寓。在走回自己斗室的路上，我在想，台胞东明兄不但比我更熟悉祖国的大好河山、寺庙道观，更熟悉闵大荒的烧烤夜店等休闲去处，且更熟悉"魔都"位于犄角旮旯的新华书店啊！

2022 年 3 月 16 日夜，网课之后，大荒公寓闭环管理中，堆字遣时

# 礼平同学

礼平，是我初中时读过的《晚霞消失的时候》的作者，据说是一位部队作家，或者在部队——好像是北海舰队——里待过的作家。王礼平，是我过去在"浙里"哲学系的同事。礼平，原名理平，这是我从他的专书《差异与绵延》上知道的——黄颂杰教授在给这书作序时也写作理平，所以这应该是错不了。

王礼平，我们平常都叫他礼平，据说是"浙里"哲学系最早的一位师资博后，出站以后就留在系里成为我的同事了。后来，我们都搬到了紫金港住，所以平时应该算是会经常见到。有一次，是在正月里吧，我和内人带着小女在启真湖边散步，刚巧碰到也在湖边的礼平，三言两语，礼平突然有些羞涩地从口袋里摸出来了大团结，说是给小女的压岁钱，整得我都挺不好意思的，后来也一直没有机会还礼给他。

礼平和我一样平时都是骑自行车的，甚或会从紫金港骑车到西溪去上课或办事，而且他是一直沿着余杭塘河往东骑，有一次我在塘河边散步，还遇见他了。的确，礼平应该是颇为文青的，他的合作导师，我的师兄"喜儿夫"大春某次告诉我，礼平不但写诗，而且弹钢琴，或者倒过来，不但弹钢琴，而且写诗。

礼平是一个极为 nice（友好的）的伙计，我有时都会觉得过于 nice 了。比如他似乎不是很在意大学里你争我夺的升等，用现在的话来说，是一个很早就"躺平"了的人。其实按照他的情形，稍微努把力应该是可以升上去的，但是他偏不，难道是因为名字中有个"平"字？

礼平不但对学生很 nice，对所里的各种事情也很尽责。我离开时，还有几位博士生留在那里，有一阵子，无论是关于考评，还是答辩，我都还会接到他的邮件，那份细心，让我惭愧和汗颜——因为那些是我的确做不到的。

有件事印象很深，有次研究生面试，是我在主持，有两位考生都很"野"，但是各有各的"野"法，一位是文艺范儿，另一位是民哲范儿，待他们过堂后，有位同事习惯性地叹了口气：这样的学生招进来毕不了业可怎么办啊？谁来指导啊？话音落处，先是一片沉默，这时候礼平说话了：我觉得读研究生对学生还是个不小的机遇，我们还是尽量把他们招进来吧。我闻听马上说：那么礼平你来带一个。礼平慨然曰：好的，我就带那个文艺的学生吧！礼平的话音刚落，又是小沉默了一会儿，另一位年轻的同事把茬接了过去：那我来带那个"民哲"吧！复试结束，我们一干人去教工路上的"金都"吃饭，两位年轻人一左一右在我后面作"步趋"状，我高兴地对着空气甩下一句：今儿个你们两位好样的，一位仁，一位智，咱们可谓仁智双全啊！

日前因为课上要对诸生讲柏格森哲学，我临时抱佛脚，看了洪谦先生主编的《西方现代资产阶级哲学论著选辑》中节选的《形而上学引论》，译者署名与此前在同一本书上看过的叔本华和尼采一样，都是王复。承近年从事特殊时期翻译史研究的训练小友告诉我，这位王复就是王太庆先生——用真名假名盖视当时的政治空气和译者其时的政治命运而定。这让我想起日前晒了一本年前从嘉定淘到的《论苏联建筑艺术的现实主义基础》，这部 1955 年出版的书中仍然保留着"的""底"之分，训练见图，敏锐地意识到这也可能是因为"译者尚未被改造好就关进去了"，并让我注意一下此书的译者，我这才留意到原来这书也是"劳改产品"——译者署名为"清河"，如有不明乎此者，可参看训练小友的相关考辨文字。

洪谦先生的弟子陈启伟教授主编的《现代西方哲学论著选读》中也有两篇柏格森的译文，但是读起来颇为吃力，于是想到应该看些二手研究性著作，不久前去世的加里·古廷（Gary Gutting）的《20 世纪法国哲学》是一本不错的著作，但是其柏格森部分并不很好懂，个别译文也有可疑处。

这时候我想起来礼平不是写过一本关于柏格森的书嘛，就找出了他当年送给我的这本书，看了若干页，除了感叹这书质量颇高，还惊讶于礼平的文笔之佳，之"文青"。想到柏格森还曾是诺贝尔文学奖得主，我就在想，礼平是因为与这种文学气质的契合所以研究柏格森哲学，还是因为研究了柏格森，所以熏染了这种文学气质，或许两者兼而有之吧！想到这里，我就又想起了费希特的话，是什么样的人就会选择什么样的哲学；从一个人选择什么样的哲学，就可看出他是什么样的人。不管这话对谁合适，对谁不合适，我想对礼平，我的前同事礼平同学，一定是再合适不过的吧！

2022 年 3 月 10 日，午后见启真馆公众号推送，即兴起笔

# 我们为什么要赠书？
## ——兼忆我的几位同门

在某学会群里看到一则启事，是有人主编了一套大型丛书，刚出了第一批，在"征集"受赠者，愿者可将邮寄地址等上传，以便赠方寄书。号称爱书如我，看到这则"鼓舞人心"的信息，却没有去登记名册，而是想起了关于赠书的一些往事。

很多年前我就提过，我有位同门，后来也一度成为同事，他出书多，也很喜欢慷慨送书。有阵子，稍隔些时候，就会在信箱见到他送的书，虽然时间长了难免有些审美疲劳，但这些书我应该是都保存着，而没有扔掉或处理掉的。

刚开始时，我对这位同门四处送书有些疑惑，有次甚至直接问他为何如此？承他很坦诚和实诚地告诉我，这是他的同姓老师告诉他的"秘诀"：全国搞你这个领域的也就几十人，你出了书送给他们，你也就"出名"了——这应该是"出名"的最经济之道，是在 20 世纪八九十年代？

我想起来，其实还有个"出名"的法子，就是请名人为自己的书写序。我有一位比我年长的师弟，他的博士论文是写普特南的，要出书时他就请徐友渔写序。后来一次偶然的机会，我看到友渔在那序中说，在中国做西学说难也难，说易也易，难且不说，"易"是因为，每一行也就那么些人，大家抬头不见低头见，你讲得再荒腔走板，也不至于有人当场戳穿你。

听了前述同门的话，我虽基本以为然，却并未如法炮制（虽然请名人写序的事我很久以后也干过），例如我的"博论"出版后，我只送了几个在我写论文时帮助我找过资料的人，例如崔伟奇、严春松和黄易澎。我不记得给前两位的书是否真寄出去了，至少给黄君的到现在还在我手边，我也是前一阵子整书时才发现的。

当然，我并不是一个原子式的存在，我有我的sociality（社会性）和对sociality的理解——例如我好像也曾想把我的"博论"题赠给某位至今仍然如日中天的大名流，但终究并未付诸实施，而那本书应该仍在我书库中的某个书架上。

在我这儿，以书会友的最大"成就"是当年把《从自由主义到后自由主义》寄给了听风阁主余杭韩公水法教授，韩公以他雅致的行书在同样雅致的竖行书笺上给我回了两页信。接下来的"漫长"故事，估计地球人都已经知道，就不在此赘述了。

我之疏于送书，在当年玉泉的同事间也已经有了反响。准网红F"吐槽"我"小气"不说，领导兼同事M先生有一次就半抱怨我不知送书。不过，他讲的我的另一位同门送书的故事给我印象更深。有一次闲聊，他对我说，在第二天就要升等投票的当晚，我的同门给他送了一本书。M先生少年得志，从来是一个犀利而不假以辞色的人，就问送书人：怎么现在想起送我书来了？送书人反应也并不太慢：之前来过，未找到您啊！

关于M先生之犀利，我可以自曝补充一则故事，在我要升等时，我已经离开玉泉到西溪了，但M先生毕竟是我的老领导，我就还是打了个电话向他介绍我的情况，不料电话一拿起来，M 先生就气势逼人地调侃我：你打电话是要我明天投票反对你吗？——读者诸君，我就是从这样犀利而让人受用的环境中存活下来并"杀出重围"的啊！

回到正题，关于这位同门，也还有后续故事。在很多年后一次更为重要的升等会议上，一位自己看不了外文只能看译著的高端评委问他：你一直以来翻译了不少书，现在没有再翻译了吗？原来，我这位同门每有新译就送给这位评委。

从图名谋利来看写书送书，不外乎把后者当作进身之阶。对此有个很好的警戒。多年前有个台湾的综艺谈话节目，叫做《桃色蛋白质》，其中有一期侯佩岑请了刘若英等人来。节目一开始，刘若英出场时就单膝跪地把自己的新专辑送给师父，师父却不接，还教训她：我们做的音乐是我们心血所系，不是进身之阶（或嫁入豪门的前奏），不可以随便送人的。

抛开图名谋利说送书，按受赠人区分，送书不外乎三种形式：一是送给前辈，二是送给同辈，三是送给晚辈。二、三两种方式先存而不论，或者以后再论。只说送给前辈，我也有个惨痛的经验。范老师九十岁时，我在"澎湃新闻"上写了一篇文章祝寿，范公子靖宇把这文打印出来给范老师看了，老人家当然很开心，但也流露出一丝忸怩。当我去看他时，因为家无长物，就带了两本随笔集过去，老师见了当然也是高兴的，不过在我离开时，他还是语重心长地叮嘱我：要研究大问题，写出一本大书来啊！

2022 年 9 月 19 日秋风中涂笔于闵大荒

# 书友钢祥

读过或留意过我的大小访书记或各式段文的朋友，也许会对我在其中偶尔乃至不时提及的钢祥小友有些印象。

如小友自己所忆及，我和钢祥初遇于浙大紫金港校区的晓风书屋，其时他还是浙大管理学院的博士或即将成为博士生。钢祥本科毕业于浙大动科院，但不知是从大学开始，还是上研究生之后，他开始爱听"文人"的讲座，也喜看关于人的"闲书"。这样，我们就很快熟悉起来了，也时不时相过从。

钢祥对我最大的帮助，是代我在网上购书。因为使用智能手机晚，我一直没有学会网络购物，所以那时在各大网站上购书，包括在孔夫子旧书网上淘货，我都是委托钢祥进行的。有时我在书店见到想买的书，或者通过别的渠道知道想要的旧书，就会在诺基亚上发短信委托钢祥下单。让我感动的是，接到我的"指令"时，有时他正在工作，他要么放下工作，帮我买书，要么说明回寝室操作。有很久一阵子，我会定期查看万圣新到货品，有中意的就先在各大网站搜索，然后把链接发给钢祥。

可想而知，我和钢祥的见面，也多和书之"交接"有关，一般是晚上散步时间，如果有书在钢祥手里，有时是散步结束后直接到他宿舍楼下把书取回，这时他一般会送我至我家楼下，一路聊天，有时意犹未尽，我们还会在我的单元门口站聊久之。有时见到书的心情比较迫切，我就会在散步伊始就联系钢祥，如果书不甚多，他或还会提着书陪我在校园内漫步。往往，我们一路或就书论书，或评骘人物，在启真湖边大念"山海经"，那确是些愉快而难忘的时光。

浙大管理学院的学业压力不轻，平时的日程远比人文学院紧张。再者，管院对博士毕业要求不低，有硬性的国际发表指标。有一段时间，钢祥很为此而困扰，而我又完全爱莫能助。有一回在我们小区楼下的休闲吧闲坐，心情却一点也"休闲"不起来，只是默默地把杯中的黑咖喝掉了三分之二，是以，等钢祥在千锤百炼、九死一生之后终于通过了这个难关，我真想和他一样大吼一声，出了那口"鸟"气。

钢祥是家中的独子，他又是个典型的孝子，所以顺利毕业后，他选择回到家乡绍兴，在父母身边的一所大学任教。可巧的是，我也在那一年（2017年），离开了浙大，我们接头交取货和一起散步的那个校园，几乎同时成了我们的记忆。

相交多年，钢祥帮过我不少忙，早先时还会到我家里帮我重装或排除电脑的小故障。回想起来，有一次他让我有大收益。那次是我招收博士生，从满意程度来说，两位上线的考生我都不打算招收。但是其中有一位考生和我更接近，关联更紧密。所以在递交最初的决定后我仍然有些纠结。犹记那次和钢祥聊天，到最后我吐露了想修改结果的心思。我刚说完，平素对我虽不能说是"唯唯诺诺"，但基本也是"言听计从""点头称是"的钢祥，忽然正色严肃但仍然是恳切真诚地对我说：应老师您不能这样做，这样对另一位考生不公平！可谓一言惊醒梦中人，我一边汗颜于自己竟然会到如此糊涂的边缘，一边却从此彻底地把这事放下了。

反观自己，多年以来，能够给钢祥的帮助却是少之又少。只有一次，我在台北书展见到联经展柜上有《中国思想传统的现代诠释》，我就给钢祥小友带回了一册。忘记此前还是此后，也不清楚是否为了"还礼"，他送给我一册查建英的《弄潮儿》。因为我在大学时代读过王蒙的《组织部新来的年轻人》，当年还在吉林大学鸣放宫和大学室友崔伟奇同学一起听过他的演讲，又对20世纪80年代有些微的"感性认识"，所以对《弄潮儿》中写王蒙的那篇文字印象颇深。

　　让人欣慰的是，那年钢祥结婚，我应邀到绍兴参加，还和他的导师郭斌教授先后上台致证婚词。可能因为钢祥之前和我讲过他也是因为书的因缘认识女友（那晚的新娘）的——因为都和书有关，所以我那天的致辞又出彩又体面。须知出彩于我并不稀罕，体面却是难得的，而钢祥的故事和姻缘更是难以复制的。

　　维特根斯坦曾把和一个朋友说废话称作人性的基本需要，我和钢祥之间基本没有说过什么废话，却保持了这份难得的友情。我想，这一方面固然是因为我们是通过书和书店而认识的，另一方面也是因为所谓"体面"和维系理想之火焰于不坠也同样应该是人性的基本需要吧！

2020 年 7 月 27 日

# 小蒋与《元文类》

商务印书馆"国学基本丛书"版的《元文类》，精装上下册，我得之于 20 世纪 90 年代初上海社科院图书馆清仓处理图书之时。虽当时不明所以而得之，但这书此后就辗转随我至 2017 年 5 月的紫金港。之所以强调这个时间节点，是因为那时候家里的书都已经搬空了，我抽空回去清理旧物，却见到这书还在架子上，于是拍照发了条动态，后来还把它带到了闵大荒。

从 2015 年 8 月始，我移家舟山，一开始住在新城，那是舟山市市政府所在地，在此有家新华书店，名新城书城。那是我闲裕之时遛弯的一个去处，也由此认识了店员小蒋，一个身材魁梧的小伙子，也是位在某 APP 上写稿的业余史学家。记得那时我在做翻译，有一次需要查阅《同一与差异》的中译本，但这书不在手边，我就跑去书城忍痛买了本文集版，小蒋见了很惊讶：你还看哲学书啊，那可是我高中时的爱好！

有一阵子，新城书城的礼品书架里摆放着我称之为"镇店之宝"的《黄式三全集》《黄以周全集》和《金性尧集外文补编》，黄氏父子和文载道先生是定海所产有名的学者和文人，于是我在小蒋的建议下利用某年世界读书日的打折活动下了单。记得那次买的书不少，后来还是小蒋委托另一位店员用手推车把书推到我公寓来的。买书本身没有什么，但买这两套书也许寄寓了我对千岛之城的特殊情感吧。

有一次，我和小女在书城看书，忽然天下大雨，而我们等不及要回家，这时小蒋刚好下班，他主动说愿意用他的车把我们载回家。我们跟着他下到地下车库，却发现了一辆豪车！

因为相互之间算是熟悉了，我有次就对他说，自己即将搬离公寓，住到舟山校区的房子里去，在新城公寓两三年积下来的书就要打包，一时不知该怎么办。小蒋听了，慷慨地对我说：我来帮你打包，反正我在书店里也要打包，算是熟练工，你自己打，不知要打到何时去。又说：我从店里找些废弃的打包纸，你也免得去找了。

打包的日子到了，这对我像个节日，对小蒋却是个苦难的日子，而这显然是他始料未及的。打了半天，连一半都没有完成。小蒋叹了一声：在书店里从未一次打这么多包，再打下去手都快要断了，只好下次再来。忘记再来了一次还是两次，包是打完了。记得是当天傍晚还是第二天，我对他说：我请你吃饭吧！我们来到了淘味城的一家比萨店还是什么店，我自然是点了一些东西，他一再客气地让我少点些，还一再地表示让我破费了，把我整得挺不好意思的。

又有一次，小蒋对我谈到一本书，久觅不得，我听了就对他说：你为什么不上孔夫子旧书网试试呢？他忙问什么网，我说你不会不知道孔夫子旧书网吧？反正后来有一阵子，我每次去书店，他都会对我说：你推荐的实在是太好了，我缺什么书，就在上面找。我问他找了什么书，他回答的都是"起居注"什么的，这也不奇怪，因为他对史学的主要兴趣集中在元明清史。再后来，我去店里时，他就会调侃我，你推荐的这个网站骗走了我不少银子呀。

小蒋在书店工作，有一个"特权"，他会订些自己感兴趣的相对冷僻的史料，一般订两套，他自己一套。他有个"理论"：网上买书经常由于快递原因而致品相不佳，从书店渠道订就不会有这个问题，从这点看，他可真是个爱书之人，至少比我更爱书。他订的书另一个预想读者就是我，所以一旦有找来的书放在架上，等我去书店了，他就会向我推荐，同时声明不是为了要掏我的腰包，实在是觉得书好。可是我读史书很少，更何况还是些冷僻书，有时实在"拗不过"，也会买一点，盛意难却，只是买的他推荐的书我基本上都是记不住书名的，更不要说阅读了。只有商务印书馆陆续在推的那套"泉州文库"，我还真是因为他的推荐才留意的，买了不少种不说，我还对他说：这套书中的经学类，请帮我留意。小蒋听闻，一边应着好的好的，一边却说：我只看史部，经子集都是不观的。

　　暑假中的一天，在新城书城，在成功地把某部战争史料——瞧，我又忘记书名了，只记得是"优府"隔壁的上海交通大学出版社所出——推销给我之后，他带着一丝兴奋，还有一点神秘地对我说：有一套点校整理本的《元文类》马上要到货了，你要不要？我就说了文章开头的故事，他听了就说，你那个只有断句，现在的可是最新整理版。又是鉴于对这套书的特殊"感情"，我就说：你帮我也订一套吧，我要的。他听了很高兴。过了几天，书到了，他马上就拍照片发给我，还说：我已经把给你留的这套书"束之高阁"，任何人都不能动。我问他什么时候去取书比较好，他答周日比较好，因为除了他用自己的员工卡给我打八折，我还可以用暑假期间才有的减三十券，相当划算。果然，等周日到了，我就为了那减三十的券，顶着烈日骑车到了新城书城。我一进店门，小蒋就看到我了，一声"老应"还未消散，马上就把我带到柜台，取下那套《元文类》，打折领券，一顿操作，码洋 258 元的书只要 178 元！得了这个便宜，我有些不好意思，就问他：还有什么书推荐吗？只见他大手一挥，豪气地说：只有这套好书，别的书都没有什么价值的啦！

把最新版《元文类》捧在手里，看着北京师范大学出版集团和安徽大学出版社这个奇怪的组合和字样，还有有些眼熟的装帧，我口中喃喃：这书有点儿像我不久前在网上搞活动时拿下的《九家集注杜诗》啊！闻听我的嘀咕，已经转过头去埋头理书的小蒋又转过头来对即将跨出店门的我嘀咕：哎呀，老应，我不是对你说过我从不读集部之书的嘛！

2021 年 9 月 1 日，舟山校区图书馆

# 淮海中路 622 弄 7 号的 Staff

我曾有不少散篇文字谈到上海社科院（此文简称"社科院）的 faculty（教员），以至于我的某一位学弟，当那年在哲学所硕士毕业作为学生代表发言，竟首先感谢我为学弟学妹们所"塑造"的社科院——特别是哲学所——之"学统"。对于矢志从事学术的学子来说，这种所谓"学统"对于后来者的归属和成长可能是一种不可或缺的成素，虽然就不同的学科而言，其重要性或许各有不同。但是，特别是在现代建制的意义上，学术共同体中的 faculty 并不是在真空中运行的，比如说，staff（职员）就同样是一种我们无法忽视的重要存在。新年的第一天一早醒来，忽然想到用简笔记录几位三十年前我在淮海中路622 弄 7 号遇到的 staff，抚今追昔，人之渐入老景之以谈往忆旧为乐，此亦其一证也。

## Z 先生

1990 级硕士研究生报名截止的前一天，经过事先的许可，我一人坐"南湖轮"从定海来到淮海中路 622 弄 7 号，向社科院研究生部的招生老师当面递交我的报名材料。接待我的是一位 Z 姓的先生，他身材高大，说话却斯文中带着俏皮，当他看到我的报名表上报考导师一栏写着著名佛教学者高振农先生的名字时，就语带调侃地对我说：你读完研究生要回普陀山去吗？见我有些茫然，这位 Z 先生就告诉我，已经有一位静安寺的院监——也就是后来留所的夏金华研究员——准备报考高先生的研究生，虽未"内定"，但估计我"步入"佛门的希望不会太大。

正在我有些进一步的茫然之时，Z 先生"指点"我：不妨将报考导师改为时任哲学所副所长的范明生研究员。因为我在舟山工作单位的书柜中就有一部范老师的《柏拉图哲学述评》，所以我在岛上可谓已经与范老师"朝夕相对"了近两年，于是几乎不假思索就同意了改报。看着那份已然"尘埃落定"的报名单，我又有些茫然起来。Z 先生马上看出了我的心思，用一种立即让我"如释重负"的口吻对我说：没有关系，你就把原来拟报考的导师名字涂掉，写上范老师的名字就可以了！这可以说是我迄今为止所经历过的最有意义的一次"改写"——而后来的"故事"，包括蒋益学弟在内的诸位，应该都已经知道了。


## P 先生


这位 P 先生，是社科院研究生部的总务员和后勤总管，我们都称他老 P。老 P 身材敦实，小魁梧，面色黝黑，脸色紧绷，反应精警，一看即知其为小"能吏"也。似乎也因为如此，同学们似乎一向对他颇有"物议"，我则不以为意。我以为老 P 替公家"看门"，自当讲求原则，"精益求精"，岂能如某些人所望慷公家之慨，以放水为能事；

至若其为人有些"势利"，一则个性使然，二则职责所系，吾人自不当苛求，只要他基本能按章办事，而不尸位素餐，吃皇粮而不作为即可也。

其时社科院研究生部，有一"德政"，研究生们的"家属"——不论男女，也不论婚否——来"探亲"，部里照例提供一间家属房，虽然我其时已有女朋友，也来沪探过亲，但我忘记自己是否用过此房，倒是与一位"浙里"——那时还是"杭里"——的才俊，就是因为他来研究生部"探亲"而认识的。我倒是享受过部里的另一项"德政"：预支助学金，其实就是借款。记得一次因为买书透支，还不到月底，我就已经囊中空空，犹豫纠结再三，我还是走进了老P办公室，他闻听我意，二话没说，就打开抽屉给了二三十元还是五十元！当时那种百感交集的心情，实难言表，而至今记忆犹新也。

研究生毕业到了杭州，我在院里的一位朋友严兄，有一次忽然来信告诉我，好像因为某项费用没有结清，还是某项手续没有办妥，老P让他转告我：应奇的毕业证书还是学位证书暂时不能发出。因为当时我已在读博士生了，一时用不到那些证书，我就一直没有和老P联系，此事还是很久以后严兄代我前去交涉而办好的。

## Y 先生

刚入研究生部时，部主任是哲学所的H先生，他长相敦厚，德艺双馨，是一位好人，记得在我博士毕业后，他还曾向我探询有没有可能回到哲学所去工作。但是到我硕士毕业前，H先生就调离了研究生部，接任的是一位来自法学所的研究员 Y 先生，或许与其专业有关，这位先生似乎为人处世颇为峻急。在 H 先生的无为而治下放松惯了，来了有点儿雷厉风行的 Y 公，同学们似乎都有些怨言。

毕业前那个最后的冬天，有一次，时间已经快近午了，我还靠在床上看书，一边还开着室友的一对音箱听着音乐，可能声音开得有点大，刚好被路过巡视的 Y 先生听到了，他循声急吼吼地来到我的寝室，开门见状，就大声呵斥起来：一者到这个点了还未起床，私德不足；二者音乐声开得太大，公德有亏。本来他说得未必不在理，但由于其工作方法失当，态度极其粗暴，我竟当场和他顶了起来。Y 先生一听更是火冒三丈，直接冲到我床边，夺过我手里的书，我心想要是我那时在读的是啥黄色读物可就坏了，偏巧那时我正在写第二篇硕士论文，看的书好像不是马恩全集版的《黑格尔法哲学批判》就是全集第四十六卷上的《经济学手稿》，Y 先生见状，顿时如一个泄了气的皮球，丢下了书，还丢下了一句话——想不到你这样的人，还在读马克思的书——就悻悻然离开了。

## 哲学所诸先生

因为我学的是哲学，自然与哲学所关系紧密些。除了研究员们，我对所里以下二位先生和一位女士印象深刻。一位是姓朱的先生，他本来应该是一位研究人员，不知什么原因，兼做办公室工作。我每次到所里办事都会碰到他，他穿着陈旧但依然挺括的中山装，戴一副玳瑁眼镜，上衣口袋里还经常插着一支钢笔，是典型的《人到中年》里的知识分子形象。他其实见识很好，偶尔也会评点人物，这在有着某种衙门气的社科院还是颇为难得的，可惜的是，那时我是一位学生，自然无法与他有什么深谈和深交，但是他的形象和神采却那样深刻地留在了我的脑海。

另一位是哲学所的办公室主任，似乎是名陈姓的年轻女性，她是那种典型的办公室女性，人颇能干，善于领会领导的意思，协调同事关系，更为难得的是，对我们学生也非常温和乐助，是那种低调而又热情，其善意有时竟会使人忘记其存在的人。事实上，毕业很多年，我也基本已经忘记她了。是去年还是前年，哲学所的所庆，她在宴席上认出了我，我们做了亲切的交谈。前面说到，哲学所是有"学统"的，但是不知为什么，见到这位办公室主任，我才有一种回到娘家的感觉，虽然那次我们并不是在淮海中路 622 弄 7 号见的面。

最后一位是哲学所的资料员，我忘记他姓什么，那时他已经是一位老者了。哲学所的资料室，似乎主要是对研究人员开放的，所以我一般也是趁周二、周五上班日才会去资料室转转，记得在那里碰到过孙月才和俞宣孟老师。当然，他们的名字更多地可以在资料室图书背后的借书袋的签名栏里发现，我记得孙老师经常借阅杜威的作品，而俞老师有一阵子在读《曾文正公文集》。资料室好像位于三楼楼道的西侧，平时很昏暗，我去了以后，先和那位先生打个招呼，就自己徜徉在书海了。那位胖乎乎的先生好像永远在忙自己的事情，几乎从不抬头看我。我在淮海中路 622 弄 7 号的三年光阴，也就这样静悄悄地度过了。

# X 小姐

　　如我在别处说过的，社科院对我最重要的存在，是它的图书馆，而让我获益最多的，说来惭愧，是它的港台阅览室。忘记最初是怎样发现这个阅览室的，但是自从发现其妙处，那里就是我最愿意光顾的一个所在了。那间朝东的阅览室，走到底是港台报架，我估计主要是港报，那时我对于政治和各种小道消息，都没有什么兴趣，见到研究员们匆匆进出在那里看港报，还觉得有些奇怪。后来是罗义俊老师告诉我，我们获得的一个重要教训就是，凡是港台小报上登过的东西，后来基本上都证实为真。

　　这间阅览室三分之二甚至四分之三的南边空间，是用来陈列港台图书的，过道的北侧，是图书目录箱。有很长一段时间，甚至是我整个研究生生涯，我就在那里翻卡片，抄出书单交给那位脸色有些蜡黄的 X 小姐，她会很快把书找出来递到我手里，我就在那个阅览室里看那些似乎同样蜡黄的书。而那位穿着整齐、颇为精干的 X 小姐，就像哲学所图书室的那位老者，不知道她在忙些什么，好像有时候还轻轻地吃几口零食，犹如张爱玲笔下的场景——虽然我那时，甚至现在，都没有怎么读过张爱玲。上海的公家单位，上下班都很准时，记得有一次下班前，她看我还在啃《现象与物自身》，就对我说：你可以把书带回去看，过个两三天，书看完了，再来换。虽然我知道，两三天是没有办法看完《现象与物自身》的，但我却如遇大恩，从此就开始了我在港台阅览室的"借读"生涯。

　　回想起来，三年研究生生涯，除了社科院的图书馆，我获益最多的还有它的食堂，当然这个食堂里并没有免费的午餐，虽然它的伙食很好，记得后来附近的公司和向明中学的学生也会来搭伙。我是说，那时食堂的工作人员，似乎无一例外都是上海人，久而久之，我也习惯了用半生不熟的上海话和食堂的卖货师傅讲话，例如早餐时分，我一定会说来一只肉馒头而不会说肉包子。上海话在社科院的大院子里似乎也是一种生存"技能"，而我相信，我的那口勉强的上海话，就是在社科院的食堂，还有淮海路上的长春食品商店，勉强学起来的。当我时隔多年回到沪上，我发现，我的那口多年不用的蹩脚来兮的上海话，竟是上海留给我的最深印记，也是最有用的技能，虽然在闵大荒，它几乎完全没有用武之地。

2022 年元旦，写于千岛新城寓所

# "云遮断归途"
## ——杭大岁月片忆

　　少时有一回到杭，父亲领我转杭城，经过天目山路杭大门口，转头对我说：将来你能入这校，也不错了。此愿后竟遂真，不过其时是我入此校读博也。

　　据同门后来报道，在决定我入师门前夕，有师兄弟对夏师劝进：此生曾事自然辩证法专业，应属靠谱者也。忘记是夏师确定我入门后，还是之前，我到杭大校园转悠，绿树掩映中在东二教学楼（？）地理系门口，见一书店门市部，入门逡巡一圈，觉此店甚佳，携王路教授编译《弗雷格哲学论著选辑》一册而归。

　　三年生涯，其实可忆者无多。二外德语课老师好玩儿，用杭州话课堂表演，然终于学业无甚裨益也。师门每周聚会，有师兄论文选题为加拿大唯物哲学家邦格（Mario Bunge），另一师兄选澳大利亚唯物论者阿姆斯特朗（David Malet Armstrong），也有人研究"参考"理论云云。余则选硕士时"已识"之牛津哲学家斯特劳森，虽其时几至"独学而无友"，然终于三年后顺利毕业离校也。

　　舍友朱兄，长我近十岁，从江西师大辞去教职入杭大随黄宪院士攻有机化学。朱兄世事洞明，而人甚耿直，平素多在实验室，有一回我被关在门外，无奈至其室取钥，而室内试剂味甚浓，朱总"醉卧"

其间，真真不易也。朱兄绝对"美粉"，生为中国人，死愿为美国鬼。毕业前夕，得加州一校攻硕 offer，晚与我"商"，联床夜话，果断放弃将到手之博士学位，赤膊只身赴美，诚有信念有行动力之勇士也。

邻室初亮君，从温州某中学考入古籍所师事崔富章教授攻楚辞，交谈几次，甚相得也。有一回他对我说：自己写了一篇与洪兴祖《楚辞补注》商榷文字，交予崔师，若干天后崔师回电，文章已校改发还。待拿到旧稿，见崔师仅在凡称崔师之师曰姜亮夫者其后加先生二字。

初亮君出身不甚高（可能是温州师院），然志向不低，毕业考博非 P 大不考也。其时 P 大中文系主任为学问如哲学系楼宇烈教授般湛深之长袖善舞的费振纲教授，不过初君报考的是我曾称之为 P 大中文殿军，曾校注《诗经》等的褚斌杰教授，然考之再三终未遂愿也。毕业失联甚久，某日忽见初君踪迹，其正与书商合作编纂《大学语文》，其生财有道一若是！

某日，经初君绍介，一位历史还是中文系研究生到访，环顾我的书架，希望我转让上古版《陈寅恪文集》。余答：寒舍陋架虽遍，唯此一套"善本"，恐难从命也。此君闻言悻悻然而归。

杭大三年期间，唯与毕业于哲学系并曾留校任教后又转至玉泉的 Y 君相交游，某晚从求是村夜聊归，研室闭门，夜色中从二楼潜入，至今记忆犹新也。

二十四年前此时节，骊歌声响起，而朱兄已赴美，杭大园内草木茂盛，最后一晚，我与 Y 君在化学楼前半亩方塘边夜聊，谈择业前景，叹云途漫漫，其情其景，至今如在眼前。

毕业 N 年后，某日忽见在紫金港学生信贷中心旁开出一家书店，以教辅公考为主，书品亦如世风已大坏矣，唯见那位男性营业员甚面熟，忽然想起其即旧时杭大门市部那位——新华书店杭大门市部，乃记忆深处老杭大于我最甚教益之处也！

2020 年 5 月 3 日

# "你秋风里萧萧的玉树"
## ——送别张世英先生

　　得知百岁哲人张世英先生仙去的消息，我正一人在三十年后重到的朱家尖白山景区闲逛。正午时分，阳光闪耀，但岛上的风已有了秋意，空气通透的山上，可见视线里就只有我一个人。下山坐公交车返回路上，在众理事纷纷哀悼的外哲学会群里，一直不习惯单纯发表情的我也写了一句：昨天还重温了张先生为孙月才老师的《悲歌一曲》撰写的序言，一开篇就用了五六个排比句——现在张先生自己也成为永恒的排比句了……

　　我从没有面聆张先生教诲的机会，但是在 20 世纪 80 年代吉大哲学系的氛围中，黑格尔的逻辑学颇受重视。我就曾在学校八舍附近的桂林路书店买到张先生 80 年代增补出版的《论黑格尔的逻辑学》，这应该是我得到的第一部张著。我的《小逻辑》是跟着王天成老师在地质宫旁边的灰楼学的，天成老师在课堂上和聊天中也不时提到张先生的名字，但我手里一直并没有张先生那部《黑格尔〈小逻辑〉绎注》。

　　80 年代末，张先生分别出版了《康德的〈纯粹理性批判〉》和《论黑格尔的精神哲学》，这两部书我都收了。那个年代，中文讲解康德哲学的书很少，前一书基于讲稿形式，简要清通，是一本很好的入门书；而后一书则因为那时《精神哲学》没有中译本，我又颇想了解其中的"实践哲学"部分，就此而言，张先生的这书无疑是不二之选。

应该是1992年下半年，我给张先生写信，了解报考博士研究生的情况。张先生给我回了信，介绍了考博的要求。后来博士并未考，而这封信也早已找不到了。印象中，张先生的（钢笔）字是传统所谓台阁体。我不懂书法，不过我觉得张先生晚年的字似乎是融入了瘦金体的笔法，是这样吗？

接下来就是主客合一和天人合一的《哲学导论》和《天人之际》的时代了。前者曾在自己备课时用作参考，后一部书也学习过，受益是很大的。不过因为那个时代，做哲学的专业化程度越来越高，从业者身陷其中，乐此不疲。撇开所有别的因素，这肯定也是制约张先生晚年的思考取得更大影响的一个因素。

若干年前偶然从网上买到张先生的回忆录，一口气读完，有很大的兴味。某种意义上，张先生可能是亲承和接引西南联大哲学风气的最后一位哲学家。张先生不写日记，所以我们无法像通过日记了解许渊冲先生那样过细地了解张先生的大学时代。就此而言，张先生的回忆录很宝贵，部分也是基于此，我用写过不少回忆昆明生活诗文的冯至先生的一句诗——虽然这句诗并非写于昆明——来表达我对张先生的追念。

我刚得知，2005年9月，张先生在收到杨国荣教授的《存在之维》（后改名为《道论》）后，给杨教授写了一封信，最后说："海德格尔把'共在'看成是'沉沦'，你以马克思主义的观点表示了不同看法。我过去倒是赞同过海氏的这一观点，这符合中国旧知识分子遗世而独立的情操。"

如一开始说明，于张先生，我从没有亲承謦欬的机缘，而今张先生百岁人生谢幕，我觉得，或者说正因为如此，张先生于海氏之论的"亲和性"——哪怕只是曾经——应该是了解其人格面向的一个重要维度。

2020 年 9 月 12 日下午四时，千岛新城寓所

# "清洁的精神"
## ——闻沈公远行

　　确闻沈昌文先生大去的消息，是昨晚从青浦练塘返回闵行公寓之后。"文化人"霸屏，是这朋友圈时代一大景观，而我醉眼蒙眬中浏览之下，一时竟觉"凝噎"无语。

　　也许因为我平时好为无益之议论，而近年似更颇"擅""祭文"，一早起来，就收到罗卫东教授的短信：沈公仙逝往生，你不发一言，对他没兴趣？还附上了个不解兼期待的表情。不知怎的，见此信息，我除了会心于卫东之会心于我，仍然发不出一言。

　　刚刚见到王志毅先生在《财经》上发表的《也谈沈昌文先生及其出版》，志毅以出版人的敏感和使命感，细说对沈公出版志业之理解，所谈诸端均甚得我心。就我自己而言，志毅文中所及沈公的三联和"辽教"两个时代，都已褪入遥远的记忆。大致说来，三联和《读书》对应于我的大学和研究生时代（相当于志毅的高中时代），"辽教"和"书趣文丛"则对应于我的杭州生涯尤其是玉泉时代。至今记得骑单车在杭城的大街小巷大小书店挑挑拣拣"新万有文库"和"书趣文丛"那些日子的清冷身影。也许因为心境变化和职场"失落"，我现在已很少翻出三联时代的出版物，而只偶尔与"书趣文丛"为伍。

　　我的经验没有什么代表性可言，虽然我同感于志毅之于学术产业时代的隐忧，且不论志趣和能力，除了自己那微不足道的所谓"丛书时代"，我所采取的最多似也只是有所不为的非进取姿态，晚近十余年更是庶几近乎志毅文中所引为警戒的"自娱自乐"状态。

沈公淡出江湖后出了不少种小书，我基本上都收了，偶尔翻阅，亦能有感于其言之有物并从中受益。沈公是包袱和作文高手，其文之结尾处每有可观。我所收沈公的最后一书好像是他与人的书信集，那一定是会进入当代中国出版史的。

我与沈公只一面之缘，那是很多年前和一位编辑朋友在北京三联韬奋书店的偶遇，沈公好像是与一位寓居伦敦的女作者在清咖聊天。我的朋友一边把我介绍给沈公，一边"取笑"最爱邓丽君的沈公的音乐品味。沈公闻听不以为意，且照例露出他那招牌式的俏皮而善意的微笑。

谈话中，大概因为刚读了一位青年才俊在《读书》上的文字，我似乎有些不太适宜地在沈公面前提及这份曾是其生命所系的杂志；似乎更不得体的是，我还在沈公面前提及他的一位以前的"朋友"和当时的"论敌"。我忘记当时沈公回应我的话了，但他那种似乎有些让人难以言传（曲和屈）但其实又极其透明（靓和亮）——可谓"曲直"——的表情和神色似乎至今还在我眼前。

志毅说沈公孙女所绘肖像中的沈公是一个快乐的老头，背着书包，拎着两捆书，活脱脱一个卖书翁——是的，沈公是个"书商"，是一个江湖中人，但是难能可贵的是，他却偏偏有一副"清洁的精神"。

2021 年 1 月 11 日午后，闵行公寓

# 周道如砥，坦然可观
## ——追念黄颂杰先生

年前就听说黄颂杰先生因重症住院，让人心里蒙上一层不祥之影，但是当我一早从李蜀人兄的动态中得知黄先生于今晨仙逝的消息，心情还是沉重而悲痛。

说起来，黄先生还是我的"座师"：1993年春夏之交，我从上海社科院哲学所硕士毕业，我的导师范明生先生请颂杰先生来主持我的论文答辩。我们那时候的学制是两年半，范老师那一届其实有两位学生毕业，其中有一位已经按时答辩，而我是为了与博士生入学衔接而特意推迟毕业的，所以黄先生那次是特意为我一个人而赶到淮海中路622弄7号来的。还有点儿特殊的是，那一年我其实写了两篇硕士论文，前一篇写新儒学，范老师"临时起意"不予通过，我也只好"临时起意"赶写了一篇简论从德国观念论到马克思的市民社会概念——其匆促粗糙自然不言而喻，但黄先生还是高抬贵手让我通过了，年深日久，只记得他似乎说：看得出来，文章写得很急，但还是有些"火花"，而且你敢于下论断！

虽然如上所述黄先生是我的"座师"，但我一直与他并无交往，一个原因当然是我从硕士毕业就离开上海了。本来范老师是希望把我留在哲学所，再在职在沪上念一博士学位，但后来因为留所的事不了了之，其他的自然也就无从谈起了。

第二次亲承黄先生教海，已是很多年之后，应该是在杭州的一次会议上，一堆人正在聊天时，黄先生特意走过来对我说：你编的那套"当代实践哲学译丛"不错，我也在考虑这方面的问题。得到来自前辈的肯定和鼓励，我自然是受宠若惊，而且感激莫名。的确，黄先生不但在考虑那些问题（例如他在广州的一次演讲），而且是我的"同道"。我记得他至少编了两套书，一套是"哈佛教学用书哲学译丛"，另一套是"国外思潮译丛"，都是享誉哲坛、让人受益无尽的。

印象中是在那次聊天后，黄先生特别告诉我，他在主编《复旦学报》（英文版），希望我有英文论文的话可以交给他。面对如此盛情邀约，我只有支支吾吾的份儿了，我不好意思地告诉他：自己虽然翻译了几本二三流的书，主编了几套一二流的译丛，但我的英文是我的所有"功课"中最糟糕的。

我到上海后参加过一次中西哲学与文化年会，似乎那次黄先生也作为前辈参加了，他看到我后露出很亲切的表情，也许我那时刚到沪上"惊魂未定"，竟也未能与他好好地谈一谈，只是有个感觉：黄先生有些老了，但他那机敏、通达、干练的精、气、神尚在举手投足间在在呈现。有一次我和郁振华兄偶然聊起黄先生，我们都认为，在他所置身的那个风起云涌、波谲云诡的学术"共同体"中，黄先生乃是中流砥柱式的让人心安的存在。

去年五、六月间，我的一位过去的学生到杭州某校求职，在各项条件都符合要求的情况下，因为稍有些个人性的因素而受制。我偶然了解到用人部门主持工作的一位领导曾是黄先生的博士生，由于事出紧急，我在从沪返舟（山）的大巴上给孙向晨教授发微信，问来了黄先生的联系方式，就直接在车上给黄先生电话，想请他代为澄清一些情况，帮我为这位学生尽最后的努力。黄先生闻听我这非分之请不但未推托，反而热情地答应了下来，而且黄先生那时正在从医院回家的路上！此事后来虽然仍未成功，但是黄先生替我做的那种"担当"已经大大超出我所能言谢的范围，事后想来，简直对我构成了一种心理上的巨大压力——我一直在想，自己是不是太鲁莽了？太强人所难了？难道我就没有或者说竟至于以堂皇的正义感来包藏对自己学生的一念之私？无论如何，能够"宽慰"我自己的是，我觉得黄先生应该是不但不会以此为意，而且是能够理解我的所作所为的。

去年底，我偶然看到黄先生的一份自传，他在其中详述自己的家世生平，娓娓道来，让人读来颇有兴味。尤其其中提到 1957 年的高考，让我联想起自己的父亲也是那一年高中毕业参加大考。这份偶然的巧合似乎让我平添了一份与黄先生的亲近感。而回想起来，大概也正是颂杰先生身上那谦谦君子和蔼然长者的风范让我作为一个其实平素与其并无交往的晚辈和后学，"敢于"在他面前提出从常人和世俗礼仪看是"无礼"到有些"过分"的要求的吧！

黄颂杰先生千古！

2020 年 3 月 9 日正午，阴雨中于千岛新城寓所

# "从无住本立一切法"

## ——闻车铭洲先生仙逝

　　昨午在一位师友处聊天，听到车铭洲先生逝去的消息，瞬间有些恍然，想来盖因不闻车先生之名久矣。

　　在我的大学时代，代表南开外哲形象的是冒从虎先生的《欧洲哲学通史》。或许那时的印象也有偏差，以为车先生主要以现代西哲为业。这中间的"分工"，有点像是邹化政先生是从事哲学史的，小邹铁军先生则是做现代西哲的。

　　某种程度上，我的印象也并没有错：回想起来，车先生之所以被自己深刻记住，就是因为他编选的那部《西方现代语言哲学》。1993—1996年，我在杭州大学做"博论"，在那个自己还没有用上电脑和互联网，动不动就要到北图人肉搜索和复印，资料极度匮乏的年代，车先生编选的这部资料书和周昌忠先生那部同名的著作《西方现代语言哲学》，是我放在案头经常查考并受益的两部书。

　　车先生编选的这部书颇有些内在的丰富性，虽然我现在记得的只有其中收录了《胡塞尔与弗雷格》的作者莫汉蒂（Jitendra Nath Mohanty）教授的至少一篇译文。如今遥想，在那个年代能够编选出这样一部文选，真是很令人佩服的。我想，这不外乎三种途径：一是参考某个英语世界的选本，二是从某部同类导读中甄选篇目，三是遍翻相关选本、杂志或期刊。至少对我来说，如今车先生的成书过程已无可考，不过我猜测最大的可能性乃是介于后两者之间，因为车先生选录的主要不是一流的大经典，而属于所谓二手文献（second literature），但对于"博论"甚至期刊论文的作者，这类文献往往是最有用的。

我于车先生之志业别有一番共鸣甚至"谬托知音"的地方，在于他乃是一位双栖人，尤其是从20世纪80年代中期后，从哲学转入政治学，于南开政治学之奠基发展与壮大，有筚路蓝缕之功。余晚生后学，更无车先生之"功业"，但他身上这种如陈建洪教授所云一身而任哲学人与政治人的型范，却也竟是不才如我者所心向往之的。

昨晚课间与诸生谈牟宗三先生哲学，忽然想起早年念《现象与物自身》时所"熟知"的牟先生引《维摩诘经》上的"从无住本立一切法"一语，在赞其为中西哲学最高至语之余，因了自己最近刚好完成一篇自由主义的小论，忽然旁逸斜出，出一"金句"：先验的观念论似乎天然地具有一种自由主义的精神气质！吾语一出，诸生先是作莫名所以状，继而又似若有所悟，最后则齐声笑了出来。

车先生是两栖人，我则是双跨人，谨以此一语一笑为高寿而去的车先生送行。

2021年4月2日，双跨于海上之时

# "沪语说得比英语好"
## ——兼忆李华兴先生

　　人过中年，顾影自"恋和怜"有增无已——更何况对我这样一个没有任何一张大学和研究生时代集体照的"独行客"，可想而知在别人笔下见到三十年前的自己的那种心情和况味了。

　　昨晚在阿巴多最后指挥的《英雄》进行曲声中浏览公众号，见"上海史研究通讯"推送我在上海社科院1990级的同学王泠一同志回忆他的导师李华兴先生的往事，因为华兴先生也是我的授课业师，就很有兴致地念了下去。不想其中还回忆到当年我们四位同学一起在徐家汇历史所华兴先生近代思想文化课堂上的情形，因有些细节我此前亦曾忆及，是以对照泠一所述，略作旁注以存真，固非自谓"大拿"也。

　　泠一述及我那时已读过翻译为中文的尼、叔论著，此固为夸张。在我求学的那个时代，此两位"反动腐朽没落"的资产阶级哲学家的中译本并不多见。徐梵澄先生民国时所译《苏鲁支语录》才由商务翻印，我手里几本尼采小册子还是此前在长春和舟山分别淘到的，计有《瞧！这个人》，落款尹溟所译《查拉斯图拉如是说》，还有墨绿封面的《快乐的科学》，而楚图南先生的尼采译本我在书店见过，却一直错过。叔本华人生鸡汤散文热在那个严肃年代似亦尚未兴起，那时市面上只有《作为意志和表象的世界》，不过我主要读过的是其附录《康德哲学批判》。

由此可见，我对康德的兴趣要早于研究生时代，而主要萌发于大学时读《批判哲学的批判》和上邹化政先生的第一批判课程，直到1987年后撞见谢遐龄教授的《康德对本体论的扬弃》。等我1988年夏天离开长春时，我的行李里还装着李景林先生送给我作为毕业礼物的1977级和1978级学生蜡刻油印的邹化政先生的《康德哲学讲义》。

泠一提到我在华兴先生课堂上会偶以"深刻的"一语喝彩，我并无印象了。但"深刻的"三字确是我那时的口头禅，此盖源于邹化政先生上课的口头语，他也曾以此语称道他引以为同道的朱德生先生。

我也不能确认去上华兴先生的课会带康德、黑格尔的书，一定是泠一把我平时的阅读与华兴先生或罗义俊先生课堂上的情形混淆剪接了。顺便再说一遍，我所通读的第一批判是韦卓民先生译本，那还是委托一位经济所的同学，本科毕业于武大的成遐怀君从华中师大出版社邮购来的。

泠一有一个印象没有错，我确曾在课间课后与华兴先生有所交流，一个原因是我有时会蹭他的所长专车回淮海中路宿舍。记得有一次我和华兴先生提到艾恺的《持续焦虑：世界范围内的反现代化思潮》，他极感兴趣，这也是与泠一文中华兴先生敏锐多思的形象相吻合的。

泠一文中说到我其时"很少言语"，这也或与实际稍有不合，虽然我之sociality（社会化）以及言谈能力也并非全属天赋，而是经历了一个成长过程的。

例如我之粗通沪语，显然因为地处淮海中路的社科院乃是一个沪语世界。记得哲学所有位研究员是东北人，他那口东北话显然比他的研究工作在他的同侪中显得更为另类。不过我的沪语主要是跟食堂的打菜师傅学的。食堂师傅除了让我学会上海话，还让我认识了何谓上海人。他有一次告诉我：啥叫上海人，就是中午在食堂用同样的价钱吃了一块大排，却抱怨他的那块比人家小——当然他是用沪语说这绝句的，闻之真让其时已粗通沪语的阿拉为之绝倒也。

马克思说，多掌握一门语言就是多掌握了一种阶段斗争工具。无论如何，对我来说，上海话除了是过往岁月之痕迹，也确是一门技艺。2017 年春末夏初，在我重返上海后的一天，我的学生 H 君驾车载我到四平路上海外院教育部留学中心领取出国通知，中心门口的保安一开始不让我们停车，在我开始说沪语后师傅马上就缓和了，拉起栏杆请我们进去。停好车后，只听我的学生 H 君黑了一句他的老师：上海话说得比英语好！

　　2021 年 3 月 1 日午后，作文间歇煮字等待脑子恢复中……

# "哀而不伤何妨哀"

## ——关于姚汉源先生

最初知道姚汉源先生的大名，始于 20 世纪 90 年代初念牟宗三先生《中国文化的省察》中那篇演讲稿《汉宋知识分子之规格与现时代知识分子立身处世之道》。在那里，牟先生引用他的朋友姚汉源先生在抗战期间的一次谈话，姚先生在品鉴北宋知识分子的规模时，以"体史而用经"形容司马光，以"体文而用经"形容王安石，以"体文而用史"形容苏氏父子，以"体经而用经"形容理学家。牟先生对汉源先生的评鉴深致赞叹，自然也给我留下了极深的印象。

但是说来惭愧，我一直只记得汉源先生姓姚，大名却是没有记住，有时甚至把他与姚从吾或姚名达混为一谈——后者出身清华国学院，是一位早逝的目录学家，前者虽是北大系的，但应该也与牟先生没有什么交集。虽然如此，我也并未试图去弄个究竟，一者那时还未用上网络，二者如淮海中路时节我用同室的高级收音机收听的"雀巢咖啡音乐时间"节目中听一个名为方舟的 DJ 介绍一首有点儿民谣风的歌曲时说：这位歌手只唱了这一首歌，现在谁也不知道他在哪里，在干什么——想想也是美事啊！

去年的这个时节，我为"澎湃新闻"的小专栏写了篇《读人与招魂——赵园与赵越胜之间》的小文，因为中间要引用牟先生转引的姚先生的话，我就得去查清到底是哪位姚先生。写到这里我想起一个笑谈，据说谢遐龄教授上课时经常提到牟先生——大概1997—1998年的样子，我有一次和一位玉泉的同事去复旦出差，那天晚上刚好谢教授上课，我就和同事一起去听了，谢教授果然在课上多次提到了牟先生——他的一位由法学转行念哲学的博士生就在下面嘀咕：谢老师一口一个牟先生，这位牟先生到底男的女的啊？而我在"浙里"教书时，也经常说mou先生，据说也有位同学迷惑：应老师整天说mou（某）先生，到底是哪位先生啊?！

通过在网络上求证，我这才弄清原来姚汉源先生是一位水利史专家，早年也是清华出身，1937年毕业于土木工程系。从其履历看，他与牟先生的交集应该是发生在1943—1945年他在四川大学任教期间，而牟先生是1942—1945年在成都华西大学哲学系任教。因为对汉源先生有些传奇性经历的兴趣，我就在孔夫子旧书网上搜索并觅得了与其相关的四种图书，分别是他的代表性著作《中国水利史纲要》、论文集《水的历史审视》、八十寿庆纪念文集《水利史研究论文集》（第一辑）以及收有他的论文的《长江水利史论文集》。《中国水利史纲要》完成于1986年年底，汉源先生在自序中说他第一次写水利史文章《黄河旧账的翻检》是1936年在清华念书时。在《八十感言》中，汉源先生回顾了中国水利史事业的历史和他自己对水利史学科的理解。寿庆文集的附录中还总结了汉源先生对中国水利史研究的贡献和取得的成果，其中还提到汉源先生曾为中华书局标校《王龙溪全集》，可惜没有出版。

让人颇感兴味的，是汉源先生的公子在《水的历史审视》附录中提及其父20世纪三四十年代与牟宗三、唐君毅两位先生的交往，"这从我母亲有时话说当年，张口老牟、你唐伯伯如何如何就能看出他们交往的程度"。文中还记叙了1991年汉源先生到王府井王朝大酒店去拜访钱穆夫人胡美琦女士言必称师母，其中还有一掌故：汉源先生20世纪40年代倾心于国学，曾从学于宾四先生一段时间，并在钱先生指导下写了一本《黄帝》，发表时署名作者是钱先生，此书后来还曾在台湾再版，钱先生认为此书之稿费应当归于汉源先生，并且在遗言中特意提及此事。所以钱胡美琦女史那年到京，有一项事务乃是将《黄帝》一书的稿费交给汉源先生。

老牟在前述那篇演讲中说："关于北宋时代的知识分子，在抗战时期我们有几位朋友常在一起谈论，姚汉源先生曾对他们每人下一评语，很切当……现在也没有一点（他的）消息，很是可惜。"汉源先生的公子在前述文中则说："1949年新中国成立前夕，他有很好的机会举家去台湾，但（由于）对国民党的失望和对故土的依恋，他拒绝了朋友的好意和帮助。就是在'文革'中最低沉的时候，他也没因此后悔过。"那么我们能因此就说汉源先生是一个"体经而用经"的人物吗？似乎也不能，知人论世难矣哉。尽管如此，我们还是不妨引用汉源先生在1969年12月这个"文革""斗批改"阶段所写的那首自谓的"反诗"《留别公逸兄》最后一节中的五句："比邻何妨天一涯，哀而不伤何妨哀？浇愁且饮漳淮水，春暖花开会再来。携手更啸黄金台。"

2022年4月2日，春寒料峭，于继续闭环中的大荒公寓

# "徙倚湖山欲暮时"
## ——送别何兆武先生

　　第一次得知何兆武先生的名字，应该始于大学时阅读罗素的《西方哲学史》。当帕斯卡尔的《思想录》中译本问世时，我第一时间就在长春红旗街新华书店的"内部"门市见到了。可能因为囊中羞涩，也可能因为我那时尚未认识到帕斯卡尔是一位重要的哲学家，我并未马上入手这本书，所以我手里的《思想录》是汉译名著版！这与《作为意志与表象的世界》中文版的情况正好相反，我没有赶上最初的汉译名著那个版次，而只有后来的平装重印本，那是 20 世纪 90 年代初在南京东路的学术书苑淘到的，同时在那里觅得的尚有胡塞尔《大观念》的李幼蒸先生译本。

　　淮海中路 622 弄 7 号的三年研究生阶段要算是我比较沉潜于读书的时光。我大体把商务版的哲学和政治类名著摸了一遍，虽远未通读，却建立了某种切近感和亲和性。说来令人惭愧，兆武先生所译的《社会契约论》我就是那时才通读的。不过，沪上三年，从西藏中路大世界的一次文汇书展中所得的《历史理性批判文集》却给了我更深的印象，这一点我已经在《记一篇少作的前世今生》中说过了。

　　我不但不止一次读过和引用过这个集子，而且在自己的翻译生涯中利用过何先生的译本。有一次，在何先生的译本中，我似乎怎么也找不到自己面前的文本所引用的康德那句话的语素，一开始还以为那句话是被译者译"掉"了，最后细品译文，才发现在何先生那"文约义丰"的译文中，原文其实已经过了彻底的"改写"。当然这里的"改写"是指在句子文法上，其意思则完全未被扭曲，而且相当准确传神。我知道这一"孤证"或"孤例"在何先生译文的批评者那里也许并不具有足够的说服力，我也并不认为何先生的译文风格是不可以被批评的，我只是想指出，至少这一例证本身告诉我们，严几道所谓"信、达、雅"也并不完全是一个可望而不可即的目标。

何先生是当代大译家，其译品沾溉学林深远绵长，这从他仙逝后引起的士林反应即可清晰见出。不过我在这里要特别强调他所译梅尼克（Friedrich Meinecke）《德国的浩劫》这个小册子在中文世界的重大意义。据我的印象，这个册子三联版的出版时间较之何先生译序落款的时间足足滞后了好几年，我不知道这中间有没有特别的因缘和故事。我想说的是，虽然梅尼克的书在中文世界的迟到是一件令人遗憾的事情，但是因为它的重要性，无论怎样漫长的等待都是值得的，而何先生作为一个不朽的译者的身份，也因为他在经历自己国族历史上的悲剧之后痛定思痛地翻译这本小册子而增加了凝重甚至悲壮的色彩。

兆武先生乃是西南联大精神之子，尤其在他晚年的一系列言论中，这一点更是清晰可见。但我同时要强调的是，他作为侯外庐《中国思想通史》写作组中"诸青"中的一员这一身份之未尽显明的意义。作为中国马克思主义史学中具有异端气质的一位，侯以一种某种程度上是"扭曲"的方式在那个天昏地暗、生机窒息、哲人委顿的岁月中保持住了有活力的普遍性之火种。所谓真理必通过他者而得以显现，就此而言，不管人们怎么评价中国马克思主义史学的成败得失，也不管我们怎么看待何兆武先生晚年的"回归","诸青"生涯仍然是兆武先生生涯中的重要构分和成素。

兆武先生晚年经常以"观者"自名和自命，他还引用歌德的话"我的一生就是来观看的"（"To see I was born，to look is my call"）以自状。《永久和平论》和《重提这个问题：人类是在不断朝着改善前进吗？》曾经援引旁观者与行动者的区分阐释法国大革命的道德潜能以及人类向善的趋向，作为"同类"，我祈愿何先生在天堂依然葆享旁观者的至福。

2021 年 5 月 30 日晨从无锡赴沪，车抵桂林路

# 陌地生与陌生地
## ——读《周策纵论学书信集》

　　最早得知周策纵先生大名，当始于其名作《五四运动史》，印象中我手里的 1996 年版"海外中国研究丛书"当年还是从江苏人民出版社邮购得到的——只不过那时丛书主编的大名还没有印到封面上去。似乎钱锺书先生一向有些反感这种书商的招摇法，但他和朱维铮共同主编（实由朱先生服其劳）的那套"中国近代学术名著丛书"却仍然由两位的大名在"把门"，想来应该是钱先生拗不过董秀玉女士的"劝进"吧（关于此段当代学术出版史上的有趣小公案，可见朱维铮为该丛书在中西书局重版所撰序言）。2007 年春夏之交，我在台北乐学书局，见琳琅满目的书架上有一册朴素不起眼的《古巫医与"六诗"考：中国浪漫文学探源》，当时还有点儿怀疑作者是不是同一位周先生，但我还是毫不犹豫地收下了这本"旧书"。此事还写进了我的台湾访书记，但那里记作是在台大门口的上海书店得到这册书的——是耶非耶，应该都没有那么重要啦，就让它随风而逝吧。

　　海外华裔人文学者中，林毓生和张灏两位殷门弟子一向"比慢"，产出数量有限。与夏志清，更不用说唐德刚（或者倒过来）比，周策纵的著述数量亦可谓"宏富"，但大陆引进并不甚多。早年有上海文艺社的那部《弃园文粹》，乃是语录版。后有山东教育社所出的那套"汉学名家书系",前两天我竟然在自己的书库中理出了"复本"——估计一本是在杭大路上的杭州书林买的,另一本是在搬到余杭塘河边的杭州书林买的。最成规模的要数前些年"后浪"推出的"周策纵作品集",当年在紫金港晓风书屋,见一种入手一种,而我现在竟已找不齐这套书了。

上个月在家上网课之余浏览某公众号推送,见有《周策纵论学书信集》由中华书局上海聚珍文化公司推出,当即在网上下单了一本。等书送到,浏览之下,大出意外。这可谓我所读到过的当代学人书信集中内容最丰赡、料最足的一种。策纵先生阅历之丰,交游之广,趣味之雅正,读来赏心悦目,让人如行山阴道上,其美不胜收也。有个小小的例子是,策纵先生晚岁应孙康宜之邀在耶鲁演讲,回驾后在给孙的致谢信中写有一席话:"我年轻的时候替一位要人写了一本小册子,分发给开会的人,结果不太理想,我颇觉歉然。可是他说:不关紧要,只要大家见到封面就够了。"

日前在岛上一家小书店,见广东人民出版社所出"世界华文大家经典"中周策纵那一本《弃园内外》,因一时想不起曾否收过,就携了一册回来。晚上灯下翻阅,此书有特色处在于每一辑前均有先生之高足王润华教授之导读文字。正是在开首第一篇导读文字中,我惊讶地发现自己一直把策纵先生自号的美国家园所在地读作"陌生地",而其实乃是"陌地生"。我应该是从早年读林毓生先生的著作知道威斯康星大学所在地叫 Madison(麦迪逊),但这么多年,我竟然从未想过此音译之转,而一直一厢情愿到自作多情地把"陌地生"读作"陌生地",于是未免惊出了一身"冷汗"。待清醒过来后,我一方面可以自嘲,自己虽号称读书,直是"连封面都没有见到"也;另一方面则又要自侃,相对于策纵先生的"陌地生"之为音译，我的"陌生地"则可谓意译了！

午间偶见某公众号推送杨成凯先生的一篇旧文，读完又想起扬之水送杨的那篇名文，由那篇文字用周美成《兰陵王》中的"应折柔条过千尺"一句为题，又想到考释《兰陵王》的《诗歌·党争与歌妓》一文乃是策纵先生最有名的一篇"诗话"，于是又联想到前两天"发现"将陌地生误作陌生地的"冲击"，于焉乎又起了上述流水之兴。

最后，让我引用以五四运动研究名世而其内里则是一位诗人的策纵先生一首题为《我在大西洋里洗脚》的新诗之后半首，以为自己"压惊"兼"抒怀"：

> 我背后虽然是灯火辉煌
> 却要去追求暗淡的星光
> 让海风吹去我温暖的喘息
> 飘散到那边的人们的心上
> 这沙滩上布满了无数的脚印
> 像墓碑上镌刻着不朽的碑文
> 我独自徘徊在这海边凭吊
> 踩乱了许多含蓄的风痕

2020 年 5 月 19 日，定海边

# "凝思寂听，心伤已摧"
## ——读季羡林《留德十年》

　　自来季羡林教授之大名如雷贯耳，但是我几乎就从未念过他的一篇文字！数十年前在长春的特价书市上经常见到《罗摩衍那》，但或者是兴趣使然，或者是嫌它不全，我并没有收过这套季译的印象。同样也是几十年前了，还是"文化热"的余波中，江西教育出版社有一套"中国文化与东方文化丛书"，里面似乎有几部季先生的论文集，但是我好像也并没有这几部书。我的同事和朋友中，也没有什么人和我提过季先生，只有两次例外：一次是那年随余杭韩公燕园游，博雅韩公遥指给我看季先生的故居；另外就似乎只有我的前同事包利民教授有一次和我提过《留德十年》，虽然我其时应该是无甚反应，然则老包之博览旁观于此亦可见一斑矣。

　　近年有次偶然见到有人谈及《牛棚杂记》，叹为记载那个年代最冷峻深刻的文字，于是在某次网购还是逛实体店时收了这部书。但是季先生的书版次和印次太多，除非上孔夫子旧书网，原版是早已找不到了。无奈，《留德十年》也是像这样收了一部重印本，但是也一直并没有能够展卷细读。

　　七十天大荒封控之最初，似乎是隐隐做好了长远抗战的准备，就想到把散乱在斗室各处的书做了些规整，与平时打游击的节奏似是全然不同了。就在某次整书间歇，我把《留德十年》从旋转书架上取了下来，阴差阳错地，随手翻到附录中的"Wala"一篇，很快地念了一遍，就如同文中所记作者在从华沙到柏林的列车上邂逅那位美丽的波兰姑娘，可谓惊鸿一瞥。待看落款，原来此文是1941年在哥廷根所作，其时作者还是刚到而立之年的英俊青年。作者当年在清华园与林庚、吴组缃和李长之相友善，亦有才子之名，印证于此文，可谓其名不虚矣。

近两周前的5月24日，一早开始拾掇"逃离"闵大荒时要带走的书，想到此次在迂回返家途中还要在杭州隔离七天，就该带上点儿轻松的读物。除了"魔都"疫情前翻到三分之二就一直放着未动的叶圣陶的《日记三抄》，另有些诗词读本，我还捎上了《留德十年》。在三墩西北隔离期间，除了另外的工作，我也把《日记三抄》翻完了两抄。后七天在半山居家观察，用一天多时间，我又把《留德十年》给翻完了。掩卷而思，遗憾自己错过了这么多年，而终于没有一错到底，也算幸事一桩也。

我曾说过，因为自己没有喝过洋墨水，骨子里就未免有点儿崇洋媚外，所以就喜欢看西洋镜。留学生的回忆录应该是最好的西洋镜了，但我既没有仔细看过胡适的留学日记和蒋梦麟的《西潮》，萧公权的《问学谏往录》和何炳棣的《读书阅世六十年》也只是初步翻翻，只有黄进兴的薄薄的小册子《哈佛琐记》我是细细品完了的。但是无论如何，我都要说，在这些留学生文字中，《留德十年》定是别具一格之个中翘楚也。

这部回忆录先声夺人之处在于其风格，在我看，这风格可谓刚健奋发和多愁善感之完美融合。作者在文中多次有些自嘲地谈及自己的"多愁善感",情感之细腻丰富,尤其是对去国怀乡此种情调和心境之刻画,真挚感人,亦不乏意趣。至于所谓"刚健奋发",当然主要体现在作者对学业的态度上。他看不上在国外谈老庄之学到国内讲康德黑格尔的民国留学生风气,而取孤峭之路,专门研究绝学,以梵文、吐火罗文为业,在博士阶段和因战争滞留德国的数年中取得重大成果,发表至今仍被引用的学术论文。基于这种雄心傲气,作者在选择所谓"副系"时,也坚决不选汉学。其中还讲到一个故事,说是一个投机取巧的学自然科学的学生以汉学为副系,结果被主考以"中国的杜甫和英国的莎士比亚,谁先谁后?"一问而倒,令人发噱。

总体上,《留德十年》的文字利索遒劲,而又间杂中西结合的两种幽默风格,经常让人忍俊不禁却又无丝毫油滑之感。无疑,作者自持甚高,淘尽任何酸腐气。对比一下七十多岁时写下的正文和附录中三十岁前后的文字,年轻时的文学气息、文青调调和老年时的老辣独到、炉火纯青相映成趣,让人感慨。其中记录师友交往,亦是此类文字之上品。尤其以回忆自己的老师西克灵和朋友章用的两篇最为传神,特别是后一篇,可谓塑造了一种独特的文学形象。可恨我的西洋文学知识过于贫乏,记忆的储备中实在找不出一个堪与章用相匹配的人物。

虽然笔下醇厚,毕竟难掩作者深通世故,《留德十年》也可谓感时忧世伤生之作。无论是对纳粹统治期间德国生活的记录,还是对民国官场颟顸腐败的刻画,都让人印象深刻。尤其是对普通德国人政治上"幼稚病"的观察:"德国人聪明绝世,在政治上却天真幼稚如儿童。他们照例又激动起来了,全国又沸腾起来了。结果又有一个邻国倒了霉。"此语真不禁让人想起阿伦特在到达新大陆后给她的老师雅斯贝尔斯信中的话："什么都没有改变。有时候我想知道，是向德国人灌输政治意识更加困难，还是向美国人传达哪怕是最肤浅的哲学知识更为困难。"如果说这些还是作者笔下感时忧世的方面，那么对章用的母亲亦即章士钊的夫人吴弱男的描写，则让人颇有伤生之慨了。当然，这方面最有代表性的笔触是在"留在德国的中国人"一节描写在德国的青田人的那一句："看了他们木然又欣然的情景，我直想流泪。"

前面说过，作者自持甚高，却常能冷峻地解剖自己，例如在谈到自己为什么非要一个博士学位时，就说："其中原因有的同一般人一样，有的则可能迥乎不同。……可这些人都是不平凡的天才，博士头衔对他们毫无用处。但我扪心自问，自己并不是这种人，我从不把自己估计过高，我甘愿当一个平凡的人，而一个平凡的人，如果没有金光闪闪的博士头衔，则在抢夺饭碗的搏斗中必然是个失败者。"又说，虽然自己看不惯有些留学生之摆谱，但是"自己如果不也是留学生，则一表示不平，就会有人把自己看成一个吃不到葡萄而说葡萄酸的狐狸。我为了不当狐狸，必须出国，而且必须取得博士学位"。试问天下有多少地位如季先生者会进行如此这般的自我剖白？作者之质朴不端着，只需此一段文字，即已跃然纸上。

说到不端（着），还有个例子，博学如作者，却从不刻意掉书袋，但偶一用典，都是在极恰切处。其中谈到自己的饥饿经验时，笔锋一转，提及东西方的宗教家们，"他们对人情世事真是了解到令人吃惊的程度，在他们的地狱里，饥饿是被列为最折磨人的项目之一"，又说中国的地狱是从印度舶来的，"谈到印度的地狱学，那真是博大精深，蔑以加矣。'死鬼'在梵文中叫 Preta，意思是'逝去的人'。到了中国译经和尚的笔下，就译成了'饿鬼'，可见'饥饿'在他们心目中占多么重要的地位"。笔端一开，还由此涉及《长阿含经》卷十九《地狱品》中对饥饿地狱的刻画和但丁《神曲》中对饥饿怪物的描写，以及作者当时正在阅读的俄文版《钦差大臣》中奥西普躺在主人床上的独白"我现在恨不得要把整个世界都吞下肚子里去"，并感叹道："这写得何等好啊！果戈理一定挨过饿，不然的话，他无论如何也写不出要把整个世界都吞下去的话来。"

《留德十年》虽然系纪实之作，却贡献了不少极为生动传神的文学形象。除了已经提到的，还有例如对瑞士使馆两位国民政府外交官的刻画，以及航行在红海中的从马赛到西贡的航船，都让人想起《围城》中的那位督学和那艘子爵号。不过我觉得最有意思的人物要数作者因为错过直接返回弗里堡的车而在午夜坐火车绕瑞士行时遇到的一个讲德语的中年男子。"火车在瑞士全国转了大半夜之后，终于在弗里堡站停了车。我不知道我那位新朋友是到哪里去。他一定要跟我下车，走到一个旅馆里，硬是要请我喝酒。我不能喝酒，但是盛情难却，陪他喝了几杯，已经颇有醉意，脑袋里糊里糊涂地不知怎样回到了房间，纳头便睡。醒了一睁眼，'红日已高三丈透'，我那位朋友仿佛是见首不见尾的神龙，消逝到不知什么地方去了。我回到了圣·朱斯坦公寓，回想夜间的经历似有似无，似真似假，难道我是做了一个梦吗？"——无疑，这个真实的梦是比方鸿渐在子爵号上那个由《围城》作者所"虚构"的梦更有诗意的，难道不是吗？

在《留德十年》的"楔子"中，作者谈到他是以"美妙无比，回味无穷"的心情"陷入往事的回忆中"的；在"重返哥廷根"一节中，作者自述他重返第二故乡的心情是"似欣慰，似惆怅，似追悔，似向往"。可是阅毕掩卷，我怎么觉得，还是作者在"别哥廷根"一节所引用的鲍照在《芜城赋》中的这八个字最为贴切于作者的心境——"凝思寂听，心伤已摧"。

2022 年 6 月 6 日，居家观察七日之倒数第二日于杭州半山桥

# 政变经与相对论
## ——听罗义俊、陈克艰两位先生聊杨向老

我在大学时应该已经知道杨向奎这个名字，因为对古史分期的兴趣，有时会在图书馆翻翻《古史辨》，那时主要有印象的是杨的《中国古代社会与古代思想研究》和《绎史斋学术文集》。

在上海社科院读研时，范老师对亚细亚生产方式有兴趣，所以我也就跟着读些这方面的书。罗义俊先生是历史所的研究员，主要研究汉代，他自述早年曾想报贺昌群先生的研究生。有一次聊天时，不知怎么就提到了杨老，义俊师嘀咕了一句：这是给林彪讲政变经的……我听了颇有些好奇，但既然义俊师没有再多讲，我也就没有多问。

回到杭州后，可能是 1997 年，《宗周社会与礼乐文明》出版了，我很快买了一部。1999 年，沈文倬先生的那部《宗周礼乐文明考论》也出来了，我也赶紧收了一部。有一阵子，这两部书在我的书架上还挨得挺近。

那阶段我还看到杨老出了部很有意思的书《自然哲学与道德哲学》——虽然看不懂，但我会时不时拿出来翻翻，只是遗憾自己无力评判之。有一次见到陈克艰先生，就趁机向他讨教对杨著的看法，克艰师显然关注过杨著杨论，只听他干脆地说：勿灵勿灵，那个勿灵——此后我也就放下那本书再也不翻了。

《大一统与儒家思想》我是很晚才得到的，属于北京出版社的"大家小书"系列。前不久在一个卖书群的拍卖里见到这本书，那应该是初版，但是手慢无，等我发现时，它已经被人拍走了。

杨老也是顾颉刚先生的学生，而且应该是一位比较独特的学生——虽然顾先生的那些学生都很独特。早些年山东画报社出过一本《顾颉刚和他的弟子们》，有一段时间放在我椅子背后的书架上，我有时会拿下来翻翻，但是也并未通读过。

对了，想起来在玉泉教书时，院里有位童教英教授，是童书业先生的女公子，而童书业可能是顾颉刚最优秀的学生，也是赵俪兰先生的挚友——童、杨、赵，这些都是山东大学当年的名教授（"八马"之三）。

晚上刚翻完叶圣陶《日记三抄》中的"东归江行日记"和"北上日记"，浏览朋友圈，从《文史哲》的公众号中翻到杨老的一篇在山东大学的谈话录。这是我第一次看到他自述给林彪讲课以及在狱中研究相对论的经历，感慨之余，想起罗、陈两师当年的两句话，就顺手追记了下来，虽然不记下来也并不会再忘掉。

2022 年 5 月 29 日夜于宁巢西悦酒店隔离中

# 一个古典的人
## ——坝上闻赵鑫珊先生远行

连续四天没有下水，又连续两天下水的第二天，在这秋的天快要暗下来之际，我结束五步岭环游上岸。见手机上上海社科院校友群里有人发布了一条消息：赵鑫珊研究员去世了。

久矣乎，未听到赵鑫珊这个名字了！推想现在应该也没有什么人会知道他。但赵先生在20世纪80年代却是个大名人，主要是因为他当时在《读书》上发表了不少文章，这些美文后来结集成《科学·艺术·哲学断想》由三联刊行。用"风靡一时"来形容这个小册子的影响可谓恰如其分。我的大学同学中就有不少是赵迷，我在这里就不报他们的名字了。我自己那时也很喜欢读赵先生的散篇文字，但奇怪的是，等那个集子重印时，我的热情似乎就没有那么高了。

赵先生曾是上海社科院哲学所的研究人员，但是当我到哲学所读研究生时，他已经不为研究生上课了，不过据说他是为我上一届的学长上过课的。我的一位师兄曾告诉我赵先生上课的一些特点，主要与上课的地点有关：不是在灯光昏暗的咖啡馆，就是在阳光灿烂的草地上。我的导师范明生先生似乎印证了相关说法。其实，只要读过赵先生的文字，对此就不应有任何意外。

因为某些原因，赵先生后来离开了哲学所。所以我与他并没有接触的机缘，只在院部大楼或餐厅远远地看见他一两回。他的样子很有艺术家范儿，也有些威严，我也并未上前攀谈，也许因为我那时也"自命"走在专业哲学的道路上了。印象最深的是在他的同事间流传的他的一句话：社科院真是个好单位，基本不用上班，写了字还能拿钱挣稿费。我忘记是谁，也许是俞宣孟老师告诉我的这句话。传话人的神色似乎表明颇为欣赏这句话。我想，这种赞许也许还有个意思：说这话的人可真实诚，换了个人，要么是享受不到这好处，例如写不出什么字，也挣不到什么稿费；要么是挣到了，甚至比赵先生挣得多，但这种好事儿，按多数国人的秉性，最多自己偷着乐，偷着数钱，为什么要公开说出来呢？

仅从这一点看，赵先生就是个颇为可爱的人。赵先生早年出身于北大西语系，后来经历颇为坎坷曲折，艰难困苦，磨难不少，但仍保持性情如斯，实在难能可贵，也可证明，赵先生是一个有内在力量的人。

从赵先生的文字可推知，除了其秉性如此，其内在力量主要来自古典文化的熏陶，我这里主要是指德意志古典文化。回到80年代的文化语境来衡量，赵先生可谓古典文化的启蒙者。他还著有《贝多芬之魂》《莫扎特之魂》《普朗克之魂》《莱茵河的涛声》，宣扬传播德意志古典文化可谓不遗余力。

更为重要的是，在我看来，赵鑫珊先生不但是一位古典文化的启蒙者，而且本身就是一个古典的人——这里所谓"古典的"有一个意思可以用中文里更为传神的"有汉子气"来表达。这一点只要把他与后来那些名气大到爆的与他有些表面类似性的人物稍作比较就可瞬间见出。

古典的人往往是痛苦的人和有痛苦的人，他们有痛苦的过往，有痛苦的心情，而且也会带着痛苦的心情回忆自己痛苦的过往，但他们并不"咂摸"痛苦，更不拿这种"咂摸"示人，更不用说消费和卖钱了。欧文·斯通用"痛苦与狂喜"命名他的米开朗基罗传，虽然我从未与赵鑫珊先生接一语，但我感到他正是这种意义上的一个"古典的人"，当然同时也是一个"过时的人"。

2020 年 9 月 28 日晚十一时，舟山校区图书馆

# 天边有一颗孤星
## ——关于张灏先生

忘记最早何时和从何处得知张灏先生大名，20世纪90年代初淮海中路622弄7号上海社科院港台阅览室中藏有《幽暗意识与民主传统》，那是我与作者的同门林毓生先生的《思想与人物》一起借出来拜读过的。也记不得《春蚕吐丝——殷海光最后的话语》中有没有提到过林、张这两位当年台大的高才生，待到《殷海光林毓生书信录》由王元化先生主持的"学术集林丛书"在大陆推出时，当年殷门师徒感人而深具智性营养的旧事才于相隔三十多年后在此岸流传了开来。

通过许医农女士早年在贵州人民出版社推出的《中国意识的危机》，尤其是三联"海外学人丛书"中的《中国传统的创造性转化》，林毓生先生的著述和观念在大陆知识界产生了相当大的影响。相形之下，似乎张灏先生在大陆的"知名度"要低不少。就我自己而言，除了《幽暗意识与民主传统》，我最仔细地读过的张灏先生的著作乃是他在"但是先生"史华慈指导下完成的博士论文《梁启超与中国思想的过渡：1890—1907》。当时固然叹为"精严"之作，但是毕竟"隔行"，竟至无法赞一词。

封控中得悉张灏先生在大洋彼岸逝去的消息，连日关注各处转发张灏先生的代表性论文和数篇访谈，方知《梁启超与中国思想的过渡：

1890—1907》一著当年因为《梁启超与中国近代思想》的作者列文森之"阻挠"而迁延出版。张灏先生在港科大指导的学生任锋教授解读其故在于作者对以费正清和列文森为代表的"冲击—反应"模式的批评和修正，甚且认为张灏此书可谓柯文所谓"在中国发现历史"之先声。证诸张灏先生在其博士论文之后的系列工作，洵非虚言也。任锋教授又曝《危机中的中国知识分子》原拟题为《超越富强》，这就更与其师史华慈研究严复之名著《寻求富强》有"针锋相对"之效。

如同其他海外华裔人文学者之最著者，若欲为张灏先生贴一个性化"标签"，则似非"幽暗意识"莫属，论者本人也一直没有放弃此说，直到晚年仍反复申论之。泛泛而言，"幽暗"说之提出既有其现实的背景，又具思想史的渊源，本身似并不难索解，只是若将其置回当代思想论争的场域中，对其意义之解释与定位则容易产生争议。例如张灏在一次访谈中谈到徐复观对"幽暗"说的"严厉斥责"，就不免令人唏嘘。而如果像有论者论证的那样，惊讶意识与忧患意识有结合起来的重要性和必要性，那么性善论与性恶论似同样不应在对于民主之"证成"上构成非此即彼的二元对立或二难选择。这就正如对"幽暗意识"论有根本影响的尼布尔所云，"人行正义的本能使得民主成为可能，人行不义的本能使得民主成为必要"。至若西方传统中根深蒂固的"根本恶"思想，就如保罗·利科在《依据希望而获得的自由》中所论述的，即使在西方思想的语境中也同样有一个"哲学逼近"之维度在，而新儒家的"'根本恶'并不根本"之论原也是可以置于这个境域中去看待的，而不必急于对其做出意底牢结（ideology）之判分与"站队"。

如果把"幽暗意识"论更为立体地放到张灏先生的包括政教合一与政教二元以及超越内化与经世理念在内的转型时代论说中，就可以对其增量和局限获得更为具体的把握，也更有助于了解这一论说之"全体大用"。就前者而言，"反映儒家政教关系思想的演变在观念层次上主要取决于两个因素。其一是原始典范的观念，它相信历史的开端有一个政教合一的原始典范，体现于尧舜禹三代的圣王政治；其二是天道观念的实化，使得天道吸纳了现实政治秩序的基本皇权体制，从而将之神圣化、绝对化。是这两个思想因素维持了儒家思想中'政教一元'观念的主流优势。也是这两个因素，使得政教二元观念退居次位，而终于流产"。

就后者而言，"借助于现代化之视角，可以更为清楚地看到围绕经世观念而形成的宋明儒学社会政治思想所留下的是包含适应性与非适应性之观念与价值在内的混合资源。时至今日，支配我们对儒家传统图景之理解的仍旧是在中国现代化之灾难进程中推波助澜的非适应性因素。当下所需的其实是一个更加复杂而微妙的图景，在其中能够允许我们认识到作为儒家传统之内部转化结果的适应性因素在推动、形塑中国现代转型历程中所扮演的重要角色。沿着这一思路而进行的深入探索，将会有助于我们获得一个在儒家传统与现代转型两方面都更为平衡与审慎的视野"。

在接受陈建华的访谈中，张灏把顾准与他的老师殷海光相提并论，"这两个人从（20世纪）50年代到70年代真是了不起，孤军奋斗，把中国激进理想主义的思想，如高调的民主观念带到英美的比较低调的以保卫人权为主的自由主义"；他又说，相对于殷海光和《自由与人权》的作者张佛泉，"更了不起的是顾准，在艰苦而完全孤立的环境中能够悟出英美经验主义的政治观"。

之所以特别揭出这一节，也是因为90年代初我在淮海中路622弄

7 号社科院港台阅览室中披阅《幽暗意识与民主传统》时，社科院门口淮海路上那家沪港三联的书架上刚好摆放着顾准的遗篇《从理想主义到经验主义》。《民主新论》的作者萨托利曾有云，"理想主义周游四方，经验主义足不出户……卢梭已燃起了上千万人的热情，而洛克只说服了一个人"，我要说的是，刚刚逝去的张灏先生与他所钦服的顾准先辈，乃是走在"说服一个人"的同一条路途上面的。

2022 年五一劳动节于继续封控中的大荒公寓

# "遗编一读想风标"
## ——闻林毓生先生仙逝

小雪日次晨三点多，午夜梦回，忽然手机铃声显示有信息到达，有些讶异中取来一瞧，原来是在"优府"的一个工作群中有同事告知，林毓生先生已于美东时间今天早晨在美国离世。

我最初知道林毓生先生的大名，还是20世纪80年代后期所谓"文化热"中在吉林大学图书馆文科阅览室见到那部小开本的《中国意识的危机》，如同那个年代的风气，囫囵吞枣的阅读仍然让我对那本书留下了深刻的印象。的确，"全盘地通过思想文化解决问题"的范式，不但是"五四"的真切回响，也是80年代"启蒙热"的逼真写照。

我开始较为立体地了解毓生先生的智性面貌，应该要等到三联"海外学人丛书"中的《中国传统的创造性转化》出版之后，那个集子和其中的某些篇什，有阵子我还会经常拿出来反复翻阅。当时印象最深的是作者那种惜墨如金的风范，无论是从英文转译的，还是最初就用中文写作的，都让人感到那些文字仿佛是在岩石上一个字一个字地凿出来的——夸张点儿说，那种智识上的贵族气质真是跃然纸上而低回不去。这无疑既是与所措置的问题本身的难度相关，也是与作者高度节制审慎的理智风格相关联的。

毓生先生的文字真正让我有比较感性的兴会并在某种程度上进入

我的生命的，仍然要归因于《殷海光林毓生书信录》。20世纪90年代初，我在上海社科院读书时，应该在其港台阅览室借阅过这本小集，正如我非常真切地记得在那里借出过《春蚕吐丝：殷海光最后的话语》。但是，我对此书真正的阅读却要等到王元化先生将其纳入"学术集林丛书"用简体字推出，相信不少读过此书的人一定会有类似的记忆。殷海光在给林毓生的信中描述他在台北遇到哈耶克的印象的话"这样的人对我有感召力啊！"，同样可用来形容我们这一辈甚至更年轻一辈的读者遭遇此书的体验。在这个意义上，说这部薄薄的书信集对一代人的心灵产生过滋养作用，这应当不是一种夸张之词。

让我至今感到幸运而难忘的是，虽然我自己并非中国近现代政治思想文化史的从业员，但是由于某些机缘，我曾经和毓生先生至少有过两面之缘。

一次是汪丁丁请林院士来跨学科中心演讲，由于讲题为两种自由论，丁丁请我为嘉宾，不过那次我并未在现场发表评论，而只是把自己与友人编的两部文集《第三种自由》和《公民共和主义》送给了演讲人。印象很深的是，报告后在龙井路7号花园餐厅用餐，罗卫东和许彬两位教授也来了，他们又是为林院士拍照，又是请他签名，忙得不亦乐乎，可谓杭大文科学生之风采尽显。相形之下，我除了献上两部编译，其他准备工作就没有那么充分了，这是至今引以为憾的事情。

二是有一年"五一"前后，友人严搏非先生来杭州看望在美院讲课的毓生先生和林夫人，并在杭州的新天地湖滨彩蝶轩宴请他们伉俪，我应搏非之邀为陪宾。那次的会面给我留下了深刻印象。我一开始自报家门时，毓生先生就说：这位应先生我们见过，您做了极重要的工作。另外就是搏非和林先生夫妇谈笑风生，还聊到他和自己的夫人在纽约与《流氓的归来》的作者马内阿（Norman Manea）一起用餐，马先生语带戏谑地问搏非带的是第几位夫人。毓生先生伉俪闻听哈哈笑了出来。这一幕仿佛还在眼前，而毓生先生已归道山，思之不免让人黯然而神伤。

虽然我之后再未见过毓生先生，但我仍然关注着他的书，当然多半是旧书。印象最深的，忘记一次是在台北还是在西溪的港台书展，见到联经版的《思想与人物》，就把它收于囊中了，这本书至今仍在我舟山书库的案头。另一次是在贵阳五之堂淘书，得到了《中国意识的危机》初版，这本书最早就是由贵州人民出版社所出，责任编辑是许医农女士，而我的《从自由主义到后自由主义》就是由医农女士推荐给"哈佛燕京丛书"的。

今年初夏时节，我被封控在闵大荒公寓达七十天，也是"五一"前后，得到毓生先生的同门张灏先生在大洋彼岸离世的消息，我写了篇小文《天边有一颗孤星》以表追念。如今林毓生先生也在"陌地生"离世，孤星不孤，当年在《殷海光林毓生书信录》中跨洋相与论学的师徒仁又可以相聚在天堂了。


2022 年 11 月 23 日于上海地铁八号线上，老西门将至

# 非美式自由主义
## —— 告别拉兹

三十多年前，在我确定自己博士论文的选题后不久，那时候还彼此保持着书信联系的孙月才老师向我介绍了他的新同事——刚到上海社科院哲学所任职的薛平先生。薛平无疑是对我完成自己的"博论"帮助最大的一个人。忘记是在哪次聊天中（可能都已经是在我毕业从教之后了，其时我的工作完全转向了英语政治哲学），记得薛平和我谈到，其实我的"博论"传主斯特劳森对于道德和政治哲学也颇有贡献，只不过他在这方面只写了两篇论文，也就是后来由薛平和我分别译出的《自由与怨恨》和《社会道德与个人理想》。话锋一转，他就对我说，不过现在英语政治哲学最重要的人物是拉兹（Joseph Raz）。这是我第一次听到拉兹的名字，而《自由的道德性》一书我也是从薛平那里借来复印并一直藏在身边的。

《从自由主义到后自由主义》的第六章，也就是最后一章，题为"从竞争的自由主义到竞争的多元主义"，那篇文字原是我 21 世纪初到南京大学参加顾肃教授召开的公共哲学研讨会提交的论文。我在那里第一次探讨了拉兹的至善论自由主义思想，并把它放在从伯林到格雷之间所展开的自由主义和多元主义的拉锯中进行定位，讨论怎样一方面吸纳价值多元论的合理成分，一方面保持自主性这个拉兹最为重视的现代性价值的枢纽和中轴地位。对于任何关注自由主义价值理想和辩护基础的人来说，拉兹的工作无疑是当代最有吸引力的思想源泉之一。

有相当一阵子，我对拉兹保持着强烈的兴趣，甚至计划展开对其的专门研究。我留心收集拉兹的著作，还通过朋友找来了《南加州法学评论》(*The Southern California Law Review*)上那个有关拉兹的专辑，当时几有如获至宝之感。我读了拉兹评论罗尔斯晚期"转向"的那篇文章《面向多元性：认识论节制的根据》，并将之运用在我所撰写的关于哈贝马斯与罗尔斯对话的那篇文字的初稿中，只是后来正式发表时全部删去了。

2006—2007 年间，我为"当代政治哲学读本"编译了《自由主义中立性及其批评者》一辑，其中选入了拉兹的名文《自由主义、自主性与中立关心的政治》，这篇文章最早发表在《中西部哲学研究》(*Midwest Studies in Philosophy*)上，其主要内容后见于《自由的道德性》的相关章节。在校译这篇文字的过程中，我深切体会了拉兹的分析法学风格，深感其文译成中文之不易。在为《自由主义中立性及其批评者》撰写的导言中，我还尝试提出了当代自由主义的两种趋势和方向：与至善论和解和与传统和解，这无疑是与我对拉兹工作的粗浅把握有关的观察。

2008—2009 年间，应江苏人民出版社之约，我集合多位学者编成了《当代政治哲学名著导读》。有心之士当能注意到，我在其中采用了两篇译文，分别是关于罗尔斯的《政治自由主义》和拉兹的《自由的道德性》。因为其时在国内难以找到《政治自由主义》的合适导读者，我选用了罗尔斯的学生，原在加州伯克利大学任教，后来转到纽约大学的塞缪尔·舍夫勒(Samuel Scheffler)发表在《伦理学》(*Ethics*)

上的《政治自由主义的吸引力》一文，并自己动手翻译成中文。关于《自由的道德性》，我约请了牛津出身的陈祖为教授撰稿。祖为教授一开始答应，后来则推荐了拉兹教席的继承者莱斯利·格林（Leslie Green）发表在《多伦多大学法学杂志》（*University of Toronto Law Journal*）上的一篇文章《非美式自由主义：拉兹的〈自由的道德性〉》。祖为教授认为这是介绍《自由的道德性》最好的一篇文字。我请自己的学生杨立峰君翻译此文，立峰出色地完成了这项工作，那也是我经历过的最轻松的一次校对。在此，我要有些迟到地向任何想要了解拉兹思想的中文读者推荐格林教授的这篇文字。

2014—2015 年间，在一次与"三辉"的严搏非先生讨论选题时，我偶然提到《自由的道德性》一书不妨重译，搏非颇有心，很快就解决了此书的中译版权。此时我的学生惠春寿君对拉兹的思想颇有兴趣，我就约请他与我合译这部书，但是实际上，翻译工作是由春寿君和南开大学的曹钦君合力完成的，我只是在最后交稿前做了一些随机的"抽检"。因为各种原因，这部译稿至今未能出版，这无疑是颇为让人遗憾的事情。无奈世事难料，正如在三年前的这个时节，又有谁会料到我们将会持续三年困拘于这场世纪大疫呢？

印象比较深的是，在拿到这部译稿的那个学期，我在浙大田家炳书院的一门课上，带领学生通读了这本书。不过那已经是我在"浙里"任教的最后阶段了。记得那时候我们在课堂上读过的书还有托马斯·内格尔（Thomas Nagel）的《无源之见》和保罗·利科的《作为他者的自我》。

与学生在课堂上通读《自由的道德性》是我最后一次正面接触拉兹，虽然我也曾经规划着要把《介入的理性》一书在某个译丛中推出来，但终究是不了了之。事实上，在那些岁月中，我把自己的心力主要倾注在以佩蒂特为代表的新共和主义与以哈贝马斯和韦尔默为代表的新法兰克福学派之上，以至于我经常把佩蒂特的无支配自由、拉兹的自主性概念与哈贝马斯和韦尔默的高阶自主性放在一起讨论。现在想来，在标志着我在政治哲学上再次"启航"同时也是"收官"之旅的《再论第三种自由观念》一文中，我本来可以结合关于自由价值的讨论"重访"拉兹的自主性观念。无论如何，自主性概念是《自由的道德性》的基石，而后者是在当代讨论自由主义的价值根基和理论基础时无法绕过的经典文本。

经历了岁月的检验，《自由的道德性》封底上的"广告语"——"自密尔的《论自由》以来对自由主义原则最重要的新宣言"——已经被证明并非虚言。这是因为，如格林所援引的"坚决主张尊重个体自由，这一直是自由主义传统对政治道德的特殊贡献"，拉兹对此的贡献恰恰是捍卫一种非个人主义的、多元主义的和完美主义的自由主义，而其所谓"非美式"则主要体现在它既拒绝把自由主义当作一种关于正义、平等或权利的学说，也反对把自由主义主要看作一种有限政府理论的现代"修正主义者"。在这并非自明一致的立场之间周旋和迂回既是拉兹的最大特色，也是其最大的理论困难，同时也是其最根本的吸引力之所在。如今斯人已逝，也许我们可以说，当代自由主义的两位巨擘拉兹与罗尔斯之间的"争锋"仿佛让人联想起堪称自由主义历史上重要分水岭的格林与密尔之间的"对峙"。

今年2月底，我的一位在牛津访学的学生即将回国，他特意跑到布莱克威尔（Blackwell）书店把书架上的书拍照发我，问我需要买什么，他好为我进行跨洋网购。看着我的学生发过来的花花绿绿的图片，我这个很久没有到过西方的西方哲学"研究者"也并没有能选中几本书，一直到最后一刻，那一抹熟悉的克拉莱因蓝（Clarendon blue）让我发现了在书架底部有拉兹的 *The Morality of Freedom*，就让我的学生选了这本三十多年前在薛平先生那里见到的书——主要因为疫情，我到现在还没有拿到这本书，但是现在想来，也许这就是冥冥中提前进行的向拉兹的告别吧！

2022 年 5 月 3 日凌晨二时半，写于继续封控中的大荒公寓

# 那遥远的绮色佳*
## ——闻西德尼·舒梅克仙去

白露日的清晨，从江怡教授的转发得知康奈尔哲学家西德尼·舒梅克（Sydney Shoemaker）逝去的消息，内心竟有久违的一丝小震动，亦引起我对于往日生涯中某些片段的追忆。

我最初知道西德尼·舒梅克的名字，缘于我做有关斯特劳森的博士论文。在分析哲学中得到恢复的对于形而上学的兴趣中，我发现西德尼·舒梅克属于斯特劳森的同侪，虽然他们的年龄相差有十多岁，但各自的代表性著作《个体》（*Individuals*）和《自我认识与自我认同》（*Self-Knowledge and Self-Identity*）的发表却只相差了四年。这也在某种程度上证明西德尼·舒梅是位相当"早慧"的，至少是年少成名的人物——一个不太恰当的比方是后来成为网红的桑德尔三十出头就发表了《自由主义及正义的界限》（*Liberalism and the Limits of Justice*）。

20世纪50年代中期以后，后实证主义和日常语言哲学的"合奏"开始显现出其哲学上潜在的爆发力量。奎因和斯特劳森是各自"阵营"中的主要人物，虽然后者一直对前者持尖锐的批评态度。在后奥斯汀和赖尔的牛津哲学圈子，《思想与行动》（*Thought and Action*）的作者

---

* "绮色佳"，是胡适给纽约州伊萨卡（Ithaca）起的名字，当地环境幽美，康奈尔大学就坐落于此。

斯图尔特·汉普希尔（Stuart Hampshire）是斯特劳森的同道。记得我当年做博士论文时，还曾托友人从上海图书馆借到汉普希尔的这本书以为参照，而这一晃竟已是三十年前的事了。

上述智识潮流的一大"副产品"（随附现象？）乃是对于哲学史的兴趣在分析哲学家们中间得到了恢复。奎因诚然没有系统的哲学史研究著作，但是置身于牛津的历史和古典学氛围中的斯特劳森却同时是一位著名的康德学家。他在这方面的同道则是《康德的分析》（*Kant's Analytics*）和《康德的辩证》（*Kant's Dialectic*）的作者乔纳森·贝内特（Jonathan Bennett）。虽然他们之间的一个主要差别似乎在于斯特劳森的康德研究更多或主要服务于他系统的哲学思考，亦即对于人类普遍的概念结构之探究。

虽然我"一早"就注意到了西德尼·舒梅克的工作，但是因为在完成博士论文的写作后，我就离开了严格意义上的分析哲学，而进入了所谓"加字哲学"的行列，我对于西德尼·舒梅克的关注自然也就并未能够持续下去。只有一个后续故事，2007 年深秋，我只身在波士顿的一家地下书店淘书，竟在那时同时觅得了西德尼·舒梅克的《自我认知与自我认同》和约翰·波考克（John Pocock）的《马基雅维里时刻》（*The Machiavellian Moment*），而且都是初版本。记得当时颇为惊喜，在多年后追写的访书记中，我还感慨道及这两部书差可表征我虽不成器但确是前后"相继"的两个研究领域。

西德尼·舒梅克长期任教于胡适之先生的绮色佳，而我又从未到过我的前同事包利民教授所虚构的罗尔斯和布鲁姆（Bloom）发生那不可能发生的对话的康奈尔大学，于是斯人斯地对我而言就难免蒙上了一层神秘色彩。对此亦有故事为证，也是 2007 年春夏之交，我在台岛偶遇出身康奈尔的戴华教授，闲谈间竟就带着一丝兴奋与他聊起了西德尼·舒梅克——顺便说一句，戴华教授应该是华人世界最好的康德学家之一，虽然我从来没有见过他有关康德哲学的中文论文。

在前几年过世的斯特劳德发表《超验论证》（"Transcendental Arguments"）的同一年，西德尼·舒梅克在《自我指称与自我意识》（"Self-Reference and Self-Awareness"）一文中论证，绝对免于通过误认而造成的错误（the phenomenon of absolute "immunity to error through mis-identification"）使得我们能够把心理状态（例如"我看见了一只金丝雀"）的自我归属与物理状态（例如"我有两百磅重"）的自我归属区分开来。这让我回想起斯特劳森对于人之概念的优先性的论证和对于他心怀疑的拒斥，这种论证和拒斥中所包含的一个核心洞见就是，我们能够把意识状态（斯特劳森所谓"P谓词"）归属给自己的前提是能够把这同样的状态（或谓词）归属给他人。

谨借斯特劳森此意追念遥远的绮色佳的遥远的西德尼·舒梅克教授！

2022年白露晨起于闵大荒

# "独自莫凭栏，无限江山"
## ——追忆与张祥龙教授的两面

命运待人何其薄吝！我与名满天下亦誉满天下的张祥龙教授就只有浅浅的两面之缘。

最初知道祥龙教授，好像是从《德国哲学》上读了一篇其论海德格尔《康德书》的文章，因为那时对这个议题的兴趣，我读了不少这类文章，祥龙教授这篇是让人印象最深的。后来听说这篇文章还得了一个什么奖。其实此文的主要内容当然也出现在为祥龙教授赢得最初和主要声誉的《海德格尔思想与中国天道》一书中。不过以论文的方式读到，其兴味还是迥乎不同的，其力量似乎也更为"原发"——用祥龙教授喜用的表述，"蓬蓬浩浩而行"。

第一次见到祥龙教授，是很多年前在贵阳的那次会议上。在此期间一次照面时，祥龙教授对我说了一句招呼语：和水法走得挺好啊！虽然转了一层，但此语却让人颇有亲切感，因为祥龙教授和水法教授虽然相差有十来岁，却是燕园同窗，这一点应该是水法教授亲口告诉我的。当然此语也足证祥龙教授虽然正襟危坐、目不斜视，但观察力却极其敏锐。因为那次会上，我确实"与水法（们）走得挺熟"，不但一起去苗寨喝了茅台，还同去了贵阳郊外的青岩古镇闲逛，而那次祥龙教授好像是与王树人教授等同道一起去阳明洞朝圣了，所以我与祥龙教授的第一面也就只有那句招呼语的印象。

应该是在2014年或2015年的样子，我受包利民教授之托，去玉泉灵峰山庄招宴应邀前来参加一个会议并顺道为我们所做一个演讲的祥龙教授，记得那次我是从紫金港打车或坐班车过去的。事隔多年有机会再次见到祥龙教授，我的心情有些兴奋和小忐忑，好在同席的尚有祥龙教授在北大的学生、我的同事王俊博士，以及从我们所毕业的一位祥龙教授多年的仰慕者。有了这两层之转，我的"任务"也就变得"轻松"了不少。但是，包括祥龙教授在内的这三位朋友话都不多，而我似乎是有些怕"冷场"，于是一直在"滔滔不绝"。记得在宴毕同车去西溪咖啡馆的路上，祥龙教授看着已经喝了点酒依然在"嗒嗒嗒"的我，几乎没有任何调侃意味甚至还带着一丝惊讶地说：你知道的真挺多啊！这时候，旁边的王俊君顺便黑了我一句并顺手送我一个外号：江湖百晓生，我虽然有些意外，但也基本上照单全收了。

我坐在西溪咖啡馆最后一排的转椅上，听完了祥龙教授的报告，还提了一个问题，其实是发表了一点感想。在我的印象中，祥龙教授的工作是超出了格义与反向格义的阶段，但又与更为峻急的所谓"判教"不同。只是对于这个"不同"，我们或许可以有更多阐释，而我相信，在这方面，祥龙教授遍及海内外的弟子以及更为熟悉他的思想的学子们应该还有更多的工作可以做。

写到这里，我想起来，祥龙教授那次来"浙里"可能就是来参加包利民教授所组织的"华山论剑"之"巅峰对决"的——所谓"巅峰对决"，一头是现象学，一头是自然主义。那次与会者当中，各自的"巅峰"人物应该就是祥龙教授和叶峰教授。记得"对决"进行了至少两个回合，一次是在玉泉林，一次在西溪馆。但我只记得一个场景了：

在西溪馆中，好像是徐向东发言后，祥龙教授放下一直在记录的笔，似乎有些凝重地看着发言人问了一句：向东你真的是这么想的吗？

在当代学林人物中，六十多岁就过世的朱迪丝·施克莱被称作斯特劳斯派和罗尔斯派共同尊崇的人物，想来这一定是基于她的某种卓越的理智德性。环顾当今学界，这样的人物当然是凤毛麟角的，而祥龙教授无疑属于这一稀缺的行列。只不过这里的所谓两造应该被卑之无甚高论地代之以现象学与分析哲学。其实，祥龙教授本来就是分析哲学出身，不出意外的话，他那种呈现问题与展开论证的清晰度和力度竟都要高于不少专事分析哲学者。我的一位年长的同事有一次在谈到分析哲学与现象学的关系时有些随意地说：现象学提出问题，分析哲学解决问题或提供解决问题的手段。此说虽有些粗糙，但仍不可谓无见，只不过对祥龙教授来说，"哲学上的好"，用我前面提到过的那位仰慕者的话——"'兴'字极要紧，张老师学问的精彩处正在这个字上吧？"——来说，也要靠这个"兴"字。

《孔子的现象学阐释九讲》有云："'帘外雨潺潺，春意阑珊'，这就已经是在起兴了，'罗衾不耐五更寒'，这是描述。下阕'独自莫凭栏，无限江山'，好。一个人时不时要凭栏，如果接下来说'不忍（看）江山'之类的，气象一下子就没有了。'独自莫凭栏'后马上横出一个'无限江山'，这样才叫好。不光写诗是好，哲学上也要靠这个才好。"

贫乏时代的思者，幽暗时代的光亮——张祥龙教授千古！

2022 年 6 月 9 日，晨起于千岛新城寓所

# "千古文章未尽才"

## ——关于曾自卫的斯特劳森研究

大概是两年前的某天，忘记是一位年长些的还是年轻些的朋友忽然私信我，说是有一位叫曾自卫的年轻学人对他转述曾受到我早年那本关于斯特劳森的小书的影响，还通过这位我认识的学者向我致意。虽然小作问世多年后，我亦偶会听到同事和朋友提及，但是收到这个有些郑重的消息，我当然还是有些高兴的，并期待着有机会能够与这位才俊见面论学。不料人生无常，不久之后竟传来了这位年轻人已经不幸离世的消息。可街市依旧太平，大伙儿照例忙于生计，后来就一直在疫情当中恓惶，也就把此事置诸脑后了。

开学前的一天，转轳辘式地忙乎完一堆事的间歇，平常偶会聊天的教研室的×君微信给我发来一则书讯，原来是曾自卫的博士论文作为遗著由他生前攻读博士学位的中国人民大学的出版社出版了。和同事就此做了一些交流，我很快就从一个购书平台下了单，不几天后，这部篇幅有些惊人的"博论"就在这偶会让人联想起普林斯顿大学秋日的午后带着些许明艳来到了在闽大荒黯淡地讨生活的我的手中。

虽然我与作者曾自卫并不认识，但是面对这部沉甸甸的论著，却难免心起微澜，并有一种把晤久别之故人的感觉。我知道这固然主要是因为近三十年前，我曾在杭州大学与斯特劳森的著作朝夕相伴了近三年，最后草就了一篇题为《描述的形而上学及其限制——彼得·斯特劳森哲学引论》（正式出版时改题《概念图式与形而上学》），这可能是国内第一部以斯特劳森为论主的博士论文——按照我们那个年代的西学研究水准，人们（也经常包括第一人称的作者自己）就会宣称"这填补了国内研究的某项空白"云云。

我在其他场合曾经说过，自己对这篇论文其实并不满意，但是我当然并没有说，从那时的情况看，似乎我也只能做到这个程度了——或者说我已经尽了自己的全力。无论如何，在时隔多年后，看到在几乎一模一样的这个论题上的一篇无论是在体量还是深度上都全方位地超过自己的博士论文，我的心情虽稍微有些复杂，但是总体上无疑仍是十分欣慰的。虽然这并不只是因为自己的工作在作者那里也得到了"恰当"评价："《概念图式与形而上学》对斯特劳森哲学的基本方法、主题、布局、特点、斯特劳森—罗素之争、斯特劳森—奎因之争等问题做了精细梳理，从研究方法和基本论域等方面奠定了此后国内斯特劳森研究的解读模式。"

不管我可以找出多少理由来证明自己只能把论文做到当年那个程度，从内容和形式上来说，曾自卫的"博论"之超过我的至少有以下几个方面。

一是他几乎竭泽而渔地穷尽了无论是斯特劳森本人的还是研究斯特劳森的文献，这与互联网尚未普及的我们那个时代的资料搜寻条件形成了鲜明的对照——唯一值得庆幸的是，因为那时斯特劳森尚在世，我收到过他寄送我的 *Analysis and Metaphysics*（《分析与形而上学》）以及 "Universal"（《普遍物》）一文的抽印本，这些至今仍在我身边，只是他给我的信，在经历多次播迁后，终于不知其踪了。

二是作者比较全面地探讨了斯特劳森在《个体》第二章"声音"中关于听觉世界的思想实验。而我虽然当时对这一部分以及接下来斯特劳森对于单子论的解释极有兴趣，甚至觉得不妨就斯特劳森和罗素对莱布尼茨的阐释做一番比较阐发，但最终仍然因为论题和时间的限制而放弃了这部分构想。

三是就美籍华裔语言学家梅祖麟教授（系原燕京大学校长梅贻宝先生之公子）基于汉语语法对斯特劳森的主谓词区分的批评，我虽然当时就找到了梅教授的这篇文章，但由于上述同样的原因，我并未就此展开讨论，这个缺憾在曾著中得到了"填补"。顺便可以提到的是，有一次我见到梅祖麟教授的一部中文论文集，因为当年的那段关节，就毫不犹豫地买了下来。前面提到那篇批评斯特劳森的文字于梅教授而言固然是少作，不过有趣的是，据梅教授自述，这篇当年发表于《哲学评论》（*Philosophical Review*）上的文章却顺利地让他获得博士学位，并帮助他找到了教职。

曾自卫的"博论"堪当"体大思精"四字，但由于我只读了其长达七十五页的导论（这应已经有我的"博论"的三分之一甚至将近一半的篇幅），还无法做出精详的评价——并非谦虚地说，我相信其中有不少内容都已超出了我这个分析哲学掉队者的能力范围。但是古人有"望气"之说，自从看到这部书的第一眼，我就可以最低限度地说，这是一部值得认真对待的"上路货"，而不是眼下最为常见的让人都懒得翻开的"大兴货"。事实上，作者的研究评述虽看似"亦步亦趋"，但在重要和重大的哲学问题上，却都是别具只眼，自有裁断的。

一个最好的例子是由《怀疑主义与自然主义及其变种》引出的关于斯特劳森的"自然主义转向"，作者不但得出这样的结论——这种转向"不是哲学立场的彻底转向，只是在方法论层面用自然主义代替了先验论证。如果这称得上'转向'的话，也只是一种有原则的、局部的理论倒退。形而上学大厦并未因此倾覆，而是在极具张力的理论平衡中得以有效存续"，而且有这样细致的分析和澄清："斯特劳森的先验论证与自然主义作为论证手段并不是截然对立的，一方面，斯特劳森不要求绝对的、普遍的，外在于人类中心主义的客观性，为之服务的先验论证也不是根据'纯粹理性'的超验论证；另一方面，自然主义不是无底线的'救急原则'，而是对包括人类理性在内的'人性'的普遍认可。"

最近因为撰文评论杨国荣教授的"具体形上学"，我重读了斯特劳森的《怀疑主义与自然主义及其变种》，只不过三十年前用的是英文本复印件，这次则是直接读的中译本。我的印象与曾自卫的上述判断也是相吻合的。我在那里所引用的可以佐证作者的判断和我的印象的是斯特劳森的这段话："只有我们假定存在某种形上学的绝对立场——根据它我们能够对我所对比的这两种哲学立场进行评判，矛盾的假象才会出现。但并没有这种更高的立场——或者我们并不知道有这样的立场；关于这样一种立场的想法正是幻觉。一旦这一幻觉被摒弃，矛盾的假象就消失了。我们能够在我们对现实的构想中，认出我们的确知道并能够持有的立场的合理的相对性。"

曾著论列之丰很大程度上满足了我作为斯特劳森的一名老粉丝之"追星"心理，这主要表现在对其生平、著作、二手研究文献的综述上，也体现在作者对牛津哲学圈氛围与传统（主要是斯特劳森与奥斯汀、赖尔还有伯林的关系）的刻画以及对斯特劳森之于其论敌（主要是罗素和奎因）之关系的描摹上。即使在哲学的层面，与上述层次相应的论断也是所在多有，例如关于斯特劳森对维特根斯坦的态度，作者分析了斯特劳森对后者的三部著作的态度，并得出结论，"从根本上说，斯特劳森有意限制《哲学研究》的影响，强调《逻辑哲学论》和《论确定性》的一致性，他试图根据自然主义态度和语言的日常用法建立起自然语言的逻辑图像"。这固然是为了支持作者自己的论题，但是对至今仍然触目可见的那些维氏的盲目追随者未尝不是一种有益和有力的警示。

又例如，作者总体上同意我用本体论、认识论和逻辑学的"哲学三重奏"刻画斯特劳森的哲学图像，但又讨论了心灵哲学之于三重奏的兼容性问题，并敏锐地指出，"斯特劳森强调这些分支的主要任务不是说明哲学具体有哪些理论分支，而是要强调各个分支在服务于哲学总任务时的统一性和有效性。换言之，他认为每一个分支都以不同方式反映概念图式的基本结构，而且，认识论、本体论和逻辑学是哲学最重要的三个分支，在这个意义上，将其当作'三重奏'也无不妥"。这就不但是对斯特劳森哲学的准确刻画，对于一般的哲学研究者对哲学范型的学习和思考更不无启迪。

再例如，在引述了斯特劳森晚年的《二十世纪哲学的经验和教训》的如下一段话——"我并不是说我们应该转向心理学或社会科学，我的意思是，我们的核心任务，如果不是唯一核心任务的话，是要对最普遍的概念或概念类型以及它们在我们生活中的位置达成一个清晰的理解。我们应该致力于从概念上达到对人类的普遍自我理解"——之后，作者联想到江怡教授对斯特劳森的那篇重要的访问《哲学的用处在于使人有自知之明》，就猜想"自知之明"大概是对于作者所用的"we should aim at general human conceptual self-understanding"这个复杂表达式的翻译，并进而辨析道："'自知之明'的译法简洁流畅，但容易使读者将该概念当作与'知人者智，自知者明'有关的人生哲学或伦理学概念。"实际上，斯特劳森在《什么是哲学？》一文中指出，"'如何达到自知之明'是与'我们应该如何生活'或'认识的范围和限度为何'等不同的问题，它强调的是概念上的系统澄清，本质上是作为形而上学或哲学分析的整体目标的概念，没有伦理学甚至认识论的意义"。

读了这些慎思明辨的话，我们不禁会感叹，如果天假以年，这位作者会在其要义为经过其辨析的"自知之明"的哲学道路上走多么远啊！

当年我读《纯粹理性批判》韦卓民先生译本时，每苦于韦先生遗译初版本整理和印刷之误，"相形之下"，曾著作为遗著，在其生前友好的倾力支持下，总体编校质量很高，虽然也不乏一些小小的失误，仅举一例，第五十五页"文献综述"中提及罗蒂（Richard Rorty）早年的文章《斯特劳森的客观性论证》，却将其印作《斯特劳森的客观性论证，形而上学述评》，这显然是罗蒂的文章所发表的刊物《形而上学评论》（The Review of Metaphysics）被误译为中文后窜入罗蒂文章标题所造成的。

与上述主要应该由编印环节所难免造成的小失误相对照的，是作者在文献综述上的一个同样微小的"疏忽"，虽然我也是最近才发现这一点的。在谈到斯特劳森在国内学界的传播时，追根溯源，作者提到，《世界哲学》1962年刊登的《现代外国资产阶级哲学杂志1961年论文目录选译》提到了斯特劳森的论文，"这大概是这位哲学家与中国学术界第一次有据可循的'亲密接触'"。从曾著所附斯特劳森的著述编年，我们知道斯特劳森是年发表了三篇文章，分别是《社会道德与个人理想》、《感知与识别》（"Perception and Identification"）和《单数项与谓词》（"Singular Term and Predication"）。而我是在去岁末和今年初一次偶然网上淘书时才发现曾经由我译出，收在《自由主义中立性及其批评者》中的第一篇文章竟早在1963年就已经被译成中文发表在当时还是内部读物的《现代外国资产阶级伦理学问题译丛（1960—1962》上，而且，我惊讶地发现，斯特劳森这篇名文的译者竟是色诺芬《回忆苏格拉底》的译者吴永泉先生。

在《我与斯特劳森哲学的因缘》一文中，我曾经说，"斯特劳森哲学的温和、保守色彩在以急风暴雨式的革命为特征和以求新求变而且是全变、速变为尚的20世纪也许是颇有些不合时宜的"。我还在那里引用了斯特劳森的三句话，一是"即使没有新的真理有待发现，至少还有许多旧的真理有待于重新发现"；二是"哲学的进步是辩证的，其辩证性就在于，我们希望以一些新的、改进了的形式回归到古老的洞见"；三是"一个哲学家除非用他那个时代的术语去重新思考他的先驱者的思想，他就不能理解他的先驱者。康德、亚里士多德这样一些最伟大的哲学家的显著特征，正在于他们比其他哲学家更多地致力于这种重新思考"。在那篇文章中，我引申和发挥斯特劳森在《怀疑主义与自然主义及其变种》中的哲学洞见后指出，"正如怀疑总是依赖于不容怀疑的东西，共同体的维系和生活的意义正依赖于保守、守护我们的共同体和我们的生活中值得保守和守护的东西"。在曾自卫选择以斯特劳森哲学作为研究对象时，他也清醒而敏锐地意识到，"对比现象学、存在主义、诠释学、逻辑实证主义和实用主义等新老'显学'，以牛津学派为代表的日常语言哲学（维特根斯坦哲学除外）在国内哲学话语中缺乏必要深入的论述"。如今作者离世近三年，这篇博士论文终于面世，我当然希望，而且相信，寄托着作者全部哲学热情、才华和勤奋的这篇论文不但可以有力地改变他生前不无慨叹的那种令人不满的理智状况，而且有益地滋养当代中国的哲学研究事业。

2022 年 9 月 18 日写毕于闵大荒

# 小说启蒙
## ——兼怀张洁

　　从小对文学有些朴素的爱好，虽然这也有可能是我那一向算是不错的语文成绩的"误导"，以至于高考时还曾想报考文史类——是我的父亲那一年给我高中的教导主任写了一封信，愣是把我从全校唯一的文科班重新投送到了理科班。虽然如此，即使到了高中阶段，我于文学的素养委实是贫乏到可怜的。唐诗宋词背得不多不说，这种匮乏的主要表现还在于我几乎自小就没有读过什么文学名著。但是回溯起来，倒是我阴差阳错地读过的几部当代小说在生命的青春期给予了自己在别处难以得到或许也无法取代的精神滋养，这种情形甚至一直持续到我的大学时代。

　　记得是刚上初中时，一次我偶然从邻村一位郦姓的同学那里看到一册已经被翻得很旧的小说《晚霞消失的时候》。忘记了当晚是住在同学家，还是把小说带回了自己家，我记得的是，自己把那本并不厚的小说读完时，天边已经露出了晨曦。我显然是受到了至今难忘的震撼——有点儿像朝阳升起，也有点儿像查干湖解冻。主人公南珊的形象从此永远地留在了一个少年的心中。我好像在后来看到过对这部小说的评论，其中说南珊的形象塑造得很抽象，但是在我那时的心目中，南珊的形象却是很"具体"的——至少，南珊肯定是一位女性！由此就可在相当程度上解释她对于一个懵懂少年的"吸引力"。更何况，这位女性仍然是在一种具体的背景下出现的，例如东岳泰山上的那散发着浪漫和抒情色彩的天街。塑造我对于天街的瑰丽伤感甚至带着历史感之意象的，不是大诗人郭沫若的《天上的街市》，而是《晚霞消失的时候》最后的"诗句"：王冠，命运，宝剑……

应该是在此后，可能都已经升了一年级，或者就是在同一年级，又一部小说进入了我的视野，那是另个邻村的一位与我同姓的同学带到学校来的戴厚英的《人啊，人！》，那可是比《晚霞消失的时候》要厚重了不少。虽然这两部小说都承载了大量在那个年岁的我看来特别"有范儿"的"思辨性"语言，而且总体的背景具有"同时代性"，但是何荆夫显然要比南珊更为老练，似乎也更为深刻。"引经据典"是一方面，这种说理或论理的风格对我显然是很有魅力的，如果说在《晚霞消失的时候》中，因为与少年情怀联系在一起，这种所谓思辨的风格还带着感性的和诗意的光辉，那么由怀疑教条的冲动所支配的这种看似枯燥的语言风格则洋溢着解放和自由的力量，虽然从那时所能把握的层面而言，这种"力量"主要体现在其雄辩滔滔之上。

成长性的表现并不总是一往无前地单线突进的，自身的不定型状态和外界因素——这里主要是指在"以学为主"的课业之外所能接触到的课外读物——的偶然性能够局部地解释这种"迂回性"。在我短暂的高中阶段，在草塔镇供销门市的书柜上，我前后买到并阅读了两部中篇小说，分别是何士光的《草青青》和张抗抗的《北极光》。何士光的小说写的都是乡村教师在那个艰难岁月的生活和爱情，我至今不知道应该怎么解释它们在我心中引起的那种几乎可以说是难以自已的"共鸣"。推想起来，这当然应该与我少时在乡村的生活背景有关，那些只有城市生活记忆的少年可能很难对此感同身受，虽然这无疑是一种过于外缘甚至外在的解释。再往深里挖掘，也许是何士光作品中既恬淡又坚韧的情致比较契合我的性情，特别是那种有时甚至带点儿自恋的一唱三叹的低回沉吟中有着与一个乡村少年的"多愁善感"气质相契合的质素吧！就好像一首乐曲之所以打动我们，有时就是因为其中反复涌现的某个乐思。

我对《草青青》作者的"迷恋"还是持续了一段时光的。应该是在高中的最后那个假期，忘记是通过什么途径，我从一册大型文学丛刊上读到了何士光的另一个中篇《青砖的楼房》。从风格上说，这个作品无疑比《草青青》更加纯熟，可以说是把前述那种情致抒发和发挥到了极致。记得那时候，我还遇到了一位何士光作品的同好，他是我的一位同乡，高中同级而不同班，我们经常在一起讨论和分享对何士光的感受。说到这里我想起来，也许是因为我先对这位同学提到了《草青青》，于是等他有一次在那本杂志上见到《青砖的楼房》后，就推荐给我了，否则我是没有其他渠道接触例如《收获》和《十月》这样层次的文学刊物的！而到了那年年底，在冬天的长春，当我在我们大学附近的一间书亭中邂逅何士光的《似水流年》，那种阅读似乎就已经带上怀旧的感受了。

与何士光的小说不同，张抗抗的《北极光》是描写大学生活的。这部作品给我留下了极深的印象，虽然我一直并没有记住那位男主人公的名字，但他显然成了我的"偶像"。因为他那种孤傲清高、桀骜不驯的个性和气质立即就让我深为折服——用后来的表述，他在我心目中明显是偶像级的人物，虽然我在这位偶像身上也肯定有自我投射的因素。夸张点儿说，我就是背负着这样的"人设"进入我的大学生活的，这或许能够局部解释在我大学时代的第一次班会上，现已成为我的母校最高领导的我的辅导员对那时想必是长着一头蓬乱的长发的我说：你身上洋溢着五四青年的气质！

吉林大学的自然辩证法专业是清一色地从理科考生中招生的，虽然同学们应该是基于各种不同的理由而接触这个专业的。现在想来，如果不想做一个空头的哲学家，那么这个专业绝对是一个合宜的选择，但是不做一个空头的哲学家或哲学工作者真是谈何容易啊！更何况是一个十七八岁心智未定的少年。专业学习目标未明以及这种学习本身的难度，导致我在入学不久就开始经历一场精神上的危机。在那个阶段，既是对专业学习的逃避，又是对精神慰藉的寻求，我重新开始批量地阅读文学作品。

也许是某种路径依赖，抑或是当时风气，包括吉大本身氛围的影响，我所接触的文学作品主要仍然是当代中国文学。从伤痕文学和朦胧诗，到"重放的鲜花"和从20世纪80年代中期开始的先锋实验文学，我都追风似地领略和追逐。在从王蒙的《组织部新来的年轻人》到王安忆的《雨，沙沙沙》，从张贤亮的《绿化树》到张承志的《北方的河》这样纷然杂陈的阅读中，张洁的《爱，是不能忘记的》和《沉重的翅膀》是给我留下了梦一般记忆的作品。毫不夸张地说，张洁是那个时代女神级的作家。一个作家，一个女作家，能够对具有如此精神跨度的领域拥有如此大开大合的把握力，这无疑是有令人惊奇的震撼力量的。张洁作品中的爱，已经摆脱了阶级斗争与身份归属的沉淀和烙印，而回归到其本身的含义，但它又不同于《雨，沙沙沙》中那种少女的朦胧情愫，而是更为本质，更为刻骨铭心。张洁作品中的现实，已经走出了《人啊，人！》中那种抽象的甚至由此而重新陷入教条主义的风险，而展现了内在的丰富性和生长性。这种立体的架构及其力量，正是那个时代本身的矛盾和紧张的写照。从这个意义上，我们可以说张洁是真正属于80年代的。

虽然一度沉浸在文学作品的消费性阅读之中，但是我心里很清楚，自己显然并非作家之料，并且颇为"精明"地在那时候就自我筹划，退而求其次，开始学习中西文论，甚至设想可否从事当代文学评论之类的研究。在此过程中，我不但听了像季红真这样当红的文学评论家的报告，而且有一次同样在吉大文科楼听了中文系讲师杨冬老师关于文艺学方法论的一场报告。这是在我的大学生涯中听过的最为重要的一场报告，如同我已经不止一次地回忆过的，正是在那次报告中，我第一次听到了李泽厚的名字，第一次听到了《美的历程》这本书。具有吊诡意义的是，正是通过听一场关于文艺学方法论的报告，我实际上才真正告别了我的文学梦，包括成为一位文艺理论家或文学评论家的不靠谱的设想——容我显然有些大言不惭地说，"重新"回到了哲学的怀抱。

说来并非巧合的是，从此以后，我竟也告别了读小说的习惯，但是如今我能够说，小说对我的"启蒙"已经完成了吗？很多年后，我从《殷海光林毓生书信录》中读到，殷海光先生对其时在芝加哥大学社会思想委员会接受博雅教学的林毓生"吐槽"："做哲学的，与抽象观念打交道的人，总是不舍得花时间读小说，因为觉得小说太 raw 了，太不'够劲儿'了。"当时读到这里，未免哑然失笑。作为多多少少读过一点小说的人，我知道这是一种偏见，或者片面之词，于是，我只好套用同样堪称是80年代之子的黄子平的话：这是不是一种"深刻的片面"呢？

正月初七日，岛上阴雨一天，傍晚偶然从朋友圈的转发得知张洁已于 1 月 21 日在大洋彼岸离世。听闻这个消息，心中黯然之余又触发了我很早拟出的"小说启蒙"这个题目，就在这寒夜中流水记下来，以此表达我对这位作家曾经给予我的精神馈赠的感念。

2022 年 2 月 8 日凌晨二时半，千岛新城寓所

# 王佐良的威尔逊和董鼎山的李克曼

　　说不太清楚是出于何种原因，在我国有数的英语文学"大家"当中，我一直对王佐良先生"情有独钟"。有书为证，不知从何时开始，凡是在新旧书店见到王佐良的著述，我一般都会把它买下来。比如眼前，封控在闵大荒，清点一下手边，也竟有以下四种王著：《英国文学论文集》《论契合》《王佐良文集》，还有商务印务馆精印的《英国文学史》。只有最后一种算是在"优府"校园内现已完全寥落的涵芬楼购得的新书，其他的都是在长三角绕行时从各式旧书铺淘到的旧书。

　　说来惭愧，我虽然喜欢收集王佐良的著述，但是读得并不多。包括《英诗的境界》在内的一色英国散文、诗歌和文学编著还有翻译，我平素都是置于便于取阅的书架上，想起来了，或者偶尔瞥见了，就取下来翻上几页。比如在紫金港时，我放置在餐桌旁墙角边一个有点儿小精致的藤制书架上的那部《英国散文的流变》就是这样的"命运"。当然其中还有一个因素是王佐良的书一般都装帧极为雅致，《英国散文的流变》更是其中的极品——这样的书，即使不读，拿在手里把玩一会儿也是极好的。

　　也有另一种意外的阅读经验。某次看到一位朋友在晒美国桂冠诗人朗费罗的一首诗，因为我手边刚好有一部上百年的忘记在挪威书镇还是更早在纽约或者波士顿淘到的《朗费罗诗集》，我就好奇亦兼好玩地找出了这部书，恰巧很快地检出了那首诗的原文。说实在的，自从淘到这部旧书，我几乎从没有认真地翻过。于是趁机"把玩"一番，却发现这书其实是两位作者的合集，另一部分是拜伦的朋友、爱尔兰诗人托马斯·摩尔的长诗《拉拉·鲁克》。

这是一位我有些陌生的诗人，于是就想到左手书架上的《英国文学史》中去找找感觉。结果发现佐良先生并未在其中给"夏日的最后一朵玫瑰"的摩尔一席之地。倒是有一个应该是此书的索引制作人所犯的小错：托马斯·摩尔出现在此书索引中，但他在正文中只出现了一处，是在第二十五页，"等到英国人在 1588 年打败了西班牙无敌舰队，情况就大变了……知识界诸家竞起，形成一种热潮：托马斯·摩尔在设计他的理想国……"。当然，这个托马斯·摩尔显然不是本书索引中将其生卒年写作 1779—1852 年的那个托马斯·摩尔——当然，这也肯定不是本书作者的错误。

当年"辽教"的"书趣文丛"中，有一册王佐良的《中楼集》，记得我也是在紫金港时期偶然翻了这个文集，其中有一篇《浙江的感兴》让人印象颇深，当时还与同为绍兴人的钢祥书友分享了这篇文字。在王佐良笔下，"水是浙江的灵秀所在，是音乐，是想象力"；同为绍兴人的王佐良（祖籍上虞）对鲁迅笔下的绍兴特别有感："在鲁迅的艺术素描里不是也有这样的黑泥、白石和绿水的配合么？多么朴质，又弥漫着多大的温情！你看他用笔何等经济，总是短短几句话就勾画出一个实实在在的人生处境，而同时他又总把这处境放在一片抒情的气氛之内。他是最严格的，又是最温情的，这就使得他最平常的叙述也带有余音，富于感染力——他的闰土成为我们一切人记忆中的童年好友，他的乌篷船成为我们每个人梦里的航船，他的忧郁、愤怒和向往也成为几代读者难以排遣的感情。"

还有王佐良眼中的西湖："在湖岸散步的时候，抬起头来，看到了环湖的群山在天边耸起，也是淡淡的几抹青色。然而它们都引人遐想，给了西湖以厚度和重量。没有人能把西湖看得轻飘飘的。它是有性格的。从而我也看到了浙江的另一面：水固然使它灵秀，山却给予它骨气。"

读到这里，我就想起余杭韩公水法教授有一次郑重地对我说：应奇，你身上是有一种硬气在的！我在想的是，难道这份"硬气"也是王佐良笔下的浙江的山所给予的？玩笑总归是玩笑，我其实此刻想起的是有人在谈到中国传统文人书法时所观察到的：有的人并不是书法名家，但是他的字却丝毫不让俗名很大的书法家——我想，王佐良的散文也应作如是观罢，正如其夫子自道："好的散文从来不是职业作家的独占物，各界都有能文之士。"

《浙江的感兴》收在了囊括作者毕生劳绩的《王佐良文集》中，这文集是在他身后出版的，由清华同窗李赋宁作序，分为论文、论翻译、译作、记游、随笔、序文和诗歌七个大类。我当然会有些路径依赖地注重作者忆人话旧的那些篇什，例如其中回忆早年清华生涯一文中提及金岳霖有云，"他又早就看清西方文化的迷失，称之为'类似盛装待发而无约会可赴'；后来他真诚地信仰了马克思主义，不是突然的转向，而是早就有了前因的"，就颇令人发噱，而"类似盛装待发而无约会可赴"一语更是让人绝倒。又如那篇《谈穆旦的诗》，落款为1995年1月，考虑到作者就是在这一年年初去世的，那么这篇怀念故人的文字极有可能就是作者的绝笔了。

在文集中最重要的论文部分，有一篇《读艾德蒙·威尔逊的书信集》引起了我的兴趣。前些年威尔逊的《到芬兰车站》以及更早些年的《阿克瑟尔的城堡》两个中译本都曾引起了国内读书界的注意，"我的朋友"诗人江弱水好像还曾特意撰文演绎《到芬兰车站》。此文是作者披阅了 1977 年出版的《威尔逊文学与政治书信集》后有些即兴地写出的。文章没有落款时间，但从行文推断，应该写于 20 世纪 80 年代。作者笔下的威尔逊是一个 "40 岁学俄语，50 岁学希伯来语，70 岁学匈牙利语，临死之前还想学汉语" 的美国文学中所谓 "失落的一代" 的同时代人，《大亨小传》的作者菲茨杰拉德的挚友，一个现代美国的文化人。

王佐良对威尔逊评价很高，不吝笔墨，誉之为 "美国知识分子中的'精华人物'"，这种人物 "虽然有种种弱点，却在美国这个重物质、讲急功近利、有时很庸俗然而又充满生气的社会里关心世道人心，主持公平正义，坚韧地维护着社会文化生活的高标准、高格调，为此而同强大的反知识分子潮流抗衡"。王佐良还引用哈利·勒文（Harry Levin）的话把威尔逊称为 "最后的美国文人"。看到哈利·勒文这个似曾相识的名字，我不禁想起有一次曾经在现已歇业的复旦旧书店淘到勒文题赠给一位张姓教授的精装书《现代人的记忆》（*Memories of the Moderns*），往下扫视作者的脚注，竟发现就是这本书！

这篇评论还从威尔逊的书信中摘出一些趣闻，例如威尔逊批评他的朋友纳博科夫之英译普希金《叶夫根尼·奥涅金》，从而上演了 "美国人说俄国人俄文差，俄国人说美国人英文不通" 的有趣一幕。书信集中还记录了威尔逊与具有 "俄英双重性格" 的以赛亚·伯林相逢的时光："我们整夜做着精彩的谈话，时间不长，却谈了不知多少题目，但都又谈得有内行知识，有真正的智慧，还有闪耀的机智。他走了以后，我忽然感到，由于过去几乎不认识他，这一次我是把一生里最好的故事、警句、最有刺激性的想法都一股脑儿搬了出来，放在他的头上，而且还装作临时想到的样子；很可能，他对我也是这样的。"

尤其有趣的是，在1945年11月的一封信里，威尔逊表达了他对杜鲁门的信心正在下降："眼前进行着的尊崇美国传统的国家主义式的宣传，在我看来，正是表示这个传统在死亡——正像在维吉尔和贺拉斯赞美罗马理想的时候，罗马已开始死亡一样。"

王佐良称道威尔逊"能在担任《纽约人》杂志评论员的漫长岁月里，维持这个传统的标准，写出了有见地又有文采的好书评"。这就让我想起了"咱们的"纽约人董鼎山先生早年那些在纽约的阁楼上写出的文字。也是拜淘旧书这一惯习所赐，我现在手头还有董鼎山的两个小册子《在纽约的书房里》和《西边书窗》。巧合的是在后一个册子中也有一篇谈威尔逊的小文，题为《爱德门·威尔逊谈"性"》，其实此文所记是威尔逊20世纪50年代的日记。董鼎山固然也服膺于威尔逊之文笔和"见解力"，但他感兴趣的却是威尔逊1955年在纽约所记的对性与女人的看法，在这里简单抄出董鼎山所抄的数段中的两小段："女人有两种：一种当你在床上坐下时马上让出空位；另一种仅让你占了床沿，坚守不动。""与其他老年人不同，我对嫩姑娘没有胃口。经常对我具有引诱力的是已婚中年妇女。但是，与我同年——或年纪相若——的女人却已太老，不能引起我的性感。"

如威尔逊所云，"我现在要将心智专注于较有意义的活动上"。虽然谈不上要施用多少智力，但是我现在更感兴趣的却是同一个册子中题为《李克曼新书弹旧调》的一篇小文。董鼎山此文是应《新领袖》之约为赛门·莱斯的《焚烧的森林》所写的书评。据董鼎山介绍，莱斯在其书的前言中说,《焚烧的森林》这个书名源于一位 17 世纪的中国学者所作的寓言:"一群野鸽飞过一座被吞没在熊熊火焰中的森林。它们赶忙飞往附近的一个溪流,将翅膀浸了一些水,飞回来在焚烧的森林上浇水。天神问它们这么干又有什么用,它们回答说:'我们曾住在这个森林,现在眼看它烧毁,使我们伤心断肠。'"

看到这里,我就想起《文化评论与中国情怀》中的《尝侨居是山,不忍见耳》一文中曾经引用周亮工在《因树屋书影》中所记载他的朋友所说的这段佛经上的故事。固然文中所引用的是原文:"昔有鹦鹉飞集他山……山中大火,鹦鹉遥见,入水濡羽,飞而洒之。天神言:'汝虽有志意,何足云也?'对曰:'尝侨居是山,不忍见耳!'天神嘉感,即为灭火。"我不知道莱斯有没有受到这篇影响极大的文字之影响——撇开时间上可能的错谬,例如莱文发表在此文之前——但是考虑到莱斯本身的"中国通"身份,这则寓言对他应该并不算是"僻典"。我在这里也完全无意把他们两位相提并论,但是从董鼎山的书评看,莱斯似乎确实抱有类似的"中国情怀"。据说《焚烧的森林》一书分为文化与政治两编,但是从董鼎山的引述看,则所论更多与政治甚至现实政治有关,例如其中对于毛、周和林的相关评述。

更有意思的是,他还抱怨卡特正式承认中华人民共和国。在为一篇题为《采取主动的愚人们》的"过时的"文章所加的注释中,他强调收入此文"目的是在警告西方不要'愚蠢、懦怯地出卖'香港"。在这里,董鼎山做了"义正词严"的"驳斥":"中国人的立场是:正如中国不是属于美国所可'丧失',香港也不是属于西方所可'出卖'。"不过,莱斯所论也并非全然如此"荒谬",比如他"将鲁迅评价为一位异见者"云云。

董鼎山最后用鲁迅的话"还击"莱斯："任何自以为客观的人，必已半醉。"我虽并未"自以为客观"，但是在读董鼎山自译（原文为英文）的这篇书评时，有时竟也近乎"半醉"的状态。例如我是到最后才联想起这位有个中文名字"李克曼"的莱斯先生原来也是我的"旧识"，因为我在 2014 年就曾读过他的另一个小册子《小鱼的幸福》，当时颇为"叹服"，还在那年在良渚文化村有机会与梁文道"同台"时向他推荐过这本书。为了增加推荐的"可信度"，记得还当场引用了李克曼先生的一个金句和他所引用的一个金句，前一个句子是"有教养的人碰见粗鲁下流的言行，通常都尽量表现得若无其事的样子"，另一个句子来自阿伦特："真理并非思考的结果——而是一个先验条件和思考的起点；没有真理作为先验条件，任何思考都无法进行。"

不无巧合的是，在前两天某个书友的聊天群中，因为某种机缘，我忽然又想起来并推荐了《小鱼的幸福》这本书，不想这世界上还真有认真的书友，竟然马上到孔夫子旧书网上去查了，并在发现此书严重溢价后调侃我说，是不是因为你推荐了书价才涨上去的？读者诸君，这时候的我倒真的并没有"半醉"，而是清醒从容答道：应该是梁文道推荐的缘故，虽然《开卷八分钟》这个读书节目早就寿终正寝了。

2022 年 5 月 9 日晚七时正写毕于继续封控中的大荒公寓

# 歌德和我的"文运"

闭环劳作了又一整天，从朋友圈得知继昨天是巴赫的生日之后，今天是歌德的忌日，其实已经转动得不太自如的脑袋里就忽然蹦出这个显然是过于搞笑的标题来了。

我读歌德的书很少，却收了好多个《浮士德》中译本，但是其实并没有达到熟悉的程度。我最完整读过的是《少年维特的烦恼》和《歌德谈话录》，前者是中学时读的侯浚吉译本，那个鹅黄色的封面和上面不知是作者还是维特的剪影到现在都犹在眼前；后者是大学时读的，当时对美学和文艺理论有兴趣，凭着那股子热情把朱光潜先生的节译本给生吞活剥地读了一遍。我还念过大诗人一些零星的诗行，当年草塔中学所在镇上的小门市既有《叙事诗》也有《抒情诗》，银灰哑光的封面，译者应该都是钱春绮先生。还有一本《歌德的格言和随感录》，我很有印象，也是在长春买到的，我还几次向别人推荐这个册子，正如我有一阵子很喜欢向人推荐马尔康姆（Norman Malcolm）的《回忆维特根斯坦》。

虽然我读的书并不多，但在我的几本随笔集中却多次提到歌德。最早是在《古典·革命·风月：北美访书记》里的一篇文章《古典之重温》的结尾处，我引用了《威廉·迈斯特的学习年代》的译者卡莱尔形容歌德的话——"一百年来最大的天才，同时也是三百年来最大的蠢驴"，而被引用的歌德的那句话来自《歌德谈话录》："人们总是谈论研究古人；但这实际上只是在说：将你的目光转向真实世界，并试着表达这个世界吧——因为古人正是这样做的。"之所以有这番"堆砌"，是因为当时刚巧看到卡莱尔那句话，就用上了——这也是"文运"的一个意思，或者主要的意思。

在为《生活并不在别处》所写的跋语中，我大段引用了《威廉·迈斯特的漫游年代》最后"玛卡莉的谈话摘要"中的话，我用的是董问樵先生的译本，因为他的两个《威廉·迈斯特的漫游年代》译本长期放在我的椅子背后的书架上，那天应该是碰巧拿下来翻阅了，所以这也要算是"文运"吧。更重要的，我居然用歌德的话做了自己一本书书名的"脚注"——准确地说，我是让歌德为我"背书"了！请看："过久地停留在抽象事物上头是不好的。神秘的东西只在力求公开化时才有害。生活最好是通过活生生的东西来启发。"——这些话读来似曾相识，我觉得应该是在程代熙编译的那个小册子里见到过的，但是当年在长春读到时并没有什么感觉，在2010年的寒冬读到却既觉石破天惊，又似如鱼饮水。

在《理智并非干燥的光》所收的同名文章中，我旁逸斜出，又把爱克曼的《歌德谈话录》和马尔康姆的《回忆维特根斯坦》做了类比，此处也如别处，应该并无深意，无非表示这两本书给了我"家族相似"的印象，所以它们就会在那样的场景中一起登场。

2018年10月，在一次简约版的环德游中，我有幸到了魏玛，参观了歌德故居，还在我的学生带领下步行到小城外世界上第一幢包豪斯建筑旁，从那里远眺魏玛城的落日。我还用"万象皆俄顷，无非是映影"来形容第二天早上离开时见到的魏玛上空的云霞。只是在这里，即使在最夸张的意义和尺度上，我也无法使用我的"文运"这个表述了。

就如同一个十几岁的少年刚刚念到《少年维特的烦恼》的感觉，我们应该用歌德1767年十八岁时赠给朋友贝里施（Wolgang Behrisch）的第三首颂歌中的诗节，来表达彼时的感受，表达步入歌德故居的感受，表达从庸常中趋近这位大诗人时的感受：

> 漠然于世吧！
> 一颗微微激动的心
> 是这个摇动的大地上
> 痛苦的财富。

2022年3月22日夜十时半，大荒灯下

# *Changing Partners*

忘记从何时开始听到 *Changing Partners*（《交换舞伴》）这首歌，想来应该是在我的大学时代吧！至少能够有机会听到些英文歌曲肯定是那时才有的事儿，虽然其时最流行的一首歌似乎是 *Moon River*，翻译为《月亮河》——当然也还有那首永恒的 *Auld Lang Syne*，翻译为《友谊地久天长》。

也忘记从何时开始，*Changing Partners* 的旋律又回来了，也许它藏在记忆中太深的层面了，以至于已经淡忘了背景——毕竟我从来没有跳过舞，也没进过舞池，自然没有什么机会听到这样的"舞曲"了。

大学时节的鸣放宫偶尔会放外语片，记得我和崔伟奇同学一起在那里看过《金色池塘》，这几乎是我想起大学四年时唯一有印象的美国电影，以至于那年在普林斯顿高等研究院内晃悠，在夕阳中见到一口池塘时，我竟想起了那部电影。

《友谊地久天长》是因为《魂断蓝桥》被记住的，还是《魂断蓝桥》是因为《友谊地久天长》而被记住的，这已经不再重要，我只是想起刘欢所唱的《离不开你》中的一句歌词，"我俩太不公平，爱和恨全由你操纵"——想起这个应该也没有什么违和感，流行歌曲和美国电影，不都是属于通俗文化嘛！

《友谊地久天长》的一个更为通俗化的版本是在一部纽约剧里出现

的，我没有看过这部剧，但是偶然听到这首歌，却是颇为惊艳，一度流连其间。正如前阵子因为"魔都"的一家电视台的闹剧而偶然知道了莫文蔚所唱的《这世界那么多人》，但是我从来没有看过甚至听说过这首歌所出现的那部电影。

2000年前后，一次在玉泉校园里邂逅了题为 *The True Lover's Farewell* 的一个专辑，听了其中的歌，虽然不能说外国的月亮比中国的圆，但是从那时开始，的确不能不承认，外国的民谣确是比中国的好听——张维迎唱的《走西口》或《山丹丹花开红艳艳》除外。

很多年后也是在玉泉校园，菲利普·佩蒂特和我，还有另一位同事，坐在国清兄弟自驾的车子里，进了校门，还未到拐弯的那一刻，在密荫下行使的车子播放器里忽然弹出了美国乡村民谣。佩蒂特闻听似乎略有所动，这时候二次反应经常比一次反应要快些的国清同学忽然蹦出了不成句的几个单词："old campus,old song!"——国清兄弟，几个意思呀！

我一直没有记住恩雅（Enya）的什么歌曲，是我在距离普林斯顿不少公里的爱迪生（Edison）小镇上租住时经常在手提电脑上循环播放着的，刚才查了下，这首歌叫做 *May it Be*。

在已经长达近两个月的封控期中，在几张古典和古曲 CD 反复听的同时，偶尔也会取出在卑尔根时淘到的一张挪威组合，还有三碟装的鲍勃·迪伦。前者适合在一个晴朗薄云的午后作为背景音乐，后者——尤其第一碟——则经常让人忍俊不禁。去年在慈溪栲栳山毅行时，我还在翻过一座并不比一朵转瞬即逝的玫瑰恒久的山岭后向 H 君讨教了何以会有这种感觉，H 君惯常性地故作一番深沉，最后还真是说出来一点儿道道来了。

在与包括 H 君在内的几位学生所在的一个群里,某天忽然有感,我就分享了 *Changing Partners* 这首歌,当然是帕蒂·佩姬(Patti Page)的版本。过了些天,已经过了午夜,群里只有 H 君和我在聊天,说着 H 君就重发了这歌,还嘀咕了一句:比起这个,好像其他的都差点意思……我就说这歌也名 *Tennessee Waltz*,并找到一个链接发了过去。H 君一开始回:现在,一听到这曲儿,就梦回湾城。我问他还有什么故事吗,他先回我:听了还是差点意思,*Changing* 是永恒的。接着又说:这曲儿的全部故事就是你啊!还附上了一个害羞的表情。我当然承认帕蒂·佩姬是最经典的,H 君回我:那晃晃悠悠的踏实感,再也难觅了。

在这里为了对读者友好,必须要加个自注了:2017 年暑假,我在湾城卑尔根待了一个月,几乎每天,我的学生 H 君都会到我几乎是在半山腰的公寓来践履"陪伴最是深情",在一起"干拔"(没有什么文献背景地聊天),估摸着最后一班轻轨就要停运,我们就会在湾城特有的夜色中一路下行——《理想国》的开篇场景——来到轻轨站。也许因为那有着"孕育"之功的夜色的裹挟,我们的话题也会随之"轻松"起来,我有时甚至哼起了许美静的《遗憾》云云,这也就是 H 君那句"还有那无来由或有来由的'与其让'"之"来由"了。

其实夜聊那会儿,我忘记说,当晚楼下散步,走到公寓区的角落时,因为夜色过于清寂,我就在手机上打开 *Tennessee Waltz* 播放了起来,那是一个不知其名的歌手——至少相对于帕蒂·佩姬来说——的吟唱。而当那旋律初起的刹那,我也竟随着这"舞曲"轻轻地摇摆起了平素就有些沉重,封控近两月更是无比僵硬的身躯。有那么好一会儿,我的身体是无比"轻盈"的,就那样随着"曲儿"在这乍暖还寒的夜风中晃悠着，晃悠着……

　　当然我也没有说，好多年前，当我又偶然忆起《田纳西圆舞曲》这歌时，我刚刚认识了北师大的李绍猛君。也是因为一个偶然的机缘，我知道绍猛君是东田纳西大学的博士，所以等有机会见面时，我就提起了这一茬，问他：绍猛兄，听说你是东田纳西大学毕业的？绍猛君几乎头也未抬，更是不露神色地回我一句：一所野鸡大学。

　　　　　　　　　　2022 年 5 月 10 日起笔，次日晨起续成